BORIS VON SMERCEK

DER ZWEITE GRAL

THRILLER

BASTEI LÜBBE

BASTEI LÜBBE TASCHENBUCH
Band 15 378

1. + 2. Auflage: September 2005

Bastei Lübbe Taschenbücher in der Verlagsgruppe Lübbe

Originalausgabe

Dieses Werk wurde vermittelt durch die
Literarische Agentur Thomas Schlück GmbH, 30827 Garbsen
Umschlaggestaltung: Gisela Kullowatz
Titelbild: Creative Collection
Satz: hanseatenSatz-bremen, Bremen
Druck und Verarbeitung: Nørhaven Paperback A/S, Viborg
Printed in Denmark
ISBN 3-404-15378-2

Sie finden uns im Internet unter
www.luebbe.de

Der Preis dieses Bandes versteht sich einschließlich
der gesetzlichen Mehrwertsteuer.

1.

New York, Bronx

In dem kleinen, schäbigen Einzimmerapartment staute sich die spätsommerliche Hitze. Aber es lag nicht an der Temperatur, dass Anthony Nangala schwitzte. Er war in Kamerun aufgewachsen, hatte dort die ersten zehn Jahre seines Lebens verbracht. Hitze machte ihm nichts aus, das lag ihm im Blut.

Er war auch nicht krank. Ganz im Gegenteil befand er sich in ausgesprochen guter körperlicher Verfassung. Nangala war ein Meter siebenundachtzig groß und wog 180 Pfund, ohne ein Gramm Fett zu viel. In seiner Jugend, kurz nachdem er von Afrika in die USA gekommen war, hatte er mit dem Boxsport angefangen und es immerhin zum regionalen Schwergewichtschampion gebracht. In den Zeitungen hatte man ihm damals den Beinamen »Der schwarze Tornado« verpasst. Das war zwanzig Jahre her, doch die athletische Figur war ihm geblieben, obwohl er schon seit einer halben Ewigkeit nicht mehr trainierte und in drei Wochen seinen vierzigsten Geburtstag feierte.

Vorausgesetzt, er lebte dann noch.

Anthony Nangala schwitzte aus Angst.

Er ging ins Bad, ließ sich Wasser übers Gesicht laufen und trocknete sich ab, während er überlegte, wie es nun weitergehen solle.

Vielleicht irre ich mich, sagte er sich. Vielleicht sind sie ja gar nicht hinter mir her.

Doch er konnte nicht recht daran glauben.

Nangala kehrte ins spärlich möblierte Wohnzimmer zurück, dessen Einrichtung aus einer ausziehbaren Couch, einem Tisch und einem Schrank bestand. Am gekippten Fenster blieb er stehen und schaute auf die Straße hinunter, vermutlich zum hundertsten Mal an diesem Vormittag. Vom dritten Stock aus hatte er gute Sicht.

Es war das übliche, beinahe klischeehafte Bild der Bronx. Heruntergekommene Hausfassaden, bröckelnder Putz, rostige Feuertreppen. Schäbige Lebensmittelläden und Pfandbüros an jeder Ecke. Autos mit eingeschlagenen Scheiben, zerbeulten Motorhauben und abmontierten Reifen. Und natürlich die vielen Cliquen jugendlicher Schwarzer, von denen viele aussahen, als würden sie mit Rauschgift dealen oder den nächsten Einbruch planen.

Dennoch erschienen diese Jungs Nangala geradezu harmlos. Kleine Fische im Haifischbecken. Die Kerle, die es auf ihn abgesehen hatten, waren keine halbstarken Straßengangster, sondern Profis. Dem Aussehen nach Araber. Mindestens drei oder vier Mann. Derzeit aber war keiner von ihnen auf der Straße zu sehen.

Anthony Nangala sah auf die Uhr. Kurz vor halb zwölf. Sein Blick wanderte weiter zur Couch, auf der das Couvert mit dem eilig geschriebenen Brief und dem Film lag. Ein 36-Foto-Farbfilm von Kodak, noch nicht entwickelt. Normalerweise nutzte und schätzte Nangala die Möglichkeiten des digitalen Zeitalters, doch bei den Aufnahmen im Sudan war nichts anderes als eine antiquierte Spiegelreflexkamera zur Hand gewesen.

Besser als nichts, dachte der Schwarze. Hauptsache, ich habe die Beweisfotos.

Er musste den Film so schnell wie möglich verschicken. Wenn seine Verfolger die Bilder nicht bei ihm fanden, hatte er vielleicht eine Überlebenschance. Abgesehen davon ging es bei dieser Sache nicht nur um sein Leben, sondern um das Leben vieler Menschen.

Erneut blickte Anthony Nangala aus dem Fenster. Die Banalität des Straßenbildes war trügerisch. Die Verfolger lauerten irgendwo dort draußen. Dennoch fasste er den Entschluss, den Film zum nächsten Briefkasten zu bringen und ihn an Lara zu schicken. Lara würde wissen, was sie damit zu tun hatte – nur für den Fall, dass er den heutigen Tag nicht überlebte.

Er schlüpfte in seinen Jogginganzug und stülpte sich zur Tarnung die Kapuze über den Kopf. Er wollte aussehen wie ein gewöhnlicher Mann von der Straße. Ein Gangmitglied im lässigen Sportlook. Das Couvert steckte er sich in den Ausschnitt der Joggingjacke. Außerdem schob er sich einen Stift in die Tasche. Er hatte das Couvert absichtlich noch nicht beschriftet. Laras Adresse durfte unter keinen Umständen in die falschen Hände fallen, sonst geriet sie ebenfalls in Gefahr.

Er verließ sein kleines, stickiges Apartment durchs Treppenhaus und wählte den Hinterausgang. Mehrere schwarzhäutige Kinder spielten im Hof Basketball. Im Schatten an der Hauswand schlief ein Betrunkener seinen Rausch aus. Ein Bild der Trostlosigkeit.

Anthony Nangala trat durch eine mit Graffiti verschandelte Tür auf die Straße, zog seine Kapuze ein wenig tiefer in die Stirn und schlenderte scheinbar unbekümmert los. Bei jedem Schritt spürte er das Couvert an seinem Bauch. Der nächste Briefkasten befand sich drei Blocks weiter.

Beim Überqueren der Straße war nur ein kleiner Teil seiner Aufmerksamkeit auf die Autos gerichtet. Der weitaus größere Teil war damit beschäftigt, die Menschen in seiner Umgebung zu taxieren. Passanten, Obdachlose, Schüler. Mütter mit Kinderwagen. Alle waren schwarz. Kein einziger Weißer. Kaum Mulatten.

Und niemand, der wie ein arabischer Killer aussah.

Nangala spürte, wie seine Angst sich allmählich verflüchtigte. Gleichzeitig mahnte er sich zur Vorsicht. In seinem Gewerbe konnte das Blatt sich sehr schnell wenden.

Einen Häuserblock vor dem Briefkasten betrat er das *Reeds*, eine Kneipe, die er schon oft aufgesucht hatte. Das Essen dort war zwar überteuert und schmeckte wie aufgewärmtes Styropor, aber dafür gab es dort eine Toilette mit breiten Fenstern, durch die auch ein Mann seiner Größe problemlos hindurchschlüpfen konnte.

Genau das tat er jetzt und fand sich in einem beengten, schattigen Hinterhof wieder, wo er sich im Schacht einer Kellertreppe ganz in der Nähe versteckte. Nach zehn Minuten war er sicher, dass er seine Verfolger zum Narren gehalten hatte. Er beschriftete das Couvert, trat wieder hinaus auf die Straße und bummelte zum Briefkasten. Im Vorbeigehen warf er den Umschlag ein. Alles lief reibungslos, und die Anspannung fiel von ihm ab wie eine Zentnerlast. Erleichtert schlenderte er weiter.

Eine halbe Stunde später saß Nangala in einem Internet-Café und trank eine Cola. Nebenher schrieb er ein paar E-Mails.

Als er am Nachmittag in sein Apartment zurückkehrte, wusste er sofort, dass jemand im Zimmer gewesen war. Wenn er außer Haus ging, legte er das Telefonkabel stets in Form einer Acht auf den Nachttisch, um sicherzugehen, dass seine Leitung nicht heimlich angezapft wurde. Jetzt bildete das Kabel eine Art Schneckenhaus. Jemand war im Zimmer gewesen.

Ich muss mir eine neue Unterkunft suchen, schoss es Nangala durch den Kopf.

Durch das gekippte Fenster hörte er, wie eine Autotür zuschlug. Ein ganz gewohntes, alltägliches Geräusch, dennoch weckte es in dieser Situation Nangalas Aufmerksamkeit. Er warf einen Blick auf die Straße hinunter und sah die beiden Männer. Keine Schwarzen, sondern Araber. Sie trugen Jeans und weite Pullover. *Pullover* – bei dieser Hitze. Bestimmt dienten sie nur dazu, Waffen zu kaschieren.

Nangala wusste, dass er schnellstens von hier verschwinden musste. Er machte auf dem Absatz kehrt und stürmte die Treppen hinunter. Wie schon am Vormittag, wählte er auch diesmal den Hinterausgang. Ein lähmender Schock fuhr ihm durch die

Glieder, als er feststellte, dass hier zwei weitere Männer postiert waren. Ebenfalls Araber. Insgesamt stand es nun vier gegen einen. Ein unfaires Spiel.

Die beiden Kerle im Hinterhof riefen sich etwas zu, während sie gleichzeitig unter ihre Pullover griffen. Nangala stürzte ins Treppenhaus zurück und schlug die Tür hinter sich zu. Was nun?

Er traf eine Entscheidung und rannte zur Vordertür. Vielleicht konnte er die beiden Killer auf der Straße überrumpeln. Zumindest lag das Überraschungsmoment auf seiner Seite.

Er stieß die Tür auf, stürmte ins Freie. Die beiden Araber starrten ihm verblüfft entgegen. Er hielt auf sie zu wie ein Wirbelsturm. Der schwarze Tornado. Er fegte sie beiseite wie Strohpuppen, doch er wusste, dass es ihm nur einen winzigen Vorsprung verschaffen würde.

Schon hörte er Stimmen hinter sich. Und Schritte. Die Kerle verfolgten ihn. Nangala sprintete die Straße entlang, ohne sich umzudrehen. Wie lange würde es dauern, bis eine Kugel ihn zwischen den Schulterblättern traf?

Er schlug einen Haken, bog in eine Seitengasse ein. Hier herrschte deutlich weniger Verkehr; es gab weniger Fußgänger und weniger Hindernisse. Aber auch weniger Schutz. Nangala rannte um sein Leben. Sein Herz hämmerte wild, und das Blut rauschte durch seine Schläfen, laut wie ein Wasserfall. Er konnte nicht hören, ob er noch immer verfolgt wurde.

Anthony Nangala keuchte. Weshalb gab es in dieser verfluchten Straße keinen Eingang zu einem Hinterhof? Nichts als Wände und verschlossene Türen. Eine Falle. Er versuchte, die Distanz bis zum Ende der Gasse abzuschätzen. Fünfzig, sechzig Meter.

Das schaffst du!

Endlich war er da. Die Straße, auf der er sich nun befand, war wieder belebter. Völlig außer Atem kämpfte er sich durch die Fußgängermenge.

Durch das Dröhnen des Wasserfalls in seinen Ohren drang ein anderes Geräusch: quietschende Autoreifen, unmittelbar neben ihm. Nangala wirbelte herum und sah den Wagen, einen alten blauen Ford, der soeben am Straßenrand hielt. Die Türen schwangen auf, und drei seiner Verfolger stürzten auf ihn zu. Im selben Moment packte der vierte ihn von hinten. Nangala hatte ihn nicht einmal bemerkt. Mehrere Passanten schrien, einige rannten davon. Keiner wagte, in den ungleichen Kampf einzugreifen.

Nangala versuchte, sich zu wehren, aber der Mann hinter ihm hatte ihn fest im Griff. Dann waren auch schon die drei anderen bei ihm. Sie packten ihn, stülpten ihm einen Sack über den Kopf und zerrten ihn zum Auto. Einer jagte ihm eine Spritze in den Oberarm, und augenblicklich erlahmte Anthony Nangalas Gegenwehr.

Wenigstens habe ich das Couvert abgeschickt, war sein letzter Gedanke, bevor er in bodenlose Finsternis stürzte.

2.

Moremi Wildtier-Reservat
Botswana, östliches Okawango-Becken

In der nächtlichen Savanne wärmten fünf Wilderer sich die Hände am Lagerfeuer. Über den Flammen dampfte ein Kessel, an einem Holzgerüst aufgehängt. Drei der Männer rauchten.

Sie unterhielten sich laut und lachten grölend. Keiner von ihnen schien auch nur einen einzigen Gedanken daran zu verschwenden, welche Strafe auf Wilderei stand. Weshalb auch? Sie waren erfahren in ihrem blutigen Job, und sie wussten, dass es viel zu wenig Wildhüter in diesem weiten Land gab. Im Moremi-Reservat waren es gerade mal sechs. Sechs Scouts, jeweils zwei pro Schicht, für eine rund 8000 Quadratkilometer große Fläche. Für jemanden, der mit Elfenbein oder Fellen schnelles Geld machen wollte, bestand kein Grund zur Sorge.

Einer der Männer, dem Aussehen nach der älteste, tunkte eine Kelle in den dampfenden Kessel und schöpfte sich damit eine Art Eintopf auf seinen Teller. Schmatzend begann er zu essen, während die anderen weiter palaverten und lachten. Sie sprachen Setswana. Immer wieder fielen die Worte »Pula« und »Thebe«. Sie bedeuteten »Regen« und »Tropfen«, waren zugleich aber auch die Währungsbezeichnung in Botswana. 100 Thebe entsprachen einem Pula. Die Männer redeten über Geld. Darüber, wie viel ihre Beute ihnen einbringen würde.

Der Alte stieß seinen Sitznachbarn an, deutete auf die Schnapsflasche in dessen Hand und nahm sie mit zufriedenem Nicken in Empfang. Er gönnte sich einen ausgiebigen Schluck, gab die Flasche dann weiter und rülpste dabei kräftig, was allseitiges Gelächter hervorrief.

Die Wilderer ahnten nicht, dass sie bereits seit Stunden beobachtet wurden.

Im Lichtkreis des Lagerfeuers war nur wenige Meter hinter den Männern ihr Lastwagen zu erkennen. Ein uraltes Modell von MAN. Unter der sandfarbenen Plane, die sich wie ein Röhrenzelt über die Laderampe spannte, lagerte die Ausbeute eines ganzen Monats. Gut eine Tonne des so genannten weißen Goldes: Elfenbein. 40 Stoßzähne von 20 erlegten Elefanten.

Der heimliche Beobachter war mit der Materie vertraut. Vor fünfzehn Jahren hatte ein Kilo Elfenbein auf dem internationalen Markt 250 Dollar gekostet. Heute waren es nur noch 50 Dollar. Doch trotz sinkender Preise lohnte sich das Geschäft noch immer. Die Lkw-Ladung stellte einen Gesamtwert von rund 50.000 Dollar dar. Die Wilderer würden natürlich nur einen Bruchteil davon erhalten, etwa 10.000 Dollar. Pro Nase also 2000 Dollar. Aber das war immer noch ein Vermögen in einem Land, in dem so manche achtköpfige Familie mit 150 Dollar *im Jahr* auskommen musste.

Nicht nur der Lkw war im Schein des Feuers zu erkennen. Etwas abseits zeichneten sich die Silhouetten mehrerer riesiger Elefantenkadaver ab. Für die Wilderer waren allein die Stoßzähne wertvoll, die Körper der getöteten Tiere wurden den Aasfressern überlassen. Jährlich starben im südlichen Afrika rund 2000 Elefanten auf diese Weise. Der Tierbestand hatte sich in den letzten zwanzig Jahren halbiert. In manchen Gegenden betrug er gerade noch 10 Prozent. Eine beschämende Bilanz.

Ein langer, wehleidiger Seufzer unterbrach das Gelächter der Männer. Neben einer toten Elefantenkuh stand ein Junges. Unentwegt streifte es mit dem Rüssel über den Kopf seiner Mutter, als könne es ihr auf diese Weise neues Leben einhauchen. Immer wieder stieß es gedehnte, qualvolle Rufe der Trauer in die sternenklare Nacht hinaus.

Hundert Meter weiter, versteckt hinter einem Gebüsch, lag der von Kopf bis Fuß in Schwarz gekleidete Beobachter bäuchlings auf dem Sandboden und biss die Zähne zusammen. Die Rufe des Kalbs erregten sein Mitleid. Er spürte Wut in sich aufsteigen, wie so oft angesichts der vielen Ungerechtigkeiten auf dieser Welt. Während die Wilderer lärmten und lachten und sich über das Geld unterhielten, litt das Kalb unter dem Verlust seiner Mutter. Es würde selbst bald sterben, denn es war höchstens zwölf oder dreizehn Monate alt. Elefantenbabys ernährten sich in den ersten zwei Lebensjahren ausschließlich von Muttermilch.

Der tonnenschwere Körper der Elefantenkuh lag reglos auf der Seite. Dort, wo normalerweise die Stoßzähne hervortraten, befanden sich jetzt nur noch zwei blutige Löcher, die beim Heraussägen und -brechen des Elfenbeins entstanden waren. Die anderen Kadaver sahen genauso aus. Insgesamt hatte die Herde aus zwei Elefantenbullen, sieben Weibchen und dem Kalb bestanden.

Der Mann hinter dem Gebüsch seufzte. Indische Elefantenweibchen hatten keine Stoßzähne. Afrikanische schon. Deshalb wurden die Tiere hier stets herdenweise umgebracht, brutal und berechnend, meist durch gezielte Schüsse in den Kopf.

Um diese Jahreszeit war es sogar besonders einfach, an Elfenbein heranzukommen. Im späten September, gegen Ende der Trockenzeit, zog es viele Tiere in das Einzugsgebiet des Okawango, denn der Fluss mündete nicht ins Meer oder in ein anderes Gewässer, sondern versiegte sprichwörtlich im Sand. Das Wasser versickerte in einem weiten Delta im Boden der Kalahari und bescherte den Tieren in Zeiten der aufkommenden Dürre ein wahres Paradies. Die Wilderer mussten also nur in der Nähe des Wassers warten, bis die Elefanten erschienen. Die Beute kam von allein zu den Jägern.

Wieder ertönte das Klagelied des Kalbs über der nächtlichen Savanne. Diesmal wollte es gar nicht mehr aufhören. Allmählich schien es den Wilderern auf die Nerven zu gehen. Sie diskutierten kurz, aber lautstark; dann legte der älteste von ihnen seinen Eintopf beiseite, griff nach seinem Gewehr und erhob sich. Nach wenigen Schritten blieb er stehen, um die Waffe anzulegen. Er zielte genau auf den Kopf des Elefantenbabys.

Ein ohrenbetäubender Schuss donnerte über das Land. Die vier Männer am Lagerfeuer lachten auf. Aber nicht das Elefantenkalb fiel zu Boden, sondern der Alte.

Zwei Sekunden lang schien die Zeit eingefroren. Dann brach das Chaos aus. Das Kalb rannte aufgeschreckt in die Nacht hinaus. Der Alte rappelte sich vom Boden auf und hielt sich den blutenden Arm. Während er zu seinen Kameraden wankte, brüllte er ihnen Befehle zu. Die Männer am Feuer stürzten zu ihren Gewehren und warfen sich flach auf den Boden. Da niemand wusste, woher der Schuss gekommen war, feuerten sie blindlings in sämtliche Richtungen.

Sie geraten in Panik, dachte der heimliche Beobachter zufrieden. Durchs Zielfernrohr seines vertrauten Erma-Scharfschützengewehrs verfolgte er jede Bewegung der Wilderer. Sie würden ihm nicht entkommen.

Seine Hand glitt zum Rücken und zog eine gut sieben Zentimeter lange Norma Match 168 HP aus dem Patronengürtel. Ohne den Blick von den Wilderern zu nehmen, lud er seine Waffe nach, schnell und lautlos. Jetzt war das Magazin wieder voll.

Erneut legte der Mann an. Zwei Schüsse ließen die Vorderreifen des Lastwagens platzen. Die Schnauze des MAN sackte ächzend nach unten. Die nächste Kugel traf den Tank. Der Dieseltreibstoff sprudelte in einem gebogenen Strahl auf den Sandboden. Damit war das Fahrzeug vorerst unbrauchbar.

Die Wilderer kamen offenbar zu demselben Schluss. Sie fluchten lautstark und stießen Verwünschungen aus, nicht nur, weil sie ihren Monatslohn schwinden sahen, sondern weil ihnen allmählich aufging, dass sie nicht entkommen würden.

Der Mann mit dem Scharfschützengewehr gestattete sich ein Lächeln. Natürlich konnte er nichts mehr für die getöteten Elefanten tun. Aber er würde dafür sorgen, dass ein klein wenig mehr Gerechtigkeit auf diesem Planeten einkehrte. Für dieses Ziel lebte er.

3.

Kobe Kulundu gähnte und streckte sich. Da er die ganze Nacht auf seinem Schreibtischstuhl verbracht hatte, fühlte er sich verspannt und ausgelaugt. Er konnte es kaum erwarten, endlich nach Hause zu fahren, gemeinsam mit seiner Frau zu frühstücken und sich dann ins Bett zu verkriechen.

Er warf einen Blick zur Wanduhr, die über dem Eingang der kleinen, aber behaglich eingerichteten Hütte des Wildhüter-Basiscamps in San-ta-Wani hing. Kurz vor sieben. Noch über eine Stunde bis zum Schichtwechsel.

Kobe Kulundu fuhr sich mit beiden Händen über das rabenschwarze Gesicht, dann durch sein Kraushaar, das an den Schläfen bereits ergraute. Noch einmal gähnte er herzhaft; dann stand er auf, um sich frischen Kaffee aufzubrühen.

Im Allgemeinen liebte Kobe seinen Job. Als Wildhüter des Moremi-Reservats trug er eine große Verantwortung. Außerdem brachte diese Tätigkeit viel Abwechslung. Nur den nächtlichen Bürodienst konnte Kobe nicht ausstehen. Manchmal erschienen ihm die Stunden am Schreibtisch endlos.

Er beschloss, sich zu rasieren und sich die Zähne zu putzen. Als er ins Büro zurückkehrte, war der Kaffee fertig.

Er goss sich eine Tasse ein und ging damit nach draußen, um sich die steifen Beine zu vertreten. Die Sonne war bereits aufgegangen, aber noch war ihr Licht matt, und sie brachte keine Wärme. Erst in einigen Stunden würde sie ihre ganze Kraft entwickeln und das Land in prächtige Orangetöne tauchen.

Kobe Kulundu nippte an seinem Kaffee und fröstelte. Noch lag die Kühle der Nacht über dem Reservat. Er krempelte die Ärmel seiner khakifarbenen Uniform herunter und trank einen weiteren Schluck Kaffee. Dann drehte er eine gemächliche Runde auf der feinsandigen, verdorrten Fläche vor der Blockhütte des San-ta-Wani Basiscamps, während er sich weiter nach seiner Frau und seinem Bett sehnte.

Im Büro erwachte das Funkgerät mit statischem Knacken zum Leben. Das war eigenartig. Der einzige Mensch, mit dem Kobe Kulundu über Funk in Verbindung stand, war sein Kollege Carl Tombe, der heute Nacht den Außendienst übernommen hatte. Für gewöhnlich meldete Carl sich nur alle zwei Stunden, um seine Position durchzugeben. Sein letzter Funkspruch lag aber gerade mal eine Stunde zurück. Irgendetwas musste passiert sein.

Kobe Kulundu eilte ins Büro und nahm den Funkspruch entgegen.

»Ich bin's, Carl.« Die Stimme klang blechern.

»Dachte ich mir schon. Was gibt's?«

»'ne ziemliche Überraschung, würde ich sagen.«

»Und was für eine?«

»Nun …« Carl Tombe zögerte. »Das solltest du dir besser selbst ansehen.«

Auch das noch, dachte Kobe Kulundu. »Ist es wichtiger als das Frühstück mit meiner Frau?«

»Würde ich so sagen, ja.«

»Könntest du etwas konkreter werden?«

»Komm einfach her und sieh's dir an. Und bring etwas Milch mit.«

Kobe ahnte, was das bedeutete. »Wo bist du?«

»Ziemlich genau zwölf Kilometer westlich von meiner letzten Position. Etwa zwei Kilometer nördlich des Boro.« Der Boro war einer der Flussausläufer, die das Okawango-Becken durchzogen.

»Also gut.« Kobe Kulundu seufzte. »In einer halben Stunde bin ich bei dir.«

Die kleine, einmotorige Cessna 172 Skyhawk flog kerzengerade über die morgendliche Savanne, dem Lauf des Boro entgegen. Mit der Sonne im Rücken hatte Kobe Kulundu keine Schwierigkeiten, sein Ziel zu finden. Schon von weitem sah er den Lkw und die Elefantenkadaver; dann erspähte er auch den Wildhüter-Jeep, neben dem Carl Tombe stand und ihm zuwinkte. Kulundu nahm Gas weg, ließ die Cessna einen Bogen beschreiben und landete. Da die Umgebung eben war, konnte er das Flugzeug bis auf wenige Meter an den Ort des Geschehens heranrollen lassen. Er stellte den Motor ab und stieg aus.

Kopfschüttelnd kam er auf seinen Kollegen zu. »Verdammt …«, murmelte er, während sein Blick von einem toten Elefanten zum anderen wanderte. Die grauen Körper lagen im Umkreis von mehreren hundert Metern verstreut wie eine willkürliche Ansammlung riesiger Findlinge. »Wie viele sind es? Neun?«

Carl Tombe nickte. »Zwei Bullen, sieben Kühe. Und dieses Kalb.« Er führte Kulundu ein paar Schritte weiter um den Lkw herum. An der vorderen Stoßstange hatte er mit einem Seil ein Jungtier angebunden. »Ungefähr ein Jahr alt, würde ich sagen.«

Kulundu nickte. »Die Milch ist im Flugzeug«, sagte er. »Eine Flasche auch. Der Kleine sieht hungrig aus. Am besten, wir füttern ihn erst mal. Dann sehen wir weiter.«

»Ich erledige das. In der Zwischenzeit solltest du einen Blick in den Stauraum werfen.«

»Da würd ich gern drauf verzichten. Beim Gedanken an all die Tiere, die für die Stoßzähne sterben mussten, wird mir übel. Am schlimmsten ist, dass die Kerle, die das getan haben, wieder mal davongekommen sind.«

Carl Tombe grinste. »Diesmal nicht, Kobe. Diesmal nicht.«

Der Laderaum bot ein wahrhaft außergewöhnliches Bild. Im hinteren Teil stapelten sich, wie bei solchen Funden üblich, dutzende von Stoßzähnen. Doch auf der Freifläche davor lagen fünf Männer nebeneinander auf dem Rücken.

Kobe Kulundu stieg auf die Laderampe. Die Wilderer starrten ihn mit großen Augen an, rührten sich aber nicht. Sie waren gefesselt und geknebelt und lagen eng an eng wie Ölsardinen in einer Dose.

Vier der Männer bluteten – einer am Arm, drei an den Beinen. Kulundu verspürte kein Mitleid. Wildererbanden wie diese schlachteten rücksichtslos Elefanten ab, um das Elfenbein außer Landes zu schmuggeln. Diese Verbrecher hatten es nicht besser verdient. Dennoch holte Kulundu seinen Medizinkoffer aus der Cessna und verarztete die Männer, damit ihre Wunden sich nicht entzündeten.

Als er fertig war, gesellte er sich wieder zu Carl Tombe, der auf der Frontstoßstange des Lkw saß und noch immer damit beschäftigt war, das Elefantenbaby zu füttern. Es nuckelte eifrig an der Milchflasche und strich dem Wildhüter dabei unermüdlich mit dem Rüssel über den Kopf.

Kulundu lächelte. Er wusste, dass Elefantenkälber Körperkontakt benötigten, sonst fraßen sie nicht. Trotz ihrer Größe und scheinbaren Robustheit brauchten sie Zuwendung und Zärtlichkeit, wie alle Babys.

»Ziemlich merkwürdig, nicht wahr?«, sagte Carl. »Fünf Wilderer gefesselt in ihrem eigenen Laster.«

»Allerdings.«

»Irgendjemand scheint ziemlich sauer auf die Typen gewesen zu sein.«

»Das sehe ich auch so.«

»Hast du schon diese Medaille gesehen?«

»Welche Medaille?«

»Die auf dem Fahrersitz.«

Da sein Kollege keine weiteren Erklärungen gab, stieg Kobe

Kulundu ins Führerhaus. Auf dem abgewetzten Beifahrersitz lag ein handtellergroßes, kreisrundes Stück Metall, das im aufgehenden Sonnenlicht silbern schimmerte. Tatsächlich, es war eine Medaille. Oder eine Münze. Kulundu nahm sie in die Hand und stellte fest, dass sie erstaunlich schwer war. Als er sie näher betrachtete, bemerkte er ein Zeichen auf dem Metall, eine Art plastische Ausarbeitung, ein Relief, das irgendwie alt wirkte. Es zeigte eine Rose, die sich mit einem Schwert kreuzte. Kobe Kulundu hatte so etwas noch nie gesehen.

»Was hat das zu bedeuten?«, murmelte er vor sich hin.

4.

Einen Tag später in Livingstone, Sambia
300 Kilometer nordöstlich des Moremi-Reservats

Das Taxi hielt röchelnd vor dem Eingang des *Royal Livingstone*, des besten Hotels in der Gegend. Es lag etwa acht Kilometer außerhalb der Stadt in unmittelbarer Nähe der Victoria-Wasserfälle. Dies machte das Hotel für betuchte Touristen überaus attraktiv. Urlauber aus aller Welt strömten hierher, weil man das gewaltige Naturschauspiel der Victoriafälle nirgends besser beobachten konnte. Auf einer Breite von gut anderthalb Kilometern stürzten die Wassermassen des Sambesi mehr als hundert Meter tief in einen nur fünfzig Meter breiten Erdspalt. Auf der gegenüberliegenden Klippe zu stehen und das Spektakel mit eigenen Augen zu sehen, während man von einer Wolke aus Wasserdunst und feiner Gischt umhüllt wurde, war eine beeindruckende Erfahrung. Nicht umsonst wurden die Wasserfälle von den Eingeborenen *Mosioa-Tunya* genannt, donnernder Rauch.

Emmet Walsh gab dem Taxifahrer einen Geldschein und stieg aus. Er war fünfundfünfzig Jahre alt, groß und schlank. Die freundlichen, dennoch wie in Stein gemeißelten Gesichtszüge wurden von einem weißen, kurz gehaltenen Vollbart umrandet, der in eine ebenso weiße Kurzhaarfrisur überging. Seine schmalen Lippen und die dunklen Augen verrieten Entschlossenheit. Seine ganze Erscheinung verströmte die Aura natürlicher Autorität.

Zu seiner legeren, jedoch eleganten Stoffhose trug er schwarze Lackschuhe, dazu ein weißes, am Kragen aufgeknöpftes Hemd. In der Hand hielt er einen Koffer. Er sah aus wie ein Geschäftsmann auf Urlaubsreise – und er wusste, dass er diesen Eindruck erweckte. Schließlich war es Teil seiner Tarnung.

Auf der Fahrt hierher hatte er überlegt, ob er das ausgefallene Angebot des Hotels annehmen und sein Dinner direkt an den Klippen der Wasserfälle einnehmen solle. Nun aber entschied er sich dagegen, denn er war müde. Er wollte nur noch schlafen.

Das Taxi fuhr davon, und Emmet Walsh betrat das Hotel. Der Rezeptionsbereich wurde von einem sonnigen Hof mit Brunnen umschlossen. In der Luft lag das angenehm würzige Aroma des angrenzenden Kräutergartens.

Walsh durchquerte die mit Säulen geschmückte Lobby und fragte den Portier, ob Nachrichten für ihn eingegangen seien. Das war nicht der Fall. Walsh dankte dem Mann, lehnte jedoch ab, als er einen Träger herbeiwinken wollte. Der Koffer war tabu.

Er ließ sich seinen Schlüssel geben und kaufte eine Tageszeitung. Dann verließ er die Lobby, um zu seinem Zimmer zu gehen.

Die Hotelanlage bestand aus mehreren zweigeschossigen Villen im Kolonialstil. In jeder Villa befanden sich zehn Luxussuiten. Insgesamt gab es 173 Fünf-Sterne-Zimmer.

Emmet Walsh betrat seine Unterkunft und hängte das Bitte-nicht-stören-Schild an die Tür. Erst jetzt fiel die Anspannung der letzten Tage vollends von ihm ab, und er spürte, wie müde er tatsächlich war. 48 Stunden fast ohne Schlaf. Er hatte Nachholbedarf.

Dennoch wollte er zuerst ein Bad nehmen. Während er das Wasser einlaufen ließ, blätterte er in der Zeitung.

Ein Artikel auf Seite drei erregte seine Aufmerksamkeit. Es ging um die Festnahme von fünf Wilderern, die unter merkwürdigen Umständen in Botswana gefasst worden waren. Der

Bericht schilderte sämtliche Fakten, verzichtete aber auch nicht auf einen Erklärungsversuch:

... Kobe Kulundu, Wildhüter im Moremi-Wildtierreservat, geht davon aus, dass die Wilderer von rivalisierenden Elfenbeinschmugglern überrascht und überwältigt wurden. Es sei nicht das erste Mal, so Kulundu, dass Schmugglerringe einander in die Quere kämen.
Die Polizei von Maun bestätigt diesen vorläufigen Verdacht, zumal sich in den vergangenen Monaten insgesamt neun derartige Fälle zutrugen – nicht nur in Botswana, sondern auch in den Nachbarstaaten Namibia und Simbabwe. Der Schmuggelmarkt in diesen Regionen ist seit Jahren heftig umkämpft.
Laut Polizeisprecher Jamie Ulassi gibt es Hinweise, dass alle neun Fälle auf das Konto ein und desselben Schmugglerrings gehen. Alle Verhafteten nennen als Täter einen großen, ganz in Schwarz gekleideten Mann. Da er vermummt war, konnte bislang niemand diesen Mann beschreiben.
Außerdem wurde an jedem Tatort eine Art Signum hinterlassen, erklärte Ulassi auf der gestrigen Pressekonferenz. Ein Medaillon, in das ein Schwert und eine Rose graviert seien. Die Polizei glaubt, dass die Täter damit ihr Revier abstecken und eine Warnung an andere Wilderer aussprechen. Doch Ulassi bekräftigt: »Wir arbeiten eng mit den Wildhütern des Moremi-Reservats und den Behörden in Namibia und Simbabwe zusammen. Ich bin sicher, wir werden dieser Bande bald das Handwerk legen.«

Emmet Walsh schmunzelte. Die Fakten stimmten, aber sie waren ungenau und zudem falsch interpretiert worden. In den letzten beiden Monaten waren in Namibia, Simbabwe und Botswana jeweils drei Gruppen von Wilderern verhaftet worden, nämlich jene, die im vergangenen Jahr den größten Umsatz mit illegalem Elfenbein erzielt hatten. Mit anderen Worten: die schlimmsten und skrupellosesten unter den Elefantenjägern.

Die Annahme, dass ein eigener Schmugglerring dahinter stecke, war jedoch falsch. Er selbst, Emmet Garner Walsh, hatte die Wilderer aufgespürt und unschädlich gemacht. Viele Wochen hatte er dafür recherchiert. Dann hatte er ein Ultraleichtflugzeug gechartert – im Touristenort Livingstone kein Problem – und die Fährte aufgenommen. Seine Ausrüstung befand sich in seinem Koffer: Ein zerlegbares Scharfschützengewehr, das vom Zoll nicht als solches erkannt werden konnte, Munition, ein Nachtsichtgerät und natürlich der GPS-Empfänger, mit dem er die Wege der Wilderer nachvollziehen konnte, denn er hatte deren Transportlaster zuvor heimlich mit Peilsendern ausgestattet. Auf diese Weise konnte er jederzeit auf wenige Meter genau seine Ziele lokalisieren. Der Segen der modernen Technik.

In fünf Fällen hatte er nach getaner Arbeit sogar die Polizei informiert, da die Gefesselten nach einem Tag noch nicht gefunden worden waren.

So viel Menschlichkeit haben diese geldgierigen Idioten gar nicht verdient, dachte er. Aber es war nicht seine Aufgabe, darüber zu richten.

Er legte die Zeitung beiseite und ging ins Bad. Das Wasser war wohltuend warm und entspannte ihn. Während er den süßen Duft von Jasmin-Lotion einatmete und sich den Staub der letzten Nächte vom Körper wusch, fragte er sich, wie es nun weitergehen solle.

Bereits für morgen Vormittag hatte er einen Flug von Livingstone Airport nach Johannesburg gebucht. Nach einem kurzen Zwischenstopp würde es von dort aus weiter nach London gehen. Danach war es nur noch ein Katzensprung bis nach Hause ins geliebte Schottland.

Emmet Walsh schloss die Augen und versuchte, sich die Türme und Zinnen von Leighley Castle vorzustellen. Seit sein Herz ihm zu schaffen machte, spürte er mehr und mehr die enge Verbundenheit mit seiner Heimat. Drei ganze Monate lang hatte er Leighley Castle nicht mehr gesehen. Eine halbe Ewigkeit, wie es ihm schien. Er konnte es kaum erwarten, endlich wieder durch die riesigen Hallen zu schreiten und die Erhabenheit des alten Gemäuers in sich aufzunehmen.

Und seine Brüder und Schwestern zu treffen.

5.

Anarak, Iran
300 Kilometer südöstlich von Teheran

Ein Unwissender hätte in dieser gottverlassenen Einöde niemals ein Gefängnis vermutet. Schon gar nicht ein so großes. Aber dieses Gefängnis war aus gutem Grund so geräumig. Und es lag auch aus gutem Grund so weit abseits der besiedelten Gegenden. Denn niemand außerhalb dieser Mauern sollte je von den Gräueltaten erfahren, die sich im Innern abspielten.

Genau das war Lara Mosehni zum Verhängnis geworden. Sie hatte das Gefängnis ausgekundschaftet, um die Missstände ans Licht der Öffentlichkeit zu bringen. Dabei war sie selbst in die Fänge jener Extremisten geraten, auf die sie es abgesehen hatte.

Mittlerweile saß sie schon sechs Tage lang in ihrer winzigen, stickigen Zelle, zusammengepfercht mit sieben anderen Frauen. Männer gab es in dieser Anstalt auch, doch soweit Lara wusste, waren sie in einem anderen Block untergebracht.

Aus einem ihr unbekannten Grund war sie die Einzige in der Zelle, die Handschellen trug. Vermutlich ganz einfach deshalb, weil sie noch zu viel Kraft hatte. Später, wenn sie wie die anderen halb verhungert und geschwächt war, würde man ihr die Fesseln abnehmen.

Ihr rabenschwarzes, knapp schulterlanges Haar, das normalerweise glänzte und sich wie Samt anfühlte, sah strohig und matt aus. Außerdem juckte ihre Kopfhaut, doch mit den Händen auf dem Rücken konnte sie sich nicht kratzen. Lara fragte sich, wann sie sich endlich wieder waschen könne.

Sie seufzte.

Unter normalen Umständen war sie eine sehr hübsche junge Frau, 28 Jahre alt, mit dem typisch arabischen Olivton der Haut. Ihre hohen Wangenknochen, das spitz zulaufende Kinn und die ebenmäßigen Gesichtszüge verliehen ihr etwas Pharaonenhaftes. Ihr Mann hatte sie einmal als seine *kleine Nofretete* bezeichnet, wohl auch deshalb, weil sie gelegentlich ein wenig überheblich wirkte.

Doch in den letzten Tagen hatte ihr Antlitz jegliche Überheblichkeit verloren, davon war sie überzeugt.

Das Gefängnis lag ein gutes Stück außerhalb von Anarak, eingebettet in die kargen Hügel des Kuhrud-Gebirges. Durch das kleine, vergitterte Fenster hatte Lara Mosehni eine schier endlos weite Aussicht auf die Ebene der riesigen Salzwüste Desht-i-Kevir.

Genau so könnte das Ende der Welt aussehen, dachte sie niedergeschlagen.

Mit dem Rücken an der Wand ließ sie sich zu Boden sinken. Um es bequemer zu haben, brachte sie ihre Beine in den Schneidersitz. Die anderen Frauen saßen ebenfalls auf dem nackten, feuchtkalten Boden. So etwas wie eine Pritsche gab es hier nicht. Nur ein stinkendes Loch in der Ecke, um die Notdurft zu verrichten. Jedes Mal, wenn Lara diese Ecke aufsuchte, musste sie sich wegen der Fesseln von einer der anderen Frauen helfen lassen. Es war entwürdigend.

Hinter den dreckverschmierten Gesichtern ihrer Zellengenossinnen erkannte Lara Mosehni den Ausdruck von Angst und Schrecken. Sie alle waren schon von den Wärtern vergewaltigt worden, die meisten von ihnen mehrmals. Jeder Versuch, Widerstand zu leisten, wurde mit brutalen Schlägen und Tritten geahndet. Und vergewaltigt wurden die Frauen trotzdem.

In der Nacht hatten die Wärter ein junges Mädchen geholt, Lara schätzte sie auf höchstens fünfzehn. Es hieß, sie solle zum Verhör mitkommen. Jetzt war ihr Gesicht verquollen und ihr

Körper von blutigen Striemen und blauen Flecken übersät. Außerdem presste sie ihre Hände gegen den Unterleib.

Laras Blick wanderte weiter zu einer Frau, die bereits seit über vier Jahren in dieser Zelle saß. Wie bei den meisten anderen Insassen des Gefängnisses von Anarak, warf man auch ihr vor, gegen die Regeln des Islam und die Gesetze des Regimes verstoßen zu haben. Angeblich hatten sie und ihr Mann einen Bombenanschlag auf ein Regierungsmitglied in Teheran geplant. Die Frau hatte Lara indes versichert, gar nichts von einem Bombenanschlag zu wissen. Zu einem Gerichtsverfahren war es nie gekommen. Man ließ sie einfach hier schmoren. Lebendig begraben.

Um ein Geständnis zu erzwingen und die Namen ihrer vermeintlichen Helfershelfer aus ihr herauszupressen, war auch diese Frau vergewaltigt worden. Und nicht nur das – man hatte sie auch mit Rohrstöcken, später mit Klaviersaiten gezüchtigt. Als die unwissende Frau danach noch immer keine Namen nannte, hatte man ihr mit der so genannten *petite guillotine*, einer Miniaturausgabe der normalen Guillotine, beide Daumenkuppen abgehackt.

Die Frau hatte Lara erzählt, auch ihr Mann und ihre beiden Söhne seien verhaftet worden, aber sie wusste nicht, was mit ihnen geschehen war. Sie hatte sie seit damals nicht mehr gesehen.

Lara fragte sich, wie Verstümmelungen und Vergewaltigungen regime- und islamkonform sein konnten. Hinter diesen Mauern galten offenbar andere Regeln.

Sie beschäftigte sich auch mit der Frage, welche Strafen die Wärter sich für sie, Lara, einfallen ließen. Geschlagen hatte man sie bereits. Vermutlich würde es nicht mehr lange dauern, bis man sich auch an ihr sexuell verging.

Doch so weit wollte sie es nicht kommen lassen. Den ersten Schritt ihres Befreiungsplans hatte sie vor kaum einer Stunde in die Tat umgesetzt, als sie dem Gefängnisvorsteher zur Befragung vorgeführt worden war. Trotz der Fesseln hatte sie sich von den beiden Wärtern, die sie gepackt hielten, losreißen können. Daraufhin war ein kurzes, wildes Handgemenge entbrannt, das Lara genutzt hatte, sich auf den Schreibtisch des völlig überraschten Vorstehers zu werfen. Diese Dreistigkeit hatte ihr Blutergüsse und eine aufgeplatzte Lippe eingebracht – aber auch eine Büroklammer. Lara hatte sie unter der Zunge unbemerkt aus dem Zimmer schmuggeln können.

Jetzt fragte sie sich, ob eine Büroklammer ausreichen würde, um aus diesem Gefängnis zu entkommen. Leicht würde es nicht werden, aber sie musste es versuchen.

6.

Nach dem Bad fühlte Emmet Walsh sich erholt, doch er wusste, dass der Schlafmangel der letzten zwei Tage ihn bald wieder einholen würde. Er griff zum Telefon, das auf seinem Nachttisch stand, und bat den Zimmerservice, ihn zum Abendessen zu wecken.

Da er im Okawango-Becken von der Außenwelt abgeschnitten gewesen war, beschloss er, vor dem Zubettgehen seine E-Mails abzufragen. Er packte seinen Laptop aus, verkabelte ihn mit dem Zimmeranschluss und startete sein Postoffice-Programm.

Es gab nur zwei neue Nachrichten.

Die erste stammte von Donna Greenwood, seiner Stellvertreterin und rechten Hand. Wie immer, wenn Emmet ihren Namen las oder ihn am Telefon hörte, überkam ihn ein Gefühl der Unsicherheit. Er kannte Donna bereits seit einer Ewigkeit, und obwohl er es ihr nie zu sagen gewagt hatte, empfand er so etwas wie Zuneigung für sie. Nein, mehr noch – Liebe.

Eigenartig, dachte er, wie man ein halbes Leben lang vor seinen Gefühlen davonlaufen kann, nur um der Gefahr einer Enttäuschung aus dem Weg zu gehen. Aber je länger man wartet, desto schwieriger wird es. Und irgendwann ist es dann unmöglich.

Vor seinem geistigen Auge erschien Donnas Antlitz. Ihr lockiges, mittlerweile grau-blondes Haar. Die großen, warmen Augen. Die hübsche Nase, von der die goldumrandete Bifokalbrille nicht mehr wegzudenken war. Die noch immer vollen, geschwungenen Lippen. Trotz ihrer 51 Jahre wirkte Donna ausgesprochen jugendlich.

Emmet Walsh schob den Gedanken an seine unerfüllte, weil nicht existierende Beziehung zu Donna Greenwood beiseite und las ihre E-Mail. Sie schrieb, dass sie alle Vorbereitungen für die Sitzung in Leighley Castle am kommenden Samstag getroffen habe. Bis auf zwei hatten sämtliche Teilnehmer den Termin bestätigt. Aber sie sei sicher, dass auch Anthony Nangala und Lara Mosehni sich melden würden.

Emmet lächelte. Donna war ein Organisationstalent. Es gab keine Aufgabe, die sie nicht schnell und zuverlässig erledigte. Ohne sie wäre er verloren gewesen.

Die zweite Nachricht war von vorgestern und stammte von Anthony Nangala, was Emmet verwirrte. Außerdem verspürte er einen Anflug von Zorn. Anthony wusste doch, dass er mit Emmet nicht in Verbindung treten sollte! Das durfte niemand bis auf Donna Greenwood.

Anthony Nangala hatte gegen die Regeln verstoßen.

Doch der Zorn verflog, als Emmet klar wurde, dass der Schwarze einen triftigen Grund für seine Nachricht haben musste. Einen *zwingenden* Grund. Mit ungutem Gefühl öffnete Emmet die E-Mail.

Anthony Nangala bat um schnellstmöglichen Rückruf in seinem New Yorker Apartment. Falls Emmet ihn nicht erreiche, solle er eine Nachricht auf Band hinterlassen; er, Nangala, höre den Anrufbeantworter stündlich ab und werde sich dann bei ihm melden.

Emmet Walsh öffnete eine Datei mit Telefonnummern, griff nach dem Hörer und wählte. Am anderen Ende der Leitung lief eine Bandansage an. Nach dem Pfeifton nannte Emmet die Telefonnummer des Royal Livingstone Hotel und seine Zimmerdurchwahl. Mehr nicht. Er war sicher, dass Anthony Nangala seine Stimme erkennen würde.

Emmet hängte ein, ließ die Jalousien herunter und legte sich ins Bett. Eine Minute später schlief er tief und fest.

Das Klingeln des Telefons ließ ihn auffahren. Er tastete nach dem Hörer und nahm ab. Es war der Zimmerservice, der Emmet zum Abendessen wecken sollte.

Durch die Lamellen der Jalousie erkannte er, dass es draußen schon dunkel wurde.

Erst jetzt kam ihm in den Sinn, dass etwas nicht stimmte. Anthony Nangala wollte seinen Anrufbeantworter stündlich abhören und sich dann unverzüglich bei ihm melden. Inzwischen waren ganze acht Stunden vergangen, ohne dass Nangala angerufen hatte. Das war sonderbar. Mehr noch, es war Besorgnis erregend.

Emmet Walsh nahm erneut den Hörer ab und wählte. Diesmal brauchte er nicht in seinem Telefonverzeichnis nachzuschauen. Er kannte die Nummer auswendig.

Am anderen Ende der Leitung meldete sich Donna Greenwood. Emmet schluckte den Kloß im Hals hinunter und berichtete ihr, was er wusste. Dann bat er sie herauszufinden, wo Anthony Nangala steckte. Außerdem erkundigte er sich nach Lara Mosehni.

»Hat sie sich inzwischen wegen des Treffens bei dir gemeldet?«, wollte er wissen.

»Nein.«

»Dann versuch, sie ebenfalls ausfindig zu machen. Wenn Lara und Anthony in Schwierigkeiten stecken, müssen wir ihnen helfen.«

Als er einhängte, spürte er ein schmerzvolles Ziehen in der Herzgegend.

Das alte Leiden, dachte er. Du musst dich beruhigen. Tief durchatmen, entspannen.

Doch heute fiel es ihm schwer.

7.

Fahler Mondschein fiel durchs Zellenfenster. Die Gitterstäbe warfen ihre Schatten quer über den nächtlichen Boden, als wollten sie die acht Frauen auch in der Nacht daran erinnern, dass sie inhaftiert waren. Dennoch nahm die matte Helligkeit viel von der beklemmenden Atmosphäre des Gefängnisses von Anarak.

Lara Mosehni lehnte hockend an der Wand. Ihre Leidensgenossinnen hatten es sich so gut wie möglich auf dem Betonboden bequem gemacht und schliefen. Zumindest dachte Lara das, bis die dunkle Gestalt neben ihr flüsterte: »Nimmst du mich mit?«

Es war das fünfzehnjährige Mädchen, das in der Nacht zuvor misshandelt worden war.

»Dich mitnehmen? Wohin?«, fragte Lara.

»Egal. Hauptsache weg von hier. Du willst doch ausbrechen ...?«

»Wie kommst du darauf?«

»Man erkennt es an deinen Augen. Sie sind noch nicht stumpf wie die der anderen. Deine Augen leuchten. Man sieht den Hass darin.«

»Es ist kein Hass. Es ist Überlebenswille.« Obwohl sie zugeben musste, dass ein klein wenig Hass doch dabei war.

»Wenn du gehst, musst du mich mitnehmen«, flüsterte das Mädchen. »Ich kann nicht hier bleiben. Sie haben gestern gesagt, dass sie mich von jetzt an jede Nacht zu sich holen ... sie sind gemein, sie tun mir weh, sie …« Das Mädchen begann leise zu schluchzen. »Versprich mir, dass du mich nicht hier zurücklässt.«

»Ich verspreche es. Versuch jetzt zu schlafen.«

Nach Laras Empfinden mochten zwei oder drei Stunden vergangen sein, als sie draußen auf dem Gang gedämpfte Schritte hörte. Kurz darauf wurde von außen ein Schlüssel ins Schloss gesteckt und ein Eisenriegel beiseite geschoben.

Das Mädchen neben Lara zuckte zusammen. »Sie holen mich«, raunte sie. Ihre Stimme klang rau und ängstlich.

»Darauf würde ich nicht wetten«, flüsterte Lara. Mithilfe der Büroklammer hatte sie längst ihre Handschellen geöffnet.

Die massive Tür schwang mit schrillem Quietschen auf, und helles Licht fiel vom Gang ins Innere der Zelle. Im Türrahmen erschienen zwei Wärter. Einer von ihnen blieb draußen stehen, der andere kam in die Zelle und beugte sich zu dem Mädchen herunter, um es auf die Beine zu zerren.

In diesem Moment sprang Lara auf und rammte dem Wärter ihr Knie in den Unterleib. Augenblicklich sank er mit einem gequälten Röcheln zusammen.

Lara achtete nicht weiter auf ihn, sondern rannte auf den zweiten Wärter zu, der erstaunlich schnell auf ihren Angriff reagierte und seine Pistole aus dem Halfter riss. Lara sah, wie er die Mündung auf sie richtete, aber schon war sie bei ihm. Ein einziger Schlag gegen die Schläfe genügte, um ihn außer Gefecht zu setzen. Er kippte um wie ein gefällter Baum. Das Ganze hatte keine fünf Sekunden gedauert.

Die anderen Frauen in der Zelle starrten Lara ungläubig an. Doch auf das Gesicht des jungen Mädchens legte sich ein befreites Lächeln.

»Wo hast du so zu kämpfen gelernt?«, fragte sie.

»Jetzt ist nicht die Zeit für Erklärungen«, raunte Lara. »Wenn wir hier rauswollen, sollten wir uns beeilen.«

Sie packte den Wärter im Gang an den Füßen, zog ihn in die Zelle und nahm ihm die Pistole ab. »Der wird so schnell nicht Alarm schlagen«, sagte sie. Dann betrachtete sie den anderen Wärter, der noch immer röchelnd und mit hochrotem Kopf zusammengekauert am Boden lag. »Nehmt meine Handschellen und fesselt ihn damit«, sagte Lara zu den Frauen. »Und stopft ihm irgendwas in den Mund, damit er nicht schreit, wenn er sich erholt hat. Kann jemand von euch mit Waffen umgehen?«

Zwei der Frauen nickten.

»Dann nehmt euch eine Pistole oder ein Gewehr. Aber wer mit mir kommt und wieder geschnappt wird, der wird hier drinnen sterben – darüber müsst ihr euch im Klaren sein.«

8.

Tom Tanaka hockte vornübergebeugt über dem kleinen, speckigen Holztisch. Sein Kopf ruhte auf den verschränkten Unterarmen. Im Schlaf gab er ein zufriedenes Schmatzen von sich.

Das Zimmer, in dem er sich befand, war nur spärlich möbliert, doch beim Anmieten der Unterkunft hatte Luxus keine Rolle gespielt. Allein die Lage des Zimmers war entscheidend gewesen.

Der Knopf, den Tom Tanaka im Ohr trug, gab einen knackenden Laut von sich. Sofort war er hellwach.

Wegen des Mondscheins war es in dem kleinen Raum so hell, dass Tanaka sich darin bewegen konnte, ohne das Licht einzuschalten. Licht hätte man von draußen sehen können, und das wollte er nicht. Außerdem hatte er in den letzten Wochen so viel Zeit in diesen vier Wänden verbracht, dass er sich auch blind zurechtgefunden hätte.

Er stellte das Tonband auf dem Tisch an und ging zum Fenster. Dort standen zwei Stative. Auf einem hatte er ein Richtmikrofon montiert, auf dem anderen eine hochauflösende, lichtempfindliche Kamera. Beides benötigte er, um das Gebäude auf der gegenüberliegenden Straßenseite zu überwachen. Durch die Kamera beobachtete er das Geschehen. Gleichzeitig hörte er über den Mini-Lautsprecher im Ohr alles mit.

Im Sucher erschien Lara Mosehni. Oder Jennifer Watson. Oder Carla Macnamara. Auf ihren Reisen rund um den Globus benutzte sie alle drei Namen. Aber Tanaka war ziemlich sicher, dass ihr richtiger Name Lara Mosehni lautete.

Er drückte auf den Auslöser und fragte sich, wo die Frau so lange gewesen war. Er hatte bereits befürchtet, sie aus den Augen verloren zu haben. Eine ganze Woche lang war sie wie vom Erdboden verschluckt gewesen.

Aber jetzt war sie wieder da. In ihrer Wohnung.

Auch sie schaltete das Licht nicht ein, weshalb das Bild im Kamerasucher beinahe schwarz-weiß aussah. Tanaka war das gleichgültig. Hauptsache, er konnte sie ungehindert beobachten.

Als Erstes ging sie ins Schlafzimmer. Dort warf sie irgendeinen Gegenstand aufs Bett. Tanaka betätigte den Zoom und erkannte, dass es sich um eine Pistole handelte. Das wunderte ihn kaum. Im Gegenteil, er hatte es erwartet. Erstaunt war er höchstens darüber, dass die Frau nicht noch mehr Waffen bei sich führte.

Er zoomte das Bild wieder weg und verfolgte Lara Mosehni bis ins Badezimmer. Da sie trotz Dunkelheit den Vorhang zuzog, musste Tanaka sich jetzt allein auf die Aufnahme des Richtmikrofons verlassen.

Er hörte, wie Wasser angestellt wurde. Dann minutenlanges Rauschen. Als es endete, vernahm er nur noch leises Plätschern. Lara Mosehni musste sich ein Bad eingelassen haben.

Tom Tanaka entschloss sich zu einem kurzen Statusbericht, denn er hatte schon viel zu lange keinen Erfolg mehr zu vermelden gehabt. Er griff nach seinem Handy, tippte eine Nummer ein, ließ es einmal klingeln und unterbrach dann die Verbindung. Kurz darauf meldete sich sein Vibrationsalarm, und eine blecherne Stimme nannte ihm eine Telefonnummer mit abhörsicherer Leitung. Tanaka notierte sie auf einem Zettel, beendete die Verbindung und wählte die neue Nummer.

Ein paar Minuten später hatte er alles berichtet, was es zu berichten gab. Der Mann am anderen Ende schien zufrieden, mahnte Tanaka aber auch, die Frau nicht noch einmal aus den Augen zu verlieren. Tanaka bekräftigte, sein Möglichstes zu tun, und beendete das Gespräch.

Er wollte sich schon wieder seiner Observierung widmen, als ihm einfiel, dass er die notierte Telefonnummer vernichten musste. Keine Spuren hinterlassen – das war wichtig in seinem Job. Er ging in die Küche, zündete den Zettel an und steckte ihn in eine leere Konservendose. Lautlos zerfraßen die Flammen das Papier. Anschließend stellte Tanaka sich wieder ans Fenster.

Die nächsten zwanzig Minuten verliefen ereignislos. Tanaka wartete und lauschte dem endlosen Plätschern. Die Frau schien ihr Bad zu genießen. Als sie wieder ins Wohnzimmer kam, war sie in ein Handtuch gehüllt. Im Schlafzimmer zog sie sich rasch an. Dann kramte sie unter dem Bett einen Koffer hervor und machte sich ans Packen.

Sie will verschwinden, dachte Tanaka. Verflixt und zugenäht! Mädchen, du bist doch noch nicht mal eine Stunde hier!

Mit geübten Griffen packte jetzt auch Tom Tanaka seine Sachen zusammen. Das bisschen Kleidung, das er bei sich hatte, befand sich in einer Sporttasche neben dem Bett. Er musste sich also nur noch um die Ausrüstung kümmern. Und die hatte er bereits hunderte Male auf- und abgebaut. Binnen kürzester Zeit war der Japaner bereit zum Aufbruch.

Er warf einen letzten Blick durchs Fenster. Lara Mosehni hielt sich noch immer in ihrer Wohnung auf. Sehr gut. Er wollte die Frau nicht verlieren. Immerhin verfolgte er sie schon seit acht Wochen. Sie war die einzige Spur, die er hatte.

9.

Freitag, Schottische Highlands

Emmet Walsh fühlte sich verspannt, wie so oft, wenn er nach einer Mission zurückkehrte. In Afrika war es besonders anstrengend gewesen. Tagsüber nichts als Hitze und Staub, nachts empfindliche Kühle. Ein Land der Extreme. Zwei Monate lang hatte Emmet abwechselnd geschwitzt und gefroren und dabei zahllose Entbehrungen auf sich genommen. Allein die Erinnerung ließ ihn schaudern.

Aber vielleicht lag es auch gar nicht an Afrika. Vielleicht lag es einfach daran, dass er allmählich alt wurde. *Zu* alt. Ein niederschmetternder Gedanke, den er gar nicht erst vertiefen wollte.

Er schloss einen Moment lang die Augen, öffnete sie dann wieder und versuchte, sich die Rückkehr in die Heimat nicht durch Sorgen verderben zu lassen. Doch so ganz gelingen wollte es ihm nicht. Die Angst vor dem Alter, mehr noch – die Angst vor dem Tod – verfolgte ihn, seit er zum ersten Mal das Stechen in der Brust gespürt hatte.

Ich sollte das Leben künftig mehr genießen, dachte er. Gleichzeitig wusste er, dass er sich einer Illusion hingab. Es gab so viel zu tun, in allen Teilen der Welt. Er und die Seinen durften sich keine Ruhe gönnen.

Wieder schweiften seine Gedanken zu der hinter ihm liegenden Mission. Von Livingstone aus war er über Johannesburg nach London Heathrow geflogen. Dort hatte er sich von einer Maschine der British Airways nach Glasgow, Schottland, bringen lassen. Der Koffer mit seiner Ausrüstung und dem zerlegbaren Scharfschützengewehr war problemlos durch sämtliche Kontrollschleusen gekommen.

Jetzt saß Emmet Walsh hinter dem Steuer seiner glänzenden Limousine, eines Jaguar X-Type, und fuhr in gemächlichem Tempo auf der A 82 in Richtung Norden, zwischen den Hügeln der Grampian Mountains hindurch. Je weiter er sich von Glasgow entfernte, desto besser fühlte er sich.

Die Anzeige am Armaturenbrett gab eine Außentemperatur von lediglich 10 Grad an, doch der tiefblaue, fast wolkenlose Himmel war traumhaft. Nirgends war die Luft klarer als hier, nirgends roch sie frischer. Emmet Walsh liebte dieses Land.

Zwei Stunden, nachdem er Glasgow verlassen hatte, stieß er auf den Loch Linnhe. Er verringerte die Geschwindigkeit, um den Blick nach links zu genießen, hinaus aufs offene Meer. Im Gegenlicht der nachmittäglichen Septembersonne funkelte und schimmerte die Wasseroberfläche der Bucht, der Firth of Lorn, wie flüssiges Gold. Vom Auto aus konnte Emmet sogar die dem Festland vorgelagerte Insel Mull erkennen.

Emmet folgte der A 82 in entgegengesetzter Richtung. Nach einigen Kilometern überquerte er den kaledonischen Kanal und bog in eine kleine Zubringerstraße auf der anderen Uferseite ein. Das Hügelland zu seiner Linken gehörte jetzt nicht mehr zu den Grampian Mountains, sondern zu den North West Highlands.

Der Kanal mündete in den Loch Lochy. Emmet ließ ihn hinter sich und befuhr ein Sträßchen in nordwestlicher Richtung. Das Gefühl der Vorfreude übermannte ihn, als er nach wenigen Kilometern einen anderen See erreichte, den Loch Arkaig. Eingebettet in die karge Hügellandschaft glich er den unzähligen anderen Seen Nordschottlands. Doch für Emmet Walsh war er etwas ganz Besonderes.

Die Sonne stand so tief, dass der Schatten der Berge das Wasser beinahe schwarz färbte. Ein Steinadler zog am Himmel seine einsamen Kreise. In einiger Entfernung tauchte das Fischerdorf Murlaggan auf. Am gegenüberliegenden Ufer des Loch Arkaig erspähte Emmet Walsh jetzt die Mauern von Leighley Castle.

Unwillkürlich wurde ihm warm ums Herz. Endlich wieder zu Hause, dachte er erleichtert.

10.

Einen Tag später
Samstagmorgen, Schottische Highlands

Tom Tanaka lehnte mit dem Rücken an seinem Wagen und spähte durch ein Fernglas. Er stand am Ufer des Loch Arkaig und hatte das Gefühl, bereits festgefroren zu sein. Die kargen Berge schienen ihm die Kälte der Nacht entgegenzuhauchen. Eine dünne Nebelschicht schwebte über dem stahlgrauen Wasser und kroch ihm geradewegs unter die Haut. Tanaka schlug den Mantelkragen hoch, fror aber dennoch. Nach seinem Aufenthalt im heißen Iran kam ihm die schottische Bergwelt doppelt ungemütlich vor. Mit klammen Fingern steckte er sich eine Zigarette an.

Wieder hob er das Fernglas vor die Augen. Sein Blick schweifte über den kleinen Ort am Ende der Uferstraße. Ein Fischerdorf namens Murlaggan, das aus höchstens dreißig oder vierzig Häusern bestand. Erstaunlich, dass es in der Straßenkarte, die auf dem Beifahrersitz des Wagens lag, überhaupt eingezeichnet war.

Da fast jedes Haus in einer anderen Farbe gestrichen war, wirkte das Dorf trotz der düsteren Umgebung einladend, geradezu idyllisch. Dennoch wollte Tanaka hier nicht mal begraben liegen. Nichts als Abgeschiedenheit und Langeweile. Was, um alles in der Welt, zog Lara Mosehni hierher? Er konnte es sich beim besten Willen nicht erklären.

Es grenzte an ein Wunder, dass er die Spur der Frau nicht verloren hatte, denn er war ihr weit gefolgt. Teheran, Istanbul, Paris, London, Edinburgh, Inverness.

Bis gestern hätte er Inverness ebenso wenig auf der Karte gefunden wie Murlaggan. Heute wusste er, dass es mit über 40.000 Einwohnern die Hauptstadt von Highland war, dem größten Verwaltungsgebiet Schottlands.

Glücklicherweise hatte Lara Mosehni von Freitag auf Samstag in Inverness übernachtet, was Tom Tanaka Zeit verschafft hatte, sich einen Wagen zu besorgen. Heute Morgen war sie dann aufgebrochen und die 80 Kilometer bis hierher gefahren, mitten hinein ins schottische Niemandsland.

Tanaka ließ seinen Gedanken fallen, als er durchs Fernglas zwei Gestalten erkannte, die aus einem der Häuser traten: ein Mann in Ölzeug, offenbar ein Fischer, und eine Frau – Lara Mosehni.

Da sein Wagen hinter Riedgras und Ufergestrüpp versteckt war, sorgte Tanaka sich nicht, gesehen zu werden. Seine Sicht hingegen war sehr gut.

Die beiden Gestalten gingen vom Haus über die Straße bis zum Steg. Dort stiegen sie in eines der kleinen Fischerboote. Das Knattern des Motors drang bis zu Tom Tanaka.

Das Boot legte ab und fuhr in einer schnurgeraden Linie über den See. Die Kielwelle durchschnitt die bis dahin spiegelglatte Oberfläche und brachte Bewegung ins Wasser. Das konnte Tanaka sogar durch den lichten Nebel hindurch erkennen.

Wohin wollen die beiden?, fragte er sich.

Er beantwortete sich die Frage gleich selbst, denn auf der gegenüberliegenden Uferseite gab es nur ein Ziel: ein kleines Schloss, eher eine Trutzburg. Sie lag am Ende einer in den See ragenden Landzunge, ein Bollwerk, errichtet aus dem graubraunen Granit des schottischen Hochlands. Die Steinmauern wirkten kalt und verwittert, und bei einem der vier Ecktürme fehlten ein paar Zinnen. Davon abgesehen aber schien die Anlage gut in Schuss zu sein. Es war keine Ruine, sondern eine offenbar bewohnte Burg.

Dennoch blieb die Frage offen, was Lara Mosehni dort zu suchen hatte. Traf sie sich mit den anderen Mitgliedern der Rosenschwert-Bande? Es gab nur einen Weg, das herauszufinden.

Tom Tanaka wartete, bis das Fischerboot über den See getuckert war. Dann stieg er in seinen Wagen und fuhr nach Murlaggan. Unterwegs überlegte er, wie er am geschicktesten vorgehen solle, denn in einem Kaff wie diesem fiel ein allzu neugieriger Fremder gewiss auf. Er beschloss, sich als Tourist auszugeben, das war am einfachsten.

Er passierte die Ortseinfahrt und parkte seinen Wagen hinter der einzigen Kneipe der Stadt, sodass er von der Burg aus nicht gesehen werden konnte. Sein Ausrüstungskoffer lag auf dem Rücksitz. Tanaka kramte einen Fotoapparat hervor und hängte ihn sich um den Hals. Dann griff er nach der Straßenkarte auf dem Beifahrersitz. Als Tarnung musste das genügen.

Er umrundete das Gebäude und trat ein. Drinnen roch es widerlich nach kaltem Rauch und Fisch. Dennoch beschloss der Japaner zu bleiben. Er wählte einen Fenstersitz. Von hier aus hatte er einen ausgezeichneten Blick über den See bis hinüber zur Burg.

Eine dicke, in Wollpullover und Jeans gekleidete Gestalt trat aus dem Halbdunkel der Kneipe auf ihn zu. Der Barbesitzer, wie sich herausstellte, ein Kerl namens Scully.

»Hast dich wohl verfahren«, sagte er.

Tanaka nickte.

»Dacht ich's mir. Hätt mich auch gewundert, wenn du tatsächlich zu uns gewollt hättest. Wärst der erste Tourist seit zehn Jahren, der absichtlich hierher kommt.«

Obwohl Scully aussah wie ein Bär, klang seine Stimme freundlich. Gleichwohl musste Tanaka sich konzentrieren. Er sprach zwar ziemlich gut Englisch, doch der gälische Einfluss auf den hiesigen Dialekt machte es schwer, Scully zu verstehen.

Tanaka breitete seine Karte auf dem Tisch aus. »Ich will nach Fort Augustus«, sagte er. Auf dem Weg von Inverness hierher war er durch diesen Ort am südlichen Ende des Loch Ness gefahren.

»Fort Augustus? Da wollen viele hin, Nessie fotografieren. Wär 'n schönes Bild fürs Familienalbum, was?« Scully stieß Tanaka mit dem Ellenbogen an, lachte und erklärte ihm den Weg nach Fort Augustus. »Sind aber noch gut fünfzig Kilometer bis dahin«, sagte er.

»Dann werde ich hier einen Kaffee trinken, bevor ich wieder aufbreche.«

»Kaffee? Gern.«

Kurz darauf stand eine dampfende Tasse auf Tanakas Tisch.

»Wie sieht es mit der Burg dort drüben aus?«, fragte er beiläufig. »Lohnt sich eine Besichtigung? Ich meine, wo ich schon mal hier bin.«

»Leighly Castle? Kannste vergessen. Die Burg is' nicht zu besichtigen.«

Tanaka beschloss, einen Vorstoß zu wagen. »Ich habe auf dem Weg hierher gesehen, wie jemand auf einem Boot übersetzte.«

»Boot? Ach so ... Das war kein Tourist. Ich sag doch, dass seit Ewigkeiten kein Tourist mehr hier war. Die Frau in dem Boot muss 'ne Angestellte von Layoq Enterprises sein.«

»Layoq Enterprises?«

»Gehört 'nem steinreichen Pinkel, genau wie die Burg. Geschäftsmann. Ich glaub, der macht in Öl oder so. Hat seinerzeit Leighley Castle gekauft, wahrscheinlich, weil er zu viel Kohle hat. Ein-, zweimal im Jahr trifft er sich hier mit seinen Oberfuzzis.«

Tanaka verstand den Ausdruck nicht und machte ein fragendes Gesicht.

»Führungskräfte«, erläuterte Scully. »Hier finden Geschäftsgespräche oder so was statt. Genau weiß das keiner von uns. Schließlich sind wir ja nicht eingeladen!« Wieder lachte er auf.

»Und die Angestellten lassen sich per Boot zur Burg bringen?«, fragte Tanaka, bemüht, nicht allzu interessiert zu wirken.

»Es gibt keinen anderen Weg«, sagte Scully. »Man könnte höchstens noch um den See wandern. Aber welcher feine Pinkel macht das heutzutage noch? Na ja, im Grunde stören die Leute uns nicht. Sie tauchen ab und zu hier auf, zahlen uns ein bisschen Geld dafür, dass sie ihre teuren Schlitten in unseren Garagen abstellen dürfen oder dass wir sie über den See schippern, und dann verschwinden sie wieder. So geht es seit Jahren.«

Tom Tanaka wusste genug. Um keinen Argwohn zu erwecken, unterhielt er sich noch eine Weile mit Scully, während er gemütlich seinen Kaffee trank. Dann verabschiedete er sich, nicht ohne noch einmal nach dem Weg nach Fort Augustus zu fragen. Als er wieder im Wagen saß, war er sicher, dass Scully ihm die Touristenrolle abgekauft hatte.

Noch einmal ließ er sich das Gespräch durch den Kopf gehen. Layoq Enterprises. Nie davon gehört, dachte er. Layoq war nach seinem Empfinden ein seltsamer Firmenname. Irgendwie unpassend. Andererseits schien ihm jedes zweite schottische Wort irgendwie unpassend. Murlaggan. Loch Arkaig. Leighley Castle. Layoq klang da fast schon wieder erfrischend einfach.

Eines jedoch machte ihn skeptisch. Lara Mosehni mochte alles Mögliche sein, aber eines ganz bestimmt nicht: leitende Angestellte von Layoq Enterprises. Das wusste er mit absoluter Sicherheit. Immerhin beschattete er sie seit Wochen. Und seit Monaten war er den Rosenschwert-Mitgliedern auf der Spur.

Er lenkte den Wagen auf die A 830, überquerte den Kanal und stieß auf die A 82. Dem Straßenschild nach Inverness und Loch Ness folgend bog er nach Nordosten ein, doch bereits nach wenigen Kilometern hielt er in Spean Bridge am Bahnhof, um ein Telefonat zu führen. Lange benötigte er dafür nicht. Er forderte lediglich Verstärkung an.

11.

Emmet Walsh stand auf dem Westturm von Leighley Castle und blickte gedankenverloren über den See. Auf seiner Stirn standen Sorgenfalten. Er hatte das Auto am gegenüberliegenden Ufer des Loch Arkaig gesehen.

Ein Auto, das am Samstagmorgen von Murlaggan wegfuhr, musste natürlich nichts zu bedeuten haben. Es gab immer ein paar Fischer, die Einkäufe in der nächstgrößeren Stadt zu erledigen hatten. Dennoch konnte Emmet seine Bedenken nicht abschütteln. Was, wenn jemand in dem Auto saß, der es auf ihn oder die anderen abgesehen hatte? Terroristen, Geheimdienste oder skrupellose Geschäftsleute, denen der Orden in die Quere gekommen war? Rund um den Globus gab es mittlerweile unzählige Feinde, und einige von ihnen wollten Köpfe rollen sehen. Im wahrsten Sinne des Wortes.

Emmet hörte ein Geräusch hinter sich, drehte sich um und sah Donna Greenwood, die soeben aus dem Aufgang der Wendeltreppe ins Freie trat.

Hübsch wie immer, stellte Emmet fest, während Donna auf ihn zukam, in einen eleganten Ledermantel gehüllt. Der kühle, ablandige Wind, der von den Bergen hinter der Burg herabfegte, wirbelte ihr Haar durcheinander. Es machte sie nur noch schöner.

Sie trat zu ihm und sah ihn über den schmalen Goldrand ihrer Bifokalbrille hinweg an. »Du scheinst dir Sorgen zu machen«, stellte sie fest. »Leugne es nicht. Wir kennen uns zu lange, als dass du mir etwas vormachen könntest. Was ist es? Wieder dein Herz?«

Emmet schüttelte den Kopf und erzählte ihr von dem Auto.

»Bist du sicher, dass du dir nichts einbildest?«, fragte Donna. Ihre Stimme klang warm und einfühlsam. »Selbst in einer so wenig belebten Gegend wie dieser ist ein Auto nichts Ungewöhnliches.«

»Ich weiß. Es ist nur so ein Gefühl.«

»Männer und Gefühle.« Sie seufzte theatralisch. »Das sind bekanntlich zweierlei Dinge.«

Emmet kam sich irgendwie ertappt vor. Waren die Worte eine Anspielung? Ahnte Donna etwas von seiner heimlichen Zuneigung zu ihr?

»Vielleicht hast du Recht«, sagte er. »Ich habe mir etwas eingebildet.«

»Selbst wenn jemand uns auf der Spur wäre – denk daran, dass die Burg bestens ausgestattet ist«, sagte Donna. »Niemand kann sich ihr unbemerkt nähern. Zudem verfügen wir über ein Verteidigungsarsenal, um das so manches kleine Land uns beneiden würde.«

Jetzt musste Emmet sogar lachen. »Du übertreibst.«

»Aber nicht sehr.«

»Nein, allerdings nicht.« Er betrachtete sie einen Moment lang schmunzelnd. Wie Donna es doch immer wieder schaffte, ihm direkt ins Herz zu schauen. Auf geheimnisvolle Weise wusste sie in jeder Situation, wie sie ihn zu nehmen hatte. Sie baute ihn auf, wenn es ihm schlecht ging, nahm ihm seine Sorgen, wenn er beunruhigt war, hörte ihm zu, wenn er sich etwas von der Seele reden wollte. Dieses ganz besondere Gespür empfand Emmet als eine Art Seelenverwandtschaft, und die war für ihn noch wichtiger als Donnas attraktives Äußeres.

Ich liebe diese Frau, dachte er. Irgendwann muss ich es ihr sagen. Aber jetzt ist nicht der richtige Zeitpunkt.

Ein Teil von ihm wusste, dass er sich selbst belog. Wann war schon der richtige Zeitpunkt? In den vielen Jahren, die er Donna nun schon kannte, hatte es unzählige Gelegenheiten gegeben, sich ihr zu offenbaren. Keine hatte er genutzt. Vermutlich würde er es auch in Zukunft nicht schaffen.

»Lara ist vorhin angekommen«, sagte Donna.

Emmet nickte. »Ich habe sie in einem Fischerboot über den See fahren sehen. Sind die anderen auch da?«

»Alle bis auf Anthony.«

»Hast du etwas über ihn herausfinden können?«

Donna zog ein Stück Papier aus ihrer Manteltasche und reichte es ihm. Es war ein Computerausdruck. Ein Internet-Artikel der *New York Times* vom vergangenen Dienstag.

Emmet überflog den Artikel. Er handelte von einer Entführung, die sich am Montag auf offener Straße in der Bronx ereignet hatte. Vier Männer, dem Aussehen nach Araber, hatten einen Schwarzen über mehrere Häuserblocks hinweg verfolgt und ihn schließlich in ein Auto gezerrt. Von den Kidnappern fehlte jede Spur. Der Entführte hatte bislang noch nicht identifiziert werden können.

Wieder gruben sich Sorgenfalten in Emmet Walshs Stirn, diesmal noch tiefer als zuvor. Es gab kaum einen Zweifel, dass es sich bei dem Entführten um Anthony Nangala handelte, der seit Montag wie vom Erdboden verschluckt war. Die E-Mail an Emmet mit der Bitte, sich bei ihm zu melden, war sein letztes Lebenszeichen gewesen. Auf Emmets Bandansage hatte er nicht reagiert.

Wer hatte ihn gekidnappt? Was hatte er den Entführern verraten? Lebte er noch, oder war er bereits umgebracht worden? Und hatte das Auto von vorhin etwas mit der Entführung zu tun? All diese Fragen machten Emmet zu schaffen. Er fröstelte.

»Lass uns runtergehen«, sagte er. »Ich will noch ein paar Vorbereitungen für die Sitzung treffen. Tu mir den Gefallen und informiere die anderen. Sag ihnen, sie sollen sich bereithalten. Es könnte jederzeit ein Alarm losgehen.«

Als sie zur Wendeltreppe gingen, bemerkte Emmet, dass nun auch Donna Greenwoods Miene besorgt wirkte.

12.

Eine Stunde später saß Lara Mosehni an der langen Holztafel in der großen, dämmrigen Halle und wartete gespannt auf den Beginn der Sitzung. Sie hatte schon einmal an einem dieser Treffen teilgenommen, wusste also ungefähr, was auf sie zukam. Dennoch verspürte sie ein Kribbeln in der Magengegend, eine Mischung aus Vorfreude und Nervosität. Außerdem kam sie sich irgendwie unwirklich vor. Als habe eine höhere Macht sie in eine andere Zeit versetzt. Ins Mittelalter, um genau zu sein.

Die Halle, in der sie sich befand, war riesig. Die nackten Steinmauern ragten weit in die Höhe und schienen sich in der Dunkelheit des Deckengewölbes zu verlieren. Die wenigen Fenster wirkten angesichts der Größe des Raumes umso kleiner. Wie Gucklöcher oder Schießscharten. Wenigstens ließen sie ein paar Sonnenstrahlen ins Innere.

Das prasselnde Feuer im offenen Kamin konnte den Saal nicht erwärmen. Die Luft war kalt und roch abgestanden, wie in einem feuchten, muffigen Keller, der zu selten gelüftet wurde. Laras Hände fühlten sich klamm an.

An den Wänden hingen zwischen mehreren großen, prachtvoll bestickten Wandteppichen zahlreiche Schwerter und Lanzen. An manchen Stellen loderten Fackeln. In den vier Ecken des Zimmers standen Ritterrüstungen.

Laras Aufmerksamkeit richtete sich auf die anderen Teilnehmer der Sitzung – drei weitere Frauen und sieben Männer. Hätten sie Kettenhemden und wallende Gewänder getragen, wäre Lara sich tatsächlich wie in einem anderen Zeitalter vorgekommen. Doch die anderen Personen trugen ausnahmslos legere Freizeitkleidung – Hemden, Pullover, Stoffhosen oder Jeans. Ein Anachronismus angesichts des Ambientes.

Als Emmet Walsh sich von seinem Platz erhob, verstummten die Gespräche. Er ging zum Kopfende der Tafel, sodass jeder ihn gut sehen konnte. In der Hand hielt er eine Fernbedienung. Als er einen Knopf drückte, sprang der transportable Videobeamer an, den er vor sich auf dem Tisch positioniert hatte. Gleichzeitig surrte aus dem Boden eine weiße Leinwand in die Höhe. Damit war definitiv die Moderne in diese mittelalterliche Festhalle eingekehrt.

Emmet Walsh begrüßte die Gruppe und stellte klar, weshalb Anthony Nangala heute nicht anwesend war. Er schlug vor, im Lauf der Sitzung einen gemeinsamen Plan auszuarbeiten, wie in dieser Sache weiter vorgegangen werden solle. Der Vorschlag wurde einstimmig angenommen.

Nach der Eröffnungsrede kam Emmet Walsh zum Hauptpunkt der Tagesordnung. Wie üblich musste jeder in der Runde einen Statusbericht über den aktuellen Stand seines Projekts abgeben. Emmet selbst machte den Anfang.

Er erläuterte noch einmal seinen Auftrag, den er vor einem halben Jahr übernommen hatte – Projekt »Elfenbein«. Per Beamer zeigte er mehrere Statistiken über den illegalen Handel mit Elefantenstoßzähnen und berichtete anschließend von seiner zweimonatigen Tour durch das südliche Afrika, bei der er insgesamt neun Wildererbanden das Handwerk gelegt hatte. Als er eine Stunde später seinen Vortrag beendete, erntete er anerkennendes Nicken. Applaus oder gar lobende Worte gab es in diesem Kreis nie.

Danach ging das Wort an Rodrigo Escobar, dem Nächsten in der Reihe. Escobar war ein etwa fünfundvierzigjähriger Baske mit haselnussbraunen Augen und schwarzem, glänzendem Haar, das im Schein des Kaminfeuers golden schimmerte. Würdevoll ging er zum Platz am Kopfende des Tisches. Seine Schritte hallten von den Wänden wider.

Sein Projekt trug den Namen »Toro« und war gegen die Grausamkeiten des spanischen Stierkampfs gerichtet, der von Ostern bis Oktober an jedem Sonn- und Feiertag veranstaltet wird. Über den Videobeamer führte Escobar einen kurzen Film vor. Gleichzeitig erläuterte er die Details.

Die erste Szene zeigte den Paseo, den feierlichen Einzug der Stierkampfgruppe in die ausverkaufte Arena von Madrid. Die Männer, teils zu Fuß, teils auf Pferden, trugen traditionell die prunkvollen Kostüme des 17. Jahrhunderts und wurden von der Zuschauermasse frenetisch empfangen. Ihnen folgten die Chulos, die Tuchschwenker, mit schlichteren Uniformen.

Dann wurde der Stier in die Arena gelassen, und der Kampf begann. Zu Anfang, beim so genannten Salida del toro, wurde der Stier von den Helfern, den Peones, mit der roten Capa gereizt und durch die Arena gejagt. Anschließend brachte der berittene Picador dem gegen das Pferd anstürmenden Stier Lanzenstiche zwischen den Schulterblättern bei. Ein dunkler Blutfleck zeichnete sich am Nacken des Tieres ab.

Lara biss die Zähne zusammen. Bislang hatte sie lediglich eine nebulöse Vorstellung vom spanischen Stierkampf gehabt. Bei diesen Bildern ging ihr erstmals auf, welche Brutalität sich tatsächlich dahinter verbarg. Und viele Menschen schauten fasziniert dabei zu.

Nun traten die Banderillos vor das Publikum. Ihre Aufgabe bestand darin, mit Bändern und Widerhaken versehene Spieße in den Nacken des Stieres zu stoßen. Bei jedem missglückten Versuch ging ein Raunen durch die Zuschauerreihen. Jeder Erfolg wurde mit tosendem Applaus honoriert.

Der Stier war jetzt aufs Äußerste gereizt, doch Lara glaubte, ihm auch schon eine gewisse Schwäche anzusehen. Sie hatte Mitleid mit dem Tier, als nun der Torero die Arena betrat, bewaffnet mit seinem 90 Zentimeter langen Degen und einem roten Tuch, der Muleta. Nachdem der Stier mehrere Male vergeblich gegen das Tuch angerannt war, stieß der Torero seinen Degen frontal in den ohnehin schon blutenden Nacken des Stiers. Der prächtige Bulle ging vorn in die Knie, fiel aber nicht um. Das Publikum kreischte – nicht aus Mitleid mit dem Tier, sondern weil der Torero den Todesstoß nicht sauber ausgeführt hatte. Daher kam nun auch noch der Matador zum Einsatz, der »Töter«. Ihm oblag die Aufgabe, dem Stier den Gnadenstoß und dem Spektakel damit den finalen Höhepunkt zu geben. Mit mehreren Spießen und zwei Degen im Nacken brach der dunkelbraune Koloss nun endgültig zusammen. Er stürzte zur Seite, sein Blut tränkte den staubigen Sand der Arena. Musik setzte ein. Die Zuschauer jubelten.

Lara hatte Tränen in den Augen.

»Meine Aufgabe bestand darin, wenigstens ein paar der Stierkämpfe zu verhindern«, erklärte Rodrigo Escobar und hielt das Videobild an. »Anfangs arbeitete ich mit anonymen Bombendrohungen, erreichte damit aber nur, dass der Kampf um ein paar Stunden verzögert wurde. Also ging ich dazu über, die Toreros direkt zu bedrohen. Einige ließen sich einschüchtern und sagten die Kämpfe ab. Andere fühlten sich ihrem Ruf als Nationalheld verpflichtet und traten trotzdem an. Daher sah ich mich leider gezwungen, drastischere Mittel anzuwenden.«

Er machte eine Pause und erläuterte dann, wie er sich am ersten Junisonntag in die Madrider Arena begeben hatte, sein Scharfschützengewehr in Einzelteile zerlegt und überall am Körper verteilt. In einer Nische, weit hinten auf der Zuschauertribüne, hatte er dann seine schallgedämpfte Waffe zusammengebaut, während der Stierkampf bereits in vollem Gang war. Dann hatte er zuerst den Picador, kurz darauf die Banderillos mit Streifschüssen an Armen und Beinen kampfunfähig gemacht.

»Als das Publikum begriff, was vor sich ging, brach Panik

aus«, sagte Escobar. »Die Leute drängten aus der Arena. In den Wochen darauf wurden die Sicherheitsmaßnahmen verstärkt. Dennoch ist es mir noch zweimal gelungen, die Kämpfe zu stören und vorzeitig zu beenden. Leider gab es dabei einige Verletzte. Außerdem wurde ein Kind von der Menge erdrückt.«

Lara erinnerte sich, in den Nachrichten davon gehört zu haben. Doch war ihr nicht in den Sinn gekommen, den Vorfall mit Rodrigo Escobar oder dem Orden in Verbindung zu bringen. Im Voraus wusste niemand in diesem Kreis, womit die anderen sich befassten. Man beratschlagte über verschiedene Projekte und nahm anschließend eine geheime Abstimmung über deren Wichtigkeit und Dringlichkeit vor. Die Zuteilung der Aufgaben oblag allein Emmet Walsh und seiner Stellvertreterin Donna Greenwood. Die anderen Mitglieder der Gemeinschaft wurden erst im Nachhinein durch die Statusberichte informiert.

Dieses Vorgehen diente dem Schutz, wie viele andere Ordensregeln auch. Je weniger man über die Projekte der anderen wusste, desto weniger konnte man darüber ausplaudern, falls man einem Feind in die Hände fiel. Wenn jemand aufflog, konnte er somit nicht die Arbeit der anderen Ordensmitglieder gefährden.

»Natürlich habe ich bei all meinen Aktionen unser Zeichen hinterlassen, das Rosenschwert«, erzählte Escobar weiter. »Es dauerte nicht lange, bis die Behörden die Warnung verstanden. Sie glaubten, sie hätten es mit einer militanten Tierschutz-Vereinigung zu tun, so schrieben es zumindest die Zeitungen. Danach genügten anonyme Drohanrufe bei der Polizei, um die Stierkämpfe zu unterbinden – nicht nur in Madrid, sondern auch in Barcelona, Pamplona und anderen Städten. In den Monaten Juli und August blieben die meisten Arenen Spaniens gänzlich geschlossen, weil die Polizei nicht für die Sicherheit der Stierkämpfer garantieren konnte.«

Ein beachtlicher Erfolg, fand Lara. Allerdings wurde er überschattet von der traurigen Tatsache, dass der Preis dafür ein totes Kind war. Zum ersten Mal fragte Lara Mosehni sich, wie weit der Orden – und auch sie selbst – gehen durfte, um die hehren Ziele zu erreichen, die sie verfolgten. Es war eine zweischneidige Sache. Wie viele gerettete Stiere rechtfertigten ein Menschenleben?

Escobar setzte sich wieder. Danach folgten zwei weitere Vorträge, der eine über die skrupellose Abrodung der brasilianischen Regenwälder, der andere über Hochseepiraterie im Indopazifik.

Dann war Lara an der Reihe. Als sie aufstand und ans Kopfende des Tisches schritt, versuchte sie, genauso erhaben zu wirken wie die anderen. Aber sie fühlte sich nervös. Das lag nicht nur daran, dass sie das jüngste Mitglied des Ordens war und erst zum zweiten Mal an der Halbjahressitzung teilnahm, sondern vor allem daran, dass ihr die Zeit für die notwendigen Vorbereitungen gefehlt hatte. Natürlich hatte sie sich ein paar Worte zurechtgelegt, doch mit einer Video-Präsentation konnte sie nicht aufwarten. Wie sollte sie das den anderen erklären? Als Grund konnte sie unmöglich die Wahrheit anführen, nämlich, dass sie noch bis vor wenigen Tagen in einem iranischen Gefängnis eingesessen hatte. Einen solchen Fehler durfte man sich im Orden nicht erlauben.

Sie schaltete den Beamer auf Standby und ließ ihren Blick von einem zum anderen schweifen. Die meisten sahen sie erwartungsvoll an, was Laras Unruhe weiter wachsen ließ. Emmet Walsh, der links neben ihr saß, wirkte sogar streng. Nur Donna Greenwood zu ihrer Rechten schenkte ihr ein aufmunterndes Lächeln.

Lara fasste sich ein Herz und begann. Sie berichtete von ihrem Aufenthalt im Iran und ihrem Auftrag, die skandalösen Missstände in den dortigen Gefängnissen aufzudecken. »Es herrschen diktatorische Verhältnisse«, sagte sie, wobei sie sich selbst über die Festigkeit ihrer Stimme wunderte. »Männer, Frauen, sogar Kinder werden unter irgendeinem Vorwand inhaftiert und oft monatelang gefangen gehalten. Ohne offizielle Anklage, ohne Gerichtsverfahren, ohne jegliche Rechte. Man schlägt, tritt und demütigt sie. Manche werden sogar verkrüppelt. Ich habe mit einer Frau gesprochen, der beide Daumenkuppen abgetrennt worden waren. Und dass Mädchen und Frauen hinter den Gefängnismauern vergewaltigt werden, ist beschämender Alltag.«

Aus dem Gedächtnis zitierte sie mehrere Statistiken von Amnesty International, die sie bei ihrer Recherche für ihren Iran-Auftrag gelesen hatte. Am Ende ihres Vortrags musste sie jedoch einräumen, dass sie ihr Ziel bislang nicht erreicht hatte, nämlich die Öffentlichkeit über die menschenunwürdigen Verhältnisse in den iranischen Gefängnissen zu unterrichten.

Die Mienen der anderen blieben unbewegt. Niemand – sie selbst eingeschlossen – war sonderlich erbaut vom Scheitern der Mission. Aber wenigstens blieb ihr die Frage erspart, weshalb sie keine Präsentation vorbereitet hatte.

Nur Emmet Walsh bedachte sie mit einem Blick, der anzudeuten schien, dass er die Wahrheit kannte.

Im weiteren Verlauf des Nachmittags und Abends wurden die restlichen Statusberichte vorgetragen. Mit Unterbrechungen fürs Essen dauerte die Sitzung bis zehn Uhr am späten Abend.

Danach fühlte Lara sich matt und ausgelaugt. Ihr schwirrte der Kopf vom Zuhören. Im Lauf der letzten Stunden hatte sie so viele Informationen verarbeiten müssen, dass sie sich jetzt kaum noch konzentrieren konnte. Sie freute sich auf ein gemütliches Glas Wein mit den anderen.

Doch Entspannung war ihr an diesem Abend nicht vergönnt. Denn kaum hatte sie sich in eine Plauderei mit Rodrigo Escobar vertieft, kam Emmet Walsh zu ihr und bat sie um ein vertrauliches Gespräch unter vier Augen.

Die beiden setzten sich an einen separaten Tisch, etwas abseits, wo es leiser war. Lara spürte bereits die Wirkung des Weins. Sie war nicht mehr ganz Herrin über ihre Sinne. Ihre Zunge war schwer, ihr Blick verklärt, und sie fühlte sich wohltuend träge. Dabei hatte sie erst ein Glas getrunken. Doch in den Wochen zuvor war sie so enthaltsam gewesen, dass sie den Alkohol nicht mehr gewohnt war. Als sie Emmets ernste Miene sah, gab sie sich Mühe, sich nichts anmerken zu lassen.

»Dein Vortrag war gut«, sagte er.

»Aber ich habe mein Ziel verfehlt.«

»Das haben andere auch.«

Sie nickte, dankbar, dass sie nicht die Einzige war, die einen Misserfolg zu verbuchen gehabt hatte. Ole Asmus und William Doyle, zwei angesehene Ordensmitglieder, waren ebenfalls an ihren Aufträgen gescheitert.

»Was zählt, ist nicht nur das Ergebnis«, sagte Emmet Walsh. »Die Absicht ist entscheidend. Der Wille, etwas zum Besseren zu verändern. Darauf kommt es an.«

Sie sah ihn eine Weile stumm an. Emmet Walsh war so ganz anders als sie. Erfahren, souverän, beinahe weise. Diesen Eindruck hatte sie schon damals gehabt, als er sie rekrutiert hatte.

Kaum zu glauben, dass seitdem nicht mal ein Jahr vergangen ist, dachte Lara.

Emmet Walsh war in ihr Leben getreten, als sie kaum noch einen Sinn darin gesehen hatte. Damals, kurz nach ihrem Austritt aus der US-Army, hatte sie in Houston, Texas, gelebt. Ihr Mann und ihre zweijährige Tochter waren bei einem bewaffneten Raubüberfall auf eine Tankstelle erschossen worden. Von heute auf morgen hatte sich ihr bis dahin völlig normales Leben in ein bodenloses schwarzes Loch verwandelt. Trauer und Hilflosigkeit hatten sie übermannt, und bald war Hass daraus geworden. Hass auf die beiden Männer, die den Überfall verübt und ihr das Wichtigste im Leben genommen hatten.

Als die beiden Mörder gefasst worden waren, hatte Lara ihnen die Todesstrafe gewünscht. Oder wenigstens lebenslänglich. Doch wegen eines Verfahrensfehlers hatte man sie wieder auf freien Fuß setzen müssen.

Diese himmelschreiende Ungerechtigkeit hatte sich schon zu Beginn der mehrwöchigen Verhandlungen abgezeichnet, bei denen Lara als Zuschauerin teilnahm. Die verfluchten Mistkerle schienen ihre Tat nicht einmal zu bedauern. Und nie würde Lara das hämische Grinsen der beiden bei der Verkündung des Freispruchs vergessen. Als wäre ihnen die ganze Zeit klar gewesen, dass man sie nicht belangen könne.

Doch Lara hatte sich vorgenommen, die Killer nicht ungeschoren davonkommen zu lassen. Die geladene Pistole ihres toten Mannes befand sich im Handschuhfach ihres Autos. Und nach sechs Jahren Army beherrschte sie den Umgang mit Waffen im Schlaf. Während die beiden Mörder von einer Schar Reporter umringt wurden und vor dem Gerichtsgebäude selbstgefällige Antworten zum Besten gaben, ging Lara zu ihrem Parkplatz. Eine Minute später kehrte sie mit der Pistole in der Jackentasche zurück und zielte vor der versammelten Reporterschar auf die Köpfe der beiden Mörder. Schrille Schreie ertönten. Stimmengewirr. Sofort schwenkten sämtliche Kameras und Mikrofone zu ihr. Ein Blitzlichtgewitter flackerte. In diesem Moment kam Lara sich vor wie der Mittelpunkt der Welt. Der verlängerte Arm Gottes. Sie musste nur noch abdrücken.

Aber dann hatte ein Reporter sich auf sie gestürzt. Beim Fallen war ihr die Waffe aus der Hand geglitten.

Vielleicht war es besser so gewesen.

Bis zum heutigen Tag wusste Lara nicht, ob sie wirklich den Mut aufgebracht hätte, die beiden freigelassenen Killer zu erschießen. Ein Teil von ihr war davon überzeugt. Ein anderer Teil aber hielt sie für zu human, um einen kaltblütigen Mord zu begehen. Aber sie war froh, dass sie keine Gelegenheit gehabt hatte, die Wahrheit herauszufinden.

Unter dem Strich war der Vorfall glimpflich verlaufen; deshalb fand er in den Medien nur mäßige Beachtung. Ein kurzer Bericht in den Abendnachrichten. Am nächsten Tag erschienen ein paar Fotos in verschiedenen Zeitungen. Lara wurde als verzweifelte Frau dargestellt, die alles verloren hatte – nicht nur ihre Familie, sondern auch den Glauben an das amerikanische Rechtssystem. Nach einer Woche war der Trubel vorüber. Zurück blieb das schale Gefühl, vom Leben betrogen worden zu sein.

Eines Tages erschien Emmet Walsh an ihrer Tür. Zuerst hielt Lara ihn für einen Staubsaugervertreter oder etwas in der Art – ein Gedanke, bei dem sie noch heute grinsen musste. Als Emmet erwähnte, dass er vom Zwischenfall vor dem Gerichtsgebäude gehört habe, fragte Lara ihn, ob er ein Interview von ihr wolle. Nein, erwiderte Emmet. Er wolle kein Interview, er wolle ihr etwas zurückgeben: Das Gefühl, dass es trotz aller Widrigkeiten Gerechtigkeit auf dieser Welt gebe.

Eine Zeit lang nahm er sie unter seine Fittiche. Er erzählte ihr von dem Orden, dessen Oberer er war, und den Zielen der Organisation. Außerdem bot er ihr an, sich dem Orden anzuschließen.

»Warum ich?«, hatte sie gefragt.

»Es gibt mehrere Gründe«, war Emmets Antwort gewesen. »Sie sind ungebunden und kennen sich dank Ihres Dienstes bei der Army mit Waffen aus. Das Wichtigste aber ist: Sie haben den Unterschied zwischen Recht und Gerechtigkeit am eigenen Leib erfahren. Und Sie haben bewiesen, dass Sie stark genug sind, für die Gerechtigkeit einzutreten, wenn das Recht versagt.«

Lara hatte sich damals Bedenkzeit erbeten. Später, nach ihrer Einwilligung, hatte sie ein Ausbildungsprogramm absolviert und anschließend einen ersten kleinen Auftrag erhalten. Sie erledigte ihn ohne Probleme und erwies sich dadurch als würdig, in den Orden aufgenommen zu werden. Vor einem halben Jahr hatte sie hier, auf Leighley Castle, ihren Eid abgelegt.

Ihr früheres Leben erschien ihr heute unwirklich und fremd. Zugleich fühlte sie sich ihrem neuen Leben noch nicht ganz zugehörig. Sie befand sich irgendwo dazwischen, eine Wanderin auf der Suche.

Sie ließ ihre Gedanken fallen und wandte sich wieder Emmet Walsh zu, der ihr gegenüber am Tisch saß.

»Worüber willst du mit mir sprechen?«, fragte sie, wobei sie hoffte, dass Emmet ihren Schwips nicht bemerkte.

»Über Anthony Nangala. Ich dachte, dass du vielleicht weißt, was mit ihm geschehen ist. Immerhin seid ihr ein Team.«

Ein »Team« bestand stets aus zwei Angehörigen des Ordens. Sie verfolgten zwar nicht dasselbe Projekt und gingen daher unterschiedliche Wege, aber sie kontaktierten einander regelmäßig und unterrichteten sich gegenseitig über alles Wichtige. Auf diese Weise gab es immer jemanden, der Bescheid wusste, falls einem Mitglied etwas zustieß.

Da Lara mit der Antwort zögerte, sagte Emmet: »Bei der letzten Sitzung hat der Orden das Problem der modernen Sklaverei favorisiert. Daher habe ich Anthony mit dem Thema beauftragt. Aber nur du kannst wissen, woran genau er zuletzt gearbeitet hat.«

Lara wog nachdenklich den Kopf. »Seine letzte Nachricht kam aus dem Sudan. Ein Fax aus einem Hotel. Seitdem habe ich nichts mehr von ihm gehört.«

Zu Laras Verblüffung reagierte Emmet zornig. »Warum nicht?« Er sprach leise, doch seine Stimme klang scharf.

»Woher soll ich das wissen? Ich weiß doch nicht, wer ihn gekidnappt hat.«

»Das meine ich nicht. Weshalb hat Anthony nicht dir, sondern *mir* eine Nachricht gemailt? Er kannte die Regeln und hat bewusst dagegen verstoßen. Warum?«

Lara schluckte. Eine Sekunde lang spielte sie mit dem Gedanken, Emmet zu belügen, entschied sich dann aber dagegen. Sie hatte einen Eid geschworen und feierlich gelobt, die Regeln des Ordens zu respektieren. Dazu gehörten auch alte Tugenden wie Aufrichtigkeit.

Kleinlaut gestand sie Emmet ihren unfreiwilligen Aufenthalt im Gefängnis von Anarak. »Ich hatte Angst, wegen dieses Patzers ausgeschlossen zu werden«, sagte sie. Sie schämte sich für ihr Verhalten, konnte die Dinge jedoch nicht mehr rückgängig machen. Alles, was sie tun konnte, war, mit der Wahrheit nicht länger hinterm Berg zu halten und abzuwarten, wie Emmet darauf reagieren würde.

»Vermutlich hat Anthony mehrere Tage lang vergeblich versucht, mich zu erreichen«, sagte sie. »Möglich, dass er schließlich glaubte, mir müsse etwas zugestoßen sein. Deshalb hat er dir die E-Mail geschickt.«

Während ihres Geständnisses hatte sie dauernd auf ihr Weinglas gestarrt. Jetzt wagte sie zum ersten Mal wieder, den Blick zu heben. Doch in Emmet Walshs Gesicht spiegelte sich keine Milde wider. Kein Verzeihen. Im Gegenteil, er wirkte noch zorniger als zuvor.

»Du flüchtest aus einem iranischen Gefängnis und traust dich, hierher zu kommen?«, zischte er. Vor Aufregung waren seine Wangen gerötet. Sein Bart und das weiße Haar verstärkten den Kontrast. »Hast du überhaupt nichts von dem behalten, was ich dir beigebracht habe?«

Immerhin habe ich mit einer Büroklammer meine Handschellen geöffnet, habe zwei Wärter niedergeschlagen und bin über Zäune, Mauern und vorbei an Alarmanlagen geflüchtet, dachte Lara, sagte es aber nicht.

»Wenn du nicht neu wärst, dann …« Er ließ den Satz unvollendet. »Siehst du nicht, dass du uns in Gefahr gebracht hast? Uns alle! Was ist, wenn jemand dich verfolgt hat?«

Verfolgt?, schoss es Lara durch den Kopf. Wie aus heiterem Himmel tauchte ein Gesicht vor ihrem geistigen Auge auf. Ein Mann. Ein Asiat. Ein Chinese vielleicht oder ein Japaner. Sie hatte ihn nicht bewusst wahrgenommen, aber jetzt, da Emmet von Verfolgung sprach, glaubte sie, das Gesicht nicht nur am Flughafen in Teheran gesehen zu haben, sondern auch in Inverness. Die Flughäfen auf ihren Zwischenstationen Istanbul, Paris, London und Edinburgh waren zu belebt und unübersichtlich gewesen, um eine einzelne Person in der Menge zu erkennen – zumal, wenn diese Person es auf Anonymität anlegte. Doch bei Teheran und Inverness war sie sich plötzlich sicher. Dasselbe Gesicht!

Sie erzählte die Geschichte Emmet, der sie mit einem finsteren Blick bedachte. »Heute Morgen habe ich ein Auto am gegenüberliegenden Seeufer gesehen«, sagte er.

»Ein Auto?« Lara spürte, wie ihr Tränen in die Augen schossen. Sie hatte das Gefühl, sich verteidigen zu müssen. »Ein Auto muss nichts zu bedeuten haben! Bis jetzt hat uns noch niemand angegriffen, oder?«

»Noch nicht«, pflichtete Emmet ihr bei.

In diesem Moment brach das Chaos los.

Lara hörte einen durch die dicken Burgmauern gedämpften Donnerhall. Augenblicke später bebte der Boden unter ihren Füßen. Der Wein im Glas auf dem Tisch vibrierte. Auf der Oberfläche der blutroten Flüssigkeit bildeten sich konzentrische Ringe.

Noch während Lara überlegte, ob ihre vom Alkohol umnebelten Sinne ihr einen Streich spielten oder ob draußen ein Gewitter losgebrochen war, stob im Deckengewölbe plötzlich ein Feuerblitz auf. Automatisch riss Lara den Kopf nach oben. Sie traute ihren Augen kaum. Überall war grelles Licht. Gleichzeitig zerbarst die Wand in tausend Stücke. Dunkle Gesteinsbrocken wurden wie Geschosse in den Raum geschleudert und fielen krachend zu Boden. Dann löste sich ein großes, zusammenhängendes Stück Mauerwerk aus der Wand und stürzte in die Tiefe – direkt auf Lara und Emmet zu.

»Weg hier!«, schrie sie.

Sie packte Emmet am Arm, riss ihn auf die Beine und zog ihn mit sich. Es gelang ihnen gerade noch, sich aus der Gefahrenzone zu retten, denn schon krachte das Mauerstück wie eine große, schwere Grabplatte an jener Stelle auf den Boden, an der sie noch vor wenigen Sekunden gesessen hatten.

Was ist geschehen, um Himmels willen?, wollte sie fragen, aber schon stob die nächste Feuerwolke durchs Gewölbe. Entsetzt sah sie, wie Rodrigo Escobar auf dem Weg zum Ausgang von einem Steinbrocken getroffen wurde. Der Mann fiel vornüber und blieb reglos liegen wie eine achtlos weggeworfene Stoffpuppe. Sein Kopf und der Oberkörper waren von den schweren Trümmern zerquetscht.

Lara wandte den Blick ab.

In der gegenüberliegenden Ecke des Saals hörte sie wildes Kreischen und Gezeter. Sie sah, wie ihre Brüder und Schwestern sich in Nischen drückten und unter die Tische krochen, doch der Steinhagel prasselte unerbittlich auf sie nieder.

In wütender Ohnmacht presste Lara die Lippen aufeinander, während sie mit glasigen Augen verfolgte, wie Menschen starben – Menschen, in denen sie eine zweite Familie zu finden gehofft hatte. Ihre Schreie gellten durch die Halle und übertönten auf schaurige Weise sogar das Donnergrollen der Feuerblitze und das Krachen der aufschlagenden Trümmer.

»Hierher!«, brüllte Emmet den anderen zu. »Kommt herüber! Hier gibt's einen Weg nach draußen!«

Ole Asmus löste sich aus einer Nische und kam herbeigerannt. In diesem Moment stürzte von hoch oben ein brennender Dachbalken wie ein riesiges Feuerschwert nieder. Krachend und Funken sprühend prallte der zentnerschwere Balken auf. Ein Schwall heißer Luft schlug Lara ins Gesicht. Flammen fegten über den Boden und bildeten einen Feuerteppich.

Und Ole Asmus stand mittendrin.

Sein Gesicht zeigte keinerlei Furcht – vielleicht, weil alles viel zu schnell ging. Er blieb nur abrupt stehen und sah an sich herab. Dann fing seine Kleidung an zu brennen, und Ole Asmus loderte auf wie ein Feuerball. Für einen schrecklichen Augenblick blieb er fuchtelnd und taumelnd auf den Beinen stehen. Dann fiel er der Länge nach zu Boden und war nur noch einer von vielen Brandherden im Raum.

»Wir können nichts mehr für ihn tun«, stieß Emmet hervor und legte Lara einen Arm um die Schulter. »Auch für die anderen nicht. Das Feuer ist überall! Wir müssen von hier verschwinden. Komm mit!«

Er schob sie vor sich her und dirigierte sie mit sanfter Gewalt zu einer der Ritterrüstungen. Dahinter hing ein kleiner Wandteppich. Emmet riss ihn zur Seite und betätigte gleichzeitig einen Hebel. Ein Stück Mauer schwenkte wie eine Tür auf und gab ein großes schwarzes Loch frei.

»Komm schon!«, zischte Emmet. Er griff nach einer Wandfackel und eilte voraus.

Lara folgte ihm in einen höhlenartigen Gang. Nach ein paar Metern stießen sie auf Stufen, die scheinbar endlos in die Tiefe führten. Sie mussten sich jetzt weit unter der Burg befinden.

Sie hatten das Ende der Treppe noch nicht erreicht, als Emmet Walsh so plötzlich innehielt, dass Lara ihn beinahe umgerannt hätte.

»Das Manuskript!«, sagte er.

Lara verstand nicht. »Lauf weiter!«, rief sie keuchend.

»Nein. Ich muss zurück … das Manuskript holen …«

»Das kann nicht so wichtig sein!«

»Dieses Manuskript *ist* wichtig!« Er drückte ihr die Fackel in die Hand. »Folge immer diesem Gang. Nach etwa einem Kilometer erreichst du den Ausgang. Ich komme nach, so schnell ich kann.«

»Emmet …!«

Doch er drängte sich ohne ein weiteres Wort an ihr vorbei und stürmte die Treppen hinauf.

Lara sah ihm hinterher. Rasch verschmolz er mit der Dunkelheit des Gangs. Nur vor dem hellen Viereck des Schachteingangs zeichnete seine Silhouette sich noch ab.

Lara haderte mit sich selbst. Ihr Instinkt trieb sie zur Flucht. Sie wollte den Gang entlangrennen und das Chaos, dem sie nur mit knapper Not entkommen war, weit hinter sich lassen. Andererseits plagte sie das Gewissen. Vielleicht war sie zu unvorsichtig gewesen. Vielleicht war das brennende Inferno in der Burg das Werk ihrer Verfolger.

Obwohl sie das Gefühl hatte, einen Fehler zu begehen, entschied sie sich dafür, Emmet zu folgen. Sie rief ihm hinterher, doch so weit sie es in der Finsternis erkennen konnte, blieb er nicht stehen.

Lara beschleunigte ihre Schritte. Die Fackel blendete sie, sodass sie trotz der Helligkeit kaum die Treppen unter ihren Füßen erkennen konnte. Deshalb verringerte sie ihr Tempo wieder.

Sie sah, dass Emmet jetzt das obere Ende des Gangs erreicht hatte. Noch einmal rief sie seinen Namen, aber schon war er aus ihrem Sichtfeld verschwunden.

Konzentrier dich!, schalt Lara sich. Du darfst ihn nicht aus den Augen verlieren! Du kennst dich in der Burg nicht gut genug aus. Wenn du dich in diesem Flammenmeer verirrst, ist es aus!

Ein weiterer Donnerhall riss sie aus ihren Gedanken. Das Schachtende glühte auf. Dann – nur eine Sekunde später – war alles schwarz.

Lara blieb wie angewurzelt auf der Treppe stehen. Es dauerte einen Moment, bis sie begriff: Der Gang war verschüttet worden.

Sie rannte nach oben, so schnell sie konnte. Tatsächlich fand sie sich vor einem Berg aus Schutt und Asche wieder. Sie zog und zerrte an den großen Steinen, doch die schweren Brocken ließen sich nicht bewegen. Keine Chance.

Resigniert gab sie auf. Jetzt war sie ganz auf sich allein gestellt.

Langsam zunächst, dann immer schneller, stieg Lara wieder die Treppen hinunter. Sie wusste selbst nicht, warum sie rannte. Sie folgte einfach ihrem Instinkt.

Weg von hier! Weg von diesem grauenvollen Ort!

Am Fußende der Treppe wurde der Gang schmaler und niedriger, sodass Lara sich ducken musste. Dennoch rannte sie weiter. Der Boden unter ihren Füßen war jetzt nur noch grob behauen. Durch die Sohlen ihrer Schuhe spürte sie die Unebenheiten. Die rauen Wände waren ebenfalls voller Wölbungen und Vertiefungen. Im Wechselspiel aus Fackellicht und Schatten schienen sie sich auf unheimliche Weise zu bewegen, als besäßen sie ein Eigenleben.

Wie ein gefräßiger Schlund.

Lara rannte weiter.

Bald begann sie zu keuchen. Zwar gab es hier keine Treppen mehr, aber sie hatte das Gefühl, ständig bergauf zu laufen. Schweiß rann ihr kalt über den Rücken, doch die Angst trieb sie weiter voran.

Es kam ihr wie eine Ewigkeit vor, bis sie endlich den Ausgang des Tunnels erreichte. Tatsächlich waren höchstens ein paar Minuten verstrichen.

Als Erstes bemerkte sie die kühle Nachtluft, die ihr entgegenwehte und an der Fackel zerrte. Das brodelnde Geräusch der Flamme war wie eine Warnung.

Ich muss das Feuer löschen, dachte Lara. Wer immer es auf den Orden abgesehen hat, wird sonst vielleicht auf mich aufmerksam.

Kurz entschlossen warf sie die Fackel auf den Steinboden und trat sie aus. Dann musste sie nur noch ein paar Stufen erklimmen und durch eine von innen verriegelte Holzklappe steigen, bevor die frostige Nacht der North West Highlands sie in Empfang nahm.

Sie schnappte nach Atem wie jemand, der um ein Haar ertrunken wäre. Obwohl Wolken den Himmel verdeckten, erkannte sie, dass sie von dichtem Gestrüpp umgeben war. Sie kämpfte sich hindurch, hörte das Plätschern des nahen Seeufers und fiel auf die Knie.

In einem Kilometer Entfernung stand Leighley Castle in Flammen. Eine brennende Ruine. Weite Teile der Außenmauer und die meisten Gebäude waren eingestürzt. Wie hatte das geschehen können?

Gleichsam als Antwort auf diese Frage zuckte ein greller Lichtstrahl über dem See auf und hielt pfeilgerade auf die Burg zu. Wie in Zeitlupe näherte der Strahl sich dem traurigen Rest der einst prächtigen Festung. Er traf den Westturm und riss ihn in einer gigantischen Explosion in tausend Stücke. Ein Feuerpilz wälzte sich gen Himmel und erhellte für einen Moment die Szenerie. Jetzt erkannte Lara die Ursache der Katastrophe: zwei Hubschrauber, die wie große stählerne Libellen über dem nachtschwarzen Loch Arkaig schwebten.

Lara kniff die Augen zusammen, um besser sehen zu können. Es waren zwei Maschinen gleichen Typs. Keine kleinen Kaliber, sondern Kampfhubschrauber. Zuerst tippte Lara auf Sikorsky Black Hawks, doch dann sah sie die aus dem Rumpf ragenden Seitenflügel mit den Waffenhalterungen, und sie erkannte, dass es sich um eine Mil Mi-24 handelte. Ein russisches Modell, besser bekannt unter der NATO-Bezeichnung Hind-A.

Die Hubschrauber feuerten noch vier weitere Salven auf Leighley Castle ab. Wer immer die Verantwortung dafür trug, wollte sichergehen, dass niemand in diesem Steingrab überlebte. Endlich drehten die beiden Hinds ab. Dicht über der Wasseroberfläche nahmen sie Kurs nach Nordwesten und tauchten in eines der Täler ein, die von den Zuflüssen des Loch Arkaig in die Hügel geschnitten worden waren. Lara sah ihnen nach, bis sie von der Schwärze der Nacht verschluckt wurden.

In Murlaggan, am gegenüberliegenden Seeufer, brannte in sämtlichen Häusern Licht. Das kleine Dorf war so hell erleuchtet, dass Lara am Bootssteg sogar die heftig gestikulierenden Einwohner erkennen konnte.

Sie fragte sich, wie lange es dauern würde, bis ein Polizei- oder Rettungshubschrauber hier eintraf. Oder bis die Fischer mit ihren Booten herübergefahren kamen, um nach Verschütteten zu suchen. Viel Zeit blieb ihr wohl nicht, denn sie wollte von niemandem gesehen werden. Es war besser, wenn in den morgigen Zeitungen stand, dass es bei dem Anschlag keine Überlebenden gegeben habe. Hielt man Lara für tot, würde man sie nicht weiter verfolgen.

Wieder schweifte ihr Blick zu den rauchenden Trümmern. Wie soll es jetzt weitergehen?, fragte sie sich. In einem verborgenen Winkel ihres Gehirns regte sich etwas. Sie erinnerte sich an ihre erste Ordenssitzung vor einem halben Jahr. Emmet Walsh hatte ihr damals ein geheimes Versteck in den Bergen gezeigt. Eine mit einem Holztor verschließbare Felsenhöhle, die zu einer Art Behelfsunterkunft umfunktioniert worden war. Emmet hatte behauptet, die Höhle sei mit allem ausgestattet, was man benötige, um ein paar Tage unterzutauchen.

Lara musste dorthin! Sie musste in die Berge und erst einmal wieder einen klaren Kopf bekommen. Ausruhen. Sich sammeln. Nachdenken. Soweit sie sich erinnerte, befand die Höhle sich ungefähr drei oder vier Kilometer nördlich von Leighley Castle. In einer Nacht wie dieser stand ihr mit Sicherheit ein ungemütlicher, feuchtkalter Spaziergang bevor, doch sie hatte keine Wahl. Irgendwie würde sie das Versteck schon finden. Mit unsicheren Schritten machte sie sich auf den Weg.

13.

Lara schreckte aus dem Schlaf hoch und glaubte im ersten Moment, all die schrecklichen Dinge nur geträumt zu haben. Zumindest hoffte sie es. Dann aber fühlte sie die kalte Steinwand neben sich und wusste plötzlich, dass sie sich in dem Höhlenversteck befand, von dem Emmet ihr erzählt hatte.

Der Angriff auf die Burg hat also tatsächlich stattgefunden, dachte sie. Ihr Kopf dröhnte und fühlte sich dumpf an. Heute Nacht hatte sie zum zweiten Mal im Leben alles verloren.

Nach dem Angriff war sie drei Stunden lang in den Bergen umhergewandert, den Steinmarkierungen folgend, die nur Eingeweihten den Weg wiesen. Das war gar nicht so einfach gewesen, denn in der Dunkelheit hatte man kaum etwas erkennen können. Dann aber hatte sie endlich das Versteck erreicht, sich ihr Nachtlager gerichtet und noch eine Zeit lang nachgegrübelt, bis sie endlich eingeschlafen war.

Jetzt fühlte sie sich wie gerädert.

Sie tastete nach dem Feuerzeug und zündete damit die Kerze an, die in einer leeren Flasche auf dem Boden steckte. Doch das Licht ließ die Höhle kaum gemütlicher erscheinen. Lara war umgeben von nacktem Fels. Von der Decke tropfte unablässig Wasser in eine große Pfütze. Auch die Wände waren feucht. Trotz ihrer Decke zitterte Lara vor Kälte.

Sie warf einen Blick auf ihre Armbanduhr. Zehn vor fünf. Sie hatte kaum eine Stunde geschlafen. Kein Wunder, dass mir der Schädel brummt, dachte sie matt.

Sie stand auf und kramte einen Esbit-Kocher aus einer der vielen Plastikboxen. Aus einer anderen Box holte sie eine Konservendose, die sie mit einem Taschenmesser öffnete. Wenig später dampfte der kochende Eintopf über der kleinen Feuerstelle. Nach der warmen Mahlzeit fühlte Lara sich etwas besser.

Sie wollte sich gerade wieder hinlegen, als sie von draußen ein Geräusch hörte. Einen Moment lang lauschte sie reglos, doch abgesehen vom stetig tropfenden Wasser war jetzt alles wieder ruhig.

Vielleicht ein Tier. Oder der Wind.

Sie überlegte, ob sie zur Tür gehen und einen Blick hinaus in die Nacht werfen solle, entschied sich aber dagegen. Allerdings pustete sie vorsichtshalber die Kerze aus, damit der durch die Türritzen dringende Lichtschimmer nicht die Aufmerksamkeit eines unliebsamen Besuchers auf sich zog.

Umhüllt von Finsternis harrte sie aus. Dann erneut ein Geräusch, diesmal ganz nah. Plötzlich flog die Tür auf, und der Lichtkegel einer Taschenlampe stach Lara in die Augen. Sie hielt schützend eine Hand vors Gesicht und sprang auf, um sich auf den Eindringling zu stürzen. Doch der leuchtete sich nun selbst an. Lara erkannte, dass es Emmet Walsh war.

Die Anspannung fiel von ihr ab wie ein bleiernes Gewicht. Gleichzeitig überwältigte sie die unerwartete Wiedersehensfreude. Sie taumelte auf unsicheren Beinen auf den Mann zu, ließ sich in seine Arme sinken und begann hemmungslos zu weinen.

Eine ganze Weile standen die beiden einfach nur da wie Vater und Tochter, die glücklich waren, sich wieder gefunden zu haben. Endlich bekam Lara ihre Gefühle unter Kontrolle. Sie entzündete erneut die Kerze, und sie und Emmet setzten sich aufs Bett.

»Ich dachte, du wärst unter den Trümmern begraben worden«, sagte sie mit brüchiger Stimme.

»Ich hatte Glück ... mehr Glück als die anderen. Sie alle sind tot.« Emmet lächelte matt, doch Lara sah ihm an, dass er litt.

Kein Wunder, dachte sie. Leighley Castle war seine Heimat gewesen. Die Gemeinschaft hat ihm noch viel mehr bedeutet als mir. Ich kannte die meisten Mitglieder nur oberflächlich. Ihm standen sie näher als irgendjemand sonst auf der Welt.

»Jetzt gibt es nur noch dich und mich«, sagte er traurig. »Und vielleicht Anthony Nangala, falls er nicht schon vor Tagen aus dem Verkehr gezogen wurde. Wir sollten nach ihm suchen.«

»Lass uns erst schlafen«, sagte Lara, obwohl sie sich gar nicht mehr müde fühlte. »Wenn wir ausgeruht sind, entscheiden wir, wie es weitergeht.«

Emmet nickte.

Während er aus einer Box eine Decke holte und es sich damit auf einem knarzenden Holzstuhl bequem machte, fiel Lara das Manuskript auf. Emmet hatte es auf den Tisch gelegt – ein dünnes Heft, auf dessen brüchigem Ledereinband das Siegel des Ordens aufgemalt war. Eine Rose und ein Schwert, die gekreuzt übereinander lagen.

»Was ist daran so wichtig, dass du dafür dein Leben riskiert hast?«, fragte sie.

Er reichte ihr das Manuskript. Es war überraschend schwer und fühlte sich kühl an. Der Geruch längst vergangener Zeiten stieg ihr in die Nase, leicht modrig und dennoch nicht unangenehm. Lara ließ ihre Hand über den Einband gleiten. Das Heft war uralt, ein Teil der Geschichte. Beinahe glaubte sie, eine Art Macht zu spüren, die von diesem Manuskript ausging. Eine Aura. Als wäre es in der Lage, jeden, der es berührte, auf eine höhere Bewusstseinsebene zu befördern. Ein Gefühl wie nach einem Kirchgang, wenn man glaubt, das Werk Gottes begriffen zu haben. Ein erhebendes Gefühl, zugleich aber auch ein wenig beängstigend, weil man zweifelte, einer solchen Erkenntnis wirklich gewachsen zu sein.

»Dieses Manuskript stammt aus dem Anfang des zwölften

Jahrhunderts«, sagte Emmet. »Der Begründer unseres Ordens hat es verfasst, ein französischer Kreuzfahrer namens Robert von Montferrat. Es ist die Geschichte eines Mannes, der in den Zeiten des Krieges entdeckt, dass er auf der falschen Seite kämpft. Dieses Manuskript stellt das Fundament unseres Ordens dar. Es ist unsere Seele.«

Wieder fiel Laras Blick auf das in Leder eingeschlagene Skriptum, und sie erkannte, wie wenig sie über die Wurzeln des Ordens wusste. Sie bereute, dass sie sich erst jetzt dafür interessierte, da kaum einer mehr am Leben war.

»Darf ich es lesen?«, bat sie.

»Es ist auf Altfranzösisch abgefasst«, sagte Emmet.

»Kannst du es für mich übersetzen?«

Emmet nickte, nahm das lederne Heft in die Hand und öffnete es vorsichtig. Seine stumpfen Augen begannen zu leuchten, als er sich in längst vergangene Zeiten zurückversetzte.

14.

Im Jahr des Herrn 1105.

Es ist Nacht, jetzt, da ich diese Zeilen schreibe. Von meiner Kammer aus kann ich die Mauern und Zinnen der nahen Stadt erkennen, deren Umrisse sich gegen den mondbeschienenen Himmel abheben. Jerusalem! Ein Wort, das die Christen in aller Welt ehrfürchtig niederknien lässt. Jerusalem, die Stadt Davids und Salomos. Jerusalem, die Heilige Stadt.

Wenn ich die Augen schließe, ist es, als würde sich ein Schleier über meine Erinnerung legen. Ein Schleier des Friedens und des Glücks, und ich bin versucht zu vergessen. Doch es gelingt mir nicht. Denn öffne ich die Augen wieder, sehe ich noch immer die Bilder des Grauens, als wären sie mir unauslöschlich in die Seele gebrannt. Sechs Jahre sind seit damals vergangen, aber mir ist, als wäre es erst gestern gewesen. Obwohl ich den Allmächtigen täglich um Verzeihung bitte und mein Leben längst in seinen Dienst gestellt habe, werde ich wohl ewig an meiner Sünde zu tragen haben. Und wahrlich, ich habe Sünde auf mich geladen.

Was ich diesem Pergament als Abbitte und Zeugnis meiner Läuterung anvertraue, wird kein Geschichtsschreiber je erwähnen. Spätere Generationen werden einander erzählen, die Befreiung Jerusalems aus der Hand der Heiden sei ein Akt christlicher Verbundenheit gewesen. Sie werden glauben, der Kreuzzug habe im Namen Gottes stattgefunden.

Sie irren. Nicht Gott wollte diesen Krieg, sondern Menschen aus Fleisch und Blut. Eine Gruppe mächtiger Männer, die ein großes Ziel verfolgten – der Bund der Eingeweihten. Die Prieuré de Sion, benannt nach einer Kapelle am Ufer der Somme, wo die Eingeweihten ihren Pakt schlossen. Ich selbst war Teil dieses geheimen Ordens von Dämonen und Teufeln.

Alles begann im Jahr unseres Herrn 1093, als Peter von Amiens, genannt der Eremit, von seiner Pilgerfahrt aus dem Heiligen Land zurückkehrte. In Jerusalem, so berichtete er später, habe er von einem trinkseligen Mönch ein Geheimnis erfahren: den Aufenthaltsort jener Schale, die Jesus von Nazareth beim letzten Abendmahl benutzte und in der Joseph von Arimathia das Blut unseres Erlösers – das sang réal, das königliche Blut – auffing, als der Leib Jesu vom Kreuz genommen wurde. Sang réal. Saint Graal. Der heilige Gral.

Seit Jahrhunderten schon ranken sich Mythen und Legenden um den Gral, magische Kräfte werden ihm nachgesagt. Man behauptet, er sei ein Hort des Glücks, ein Füllhorn irdischer Köstlichkeiten, und er verleihe eine solch gewaltige Lebenskraft, dass der Körper seine Jugendfrische bewahre.

Peter von Amiens beschwor den trinkseligen Mönch, ihm den Gral zu zeigen, damit er sich selbst von dessen Echtheit und übernatürlichen Fähigkeiten überzeugen könne. Doch noch bevor der Mönch ihn zu der heiligen Stätte führen konnte, wurden sie von einer heidnischen Reitertruppe gestellt. Der Mönch wurde erschlagen, Peter von Amiens entkam nur mit knapper Mühe dem Tod. Als er später seine Suche nach der heiligen Schale fortsetzte, blieb diese ergebnislos. Die Ordensbrüder des erschlagenen Mönchs hüllten sich in Schweigen, und wen Peter auch fragte, niemand konnte oder wollte ihm Auskunft geben. Viele verspotteten ihn gar oder hielten ihn für irrsinnig. So musste er unverrichteter Dinge wieder nach Europa zurückkehren. Doch der Gedanke an den Gral ließ ihn nicht mehr los.

Ich kannte Peter gut. Er war ein älterer Mann mit dunkler Haut und von untersetzter Statur. Wegen seiner geringen Körpergröße nannten manche ihn den »Kleinen Petrus«. Die meisten aber sprachen von ihm als Einsiedler oder Eremit, weil er stets barfuß ging und eine vor Dreck starrende Kutte trug. Sein langes, hageres Gesicht ähnelte dem seines Esels. Doch trotz all seiner körperlichen Mängel verfügte er über ein Talent, in dem kaum einer es ihm gleichtun konnte: Er besaß die Gabe, die Gemüter der Menschen zu bewegen. Seine Augen glühten vor Eifer. Was immer er sagte oder tat, schien Gottes Wille selbst zu sein. Und Peter wusste diese Gabe zu seinem Vorteil zu nutzen.

Als er aus dem Heiligen Land zurückkehrte, fand er sich am Hofe des Gottfried von Bouillon ein, Herzog von Niederlothringen, dessen Erzieher er einst gewesen war. Ihm berichtete er von der Schale Christi. Und seine Worte fielen bei Gottfried auf fruchtbaren Boden, denn dieser war sich seiner Herkunft sehr bewusst. Er gehörte dem Geschlecht der Merowinger an, deren Dynastie im Jahr des Herrn 678 mit der Ermordung Dagoberts II. zugrunde ging. Die Merowinger wiederum führen sich zurück auf einen der zwölf Stämme des alten Israels, auf den Stamm Benjamin, dem bei der Aufteilung des Gelobten Landes nach Josua, Kapitel 18, Vers 28 auch die Stadt Jebus zufiel – das heutige Jerusalem.

Mit kunstfertiger Zunge war es Peter von Amiens ein Leichtes, seinen ehemaligen Zögling Gottfried von der Notwendigkeit zu überzeugen, sich zurückzuholen, was ihm, dem Nachfahren Benjamins, ohnehin zustand. Und sollten Gottfried noch irgendwelche Zweifel geblieben sein, so wischte spätestens die Erwähnung des heiligen Grals sie hinweg. Denn Gottfrieds Großvater war niemand Geringerer als Lohengrin, der Sohn des höchsten Gralsritters Parzival.

Als Benjaminiter und Merowinger erhob Gottfried also Anspruch auf den Thron von Jerusalem, als Spross Parzivals lag es ihm im Blut, den Gral zu suchen. Doch Peter und Gottfried wussten, dass sie im Verborgenen handeln und geschickt die Fäden spannen mussten, um ihr Ziel zu erreichen und nicht die Missgunst von Neidern auf sich zu ziehen. Sie mussten Verbündete gewinnen und eine Armee ausheben, mit der sie gen Jerusalem marschieren konnten. Anders konnten sie die von Sarazenen besetzte Stadt niemals einnehmen.

So gründeten sie in der Kapelle Sions einen geheimen Bund, der es sich zur Aufgabe machte, das heilige Land zurückzuerobern. Die Aussicht, die Schale mit dem Blut Jesu zu sehen und ihre Zauberwirkung am eigenen Leib zu erfahren, scharte rasch eine Truppe von Willigen um Peter und Gottfried, ein kleiner, aber mächtiger Kreis Eingeweihter, die hinter den Kulissen agierten und so die Geschicke der Welt veränderten. Die Prieuré de Sion.

Im Spätsommer des Jahres 1095 traf Papst Urban II. in Frankreich ein, um auf dem Weg zum Konzil von Clermont einige seiner Bistümer zu besichtigen. Auch Bischof Adhemar de Monteil, dem Bischof von Le Puy, stattete er einen Besuch ab, ohne zu ahnen, dass Adhemar dem Bund der Eingeweihten angehörte. Adhemar, der neun Jahre zuvor eine Pilgerfahrt nach Jerusalem unternommen hatte, berichtete dem Papst von den unsäglichen Zuständen im Heiligen Land. Von der Entweihung der heiligen Stätten durch die Sarazenen und von ihren grausamen Übergriffen auf die Christen des Ostens. Fromme Pilger wurden von ihnen erschlagen, Frauen und Kinder in das schreckliche Elend der Sklaverei verkauft. Adhemar, dessen Wortgewandtheit der des Peter von Amiens in nichts nachstand, schilderte die Ereignisse so eindringlich, dass dem Papst Tränen in die Augen traten.

Auf der Weiterreise nach Clermont gab es noch zwei weitere Bischöfe, die Papst Urban im Sinne der Prieuré beeinflussten – der Bischof von Avignon und jener von Cluny. Letzterer führte Urban gar Männer vor, die auf dem Weg nach Jerusalem von muslimischen Horden heimgesucht und verkrüppelt worden waren. So war es kein Wunder, dass der Heilige Vater, als er in Clermont eintraf, von der Notwendigkeit überzeugt war, das Heilige Land befreien zu müssen.

Das Konzil fand im November statt. Mehrere Tage lang versammelten sich einige Hundert Geistliche in der Kathedrale von Clermont, um über verschiedene Fragen zu beraten, unsere heilige Mutter Kirche betreffend. Man disputierte über die Erlässe gegen die Laieninvestitur, die Eheschließung von Geistlichen und bannte König Philipp wegen Ehebruchs. Belanglosigkeiten gemessen an dem, was Papst Urban zur Sprache brachte!

Bereits zu Beginn des Konzils ließ er verlauten, am neunten Tag eine hochwichtige Ankündigung zu machen. Deshalb gab man weithin bekannt, dass am Dienstag, dem 27. November, eine öffentliche

Sitzung abgehalten werde. Der Andrang der geistlichen und weltlichen Menge war so gewaltig, dass die Bischofskathedrale nicht mehr ausreichte, um alle aufzunehmen, die gekommen waren. Also stellte man den päpstlichen Thronsessel auf einem Podium unter freiem Himmel vor dem Osttor der Stadt auf. Dort erhob sich der Heilige Vater inmitten der versammelten Menge, um zu ihr zu sprechen.

Ohne die Täuschung zu ahnen, wiederholte er, was die Prieuré de Sion ihm eingeflüstert hatte – dass die Christen im Osten um Beistand ersucht hatten, dass die muslimischen Sarazenen immer tiefer ins Herz des einzig wahren Glaubens vordrangen, dass sie Christen erschlugen und misshandelten und all das mit Füßen traten, wofür Jesus am Kreuz gelitten hatte.

Vieles davon entsprach der Wahrheit. Die Prieuré der Lüge zu bezichtigen, wäre daher falsch. Doch sie hatte dem Papst die Lage als schlimmer dargestellt, als sie tatsächlich war, und ihn dadurch beeinflusst, einen Krieg heraufzubeschwören, der lediglich ihren eigenen Zwecken diente.

Mit dem gutgläubigen Urban führte die Prieuré ein mächtiges Schwert, denn das Wort des Heiligen Vaters wagte niemand in der Menge zu bezweifeln. Einem jeden war das Entsetzen ins Gesicht geschrieben, jedermann konnte sich vorstellen, welch grausames Schicksal die christlichen Pilger im Heiligen Land zu erdulden hatten. Manche weinten und bedeckten ihr tränennasses Antlitz mit den Händen.

Je nachdrücklicher Papst Urban sprach, desto mehr wuchs der Zorn seiner Zuhörerschaft. Und als er am Ende seiner Rede der Christenheit des Westens zurief, sich aufzumachen, um den Osten zu erretten, hatte er die Menge auf seiner Seite. Reich und arm, rief er, solle sich gleichermaßen auf den Weg machen. Anstatt sich gegenseitig zu erschlagen, sollten sie gen Jerusalem ziehen und einen gerechten Krieg führen, um Gottes Werk zu verrichten. Wer in der Schlacht falle, dem werde Absolution und Vergebung der Sünden zuteil. Schon erhoben sich die ersten Stimmen aus der Menge: »Deus le volt!«, schrien sie. »Gott will es!«

Angesteckt von der Wut über die Heiden und dem festen Glauben, der gerechten Sache zu dienen, begaben sich alle zurück in ihre Häuser, um Vorkehrungen für den langen Marsch gen Osten zu treffen. Am 15. August, zu Mariä Himmelfahrt des folgenden Jahres, hatte Papst Urban gefordert, solle jedermann sich bereithalten, Heim und Herd zu verlassen und nach Konstantinopel aufzubrechen, wo sämtliche Heere sich versammeln sollten. Als Sinnbild seiner Weihe solle sich jeder Teilnehmer der heiligen Expedition ein rotes Kreuz auf die Schulter seines Überrocks aufnähen. So geschah es.

Die Bauern waren die Ersten, die zum Kreuzzug aufbrachen, angestachelt von keinem anderen als Peter von Amiens. Unermüdlich zog er als Wanderprediger durchs Land, von der Grafschaft Berry über die Champagne nach Lothringen und von dort weiter nach Aachen und Köln, wo er die Osterzeit verbrachte. Mit glühendem Eifer sorgte er dafür, dass die Botschaft des Papstes – die ja letztlich seine eigene Botschaft war – nicht in Vergessenheit geriet. Von Stadt zu Stadt wuchs seine Anhängerschaft. Als er Köln nach der Osterzeit wieder verließ, hatte er weit über fünfzehntausend Leute im Gefolge.

Doch viel zu schnell geriet die Menge außer Kontrolle, nicht einmal Peter konnte das verhindern. In allen großen Städten, darunter Worms, Köln, Mainz und Prag, kam es zu Ausschreitungen. Am meisten hatten die Juden darunter zu leiden. Die Meute plünderte und brandschatzte Geschäfte und Häuser und tötete allzu leichtfertig diejenigen, die sich zur Wehr setzten. Bald machte das Wort von den »Henkern Christi« die Runde.

Als die wildernde Bauernmeute vor den Mauern Konstantinopels erschien, verlangte sie vom oströmischen Kaiser Aleksios Schiffe, um den Bosporus zu überqueren. Da der Kaiser keinen Wert auf eine solche Schar ungebetener Gäste legte, ging er auf die Forderung ein. Doch der Siegeszug der Bauern fand auf der anderen Seite des Meeres ein jähes Ende, denn die muslimischen Seldschuken waren kampferprobt und zu erbittertem Widerstand entschlossen. Binnen kürzester Zeit verloren viele Tausend Christen ihr Leben auf heidnischem Boden. Kaum einer von ihnen kehrte in seine Heimat zurück.

Das tragische Ende des Bauernkreuzzugs nährte den Zorn der aus Europa nachrückenden Soldaten und Ritter. Außerdem bestärkte es sie in ihrem Vorhaben, Jerusalem zu befreien, denn wenn selbst einfache Bauern ihr Leben für die gerechte Sache hingegeben hatten, wollten, nein mussten die Edleren es ihnen nachtun.

Genau diese Absicht hatte Peter von Amiens verfolgt, als er sein höriges Bauernvolk über den Bosporus geschickt hatte. Er selbst war indes in Konstantinopel geblieben, wohl wissend, dass Holzknüppel und Mistgabeln den Angriffen von Bogen und Schwert nicht gewachsen sein konnten. Er hatte gewusst, dass die Bauern niemals Jerusalem erreichen würden und hatte sie den Zielen der Prieuré geopfert. Fünfzehntausend tote Bauern als Ansporn für achtzigtausend nachrückende Ritter und Soldaten. Als Peter im Kreis der Eingeweihten davon berichtete und alle anderen ihm anerkennend auf die Schulter klopften, fragte ich mich zum ersten Mal, ob ich mich durch den Beitritt in die Prieuré nicht auf die falsche Seite gestellt hatte. Doch ich verwarf den Gedanken wieder, weil ich mich davon überzeugen ließ, dass die Suche nach dem Gral, dem wahren Heil, große Opfer rechtfertige.

Im Sommer des Jahres 1097 erreichte das Kreuzfahrerheer Nikaia, wo die Seldschuken ein Jahr zuvor unsere Bauern niedergemetzelt hatten. Nach kurzer Belagerung zwangen wir die Stadt zur Übergabe. Wenige Tage später, am 29. Juni, brachten wir den Heiden eine empfindliche Niederlage am Pass von Dorylaeum bei. Von dort marschierten wir ohne nennenswerte Zwischenfälle gen Süden auf das Taurusgebirge zu.

Das Vorankommen wurde immer schwieriger. Sengende Hitze verbrannte das Land, und wir hatten schwer unter der Last unserer eisernen Rüstungen zu tragen. Durst und Hunger waren unsere ständigen Begleiter. Mangels Wasser kauten wir Kameldornzweige, um unseren wunden Gaumen Linderung zu spenden. Feiner Sandstaub, aufgewirbelt von den Hufen der Pferde oder von heißen Windböen, verklebte unsere Augen. Wenn wir nach endlosen Tagesmärschen abends unsere Zelte aufschlugen, waren wir oft so erschöpft, als hätten wir die entscheidende Schlacht bereits geschlagen.

Je weiter wir vorrückten, desto mehr verwickelten die obersten Führer unseres Heers sich in Zwistigkeiten und Machtkämpfe um eroberte Städte wie Edessa und Antiochia. Jeder wollte seinen Anteil an der Kriegsbeute und sich zum Grafen eines neu errichteten Kreuzfahrerstaats ernennen. Nur Gottfried von Bouillon und die Prieuré de Sion hielten sich aus den Rangeleien heraus. Sie wollten ihre Kräfte bis zur Ankunft vor der Heiligen Stadt schonen.

Zwei Jahre, nachdem wir den Bosporus überquert hatten, erreichten wir endlich unser Ziel. Am 7. Juni im Jahre 1099 erklommen wir einen Hügel und sahen die Heilige Stadt vor uns liegen. Viele von uns sanken bei diesem Anblick auf die Knie und dankten Gott, dass er sie durch so viele Gefahren und Entbehrungen sicher an diesen Ort geleitet habe. Den Hügel, auf dem wir uns befanden, nannten wir fortan Montjoie, den Berg der Freude.

Vom Montjoie aus sahen wir aber auch, dass Jerusalem nur schwer einzunehmen sein würde. Die Lage der Stadt ist wie geschaffen, sich vor Angriffen zu schützen. Sie liegt auf einem Hochplateau, das nur im Norden einen Zugang bietet. Von den anderen Seiten her wird das Plateau durch tiefe Talschluchten begrenzt. Überdies verfügt Jerusalem über starke, aus römischer Zeit stammende Befestigungsmauern. Ein Bollwerk gegen jeden Feind.

Unsere Lage wurde noch dadurch verschlimmert, dass die Wasserstellen vor der Stadt verstopft oder vergiftet und unbrauchbar gemacht worden waren. Außerdem hatte man sämtliches Vieh fortgeschafft. Wieder einmal sahen wir uns quälendem Hunger und Durst ausgesetzt.

Fünf Tage nach unserer Ankunft, am 12. Juni, scheiterte unser erster Ansturm auf die Stadt. Nach dieser Niederlage begann man auf Befehl Gottfrieds, zwei Belagerungstürme zu erbauen. Dennoch schwanden Kraft und Kampfesmut der Männer unter der brütenden Sonne dahin, zumal im Feldlager bald bekannt wurde, dass ein großes Heer aus Ägypten unterwegs sei, um Jerusalem zur Seite zu stehen.

Eines Nachts trafen sich die Mitglieder der Prieuré zu einer gehei-

men Besprechung in meinem Zelt, wo wir über das weitere Vorgehen berieten. Am nächsten Tag ging Peter von Amiens gemeinsam mit weiteren Geistlichen unseres Bundes durch die Reihen der Ritter und Soldaten und verkündete mit flammenden Worten, er habe eine Erscheinung gehabt. Die Kreuzfahrer sollten eine Fastenzeit einlegen und barfuß in einer Prozession rund um die Ringmauern Jerusalems ziehen, dann würden sie binnen neun Tagen die Stadt erobern.

Drei Tage lang wurde standhaft gefastet und an den Belagerungstürmen weitergearbeitet. Am Freitag, dem 8. Juli, zog eine feierliche Prozession rund um die Stadt, angeführt von Bischöfen und Priestern, die Holzkreuze und heilige Reliquien vor sich hertrugen. Ihnen folgten die Fürsten, Ritter und Soldaten, danach kamen das Fußvolk und die Pilger. Unter dem Spott der Sarazenen, die sich auf den Stadtmauern versammelt hatten, umrundeten wir Jerusalem und stiegen hinauf zum Ölberg, wo alsbald mehrere Geistliche predigten. Vor allem Peter der Einsiedler gewann mit einer euphorischen Ansprache wieder die Herzen der Heerscharen und vereinigte sie zu Brüdern und Schwestern im Kampfe.

Am 10. Juli wurden die beiden Belagerungstürme fertig gestellt. Am 13. Juli wagten die Kreuzfahrer den entscheidenden Vorstoß gegen Jerusalem. Langsam wurden die riesigen Belagerungstürme vorwärts gerollt, und weder Pfeile noch Steine, noch das griechische Feuer der Sarazenen vermochten ihnen etwas anzuhaben. Um sie in ihre endgültige Stellung zu bringen, mussten die Gräben unterhalb der Stadtmauern aufgeschüttet werden. Am Morgen des 15. Juli gelang es, einen der beiden Türme über den Graben zu schieben, und kurz bevor die Sonne den Zenit überschritt, konnte eine Brücke vom Turm zur Mauer geschlagen werden. Wenig später fielen die kampferprobten lothringischen Truppen unter Gottfrieds höchstpersönlicher Führung in die Stadt ein und öffneten das Säulentor für die Hauptmacht des Kreuzfahrerheers. Danach folgte das wohl grauenhafteste und unwürdigste Kapitel der christlichen Geschichte – das Blutbad, das ich bis zum heutigen Tag nicht vergessen kann.

Die Mohammedaner erkannten, dass ihre Verteidigung durchbro-

chen war, und flohen nach dem Haram es-Sherif, dem Tempelplatz. Dort wollten sie sich im Felsendom und im Tempel Salomos verschanzen, der so genannten Moschee el-Aqsa. Andere zogen sich in den Davidsturm an der westlichen Ringmauer zurück. Doch wohin sie auch zu fliehen versuchten – die Kreuzritter fielen wie Wölfe über sie her, berauscht vom Sieg über die Ungläubigen. Sie stürmten durch die Straßen, plünderten Wohnhäuser und machten jeden nieder, der sich ihnen in den Weg stellte, ob Mann, Frau oder Kind. Das Morden dauerte vom Nachmittag bis zum nächsten Morgen. Gott sei mein Zeuge, wir wateten durch Leichen und Ströme von Blut, die uns bis zu den Knien reichten.

Auch vor den Juden Jerusalems machten wir nicht Halt. Sie hatten sich geschlossen in ihre Hauptsynagoge zurückgezogen, doch da sie während der Belagerung auf Seiten der Sarazenen gekämpft hatten, brachte kein Kreuzritter Mitleid für sie auf. Die Synagoge wurde in Brand gesteckt. Alle Juden kamen in dem Feuer zu Tode.

Wenn einst die Bauern als »Henker Christi« bezeichnet wurden, so verdienten wir diesen Namen erst recht. Die Soldaten, die Ritter, die Fürsten, vor allem aber die Mitglieder Sions, denn ohne sie wäre es niemals so weit gekommen.

Am 22. Juli des Jahres 1099 versammelten sich die führenden Köpfe der Kreuzfahrer, um ein neues weltliches Oberhaupt der Heiligen Stadt zu krönen. Natürlich fiel die Wahl auf Gottfried, dafür hatte die Prieuré bereits gesorgt. Zwar lehnte er die Königswürde mit der Begründung ab, keine Krone aus Gold auf dem Haupt tragen zu wollen, wo Jesus Christus nur eine Dornenkrone getragen habe, doch das änderte nichts. Er nahm den Titel Advocatus Sancti Sepulchri an, Verteidiger des Heiligen Grabes. Als solcher war er der mächtigste Mann Jerusalems. Der Stamm Benjamin hatte sich sein Eigentum zurückgeholt, und die Dynastie der Merowinger war den einflussreichsten Häusern der bekannten Welt nun wieder ebenbürtig.

Nur der Gral ließ sich nirgends finden. Schließlich wurde Gottfried der Suche überdrüssig, denn andere Probleme bedurften seiner Aufmerksamkeit. Er hatte genug damit zu tun, seine Machtstellung in Je-

rusalem zu festigen – die herannahenden Ägypter zurückzuschlagen und aufständische Widerstandsnester der Sarazenen zu bekämpfen. Er musste sich entscheiden, entweder seine Position zu sichern oder die Schale mit dem Blut Christi zu suchen, beides zugleich war unmöglich. Seine Wahl fiel auf die Politik, wohl weil sie ihm greifbarer erschien als der ferne Traum des Grals.

Durch seine Abkehr von der Prieuré de Sion zog er den Zorn Peters auf sich, und im Orden wurde beschlossen, den Verräter zu bestrafen. Mit kleinen Dosen eines Giftkrauts, das man heimlich seinen Speisen beimengte, brachte man Gottfried langsam um. Für ihn selbst und seine Leibärzte sah es aus, als würde der Typhus ihn in seine Arme schließen.

Um des Grals habhaft zu werden, beging die Prieuré jede Schandtat. Sie löste durch eine Intrige den Kreuzzug aus, ließ tausende ins Verderben rennen. Sie spann geschickt die Fäden, damit Jerusalem in ihren Besitz gelangte. Sie machte Gottfried zum Herrscher der Heiligen Stadt – und tötete ihn, nachdem er ihr nicht mehr dienlich sein wollte. Mag der Gral auch gut und göttlich sein, diejenigen, die nach ihm streben, sind es nicht. Im Gegenteil, die Suche lässt sie zu Teufeln werden, die vordergründig Gerechtigkeit predigen, in Wahrheit jedoch foltern, morden und meucheln, um an ihr Ziel zu gelangen.

Nach Gottfrieds Tod am Mittwoch, dem 18. Juli im Jahre 1100, ging die Suche nach dem Gral noch lange Zeit weiter. Doch ohne mich. Zu tief sind die Wunden in meiner Seele, zu brüchig geworden ist das Band, das mich einst mit Sion verband. Mit jedem Tag sehe ich klarer, welche Ungerechtigkeiten die Prieuré im Namen der Gerechtigkeit beging.

Ich wandte mich also ab von der dunklen Seite des Grals, hin zum Licht, und schwor, niemals mehr blind den Worten machtgieriger Fanatiker zu gehorchen, so verlockend ihre Versprechen auch sein mögen. Stattdessen gelobte ich, mein Leben fürderhin der wahren Gerechtigkeit zu widmen. So schlich ich mich eines Nachts davon, weg von Jerusalem, weg von Tod und Verderben, um nicht ebenfalls vergiftet oder auf andere Weise von den Eingeweihten ermordet zu werden.

In den letzten Jahren haben sich mehrere Gleichgesinnte zu mir gesellt. Wir sind wie die Apostel Jesu nun zwölf an der Zahl, aber nicht nur Christen, sondern auch Muslime und Juden. Sogar ein Numide ist unter uns, mit rabenschwarzer Haut, doch edlem Geist. Was uns verbindet, ist die Enttäuschung. Obwohl wir in diesem Krieg auf unterschiedlichen Seiten kämpften, glaubten wir alle – jeder für sich –, auf der Seite der Gerechtigkeit zu stehen. Wir töteten in gutem Glauben, stellten am Ende jedoch fest, dass wir nur Handlanger machtgieriger Ränkeschmiede waren. Wir alle fühlten uns betrogen, und wir alle waren zu der Erkenntnis gelangt, dass es nur einen Weg zur wahren Gerechtigkeit gebe, nämlich den der bedachtsamen Weitsicht, die frei ist von Glaube und Starrsinn.

Man mag uns Anmaßung vorwerfen, dass wir uns für gerecht erachten. Dass wir den Anspruch erheben, besser als Könige und Bischöfe ermessen zu können, was gerecht sei und was nicht. Doch selbst falls wir fehlen sollten – Gott, Allah und alle Götter dieser Welt mögen unsere Zeugen sein, dass wir stets in bester Absicht handeln wollen. Im kleinen Kreis wollen wir Großes vollbringen und darum kämpfen, der Welt mehr Gerechtigkeit zuteil werden zu lassen. Diesen Eid leisten wir auf unser eigen Wappen, das Schwert und die Rose.

15.

Emmet Walsh streckte sich, um die Müdigkeit zu vertreiben und die steifen Gelenke geschmeidig zu machen. Die Nacht war kurz gewesen. Zuerst die Zerstörung von Leighley Castle, dann der Marsch durch die Berge bis hierher, ins Versteck, und schließlich die Geschichte von Robert von Montferrat. Viel geschlafen hatte er nicht. Jetzt fühlte er sich ausgelaugt und so erschöpft, dass er am liebsten für immer in dieser Höhle geblieben wäre.

Doch es gab viel zu tun.

Die letzten zwei Stunden hatte er in Decken gehüllt auf seinem unbequemen Stuhl verbracht, halb dösend, halb in Gedanken versunken. Dabei war er zu der Erkenntnis gelangt, dass zwei Dinge erledigt werden mussten. Erstens: Anthony Nangala aufspüren und ihn retten, sofern er noch am Leben war. Zweitens musste er herausfinden, wer den Angriff auf die Burg zu verantworten hatte. Dafür kamen Lara Mosehnis Verfolger ebenso infrage wie Anthony Nangalas Kidnapper. Vielleicht sogar jemand ganz anderes, doch sie hatten nun einmal nicht mehr als diese beiden Spuren.

Er hörte, wie Lara sich in ihrem behelfsmäßigen Bett auf die Seite drehte, und warf ihr einen Blick zu.

»Guten Morgen«, sagte er.

»Ich weiß nicht, was an diesem Morgen gut sein soll«, murmelte sie.

Ich auch nicht, dachte er. Die jüngsten Ereignisse belasteten ihn noch immer – mehr als in der Nacht. Erst jetzt, mit ein wenig Abstand, stürmte der ganze schreckliche Schmerz über den erlittenen Verlust auf ihn ein. Die zerstörte Burg, die toten Freunde. Von einem Tag zum anderen hatte er seinen Lebensinhalt verloren.

»Bist du immer noch böse auf mich?«, fragte Lara.

»Nein. Vielleicht musste es irgendwann so kommen. Seit neunhundert Jahren schon machen wir uns Feinde. Es konnte nicht ewig gut gehen.«

Lara wirkte erleichtert.

»Hör zu, ich habe einen Plan«, sagte Emmet und schilderte ihr, was er sich im Halbschlaf überlegt hatte. »Wir sollten uns aufteilen. Du versuchst, herauszufinden, wer dieser Asiat ist, der dich verfolgt hat. Ich suche in der Zwischenzeit nach Anthony. Kennst du seine Adresse in New York?«

Lara schüttelte den Kopf.

»Ich auch nicht«, seufzte Emmet. Jedes Mitglied des Ordens hatte mindestens ein halbes Dutzend Wohnsitze rund um den Globus, die noch dazu ständig wechselten. Die aktuellen Anschriften waren auf seinem Computer gespeichert, doch der lag unter tausend Tonnen Stein begraben.

Ihm kam eine Idee. »Sagtest du nicht, dass Anthony dir ein Fax geschickt hat?«

»Ja. Aus einem Hotel im Sudan.«

»Kannst du dich erinnern, wie das Hotel heißt und in welcher Stadt es sich befindet?«

Lara überlegte einen Augenblick. »Bei der Stadt bin ich mir sicher«, sagte sie. »Port Sudan. Aber der Name des Hotels …« Sie machte eine Pause, grübelte. Plötzlich hellte ihre Miene sich auf. »Sea View! Ja, jetzt weiß ich es wieder. Hotel Sea View in Port Sudan.«

Emmet Walsh lächelte müde, aber entschlossen. »Kein schlechter Anfang«, sagte er. Dann kramte er aus einer Truhe zwei luftdicht verschweißte Plastikbeutel. Einen davon reichte er Lara. Sie sah, dass sich in dem Beutel eine Kreditkarte und ein Satz gefälschter Papiere befanden.

»Das dürfte uns die Suche erleichtern«, fuhr Emmet fort. »Mit der Kreditkarte hast du Zugriff auf das Hauptkonto des Ordens bei der Crédit Suisse. Dort parkt ein Vermögen, das sich über viele Jahrhunderte aufgebaut hat. Also denk daran – Geld spielt keine Rolle. Wichtig ist nur, dass du herausbekommst, wer uns gestern Nacht angegriffen hat.«

16.

200 Kilometer südlich von Port Sudan

Die *Harmattan*, eine Benetti-Jacht mit stolzen fünfzig Metern Länge, durchschnitt in gemächlichem Tempo die azurblaue Oberfläche des Roten Meers. Sie war ausgestattet mit zwei 3500-PS-Spezialmotoren und machte in der Spitze gut 35 Knoten. Derzeit jedoch fuhr sie nur mit halber Kraft.

Auf dem schnittigen Rumpf thronte ein weiß angestrichener, zweigeschossiger Aufbau, der jeden erdenklichen Komfort bot. Über dem Achterdeck, ein gutes Stück hinter dem Helikopter-Landeplatz, drehte der Radar seine endlosen Kreise. Außerdem ragten dort etliche Antennen und ein Mast mit der Flagge Saudi-Arabiens in den wolkenlosen Himmel. Darunter flackerte ein Wimpel mit rotem Oktopus-Emblem. Im Licht der Nachmittagssonne funkelte und glitzerte die Jacht wie ein Kunstwerk aus Eis.

Mats Leclerc stand an der Bugreling und genoss die sanfte Kühlung durch den Fahrtwind. Dank des ständig guten Wetters hatte seine Haut im Lauf der Zeit einen bronzefarbenen Ton angenommen. Seine strahlend blauen Augen und das kurze blonde Haar kamen dadurch noch stärker zur Geltung.

Der gebürtige Luxemburger trug einen dünnen, beigefarbenen Stoffanzug, dessen Ärmel er bis zu den Ellenbogen hinaufgeschoben hatte. So machte er es meistens. Es wirkte locker und dennoch ziemlich elegant. Außerdem war es bequemer so. Nur bei wichtigen geschäftlichen Besprechungen ließ er die Ärmel herunter.

Alles an ihm wirkte sportlich, dynamisch und markant, auch seine Gesichtszüge. Er wusste, dass er andere oft durch sein Aussehen beeindruckte, sogar einschüchterte – was er häufig zu seinem Vorteil nutzte.

Mats Leclerc war stolz auf das, was er erreicht hatte, auch wenn sein Lebenslauf nicht unbedingt als geradlinig bezeichnet werden konnte. In Cambridge hatte er ein Wirtschaftsstudium begonnen, aber vorzeitig abgebrochen, weil ihn das Abenteuer lockte. Er hatte sich für fünf Jahre bei der Fremdenlegion verpflichtet. Nach Ablauf seiner Dienstzeit war er nach Luxemburg zurückgekehrt. Dort hatte er Doktor Goldmann kennen gelernt, und der wiederum hatte ihn mit Scheich Assad bekannt gemacht. Seitdem stand Leclerc – ebenso wie Goldmann – in Assads Dienst. Zuerst war er nur für die Ausbildung der persönlichen Leibwache Assads verantwortlich gewesen. Mittlerweile hatte er sich zu dessen persönlichem Sicherheitsberater hochgearbeitet. Heute, mit 43 Jahren, verdiente Mats Leclerc mehr, als er sich jemals erträumt hatte.

Die *Harmattan* ließ die Inselgruppe des Suakin Archipelagos hinter sich und steuerte auf das sudanesische Festland zu. Rasch nahm die karge braune Küstenlandschaft deutlichere Gestalt an. Vor Mats Leclercs Augen tat sich eine weite Bucht auf, die gleichermaßen von schroffem Fels und feinem, staubigem Sand geprägt war.

Als die Jacht sich dem kleinen Fischerdorf Aqiq näherte, der einzigen Ortschaft weit und breit, drosselte sie die Geschwindigkeit. Jetzt tuckerte sie nur noch im Schritttempo auf den idyllischen, aber ärmlich wirkenden Hafen zu.

Die Mannschaft erwachte zum Leben. Während die *Harmattan* beidrehte und sich mit der Breitseite immer näher an die algenbewachsene Kaimauer heranschob, stellten zwei Besatzungsmitglieder sich an Bug und Heck auf. Sie griffen nach den Leinen, sprangen über die Reling an Land und vertäuten die Jacht an rostigen, im Stein verankerten Stahlösen. Als sämtliche Leinen gespannt waren, gab der Motor ein letztes Röcheln von sich; dann lag die *Harmattan* ruhig in der sanften Uferdünung.

Begleitet vom Geschrei der Möwen betrat Mats Leclerc mit einem Koffer in der Hand den Pier. Ihm folgten fünf Männer in kurzärmligen Hemden und Stoffhosen. Auch sie trugen Koffer bei sich, weil ihr Aufenthalt mehrere Tage dauern würde. Offiziell handelte es sich bei den Männern um Ingenieure, die Scheich Assad von der anderen Seite des Meeres herübergeschickt hatte. Aber das war nur Tarnung. In Wahrheit waren die fünf Männer wesentlich mehr als gewöhnliche Ingenieure. Sie waren Leclercs engste Vertraute.

Mehrere Kinder, die die Ankunft der Jacht bemerkt hatten, strömten herbei, ebenso einige Frauen und ein Greis mit Stock. Sie alle umringten die Ankömmlinge mit lachenden Gesichtern und fröhlichem Palaver.

Leclerc verstand nicht viel von dem, was diese Menschen sagten. Er beherrschte ein paar Brocken Kwa, Dinka und Nuba – drei der mehr als fünfzig Sprachen im Sudan. Der hiesige Dialekt jedoch gehörte nicht zu seinem Repertoire, und Arabisch, die offizielle Landessprache, beherrschten in diesem Dorf nur die wenigsten. Aqiq war wie eine Oase in der Wüste, abgeschnitten vom Rest der Welt.

Gleichwohl wusste Leclerc, weshalb die Dorfbewohner ihnen einen so warmherzigen Empfang bereiteten. Vor einem Jahr hatte Scheich Assad mit der sudanesischen Regierung einen Vertrag geschlossen und eine Ölraffinerie unweit von Aqiq errichtet. Im Gegenzug wurde der Sudan am Gewinn beteiligt. In Zeiten, in denen der Fischfang kaum noch seinen Mann, geschweige denn eine ganze Familie ernähren konnte, hatte Assad Arbeitsplätze geschaffen. Mit der Errichtung der Raffinerie war wenigstens ein kleines bisschen Wohlstand in Aqiq eingekehrt. Seither galt Scheich Assad als Gönner.

Umringt von den Dorfbewohnern bahnten Mats Leclerc

und seine fünf Begleiter sich den Weg zur Straße. Nach wenigen Minuten hielt eine schwarze Stretch-Limousine mit getönten Scheiben bei ihnen. Der Chauffeur half, das Gepäck einzuladen. Dann machten Leclerc und seine Begleiter es sich im Fond bequem, und die Limousine fuhr davon, wobei sie eine dünne, hellbraune Staubwolke hinter sich her zog.

Durchs Fenster blickte Leclerc noch einmal zum Pier zurück. In wenigen Tagen würde die *Harmattan* sie wieder abholen. Bis dahin würden sie in der Raffinerie arbeiten, hatten aber auch noch etwas anderes zu erledigen. Etwas, das illegal, in gewissem Sinne sogar grausam war, auch wenn es im Dienst der Wissenschaft geschah. Sie mussten die *Fracht* besorgen. Beim letzten Versuch vor zwei Wochen war ihnen jemand dazwischengekommen – Derek Baxter alias Anthony Nangala. Diesmal durfte nichts schief gehen. Zu viel stand auf dem Spiel.

17.

Erst während des Flugs in den Sudan wurde Emmet Walsh die Tragweite des Angriffs auf Leighley Castle voll bewusst. Zuvor hatte der Schock den Schmerz gelindert. Jetzt, da er Zeit zum Nachdenken fand, begann die Wunde in seiner Seele ungehemmt zu bluten.

Rodrigo Escobar, Ole Asmus, William Doyle und all die anderen waren tot. Sie hatten sich beim Angriff in der Halle aufgehalten. Wen die Trümmer nicht erschlagen hatten, war in den Flammen umgekommen. Noch immer konnte Emmet die Hitze auf der Haut spüren und die Schreie seiner sterbenden Brüder und Schwestern hören.

Er seufzte und schaute aus dem Flugzeugfenster, damit sein Sitznachbar nicht seine glasigen Augen bemerkte.

Er würde jeden von ihnen schmerzlich vermissen, vor allem Donna Greenwood. Bislang hatte er versucht, den Gedanken an sie zu verdrängen, weil ihm der Verlust unerträglich schien. Doch ihr hübsches Antlitz mit der Goldrandbrille drängte sich ihm nun immer stärker ins Bewusstsein, sodass er den Schmerz nicht länger verleugnen konnte.

Die Stimme des Kapitäns teilte über Lautsprecher mit, dass die Maschine in wenigen Minuten auf dem internationalen Flughafen von Khartum landen würde. Alle Passagiere wurden gebeten, das Rauchen einzustellen und den Sitzgurt festzuschnallen. Emmet Walsh tat es mechanisch wie ein Roboter. Seine Gedanken waren noch immer bei Donna.

Auf dem Flughafen kam er dank seiner gefälschten Papiere problemlos durch den Zoll und die Passkontrolle. Er hieß jetzt Brian Fitzgerald und gab an, seinen Urlaub an der Rotmeerküste verbringen zu wollen. Niemand stellte weitere Fragen.

Eine Stunde später ging sein Inlandsflug von Khartum nach Port Sudan. Kurz nach achtzehn Uhr erreichte er das Sea View Hotel. Er gab dem Taxifahrer eine Hand voll sudanesischer Pfund und stieg aus. In den beiden Koffern, die er bei sich trug, befand sich alles, was er in den nächsten Wochen voraussichtlich benötigen würde. Mithilfe der Kreditkarten aus dem Bergversteck hatten Lara und er sich in Glasgow vollkommen neu ausgestattet. Auch Bargeld hatten sie zur Genüge abgehoben.

Von außen wirkte das Sea View nicht sonderlich luxuriös, aber wenigstens schien es sauber und gepflegt. Außerdem bestach es durch seine Lage, denn es befand sich unmittelbar an der Küste. Lediglich die Hafenstraße trennte es vom schmalen Strand und dem Meer.

Als Emmet die gläserne Schwingtür passierte, hoffte er inständig, dass sein hiesiger Besuch ihn weiterbringen würde. Bereits von Glasgow aus hatte er mit dem Hotel telefoniert. Unter einem Vorwand hatte er versucht, die New Yorker Adresse von Anthony Nangala zu erfragen – vergeblich. Der freundliche Rezeptionist hatte seinen Computer bemüht und Emmet in gebrochenem Englisch erklärt, dass im Sea View noch nie ein Gast namens Anthony Nangala registriert worden sei. Emmet hatte noch zwei weitere Namen ausprobiert, von denen er wusste, dass Anthony sie gelegentlich benutzte. Auch diese Namen waren im Buchungscomputer nicht vermerkt. Andere Decknamen seines Ordensbruders hatte er nicht auswendig gewusst. Also war ihm nichts anderes übrig geblieben, als in den Sudan zu fliegen und von hier aus Anthony Nangalas Spur aufzunehmen.

Emmet durchschritt den kleinen Eingangsbereich und stellte fest, dass er menschenleer war. Bestens. Bei dem, was er beabsichtigte, würden Zuschauer nur stören.

Er betätigte die Klingel auf der Theke. Kurz darauf erschien eine junge Schwarze in Dienstkleidung. Ob er ein Zimmer wolle, fragte sie beinahe akzentfrei.

»Das kommt darauf an«, sagte er. »Ich suche jemanden.«

Das Mädchen zog die Stirn kraus.

Emmet schob ein Passbild über den Tresen. Das Foto hatte er in der Berghöhle aus einem gefälschten Führerschein Nangalas ausgeschnitten.

»Kommt Ihnen dieser Mann bekannt vor?«, fragte er.

Das Mädchen nickte, ohne zu zögern. »Mister Baxter war lange Zeit Gast hier.«

Mister Baxter also, dachte Emmet. *Derek Baxter.* Jetzt fiel es ihm wieder ein.

»Er ist also abgereist?«, fragte Emmet, scheinbar überrascht. »Können Sie mir sagen, wohin?«

Das Mädchen zögerte.

»Das geht schon in Ordnung«, sagte Emmet. Gleichzeitig zog er sein Portemonnaie aus der Innentasche seines Jacketts und legte einen Geldschein auf den Schalter.

Die Augen des Mädchens leuchteten auf. Rasch steckte sie den Schein weg und tippte etwas in den Computer.

»Khartum«, sagte sie mit gesenkter Stimme, obwohl außer ihnen beiden noch immer niemand in der Lobby war. »Dorthin ist Mister Baxter geflogen, nachdem er uns verlassen hat.«

»Hat er eine Adresse hinterlassen?«

»Nein, Sir. Ich bedauere.«

»Wie sieht es mit seinem Wohnsitz aus?«

Wieder tippte das Mädchen auf der Tastatur. »Hier steht nur New York«, sagte sie schließlich. »Keine Straße, keine Hausnummer. Tut mir Leid.«

Emmet stöhnte innerlich auf. Sollte er jetzt schon in einer Sackgasse stecken?

Noch während er überlegte, wie es nun weitergehen solle, sagte das Mädchen: »Möchten Sie für Mister Baxter vielleicht eine Nachricht hinterlassen? Er hat sich für kommende Woche wieder bei uns angemeldet. Wenn es also nicht zu sehr eilt …«

»Er kehrt nächste Woche hierher zurück?«

»Ja. Er hat auch schon im Voraus bezahlt, weil er sicher gehen wollte, wieder dasselbe Zimmer zu bekommen. Mister Baxter legt großen Wert auf die Nummer 421. Er ist der Meinung, dort sei die Aussicht am schönsten.«

Emmets Gedanken überschlugen sich. Nummer 421. Immer dasselbe Zimmer. Weshalb? Bestimmt nicht wegen der Aussicht. Es sei denn, er hatte von dort etwas beobachten können, das man von keinem anderen Zimmer des Hotels aus sehen konnte.

»Für welchen Tag hat Mister Baxter sich zurückgemeldet?«, fragte Emmet.

»Für Samstag.«

»Heute ist erst Sonntag. Könnte ich dieses Zimmer für die nächsten paar Tage buchen?«

Das Mädchen sah im Computer nach und nickte. »Aber nicht länger als bis Samstagmorgen. Um spätestens zehn Uhr müssen Sie auschecken.«

»In Ordnung.« Emmet lächelte. »Hauptsache, ich bekomme die schönste Aussicht, die Port Sudan zu bieten hat.«

18.

Isfahan, Iran

Lara Mosehni betrat ihre Wohnung, stellte den Koffer im Schlafzimmer ab und ließ sich aufs Bett fallen. Der Flug von Glasgow über London nach Teheran und die anschließende Zugfahrt, die sie 300 Kilometer durchs Land geführt hatte, waren anstrengend gewesen. Außerdem steckte ihr der Anschlag auf Leighley Castle noch in den Knochen. Vor allem die Selbstvorwürfe zermürbten sie – die quälende Frage, ob die Zerstörung der Burg und der Tod ihrer Gesinnungsgenossen auf ihr Konto gingen, weil sie einen Verfolger nach Schottland geführt hatte. Sie würde sich diesen Fehler nie verzeihen können.

Sie starrte an die rissige Decke und merkte, wie ihre Augen sich mit Tränen füllten. Dabei wusste sie, dass sie eigentlich nicht Trauer, sondern Angst verspüren sollte. Hier in Isfahan war sie nicht sicher. Zwar lag das Gefängnis von Anarak gut 150 Kilometer weiter östlich, auf der anderen Seite des Kuhrudgebirges, und die Polizeibehörden kannten ihre Adresse nicht, aber die Ausbruchaktion in der vergangenen Woche zog gewiss weite Kreise.

Bei ihrer Verhaftung hatte man sie fotografiert. Deshalb beschloss Lara, die Zeitungen der letzten Tage durchzublättern, die sich vor ihrer Wohnungstür stapelten. Erleichtert stellte sie fest, dass man ihr Bild nicht veröffentlicht hatte. Dennoch musste sie vorsichtig sein. Falls man sie fasste und wieder einsperrte, würde sie mit aller Härte bestraft werden.

Sie verdrängte den Gedanken an Vergewaltigung, Folter, Verstümmelung und Tod und versuchte, sich wieder auf ihre Aufgabe zu konzentrieren. Sie war hier, weil sie ihren Verfolger suchte. Den Asiaten. Wenn er ihr auf der Spur gewesen war, hatte er sie vermutlich schon eine ganze Weile beobachtet. Und das wiederum hieß, dass er irgendwo in der Nähe ihrer Wohnung ein Quartier bezogen haben musste. Die Häuser auf der gegenüberliegenden Straßenseite schienen Lara für eine heimliche Observierung am besten geeignet. Dort wollte sie mit der Suche beginnen. Ein Japaner oder Chinese musste in einem iranischen Arbeiterviertel auffallen.

Die Häuserfronten in dieser Gegend wirkten wie armseliges Flickwerk. Kaum eine Fassade, von der nicht der Putz bröckelte, kaum ein Dach, auf dem nicht Ziegel fehlten. Stromleitungen führten wild verzweigt von einem Haus zum anderen. Jeder Elektriker der westlichen Hemisphäre hätte sich mit Grausen abgewendet.

Die am Straßenrand parkenden Autos vervollkommneten das Bild der Verwahrlosung. Sie waren mit einer dicken Staubschicht bedeckt, zerbeult und verrostet, als stünden sie bereits seit ewigen Zeiten hier.

Der Geruch von gebratenem Fleisch lag in der Luft, und Lara lief das Wasser im Munde zusammen. Von irgendwoher ertönte die Stimme eines Muezzin. Kinder spielten auf der Straße mit einer Blechdose Fußball. Ein Abend wie viele.

Lara klingelte an der nächstbesten Tür. Eine schwarz gekleidete, dicke Frau mit verhülltem Gesicht öffnete. Nur ihre Augen waren zu sehen.

»Was kann ich für Sie tun?«, fragte sie auf Persisch.

Lara, selbst gebürtige Perserin, erklärte es ihr. Die Frau schüttelte den Kopf – sie hatte in dieser Gegend noch nie einen Asiaten gesehen.

Lara klingelte an diesem Abend noch an einem Dutzend weiterer Wohnungen. Doch jeder, den sie fragte, gab ihr dieselbe Antwort.

Was hatte das zu bedeuten? Dass der Asiat nie hier gewesen war? Oder dass er nur ein Meister seines Fachs war, ein Profi, der wusste, wie er sich unsichtbar machte?

Lara stand unentschlossen auf der Straße. Erneut stieg ihr der Duft von Gebratenem in die Nase. Sie beschloss, beim Essen über ihre nächsten Schritte nachzudenken.

Als sie sich auf den Weg zum Imbiss-Restaurant an der Straßenecke machte, bemerkte sie nicht, dass ein Stockwerk unter ihrer eigenen Wohnung ein Fenster offen stand. Hinter dem halb zugezogenen Vorhang saß ein alter Mann im Rollstuhl. Schweigend beobachtete er, wohin Lara ging.

19.

Port Sudan, Hotel Sea View

Von Zimmer 421 hatte man einen fantastischen Blick nach Osten, weit hinaus aufs Meer. Emmet Walsh stand auf seinem Balkon in der vierten Etage und genoss die abendliche Aussicht. Da die Sonne hinter dem Hotel unterging, warfen die Palmen und Häuser entlang der Hafenstraße ihre dunklen Schatten auf den Strand. Doch das Wasser selbst glitzerte und schimmerte hell, wie eine riesige, von Brillanten bedeckte Ebene.

Dennoch war Emmet Walsh alias Brian Fitzgerald sicher, dass Nangala das Zimmer nicht wegen der Meeresidylle gebucht hatte. Es musste einen anderen Grund geben. Wieder blickte er durchs Fernglas und suchte das Meer nach etwas Verdächtigem ab.

Wenn ich nur wüsste, wonach ich suchen muss!

Ein paar Fischerboote tanzten auf den Wellen. Eine Fähre nahm Kurs in Richtung Hafen. Ein Stück weiter entfernt hoben sich die Umrisse einiger Öltanker und Frachter vom glitzernden Meer ab.

Emmet Walsh kam beim besten Willen nicht darauf, was Anthony Nangala von hier aus beobachtet haben könnte.

Er spürte, wie hungrig er war, und beschloss, ins Hotelrestaurant zu gehen. Beim Essen überkam ihn wieder Schwermut. Er sah die einstürzenden Mauern von Leighley Castle und hörte die Schreie seiner Brüder und Schwestern im Todeskampf. Vor allem trauerte er um Donna.

Er saß vor seinem Teller mit den duftenden Speisen, brachte

aber kaum einen Bissen herunter. Dafür trank er eine Flasche Wein. Das milderte den Schmerz ein wenig, zumindest vorübergehend.

20.

Die letzten Strahlen der untergehenden Sonne ließen den Himmel über Isfahan in sattem Dunkelrot erstrahlen. Der Lärm des Feierabendverkehrs verebbte, und bald waren aus den Fenstern der Häuser angeregte Gespräche zu vernehmen, vermischt mit den Geräuschen unzähliger Radios und Fernseher.

Lara Mosehni saß an einem der Klapptische vor dem Imbiss-Restaurant an der Straßenecke und legte ihr Besteck beiseite. Sie fühlte sich randvoll und müde. Während des Essens hatte sie überlegt, wie sie ihre Suche nach dem geheimnisvollen Asiaten fortsetzten solle, war aber zu keinem Ergebnis gelangt. Wenn er sie nicht bereits hier, in Isfahan, beobachtet hatte, würde es verdammt schwer werden, seine Spur aufzunehmen.

Lara wollte sich gerade noch etwas zu trinken bestellen, als ihr ein uniformierter Mann auf der gegenüberliegenden Straßenseite ins Auge fiel. Lara schien es, als hätte er seinen Blick geradewegs auf sie gerichtet.

Er hat mich erkannt!, schoss es ihr durch den Kopf. Vielleicht ein Polizist, der mein Gesicht auf einem Fahndungsfoto gesehen hat …

Der Uniformierte kam eiligen Schrittes näher. Der Mann war Ende zwanzig. Seine Miene wirkte freundlich, die Waffe an seinem Gürtel allerdings nicht.

Ein eiskalter Schauder jagte Lara über den Rücken. Sie musste sich zwingen, nicht aufzuspringen und blindlings davonzurennen. Allein die Furcht, niedergeschossen zu werden, hielt sie zurück.

Als der Uniformierte nach links und rechts blickte, bevor er die Straße überquerte, griff Lara blitzschnell nach dem Messer auf ihrem Teller und ließ ihre Hand unter dem Tisch verschwinden. Sie war fest entschlossen, nicht wieder ins Gefängnis zu gehen.

Der Mann wich einem hupenden Auto aus, dann war er auch schon bei ihr.

»Lara Mosehni?«, fragte er.

Laras Faust umklammerte den Messergriff wie ein Schraubstock. »Ja«, sagte sie.

»Darf ich Sie bitten mitzukommen?«

»Und wenn ich lieber noch ein bisschen sitzen bleiben möchte?«

Die schroffen Worte schienen den Mann zu verwirren. »Ich … ich kann Sie natürlich nicht zwingen«, sagte er. »Es ist nur … mein Großvater möchte gern mit Ihnen reden.«

Unter dem Tisch lockerte sich Laras Faust um den Messergriff. »Ihr Großvater?«

»Amir Bin-Sal.«

Lara nickte. »Ich wohne über ihm. Was will er von mir?«

»Das weiß ich nicht. Er sagte nur, dass er Sie sprechen will.«

Lara bezahlte die Rechnung und stand auf. Bevor sie dem uniformierten Mann folgte, legte sie unauffällig das Messer auf ihren Teller zurück.

Amir Bin-Sal war alt und hager. Gekrümmt saß er in seinem Rollstuhl. Seine Haut war blass, die Augen stumpf. Ein gebrochener Mann.

Dennoch erstaunte er Lara mit der Frage, ob Sie den Asiaten mittlerweile gefunden habe.

»Noch nicht«, antwortete sie. »Woher wissen Sie, dass ich ihn suche?«

Der alte Mann lächelte. Ein trauriges, melancholisches Lächeln. »Seit ich gelähmt bin, verlasse ich kaum noch das Haus«, erklärte er. »Diese vier Wände sind mein ganzes Reich. Wenn Kemal nicht gerade zu Besuch ist«, bei diesen Worten deutete er mit dem Kopf auf seinen Enkel, »ist das Fenster meine einzige Verbindung zur Außenwelt. Nicht, dass ich mich beklage. In gewisser Weise ist es sogar spannender als der Fernseher, den ich einst hatte. Draußen auf der Straße spielt sich das *wahre* Leben ab.«

Lara begriff. Der alte Mann saß den ganzen Tag am Fenster, beobachtete und horchte, was in der Nachbarschaft vor sich ging.

Bin-Sal fuhr fort: »Ich sah diesen Mann nur ein einziges Mal – und das will etwas heißen. Er muss genauso zurückgezogen leben wie ich. Geht nie einkaufen, zieht nie die Vorhänge zurück, lässt abends nie das Licht brennen. Ziemlich ungewöhnlich. Er lebt in dem Haus mit der blauen Eingangstür auf der anderen Straßenseite. Auf der zweiten Etage, ziemlich genau gegenüber von Ihrer Wohnung, Frau Mosehni.«

»Was wissen Sie sonst noch über ihn?«

»Leider nichts. Weshalb suchen Sie ihn?«

»Nun … Er schuldet mir Geld.« Etwas anderes war ihr auf die Schnelle nicht eingefallen. »Er hat sich eine hübsche Summe von mir geliehen und sich damit aus dem Staub gemacht, befürchte ich.«

»Ich weiß zwar nicht, wohin er verschwunden ist«, sagte Bin-Sal, »aber ich kenne den Vermieter der Wohnung. Sein Name ist Sherif Kaplan. Er wohnt nur ein paar Blocks weiter. Sagen Sie ihm, dass ich Sie geschickt habe, dann wird er mit Ihnen reden. Er ist ein anständiger Mensch – soweit man einen iranischen Händler überhaupt als anständig bezeichnen kann. Er wird vielleicht ein paar Scheinchen verlangen. Aber ich bin sicher, er wird Ihnen helfen.«

21.

Als Emmet Walsh vom Speisesaal in die vierte Etage seines Hotels zurückkehrte, kam ihm eine Idee. Vielleicht spielte die Aussicht gar keine Rolle. Vielleicht hatte Anthony Nangala aus einem ganz anderen Grund jedes Mal Zimmer 421 gebucht. Vielleicht, weil er es als eine Art Basis nutzte, von der aus er seiner Arbeit nachging. In diesem Fall hatte er möglicherweise irgendwo in diesen vier Wänden wichtige Hinweise versteckt, die mit seinem Projekt zu tun hatten. Mit ein bisschen Glück führten diese Hinweise geradewegs zu seinen Entführern.

Um seine Trauer zu vergessen oder sie zumindest für eine Weile zu verdrängen, machte Emmet sich fieberhaft auf die Suche. Er rückte Kommoden von den Wänden, sah hinter Heizkörpern und den Bildern an den Wänden nach, durchsuchte Schränke und Schubladen. Fehlanzeige. Er inspizierte den Teppich auf lose Stellen und klopfte auf der Suche nach Hohlräumen hinter der Tapete die Wände ab. Wieder nichts. Auch keine der Deckenplatten war lose. Und an den Nähten der Sitzkissenbezüge konnte er ebenfalls keine Unregelmäßigkeiten feststellen.

Um kurz nach elf Uhr gab er auf.

Die Wirkung des Alkohols hatte mittlerweile nachgelassen, und Emmet stellte zu seinem Leidwesen fest, dass er sich schon wieder nüchtern fühlte. Er spielte mit dem Gedanken, sich vom Restaurant noch eine Flasche Wein aufs Zimmer bringen zu lassen, entschied sich dann aber dagegen. Stattdessen ging er ins Bad und duschte. Anschließend ließ er sich erschöpft aufs Bett fallen.

Weshalb, um alles in der Welt, hatte Anthony Nangala immer dieses Zimmer gebucht?

Während er dalag und grübelte, fiel sein Blick auf das Bild an der Wand über dem Fernseher. Emmet hatte bei seiner Suche bereits die Rückseite des Bildes betrachtet. Jetzt achtete er zum ersten Mal auf das Motiv. Es war ein Druck, wie man ihn für wenig Geld kaufen konnte. Eine Art moderne mediterrane Landschaft – im Vordergrund Segelboote, die im Hafen lagen, dahinter ein paar Sonnenschirme vor einem weißen Haus mit der Aufschrift *Bellevue*. Offenbar ein Hotel.

Nach Emmets Empfinden war das Bild ziemlich nichts sagend. Dennoch zog es seine Aufmerksamkeit geradezu magisch an. Und plötzlich kam ihm eine Eingebung. Bellevue. Das französische Wort für *schöne Aussicht*.

Das Besondere an diesem Zimmer war nicht der Panoramablick aufs Meer, sondern dieser unscheinbare Druck an der Wand …

Emmet stand auf und nahm das Bild vom Haken. Mit wenigen Handgriffen löste er den Glasrahmen und die Rückplatte. Mit leisem Klirren fiel ein kleiner Schlüssel zu Boden, der hinter dem Passepartout verborgen gewesen war.

Emmet hob ihn auf und betrachtete ihn in der offenen Hand. Sein Instinkt sagte ihm, dass dieser Schlüssel etwas mit Anthony Nangalas Verschwinden zu tun hatte. Die Frage war nur: In welches Schloss passte er?

Er drehte den Schlüssel auf die andere Seite und bemerkte eine Gravur: SVH 15.

Bingo! Das musste *Sea View Hotel, Schließfach Nr. 15* bedeuten, was sonst? Emmet spürte ein angenehmes Kribbeln in der Magengegend, als er seinen Jogginganzug überstreifte und das Zimmer verließ.

Hinter dem Empfangsschalter stand noch immer das schwarze Mädchen, das ihm Anthony Nangalas Unterkunft überlassen hatte. Sie lächelte ihm freundlich entgegen. Emmet fragte sie, wo sich die Hotelschließfächer befanden.

»Auf jedem Zimmer, im Garderobenschrank. Sie können den Schließcode selbst programmieren …«

»Gibt es keine separaten Schließfächer? Oder Safes?«

Das Mädchen nickte. »Doch. Am Ende des Flurs auf der rechten Seite.«

Emmet dankte ihr und machte sich auf den Weg.

Die Safewand wirkte schäbig wegen der verkratzten Chromstahl-Türen, schien aber diebstahlsicher zu sein. Emmet öffnete Schließfach 15, fand darin eine prall gefüllte Aktenmappe und nahm sie an sich. Als er zu seinem Zimmer zurückging, ahnte er, dass ihm eine lange Nacht bevorstand.

22.

Es war kühl und diesig an diesem Montagmorgen. Nebel lag über der Stadt wie ein feiner grauer Schleier. Die Minarette im Zentrum Isfahans zeichneten sich nur als dunkle Schemen in der Ferne ab.

Lara stand vor dem Haus von Sherif Kaplan und klingelte an der Tür. Sie hatte es schon einmal versucht, am gestrigen Abend, gleich nach dem Gespräch mit Amir Bin-Sal, doch ohne Erfolg. Jetzt hoffte sie, mehr Glück zu haben.

Tatsächlich hörte sie drinnen Schritte. Kurz darauf schwang die Tür auf, und ein Mann mit hoher Stirn und schwarzem Vollbart stand vor ihr. Er wirkte müde und roch nach Knoblauch.

»Ich heiße Lara Mosehni«, sagte sie. »Amir Bin-Sal hat mich geschickt. Er meinte, dass Sie eine Wohnung an jemanden vermietet haben, den ich suche. Einen Chinesen oder Japaner.«

Kaplan nickte. »Ein Japaner. Ist vor ein paar Tagen aber sang- und klanglos ausgezogen, ohne mir Bescheid zu geben. So ein verdammter Kerl!«

Es schien aufgebracht zu sein, was Lara nur recht sein konnte. Aufgebrachte Menschen gaben oft mehr Informationen preis, als sie eigentlich wollten.

»Den Mann muss der Skorpion gestochen haben, so eilig hatte er es, von hier zu verschwinden«, fuhr Kaplan fort. »Nicht mal die Tür hat er hinter sich zugezogen. Hätten die Nachbarn mir nicht Bescheid gegeben, hätte sich schon längst irgendwelches Gesindel in der Wohnung eingenistet. Ich wusste gleich, dass es ein Fehler ist, an einen Ausländer zu vermieten. Ich habe von Anfang an geahnt, dass mit dem etwas nicht stimmt.«

»Sie haben es geahnt? Weshalb?«

»Wenn jemand, der Geld hat, ausgerechnet in dieser Gegend eine Wohnung mietet, ist da was faul. Und bei Allah, der Mann *hatte* Geld! Er wollte die Wohnung nur für zwei Monate. Ich sagte, er müsse für ein halbes Jahr im Voraus bezahlen. Er hat nicht mal mit der Wimper gezuckt, als er mir die Scheine in die Hand drückte.«

Beunruhigende Neuigkeiten. Laras Verdacht festigte sich, es mit einem Gegner zu tun zu haben, der finanzkräftig genug war, um einen Angriff von Kampfhubschraubern auf eine schottische Burg in die Wege zu leiten.

»Was wissen Sie über diesen Mann?«, fragte sie. »Hat er Ihnen einen Namen genannt?«

Kaplan überlegte einen Moment. Dann sagte er: »Akanawe. James Akanawe.«

»Sind Sie sicher?«

»Ich würde darauf wetten, dass er *nicht* so heißt. Aber wenn jemand für ein halbes Jahr im Voraus bezahlt, stelle ich keine Fragen.«

Lara seufzte innerlich.

»Allerdings kann ich Ihnen sein Autokennzeichen geben«, fuhr Kaplan fort. »Ich habe es mir notiert, als er den Wohnungsschlüssel abholte.«

»Sie haben das Kennzeichen notiert? Warum?«

»Ich sagte Ihnen doch, dass der Kerl mir seltsam vorkam. Ich dachte, die Autonummer kann nicht schaden. Falls er irgendwas ausfrisst und türmt, kann ich der Polizei wenigstens etwas bieten. Für eine kleine Belohnung, versteht sich.«

Lara begriff. Kaplans Zorn beeinträchtigte seinen Geschäftssinn leider nicht. »Wie viel hätte die Polizei Ihnen für das Kennzeichen wohl gegeben?«, fragte sie.

Kaplan nannte ihr einen überhöhten Betrag. Lara handelte ihn auf die Hälfte herunter. Daraufhin verschwand Kaplan nach drinnen. Zurück an der Tür, reichte er Lara im Tausch gegen das Geld einen Zettel.

»Er fährt einen dunkelblauen Ford«, sagte er. »Mehr kann ich zu dem Auto leider nicht sagen.«

Lara dankte ihm und verabschiedete sich. Als sie zu ihrer Wohnung zurückkehrte, lichtete sich der Nebel über der Stadt.

23.

Der Wecker klingelte, und Emmet Walsh schreckte aus dem Schlaf.

Zuerst wusste er nicht, wo er sich befand. In einer Suite des Royal Livingstone Hotel? In seinem Schlafzimmer auf Leighley Castle? In einem Flugzeug? Dann erst ging ihm auf, dass er Anthony Nangalas Zimmer im Sea View Hotel bewohnte. Im Sudan.

Das viele Reisen der vergangenen Tage hatte ihn verwirrt.

Er ließ den Blick durchs Zimmer schweifen. Der Fußboden war mit unzähligen Papieren bedeckt, teils Einzelblätter, teils kleinere Stapel. In der Nacht hatte Emmet versucht, Ordnung in die bunt zusammengewürfelten Unterlagen zu bringen. Irgendwann zwischen drei und vier Uhr morgens hatte er es aufgegeben und sich schlafen gelegt.

Nach dem Frühstück kämpfte er sich voller Tatendrang weiter durch das Akten-Chaos. Zwei Stunden später hatte er einen ziemlich umfassenden Eindruck von Anthony Nangalas Projekt über modernen Menschenhandel und Sklaverei gewonnen. Die Statistiken waren erschütternd. Experten gingen davon aus, dass auf der Erde derzeit rund eine Dreiviertelmillion Menschen als Sklaven lebten, die meisten davon Frauen und Kinder. Das Problem umfasste den gesamten Globus, hatte seinen Schwerpunkt jedoch in einigen afrikanischen und asiatischen Staaten, vorwiegend dort, wo Unruhen und Bürgerkriege den Alltag beherrschten.

Was das betraf, war der Sudan, das flächenmäßig größte Land Afrikas, geradezu prädestiniert für Anthony Nangalas Projekt. Bereits seit dem Ende der britischen Kolonialzeit im Jahr 1956 versuchte der muslimisch-arabische Norden des Landes, den christlichen und animistischen Minderheiten im Süden per Gesetz den Islam aufzuzwingen – oft genug aber auch mit Waffengewalt. Wer sich nicht fügte, wurde getötet oder vertrieben. Weit über eine Million Süd-Sudanesen waren bereits ums Leben gekommen. Und noch viel mehr befanden sich auf der Flucht, wobei sie leichte Beute für skrupellose Sklavenhändler darstellten.

Menschenhandel wurde auf vielen nordsudanesischen Märkten betrieben. Der Preis für einen Sklaven betrug ungefähr 150 Dollar. Kinder kosteten etwas mehr. Wer verkauft wurde, verlor all seine Rechte. Oft kam es zu sexuellen Übergriffen und schweren körperlichen Bestrafungen, selbst bei den kleinsten Vergehen. Die meisten Sklaven wurden zur Konvertierung gezwungen und bekamen einen arabischen Namen. Man raubte ihnen gezielt die Identität. Mit physischer und psychischer Gewalt wurde ihr Widerstand gebrochen, bis sie es nicht mehr wagten, auch nur an Flucht zu denken.

Diese und zahllose weitere Informationen hatte Anthony Nangala aus verschiedenen Quellen zusammengetragen – Zeitungsberichte, Internet-Archive, Veröffentlichungen von Menschenrechtsorganisationen oder kirchlichen Vereinigungen und anderes mehr. Durch Recherchen vor Ort – nicht nur in Darfur, sondern auch in den Nuba-Bergen, wo die Eingeborenen schon immer erbarmungslos verfolgt worden waren – war es ihm gelungen, die wichtigsten Menschenhändlerringe zu identifizieren. Allerdings ging aus seinen Unterlagen nicht hervor, ob er bereits etwas gegen sie unternommen hatte.

Um Ordnung in sein Zimmer zu bekommen, legte Emmet

Walsh die einzelnen Papiere zu einem Haufen zusammen. Dabei fiel ihm ein ausgeschnittener Zeitungsartikel auf, den er bisher nicht beachtet hatte. Er war in Arabisch verfasst. Emmet konnte zwar kein Wort lesen, vermutete jedoch, dass es sich um einen weiteren Bericht zum Thema Sklaverei im Sudan handelte. Um sicherzugehen, dass er nichts Bedeutsames übersah, beschloss er, sich den Artikel übersetzen zu lassen.

Hinter dem Empfangsschalter stand noch immer die junge Frau vom gestrigen Tag. Sie wirkte müde und abgespannt. Emmet wunderte sich, wie lange ihre Schicht ging, fragte sie aber nicht danach. Er freute sich, sie zu sehen, weil er sicher war, dass sie ihm helfen würde.

Nachdem er sein Anliegen vorgebracht und ihr die Zeitung über den Tresen geschoben hatte, übersetzte sie: »In der Nacht vom 28. auf den 29. August sind im küstennahen Beja-Dorf Wad Hashabi unweit der eritreischen Grenze mehrere Menschen spurlos verschwunden – sieben Frauen, sieben Kinder und vier Greise. Wie die Polizei in Tokar meldet, ereigneten sich in den vergangenen zwölf Monaten bereits mehrere ähnliche Fälle. Insgesamt werden über vierzig Personen vermisst. Die Polizei geht davon aus, dass die Verschwundenen entführt und versklavt wurden, betont jedoch, dass derartige Vorkommnisse in dieser Region sehr selten seien. Über die Drahtzieher des Verbrechens ist bislang nichts bekannt. Die Ermittlungen werden noch einige Zeit beanspruchen.«

Das Mädchen gab Emmet den Artikel zurück. Er bemerkte eine Veränderung an ihr, die er nicht näher bestimmen konnte.

»Was ist mit Ihnen?«, fragte er.

»Aus welcher Zeitung ist das?«, fragte sie.

»Keine Ahnung. Ich habe den Ausschnitt so gefunden.«

»An Ihrer Stelle würde ich ihn nicht so offen herumzeigen, sonst könnten Sie Ärger bekommen.«

»Ärger? Wie meinen Sie das?«

Sie sah sich in der Lobby um, als wolle sie sichergehen, keine unliebsamen Zuhörer zu haben. Dann beugte sie sich über den Tresen vor und raunte: »Der Artikel stammt nicht aus einer der großen Zeitungen.«

»Woher wissen Sie das?«

»Alle großen Blätter werden staatlich kontrolliert. Inoffiziell natürlich, aber das ändert nichts an der Tatsache. Ein Artikel, der so offen über Sklaverei in unserem Land berichtet, würde niemals toleriert. Das muss in einem unabhängigen kleinen Provinzblatt erschienen sein. Oder in einer eritreischen Zeitung – schließlich liegt dieses Beja-Dorf nahe der Grenze. Auf jeden Fall könnten Sie in Schwierigkeiten geraten, wenn Sie diesen Artikel den falschen Leuten unter die Nase halten.«

Emmet nickte und dankte ihr für die Warnung. Zugleich fragte er sich, ob Anthony Nangala genau diesen Fehler begangen hatte, nämlich den Artikel den falschen Leuten zu zeigen. Er ging zurück in sein Zimmer, wo er den Zeitungsausschnitt als eines von vielen Dokumenten zum Thema Sklaverei auf den großen Papierstapel zurücklegte.

Plötzlich ging ihm auf, dass an dem Zeitungsbericht etwas nicht stimmte: Weshalb sollten ausgerechnet Greise versklavt werden? Aus Anthony Nangalas Unterlagen wusste Emmet, dass Sklavenkarawanen oft hunderte von Kilometern weit von Markt zu Markt getrieben wurden. Welcher Greis würde einen solchen Gewaltmarsch überstehen? Und wie viel Geld würde er dann noch einbringen? Nein, das ergab keinen Sinn.

Noch etwas fiel Emmet auf. Zunächst war es nur ein verschwommener Gedanke, den er nicht greifen konnte, dann aber fiel es ihm ein: Alle anderen Unterlagen in der Aktenmappe waren *vor* diesem Artikel zusammengetragen worden. Um sicher zu gehen, blätterte er den Stapel noch einmal durch, wobei er besonderes Augenmerk auf die Datumsangaben richtete. Sein Verdacht bestätigte sich. Der Artikel über das

Beja-Dorf Wad Hashabi war das letzte Dokument, mit dem Anthony Nangala sich beschäftigt hatte.

Trotz der Wärme im Zimmer fühlten Emmets Hände sich eiskalt an. Ist das der entscheidende Hinweis?, fragte er sich. Der Hinweis, der mich zu Anthonys Kidnappern führt?

24.

Das Autokennzeichen, das Lara von Sherif Kaplan erhalten hatte, entpuppte sich als zähe Spur. Weder bei der Polizei noch bei den dafür zuständigen Ämtern half man ihr weiter. Angeblich waren sie nicht befugt, Informationen an Dritte weiterzugeben. Nur eines erfuhr Lara: Das Kennzeichen stammte aus Teheran – was die Suche nicht gerade einfacher machte.

Lara blieb nichts anderes übrig, als sämtliche Autohäuser und Mietwagenfirmen in Teheran anzurufen und auf ihr Glück und ihre Überzeugungskraft zu hoffen.

Nach zwei Stunden ununterbrochener Telefonate hatte sie eine freundliche Dame von Hertz am Apparat, die ihr bereitwillig Auskunft gab: Der Ford mit der angegebenen Nummer sei in der Filiale in Isfahan angemietet worden.

Endlich ein Fortschritt.

Lara wusste, wo sich die Hertz-Niederlassung vor Ort befand, und machte sich auf den Weg dorthin. Dichter Berufsverkehr verstopfte die Straßen, Smogdämpfe lösten den Morgennebel ab. Dennoch hatte Lara gute Laune.

Der Hertz-Vertreter stellte sich als Pierre-Louis Hosseini vor. Gleich zu Beginn des Gesprächs erwähnte er, dass seine Mutter Französin sei. Vermutlich tat er das bei allen potenziellen Kunden, um eine Atmosphäre der Vertraulichkeit zu schaffen und das Eis zu brechen. Lara erzählte ihm, weshalb sie hergekommen war.

Hosseini nickte. »Ich erinnere mich gut an diesen Japaner«, sagte er. Seine Stimme klang rau, aber kultiviert.

»Können Sie mir seinen Namen verraten?« Lara war gespannt, ob er den Ford als James Akanawe angemietet hatte.

»Weshalb ist das so wichtig für Sie?«

»Er stand mit seinem Wagen an einer Ampel neben mir.« Sie hatte sich diese Geschichte bereits zurechtgelegt. »Wir blickten uns an und … wie soll ich es sagen? Es war um mich geschehen. Ich konnte mir gerade noch sein Kennzeichen einprägen, dann war er verschwunden. Seitdem versuche ich, ihn ausfindig zu machen. Es war Liebe auf den ersten Blick, verstehen Sie?«

Hosseini stieß einen Seufzer aus. Dann gab er sich einen Ruck und schob seine Bedenken beiseite. »Ich kann eine so schöne Frau nicht leiden sehen«, sagte er und tippte etwas in den Computer. »Offensichtlich handelt es sich hier um einen Notfall. Ah, hier ist es. John Nagashi.«

Er scheint genauso viele Namen zu benutzen wie ich, dachte Lara. »Haben Sie seine Adresse?«

Hosseini nannte ihr ein Hotel namens *Plaza* mit Straße und Hausnummer, doch Lara wusste sofort, dass dies nicht stimmen konnte. Die Adresse befand sich mitten im Industriegebiet. James Akanawe oder John Nagashi oder wie immer ihr ominöser Verfolger auch hieß, hatte die Adresse frei erfunden.

»Was können Sie mir sonst noch über den Mann erzählen?«, fragte sie.

»Sehr wenig, fürchte ich. Er war nicht besonders aufgeschlossen. Nur an eines kann ich mich gut erinnern: Er war mein erster Kunde, der sich lieber auf Französisch als auf Persisch oder Englisch mit mir unterhielt. Er beherrschte die Sprache sogar besser als ich.«

Ein Japaner in Isfahan, der Französisch spricht, dachte Lara. Wenn das nicht ungewöhnlich ist. Aber wie kann mir das weiterhelfen?

25.

Wad Hashabi, das Beja-Dorf, ging Emmet Walsh nicht mehr aus dem Kopf. Frauen, Kinder und *Greise*. Spurlos verschwunden. Angeblich versklavt.

An dieser Geschichte war etwas faul.

Anthony Nangala musste das ebenfalls gespürt haben. Das sagte Emmet sich immer wieder, als er nun im Mietwagen auf der staubigen Küstenstraße in Richtung Süden fuhr. Anthony war seinem Instinkt gefolgt und in Wad Hashabi auf etwas Wichtiges gestoßen, das ihn voll und ganz in Beschlag genommen hatte. Andernfalls hätte er die Zeit gefunden, seine Unterlagen auch im September weiter zu pflegen. Aber das hatte er nicht getan. Der ausgeschnittene Zeitungsartikel war chronologisch gesehen das letzte Dokument der Akte. Folglich musste es etwas zu bedeuten haben.

Hoffentlich verrenne ich mich nicht in einer fixen Idee, dachte Emmet. Doch eine andere Spur hatte er nicht.

Die Sonne stand hoch am wolkenlosen Himmel und ließ die Temperatur im Wagen spürbar steigen. Emmet schaltete die Klimaanlage ein, musste jedoch feststellen, dass sie nicht funktionierte. Also kurbelte er ein Fenster herunter. Der heiße Fahrtwind trieb ihm den Schweiß nur noch mehr aus den Poren.

Bei Suakin, sechzig Kilometer südlich von Port Sudan, wurde die Küstenstraße schmaler und war in weniger gutem Zustand. Hundert Kilometer weiter verschlechterten sich die

Straßenbedingungen abermals. Obwohl Emmet bei der Mietwagenfirma eine Karte erstanden hatte, glaubte er, sich verfahren zu haben. In einem Fischerdorf fragte er nach dem richtigen Weg, was angesichts der Sprachschwierigkeiten gar nicht so einfach war. Erst als er die Straßenkarte holte und mit dem Finger auf sein Ziel zeigte, bedeutete ihm der Tankwart mit Handbewegungen, sich weiter auf der Staubpiste zu halten.

Eine Stunde später erreichte er sein Ziel. Er parkte den Wagen im Schatten eines knorrigen Affenbrotbaums und machte sich die letzten Meter zu Fuß auf den Weg. Unter der glühenden Sonne war der Boden hart und rissig geworden. Wie im größten Teil Nordafrikas herrschte auch hier arides Wüstenklima. Weder die nur wenige Kilometer entfernte Küste noch die nahen Ausläufer der eritreischen Berge vermochten in den Sommermonaten Kühlung oder gar Regen zu bringen.

Das Dorf bestand zum größten Teil aus kreisrunden Lehmhütten mit winzigen, bullaugenartigen Gucklöchern. Aber es gab auch mehrere kastenförmige, weiß getünchte Häuser mit Fensterscheiben. Am anderen Ende des Ortes erblickte Emmet einige Kamele. Ein Stück abseits nagten magere Ziegen an vertrockneten Gräsern und Baumzweigen.

Er seufzte. Wo sollte er mit seiner Suche anfangen?

Ihm fiel ein Schriftzug ins Auge, der über dem Eingang eines der größeren, weißen Häuser prangte. Große Stücke der Farbe waren bereits abgeblättert; dennoch war noch deutlich das Wort *Metzgerei* zu lesen, auf Englisch. Vielleicht ein Relikt aus der Kolonialzeit. Jedenfalls hoffte Emmet, dass man ihn dort würde verstehen können. Anderenfalls musste er sich nach einem Dolmetscher umsehen.

Emmet schlenderte zu der Metzgerei. Dabei entgingen ihm nicht die Blicke der Einwohner, die vor ihren Hütten saßen und ihn mit unverhohlener Neugier beobachteten.

Sehr gut, dachte er. Falls Anthony Nangala hier war, ist das bestimmt jemandem aufgefallen.

Vor der Metzgerei stand ein Holzregal, auf dem zwei Ziegen- und zwei Kamelköpfe lagen, damit jeder sich davon überzeugen konnte, wie frisch das Fleisch der geschlachteten Tiere war – eine in weiten Teilen Afrikas gängige Praxis. Dennoch erweckte sie Emmets Abscheu.

Er versuchte, den Anblick der von Fliegen belagerten Schädel und den Blutgeruch zu ignorieren, schob die Perlenschnüre vor dem Eingang beiseite und trat ein. Drinnen war es erstaunlich kühl. Hinter der Fleischtheke stand ein Junge, kaum älter als zehn oder zwölf.

»Guten Tag«, sagte Emmet. »Verstehst du meine Sprache?«

Der Junge reagierte nicht.

Emmet deutete auf seinen Mund, dann auf sein Ohr und wiederholte: »Kannst du mich verstehen?«

Der Junge schüttelte den Kopf.

Noch während Emmet überlegte, wie es nun weitergehen solle, kam der Junge hinter der Theke hervor, nahm ihn bei der Hand und führte ihn nach draußen. Sie umrundeten das Haus und traten durch den Hintereingang, während der Junge etwas in einer Sprache rief, die Emmet nie zuvor gehört hatte.

Ein dicker, mit zerschlissenem T-Shirt und abgewetzter Bluejeans bekleideter Mann trat aus einem Zimmer. Sein schwarzes Gesicht wirkte wie eine Maske aus Ebenholz. Seine Augen schienen im Halbdunkel des Flurs beinahe zu leuchten.

Er wechselte ein paar Worte mit dem Jungen, der daraufhin wieder nach draußen verschwand.

Emmet versuchte erneut sein Glück. »Verstehen Sie mich?«

Der Mann sah ihn eine Weile unbewegt an. Dann nickte er bedächtig und fragte in sonorem Bariton: »Was wollen Sie?«

»Ich suche jemanden, der mir ein paar Fragen beantworten kann.«

»Sind Sie wegen der Verschwundenen hier?«

»Ja.«

»Sind Sie Polizist?«

»Eher eine Art Detektiv.«

Die Augenbrauen des Mannes hoben sich. Er wirkte plötzlich freundlicher. »Ein Detektiv? Das ist gut. Die Polizei hier ist unfähig. Am besten, wir unterhalten uns in der Küche. Darf ich Ihnen einen Kaffee anbieten?«

Emmet lehnte ab, weil ihm der Sinn eher nach einem Kübel Eiswasser stand. Dennoch bekam er eine dampfende Tasse vorgesetzt.

»Trinken Sie«, forderte der Mann ihn auf. »Das wird Ihnen gut tun. Kaffee trinken ist eine heilige Tradition der Hadendowa. Es gibt ein Sprichwort bei uns: Ein Hadendowa würde lieber sterben, als auf seinen Kaffee zu verzichten.« Er lachte und nippte an der Tasse.

Emmet begriff, dass der Kaffee ein Zeichen der Gastfreundschaft war, und nahm ebenfalls einen Schluck. Als er die Tasse wieder absetzte, sagte er: »Ich dachte, in diesem Dorf leben die Beja.« So hatte es zumindest in dem Zeitungsartikel gestanden, den die Rezeptionistin im Hotel übersetzt hatte.

»Das stimmt schon«, sagte der Schwarze. »Wir sind Beja, wie die meisten Menschen in dieser Gegend. Aber die Beja wiederum sind in fünf Gruppen unterteilt. Eine davon nennt sich Hadendowa. Woher kommen Sie?«

»Aus Schottland.«

»Das liegt bei England, nicht wahr?«

»Ja.«

Der Schwarze führte erneut die Tasse zum Mund. Bevor er trank, sagte er: »Ein Detektiv aus Schottland interessiert sich für die verschwundenen Einwohner eines kleinen sudanesischen Dorfes? Das ist erstaunlich.«

»Um ehrlich zu sein, ich interessiere mich nicht nur für die Leute aus Wad Hashabi, sondern auch für einen Freund von mir. Vielleicht haben Sie ihn schon einmal hier gesehen.« Emmet zog das Foto von Anthony Nangala aus der Hemdtasche.

Der Metzger nickte. »Er war hier. Vor vier oder fünf Wochen, würde ich sagen. Er wollte ebenfalls etwas über die Vorkommnisse in unserem Dorf wissen.«

Also lag ich mit meiner Vermutung richtig, dachte Emmet. Anthony war hier irgendetwas auf der Spur. »Haben Sie damals mit ihm gesprochen?«, fragte er.

»Ja. Ich bin der Einzige im Dorf, der Englisch spricht. Aber ich habe auch für ihn übersetzt.«

»Mit wem hat er noch geredet?«

»Mit N'tabo. Das ist unser Dorfältester. Er hat gesehen, was passiert ist.«

»Sie meinen, er weiß, wer die Bewohner entführt hat?«

Auf dem Gesicht des Metzgers spiegelte sich plötzlich Verwirrung, ja Angst wider. »Das war keine Entführung!«, sagte er bestimmt. Einen Moment lang glaubte Emmet, der Mann wolle ihm etwas anvertrauen, aber dann schien er sich zu besinnen und sagte: »Ich bringe Sie jetzt besser zu N'tabo.«

Der Dorfälteste bewohnte eine der traditionellen Lehmhütten, die sich um den runden, festgetrampelten Platz in der Dorfmitte reihten. Wegen der winzigen Fensterluken drang so wenig Sonnenlicht ins Innere, dass die Hütte sogar noch düsterer wirkte als die große Halle von Leighley Castle. In der Luft lag der würzige Geruch von Tabak.

Der Metzger stellte Emmet in der Sprache der Beja vor, dem Bedawiyyet, wie er erklärte. Anschließend setzten die beiden sich zu N'tabo auf die Bastmatte am Boden.

Nachdem er sich an das Schummerlicht gewöhnt hatte, erkannte Emmet zwei silbern schimmernde Ringe in der Nase des Alten. Aus dem Mundwinkel ragte eine lange Pfeife. Die kleinen Augen schienen nichts übersehen zu können. Unter dem roten Umhang tauchte ein dünner, verrunzelter Arm auf, mit dem er auf eine Blechkanne zeigte. Dabei krächzte er etwas, das Emmet nicht verstand.

Der Metzger übersetzte: »Er fragt, ob Sie einen Kaffee wollen.«

Emmet dachte an sein schwaches Herz und seufzte innerlich.

»Gern«, sagte er.

Wenig später saßen sie zu dritt im Kreis und unterhielten sich.

»Es ist eine Strafe«, übersetzte der Metzger die Worte N'tabos, der mit Grabesstimme seine Geschichte erzählte.

»Eine Strafe?«, wiederholte Emmet. »Wofür?«

»Dafür, dass wir unseren Glauben verloren haben.«

»Den Glauben an den Islam?«

Der Alte schnaubte verächtlich. Wieder übersetzte der Metzger seine Worte: »Den Glauben an uns selbst! Wir haben unser traditionelles Recht, das *Salif*, den sudanesischen Gesetzen unterworfen, und wir achten die islamische Sharia mehr als die Religion unserer Väter und Großväter. Wir verleugnen immer mehr unsere Wurzeln. Wir vergessen, wer wir sind. Das hat die Geister erzürnt.« Der Alte machte eine Pause und sog, innerlich bebend, an seiner Pfeife. »Vor allem die jungen Menschen wenden sich von der Tradition ab, um ein anderes, modernes Leben zu führen. Sie verlassen das Dorf und ziehen in die Städte. Ziegen- und Kamelhirten zu sein genügt ihnen nicht mehr. Sie wollen Autos und Fernsehapparate. Es gibt nur noch eine Hand voll junger Menschen in Wad Hashabi. Zwei Drittel der Bewohner sind über fünfzig Jahre alt, viele sogar über achtzig. Wir sind seit jeher ein gesundes, starkes Volk. Doch anstatt dankbar dafür zu sein, wenden wir uns fremden Religionen und dem Luxus zu. Deshalb zürnen uns die alten Geister.«

»Ich habe gelesen, dass nur Frauen, Kinder und Alte aus dem Dorf verschwanden«, sagte Emmet.

N'tabo nickte, nachdem der Metzger übersetzt hatte. »Um genau zu sein: schwangere Frauen, Kinder unter dreizehn Jahren und einige der ältesten Bewohner von Wad Hashabi.«

»Weshalb keine anderen?«

»Das können allein die Geister beantworten. Aber eines weiß ich genau: Wer die Tradition achtet, hat nichts zu befürchten. Nur die Abtrünnigen werden vom *Jinn* geholt und von ihm ausgesaugt.«

»Jinn?«

N'tabo blickte Emmet mit weit aufgerissenen Augen an und erklärte: »Vom schwarzen Dämon. Er nährt sich vom Blut seiner Opfer, um sich daran jung zu halten. Er wird unser Dorf so lange heimsuchen, bis wir uns besinnen.«

Eine Pause trat ein. Emmet versuchte, sich seine Enttäuschung nicht anmerken zu lassen. Er hatte gehofft, der Alte könne ihm konkrete Hinweise auf die Vorkommnisse in Wad Hashabi liefern. Stattdessen erzählte er ihm eine Geschichte von Geistern und Vampir-Dämonen – für Emmet allenfalls ein Schauermärchen, damit die Dorfbewohner sich wieder auf den alten Glauben besannen.

N'tabo sagte etwas.

»Er sieht Ihnen an, dass Sie skeptisch sind«, übersetzte der Metzger. »Aber es ist die Wahrheit. N'tabo hat den Dämon mit eigenen Augen gesehen. Das war, als zum ersten Mal Menschen aus dem Dorf verschwanden – vor ungefähr einem Jahr. Der Jinn kam in der Nacht. Er glitt wie ein Schatten durchs Dorf, drang lautlos in die Hütten ein und holte seine Opfer. Sie wehrten sich nicht, sondern schienen bereits tot zu sein, als er sie davonschleppte. N'tabo fürchtete sich so sehr, dass er nicht wagte, Alarm zu schlagen. Gegen einen Dämon kann niemand etwas ausrichten.« Der Metzger stockte, hielt Rücksprache mit dem Dorfältesten und wiederholte noch einmal eindringlich: »*Gegen einen Dämon kann niemand etwas ausrichten.* Deshalb rät N'tabo Ihnen dasselbe wie Ihrem Freund, als er uns besuchte: Fordern Sie den Jinn nicht heraus. Der Jinn ist mächtig. Er wird sich auch Ihr Blut holen, wenn Sie seinen Zorn wecken!«

26.

Am Nachmittag kehrte Lara Mosehni in ihre Wohnung zurück. Sie fühlte sich matt.

Nach dem Besuch bei Pierre-Louis Hosseini war sie losgefahren, um die Adresse zu überprüfen, die der Japaner bei Hertz angegeben hatte. Aber wie bereits vermutet existierte sie nicht. Zumindest gab es dort kein Hotel namens *Plaza*, sondern lediglich eine Textilfabrik.

Um keine Möglichkeit außer Acht zu lassen, hatte Lara sich von der Touristeninformation einen Hotelführer besorgt. Es gab gleich zwei Plaza-Hotels in der Stadt, doch in keinem von beiden war in den letzten Wochen ein japanischer Gast registriert worden.

Obwohl Lara sich keine allzu großen Hoffnungen gemacht hatte, war sie enttäuscht. Das Autokennzeichen hatte sich als Sackgasse erwiesen. Dass der Japaner perfekt Französisch sprach, brachte sie im Moment auch nicht weiter.

Sie ging ins Bad und wusch sich die Hitze des Tages aus dem Gesicht. Danach fühlte sie sich besser. Während sie in der Küche ein belegtes Brot aß, dachte sie über ihren nächsten Schritt nach. Ihr fiel nur noch eine Möglichkeit ein, dem Japaner auf die Spur zu kommen.

Eine halbe Stunde später stand sie zum zweiten Mal an diesem Tag vor Sherif Kaplans Haus. Als der Mann öffnete, standen seine Augen auf Halbmast, und sein Gesicht sah zerknautscht aus. Offenbar hatte er gerade ein Nickerchen gemacht.

»Hat Ihnen das Kennzeichen nicht weitergeholfen?«, murmelte er.

Lara schüttelte den Kopf.

Kaplan strich sich über den Bart. »Wir haben heute Morgen einen ehrlichen Handel abgeschlossen«, brummte er. »Glauben Sie ja nicht, dass Sie von mir Ihr Geld zurückbekommen.«

»Ganz im Gegenteil«, erwiderte Lara. »Ich will mein Geld nicht zurückhaben, sondern noch etwas davon loswerden.«

Augenblicklich verflog die Müdigkeit aus Sherif Kaplans Gesicht. Mit glänzenden Augen und breitem Grinsen sagte er: »Ich bin sicher, wir werden uns einig.«

Lara brauchte nicht sehr lange, um Kaplan zu überreden, sie in die Wohnung des Japaners zu lassen. Zuerst gab er sich zwar zögerlich, weil der Mietvertrag noch gültig war und er daher kein Recht hatte, ihr die Wohnung zu zeigen, doch Lara begriff, dass er seine Bedenken nur vorschob, um den Preis in die Höhe zu treiben. Am Ende bezahlte sie ihm umgerechnet dreißig englische Pfund.

Die Wohnung war ein unwirtliches Loch. Es roch muffig, als wäre seit Monaten nicht mehr gelüftet worden. Durch die zugezogenen Vorhänge drang kaum Sonnenlicht.

Lara nahm alle Räume gründlich unter die Lupe, doch es gab nur wenige Anzeichen dafür, dass in der Wohnung noch bis vor wenigen Tagen jemand gelebt hatte. Die Inneneinrichtung gehörte laut Sherif Kaplan zur Wohnung. Persönliche Gegenstände wie Bücher oder Bilder fehlten völlig.

Gleichwohl hatte der Japaner Spuren hinterlassen: eine angebrochene Rolle Klopapier auf der Toilette, einige Vorräte und Wasserflaschen im Küchenschrank, ein halb voller Abfalleimer, über dem eine Wolke bunt schillernder Fliegen summte.

Eine halbe Stunde suchte Lara nach weiteren Hinweisen – vergeblich. Also blieb ihr nichts anderes übrig, als den Abfalleimer einer genaueren Untersuchung zu unterziehen.

Zum Glück musste sie nicht lange darin herumstöbern, denn ganz obenauf lag eine Konservendose, die ihre Aufmerksamkeit erregte. Im ersten Moment dachte sie, die Dose habe als Aschenbecher gedient; dann aber bemerkte sie, dass nicht Zigarettenstummel darin lagen, sondern ein verkohltes Stück Papier. Sie zog es vorsichtig heraus und entfaltete es über der Spüle. Asche rieselte ihr durch die Finger. Das Papier löste sich in Einzelteile auf.

Sie wollte schon aufgeben, als sie bemerkte, dass ein Stück des Zettels nicht völlig verbrannt war. Behutsam griff sie danach. Das Papier hatte sich in den Flammen braun verfärbt und war noch dazu von grünem Schimmel umrandet. Dennoch erkannte sie Schriftzeichen darauf. Sie hielt das Papier gegen das Licht.

»Eine Zahlenreihe«, murmelte sie. »Anfang und Ende sind verkohlt, aber das Mittelstück kann man gut erkennen ... 334724. Haben Sie eine Ahnung, was das sein könnte?«

Kaplan zuckte mit den Schultern, grinste dann und meinte: »Ich würde sagen, ein verkohltes Stück Papier mit ein paar Zahlen drauf.«

27.

Als Emmet Walsh nach Port Sudan zurückkehrte, ging bereits die Sonne unter. Er parkte seinen Mietwagen in einer Seitenstraße und machte einen Abstecher zum Strand, um sich nach der langen Fahrt die Beine zu vertreten. Vom Meer her wehte ihm eine sanfte Brise entgegen. Endlich ein wenig Abkühlung nach einem langen, heißen Tag.

Er fühlte sich nicht nur verschwitzt, sondern auch hungrig. Seit dem Frühstück hatte er nichts mehr gegessen. Gleichzeitig bereitete ihm der starke Kaffee der Hadendowa Magen- und Herzprobleme. In seinem Blut musste noch immer so viel Koffein sein, dass man damit einen Bären aus dem Winterschlaf hätte wecken können.

Er beschloss, in seinem Zimmer zu duschen und sich anschließend ein ausgiebiges Dinner im Hotelrestaurant zu gönnen. Bei dem Gedanken daran lief ihm das Wasser im Munde zusammen.

An der Hotelrezeption stand an diesem Abend ein junger Bursche. Er gab Emmet den Zimmerschlüssel – und eine Nachricht von Lara Mosehni: *Ruf mich bitte umgehend zurück. Es gibt interessante Neuigkeiten.* Außerdem standen dort noch ihre Telefonnummer und ihr Name. Mehr nicht.

Da sein Magen inzwischen knurrte, holte er sich im Restaurant ein Sandwich, das er auf dem Weg in sein Zimmer verspeiste. Er fühlte sich zwar kaum gesättigt, aber zumindest würde das Sandwich reichen, bis er das Telefonat mit Lara geführt hatte.

Er setzte sich aufs Bett, griff nach dem Telefonhörer und wählte.

»Na endlich!«, meldete sich Lara. »Ich hatte schon Angst, dir wäre etwas zugestoßen.«

Emmet berichtete ihr von seinem Besuch in Wad Hashabi, dem Dorf der Alten. »Angeblich geht dort ein schwarzer Dämon um«, sagte er. »Der Jinn. Er bestraft jeden, der sich von der Tradition abwendet. Er kommt nachts, holt sich seine Opfer und saugt ihnen das Blut aus.«

»Das ist ja abscheulich …«

»Ein Aberglaube, nichts weiter. Interessanterweise hat unser Jinn es lediglich auf ganz bestimmte Personengruppen abgesehen. Ich habe mir die Namen und Daten aller Vermissten geben lassen. Es sind ausschließlich Kinder, schwangere Frauen und Greise. Ich kann mir nicht vorstellen, dass es etwas mit der Abkehr von traditionellen Werten zu tun hat. Es muss etwas anderes dahinter stecken, auch wenn ich noch keinen Sinn darin erkenne.« Er machte eine Pause, bevor er fortfuhr: »Bislang hat dieser Dämon keine brauchbaren Spuren hinterlassen. Ehrlich gesagt weiß ich noch nicht, wie ich ihm auf die Schliche kommen soll. Aber ich glaube, Anthony hat es irgendwie geschafft. Er hat herausgefunden, wie die Menschen aus dem Dorf verschwunden sind, und wurde dadurch für irgendjemanden zur Bedrohung. Deshalb hat man ihn aus dem Weg geräumt.« Er seufzte. »Jetzt aber zu dir. In deiner Nachricht stand, dass es Neuigkeiten gibt. Ich bin gespannt!«

Lara erzählte alles, was sie in den letzten zwei Tagen über den Japaner herausgefunden hatte. Vor allem berichtete sie von der Durchsuchung seiner Wohnung und dem Stück Papier, das sie in der Konservendose im Abfalleimer gefunden hatte.

»Es steht eine Nummer darauf«, sagte sie und nannte ihm die Zahlenfolge. »Allerdings fehlen Anfang und Ende.«

»Was soll das sein?«, fragte Emmet. »Ein Zahlencode?«

»Das dachte ich anfangs auch. Aber dann fiel mir ein, was

der Vertreter bei Hertz erwähnte – dass der Japaner Französisch sprach.«

»Eine Telefonnummer!«

»Genau. Wenn man sich vor der Zahlenkolonne eine Doppelnull denkt, bekommt man die internationale Vorwahl für Frankreich – 0033. Das heißt, die eigentliche Telefonnummer beginnt mit 4724.«

Emmet musste nicht lange nachdenken. »Interpol«, stellte er fest. Die vollständige Nummer lautete 0033/472447000. Es gehörte zum Repertoire jedes Ordensmitglieds, solche Dinge zu wissen.

»Das glaube ich auch«, sagte Lara am anderen Ende der Leitung.

Emmet fuhr sich mit der Hand durchs weiße Haar und setzte sich aufs Bett. Gewiss gab es Tausende von Telefonnummern in Frankreich, die mit der Ziffernfolge 4724 begannen. Aber sein Instinkt sagte ihm, dass er Recht hatte.

Ganz abwegig war der Gedanke nicht. Im Streben nach Gerechtigkeit bewegten die Mitglieder des Ordens sich oft am Rande der Legalität, denn sie scheuten sich nicht, dieselben unlauteren Mittel einzusetzen wie diejenigen, die sie bekämpften. In Emmets Augen war dies eine bloße Notwendigkeit. Ohne ein gewisses Maß an Gewaltanwendung ließen viele Dinge sich leider nicht ins Lot bringen. Doch Selbstjustiz verstieß nun einmal gegen die meisten Gesetze dieses Planeten. Es wäre also kein Wunder, wenn Interpol sich auf die Fährte der Gemeinschaft gesetzt hätte. Die Spuren ihrer Arbeit – die Medaillons mit Rose und Schwert – waren ja nicht allzu schwer zu verfolgen. Vor einem Jahr hatte der Orden sie eingeführt, als Warnung für all jene, die auf der falschen Seite der Gerechtigkeit standen.

Damals, überlegte Emmet, hielten wir es für eine gute Idee. Vielleicht haben wir uns getäuscht …

»Es gibt allerdings eine Sache, die dagegen spricht, dass der

Japaner Interpol-Beamter ist«, sagte Lara Mosehni gerade am anderen Ende der Leitung.

Jetzt fiel es auch Emmet auf. »Der Angriff auf Leighley Castle«, murmelte er. »Interpol hätte keine Kampfhubschrauber auf uns angesetzt. Das heißt, entweder die Zahlenreihe auf deinem Zettel ist doch nicht der Anschluss von Interpol, oder die Burg wurde von jemand anderem zerstört. Was uns wiederum zu Anthonys Kidnappern führt.« Er machte eine Pause, um nachzudenken. »Ich schlage vor, du bleibst vorerst in Isfahan. Versuch, noch mehr über den Japaner herauszufinden. Wenn er praktisch nie seine Wohnung verlassen hat, wie du sagtest, muss es Leute geben, die ihn versorgten – mit Nahrungsmitteln und anderen Dingen des täglichen Bedarfs. Sprich noch einmal mit dem Wohnungsvermieter. Vielleicht weiß er etwas, das ihm unwichtig vorkam, uns aber weiterbringt.«

Sie beendeten das Gespräch. Emmet duschte, rasierte sich und ging ins Restaurant. Während er eine Muschelsuppe aß, den ersten von fünf Gängen, überkamen ihn wieder die Erinnerungen an Schottland. Die Zerbombung der Burg. Der Tod seiner Freunde und Gesinnungsgenossen. Je länger er darüber nachdachte, desto stärker wurde seine Überzeugung, dass dieses Desaster *nicht* auf das Konto des Japaners ging. Die Übereinstimmung der Ziffernfolge mit der Telefonnummer von Interpol konnte kein Zufall sein.

Nein, die Ursache der Katastrophe in Schottland liegt am Ende der Spur, die Anthony Nangala zuletzt verfolgt hat, dachte Emmet. Die Spur der Vermissten. Die Spur des schwarzen Dämons.

28.

Universität von Kalifornien, Los Angeles (UCLA)
Fakultät für Biologie und Genetik

Der Hörsaal war bis auf den letzten Platz belegt, dennoch war es mucksmäuschenstill. Niemand tuschelte mehr oder schrieb sich Briefchen. Sogar die beiden aufreizenden Blondinen in der dritten Reihe, die bislang nur mit ihren Sunnyboy-Nebensitzern geflirtet hatten, waren verstummt und richteten ihre Aufmerksamkeit nun nach vorn. Doktor Thomas Briggs, Gastdozent an der UCLA, stellte zufrieden fest, dass alle Blicke gebannt auf ihn gerichtet waren – und das, obwohl man ihn schwerlich eine eindrucksvolle Erscheinung nennen konnte. Mit seinen ein Meter einundsiebzig war er eher klein für einen Mann, und alles an ihm wirkte ein wenig zierlich und zerbrechlich. Auf viele, die ihn kennen lernten, machte er im ersten Moment einen verschüchterten, in sich gekehrten Eindruck, dabei war das genaue Gegenteil der Fall. Vor allem, wenn er über eins seiner Forschungsgebiete sprach, strotzte der Fünfundvierzigjährige vor Selbstbewusstsein – so auch jetzt.

Er ließ sich Zeit, genoss das Gefühl, im Mittelpunkt zu stehen. Dabei wanderte sein Blick durch die Reihen. Sein Auditorium war gemischt. Natürlich waren die meisten Zuhörer Studenten, aber auch einige Professoren hatten den Weg hierher gefunden. Und in der oberen Reihe glaubte Briggs eine Reporterin zu erkennen, der er schon einmal ein Interview gegeben hatte. Vermutlich war sie nicht die einzige Pressevertreterin im Saal.

Erfahrungstransfer durch chemische Botenstoffe, so lautete das Vortragsthema. Es war nicht gerade dazu angetan, Begeisterungsstürme zu entfachen, doch als geübter Redner wusste Briggs, wie er seine Zuhörer bei der Stange halten konnte. Irgendwie musste sich das herumgesprochen haben.

»Bis in die jüngste Vergangenheit glaubten kannibalistische Völker, dass die Kraft ihrer Feinde auf sie übergehe, wenn sie deren Fleisch aßen«, sagte er mit fester Stimme. »Und das nicht nur in einem allgemeinen Sinne, sondern durchaus spezifisch. Sie aßen die Herzen der Toten in der Hoffnung auf ein längeres Leben. Sie aßen andere innere Organe, um ihre Gesundheit zu festigen. Und sie aßen die Hoden zur Stärkung der Manneskraft.« Er schmunzelte, als er sah, wie einige Zuhörer die Gesichter verzogen, insbesondere die Sunnyboys neben den beiden Blondinen. »Doch was uns als barbarischer Aberglaube erscheint, ist längst wissenschaftlich bewiesen. Schon Anfang des 16. Jahrhunderts schrieb der Arzt und Gelehrte Paracelsus: Gleiches heilt Gleiches. Wer eine schwache Leber hat, soll Leber zu sich nehmen, wer eine schwache Niere hat, eine Niere. Und wer Potenzprobleme hat … nun, ich nehme an, Sie wissen, worauf ich hinauswill.«

Wieder machte er eine kleine Pause, bevor er den Faden wieder aufnahm.

»Gleiches heilt Gleiches. Obwohl Paracelsus als Gründervater der modernen Medizin gilt, war er beileibe nicht der Erste, der auf diesen Leitsatz kam. Bereits um 1500 vor Christus wurde im wohl wichtigsten Buch der altägyptischen Heilkunst, dem Papyrus Ebers, ein Mittel gegen Impotenz beschrieben. Es wurde aus Stierhoden hergestellt. Ähnliche Praktiken fanden überall auf der Welt Anwendung. Plinius der Ältere zum Beispiel – er lebte etwa zur selben Zeit wie Jesus und war römischer Befehlshaber – schwor auf die Hoden junger Wildeber zur Regenerierung der Manneskraft. Und die Hindus nahmen Tränke zu sich, die aus Tigerhoden zubereitet waren.«

Briggs ließ den Blick in die Runde schweifen. Seine Zuhörer

schienen abgestoßen und fasziniert zugleich. Sie klebten ihm an den Lippen. Briggs war sich nun sicher, auf sein eigentliches Thema überleiten zu können, ohne die allgemeine Aufmerksamkeit zu verlieren.

»Meine Großmutter sagte früher oft zu mir: ›Iss Hirn, Junge, damit du gescheit wirst.‹ Dann musste ich stets zwei Teller Rinderhirnsuppe auslöffeln. Im Grunde tat ich damit dasselbe wie die alten Ägypter, Römer und Hindus. Nicht zu vergessen die Kannibalen. Ich aß Teile eines bestimmten Organs, um mir dessen Qualitäten einzuverleiben. Nun, vielleicht würde ich heute nicht vor Ihnen stehen, hätte meine Großmutter mich nicht mit Hirnsuppe verköstigt.«

Ein Kichern ging durch die Reihen. Briggs hatte die Erfahrung gemacht, dass kleine Anekdoten bei den Zuhörern gut ankamen. Sie lockerten den Stoff auf und gaben dem Vortrag eine persönliche Note, auch wenn sie – wie in diesem Fall – frei erfunden waren.

Wieder erhob er seinen Bariton: »Allerdings hätte ich die Suppe meine Großmutter vermutlich niemals angerührt, wären mir damals schon die Plattwurm-Versuche von Thompson und McConnell bekannt gewesen. Die beiden Forscher fanden nämlich heraus, dass Erfahrungen und Verhaltensweisen eines Lebewesens durch dessen Verfütterung übertragen werden können. Sie beeinflussten bestimmte Verhaltensmuster von Plattwürmern, töteten sie und verarbeiteten sie zu einem Zellbrei, den sie anderen Plattwürmern zu fressen gaben. Diese Plattwürmer verfügten daraufhin über dasselbe Verhaltensrepertoire wie das ihrer verspeisten Artgenossen. Erfahrungen scheinen demnach an gewisse chemische Zellsubstanzen gebunden zu sein.«

Er ließ die Worte wirken und nahm einen Schluck Wasser. »Professor Gay von der Universität Western Michigan führte ähnliche Experimente mit Ratten durch und kam zu demselben Ergebnis. Er versetzte Versuchstieren über mehrere Tage hinweg Stromschläge, bis sie verängstigt waren. Aus den Gehirnen der getöteten Tiere gewann er eine Injektionslösung, die er anderen, unvorbelasteten Ratten spritzte. Daraufhin verhielten diese Tiere sich genauso ängstlich wie jene, die zuvor misshandelt worden waren. Professor Ungar vom Baylor Medical College der Universität Houston ging sogar noch einen Schritt weiter und stellte fest, dass diese Art und Weise des Erfahrungstransfers auch artübergreifend stattfinden kann. Konkret heißt das, dass Erfahrungen von Ratten auf Mäuse übertragen werden können und umgekehrt. Ungar gelang es sogar, einen speziellen Gedächtnisstoff aus den Hirnen von 4000 Tieren zu filtern, denen er zuvor mit Stromschlägen die Angst vor Dunkelheit beigebracht hatte. Er nannte das Extrakt Scotophobin. Der Begriff Scotophobie kommt aus dem Griechischen und bedeutet Dunkelangst. Scotophobin kann mittlerweile sogar synthetisch hergestellt werden. Ein Gedächtnismolekül aus dem Chemiekasten sozusagen. In jüngster Zeit konnten weitere Gedächtnismoleküle identifiziert und künstlich hergestellt werden.«

Er schaltete den Overheadprojektor an und schrieb mehrere Literaturhinweise auf eine Folie.

»Zurück zu meiner Großmutter«, sagte er, »und der Rinderhirn-Suppe, die sie mir regelmäßig zu essen gab. Wenn Hirnsubstanz chemische Erfahrungsstoffe enthält, die durch die Einnahme von Nahrung gewissermaßen übertragbar sind – weshalb läuft mir dann beim Anblick grüner Weiden nicht das Wasser im Mund zusammen? Weshalb gerate ich nicht in Panik, wenn ich im Supermarkt um die Ecke einem Metzger gegenüberstehe? Wissenschaftliche Erkenntnisse über den Erfahrungstransfer auf Menschen existieren natürlich nicht, aber grundsätzlich kommen drei Erklärungsansätze in Betracht. Erstens: Die in der Suppe meiner Großmutter enthaltenen Mengen an Erfahrungsstoffen waren verschwindend gering oder wurden durch das Aufkochen unbrauchbar. Zweitens: Die Gedächtnismoleküle zwischen Rindern und Menschen sind inkompatibel, also zu verschieden, als dass sie übertragen werden können. Oder drittens«, Briggs grinste, »ich hatte bloß unverschämtes Glück.«

Die Zuhörer lachten, während Briggs grinsend wartete, bis wieder Ruhe eingekehrt war.

»Zugegeben«, fuhr er dann fort. »Die Erforschung von Gedächtnismolekülen steckt noch in den Kinderschuhen, aber stellen Sie sich das gewaltige Potenzial vor, das dieser Wissenschaftszweig birgt! Denken Sie nicht nur an die Übertragung von Ängsten oder kleinen, andressierten Kunststückchen. Denken Sie weiter! Stellen Sie sich vor, Sie könnten durch die Einnahme synthetisch erzeugter Wissensstoffe eine neue Sportart erlernen. Oder eine Sprache. Oder Sie könnten durch eine einfache Spritze Ihr gesamtes Studium abdecken. Vielleicht wäre es mithilfe von Gedächtnismolekülen endlich auch möglich, jene neunzig Prozent unseres Gehirns zu aktivieren, die bis dato ungenutzt in uns schlummern. Ich glaube – nein, ich *weiß*, dass die Gedächtnisforschung uns Möglichkeiten offenbaren wird, von denen wir bisher nicht einmal zu träumen wagten.« Er blickte in die Runde. »Haben Sie noch irgendwelche Fragen?«

Dutzende von Händen hoben sich.

29.

Es war wieder ein trüber Vormittag in Isfahan, kalt und regnerisch. Das Wetter passte zu Lara Mosehnis Stimmung. Schon drei Stunden lang führte sie Gespräche, nicht nur mit Sherif Kaplan und dem an den Rollstuhl gefesselten Amir Bin-Sal, sondern auch mit sämtlichen Nachbarn des Japaners. Aber falls dieser sich von irgendjemandem hatte versorgen lassen – sei es mit Nahrungsmitteln oder anderen Bedarfsgegenständen –, war es zumindest niemandem aufgefallen.

Lara kehrte in ihre Wohnung zurück und öffnete den Briefkasten. Sie rechnete lediglich mit der Tageszeitung, entdeckte zudem jedoch ein Schreiben, abgestempelt in New York.

In ihrer Wohnung schaute sie sich die Post näher an. Sie riss den Umschlag auf und leerte dessen Inhalt auf den Tisch: ein nicht entwickelter 36er-Film und ein Brief, geschrieben von Anthony Nangala. Augenblicklich schnellte Laras Puls in die Höhe.

Sie warf noch einmal einen Blick auf den Umschlag. Der Poststempel war vom vergangenen Montag. Anthony musste den Brief kurz vor seiner Entführung verschickt haben. Seitdem war er per Post unterwegs gewesen, rund um den halben Globus. Im Grunde war es sogar erstaunlich, dass der Brief für die Strecke von New York nach Isfahan nur eine Woche benötigt hatte.

Anthony schrieb, er habe seit der Rückkehr aus dem Sudan nach New York das Gefühl, verfolgt zu werden – vom schwarzen Dämon aus Wad Hashabi. Besser gesagt, von den schwarzen Dämonen, denn es waren mehrere. Bei ihrem letzten Streifzug durch Wad Hashabi sei er ihnen in die Quere gekommen.

Außerdem schrieb er:

Habe im sudanesischen Küstendorf Aqiq einen Fischer namens Fasil Mgali ausfindig gemacht. Soweit ich seinem Kauderwelsch entnehmen konnte, verschwinden die Menschen aus Wad Hashabi immer dann, wenn kurz zuvor der »Sandmann des Oktopus« im Hafen von Aqiq aufgetaucht sei. Genaueres kann ich noch nicht dazu sagen.

Der beiliegende Film enthält Aufnahmen aus Wad Hashabi, die Mgalis Aussage unterstreichen. Glaube, ich bin auf eine heiße Spur gestoßen. Hoffe, ich verbrenne mir nicht die Finger daran.

Melde dich bei mir. Könnte ein wenig Unterstützung gebrauchen!

Anthony

Lara schluckte. Diese Zeilen waren Anthony Nangalas letztes Lebenszeichen. Kurz nachdem er den Brief verschickt hatte, war er gekidnappt worden und seitdem wie vom Erdboden verschluckt.

Sie fragte sich, ob sie ihm hätte helfen können, hätte man sie nicht ins Gefängnis von Anarak gesperrt. Eine unerträgliche Vorstellung. Lara fühlte sich scheußlich.

Um auf andere Gedanken zu kommen, beschloss sie, den Film zum Entwickeln zu geben. Ein wenig frische Luft würde ihr gut tun. Ein paar Blocks weiter befand sich ein kleines Fotostudio.

Als sie auf die Straße trat, regnete es noch immer.

30.

Am Morgen versuchte Emmet Walsh vergeblich, sein Auto gegen eines mit intakter Klimaanlage zu tauschen. Doch alle infrage kommenden Modelle waren vermietet oder in Reparatur. Er spielte mit dem Gedanken, den Wagen zurückzugeben und sich bei einer anderen Mietwagenfirma umzusehen, ließ sich jedoch vom Mann hinter dem Schalter beschwatzen und gab sich schließlich mit einem Preisnachlass zufrieden.

Den Rest des Vormittags verbrachte er damit, die Bücherei von Port Sudan nach Informationen über die mysteriösen Vorkommnisse in Wad Hashabi zu durchstöbern. Der Bibliothekar erwies sich als überaus hilfsbereit und händigte Emmet die archivierten Ausgaben der *Khartoum Monitor Sudan Vision* aus, einer englischsprachigen Landeszeitung. Doch es stand nichts darin, das Emmet nicht schon wusste. Recherchen über das täglich erscheinende, ebenfalls in Englisch veröffentlichte Internet-Bulletin der SUNA, der Sudan News Agency, blieben ebenfalls erfolglos.

Zurück in seinem Hotel erwartete Emmet ein Fax aus Isfahan. Lara ließ ihm ausrichten, er solle seine E-Mails abfragen. *Dringend.*

Da das Sea View keinen eigenen Internet-Anschluss besaß, fuhr Emmet noch einmal in die Bibliothek. Dort las er mit Spannung, was Lara über den unerwarteten Posteingang schrieb. Anthony Nangalas Brief hatte sie eingescannt, die inzwischen entwickelten Bilder ebenfalls. All das hatte sie ihrer E-Mail als Anhang beigefügt.

Zuerst klickte Emmet den Brief an. Er las von dem Fischer Fasil Mgali und erinnerte sich, dass er bei seiner gestrigen Autofahrt am Fischerdorf Aqiq vorbeigekommen war. Es lag zwanzig oder dreißig Kilometer von Wad Hashabi entfernt.

Emmet las weiter und schüttelte gedankenverloren den Kopf. *Der Sandmann des Oktopus* ... was hatte das nun wieder zu bedeuten? Manchmal verschleierte die blumenreiche Sprache der Eingeborenenvölker die Wahrheit so sehr, dass man sie kaum noch erahnen konnte.

In der Hoffnung, dass die Bilder ihm weiterhelfen würden, klickte er sich durch die anderen E-Mail-Anhänge. Sie zeigten Fotos aus Wad Hashabi, allesamt Nachtaufnahmen. Trotz Dunkelheit und Grobkörnigkeit waren auf manchen Bildern klar und deutlich Männer in Tarnanzügen zu erkennen, die durch das Dorf schlichen. Die Dämonen.

Die letzten drei Fotos zeigten etwas anderes: ein Objekt, das unter einem Gebüsch lag. Zuerst hielt Emmet es für eine Art Schnitzfigur, die halb vergraben im sandigen Boden steckte. Dann aber erkannte er, dass es sich um einen Messerknauf handelte, an dessen Kopfende ein kunstvolles Emblem angebracht war: ein stilisierter Krake.

Emmet druckte die Bilder und den Brief aus und bezahlte die Rechnung. Anschließend bat er den Bibliothekar, bei der Auskunft die Rufnummer von Fasil Mgali zu erfragen, doch unter diesem Namen gab es in Aqiq keinen Anschluss.

Mir bleibt wohl nichts anderes übrig, als noch einmal dorthin zu fahren, dachte Emmet. Bei dem Gedanken an die defekte Klimaanlage trat ihm schon jetzt der Schweiß auf die Stirn.

Stunden später parkte er seinen Wagen am schotterbedeckten Straßenrand einer Anhöhe und stieg aus. Das Hemd klebte ihm am Rücken, die Hitze war unerträglich. Er ging zum Rand der Anhöhe und ließ den Blick über Aqiq streifen. Hier gab es nichts als karge, sandfarbene Steinhäuser, rund fünfzig an der Zahl. In der Mitte des Dorfes erblickte er einen größeren Platz, auf dem ein paar Bänke standen; ein Stück weiter entfernt befand sich das felsige Ufer. Am Kai schaukelte ein einsames Fischerboot in den Wellen.

Emmet stieg über verfallene, in den nackten Stein gehauene Stufen von der Anhöhe hinunter und schlenderte zur Dorfmitte, wo er zwei alte Frauen traf, die sich mit krächzenden Stimmen unterhielten. Als sie ihn sahen, verstummten sie und beäugten ihn neugierig, wie vermutlich jeden Fremden, sofern jemand sich hierher verirrte. Kurz entschlossen ging Emmet zu ihnen.

»Fasil Mgali?«, fragte er, ohne es gar nicht erst mit Englisch zu versuchen.

Die Mienen der Frauen hellten sich auf, und sie redeten wild auf ihn ein. Als er hilflos die Schultern zuckte, bedeuteten sie ihm mit Gesten, in welche Richtung er sich halten müsse. Außerdem glaubte Emmet zu verstehen, dass der Gesuchte ein Haus am Rand des Dorfes bewohnte. Er bedankte sich mit einer angedeuteten Verbeugung. Die beiden Frauen schlugen die Hände vors Gesicht und begannen zu kichern.

Emmet ging zum Südrand des Dorfes und betrachtete die Häuser. So etwas wie Türschilder gab es in Aqiq nicht. Selbst wenn – Arabisch hätte er ohnehin nicht lesen können.

Ihm fiel ein Haus auf, das etwas abseits stand, unweit des Ufers, inmitten eines Geröllfelds aus schroffen Steinbrocken und verdorrten Sträuchern. Die Tür stand offen. Emmet beschloss, dort sein Glück zu versuchen. Er ging zu dem Haus, klopfte und warf einen Blick ins Innere, wollte es aber nicht unerlaubt betreten. Also ging er um das Haus herum, wo er einen dürren Schwarzen mit Strohhut antraf, der seinen Kahn aufgebockt hatte und dabei war, den Rumpf neu zu streichen. Als er Emmet bemerkte, stellte er den Farbeimer ab und kam ihm entgegen.

»Fasil Mgali?«, fragte Emmet.

Der Mann sagte etwas. Emmet schüttelte den Kopf zum Zeichen, dass er ihn nicht verstehe, und wiederholte: »Fasil Mgali?«

»Ich Mgali«, antwortete der Mann in gebrochenem Englisch. »Was ich kann tun?«

»Ich suche etwas«, sagte Emmet. »Eine Information. Ich möchte wissen, was der *Sandmann des Oktopus* ist.«

Mgali zog abwägend die Mundwinkel nach unten. »Ich nicht kennen.«

»Haben Sie mit diesem Mann gesprochen?« Emmet hielt ihm Anthony Nangalas Foto hin.

Mgali schüttelte den Kopf. »Nicht kennen. Nie gesehen.«

Das kam ein wenig zu schnell. Emmet spürte, dass Fasil Mgali ihn belog. Aber warum?

»Mister Mgali«, sagte er eindringlich. »Der Mann auf dem Foto ist mein Freund. Er wurde entführt, vielleicht sogar getötet. Und kurz bevor er verschwand, hat er mit Ihnen gesprochen. Sie sind der Einzige, der mir helfen kann. Wenn Sie etwas wissen ... *bitte*, erzählen Sie es mir!« Er kramte einen Geldschein aus seinem Portemonnaie und hielt ihn Mgali unter die Nase. Der Schwarze überlegte ein paar Sekunden, steckte den Schein dann in die Hosentasche und setzte sich in Bewegung.

»Sie kommen, Mister«, seufzte er. »Kommen in Haus. Da besser zu reden.«

Die kleinen, schmutzigen Fenster schirmten nicht nur das Licht, sondern auch die Hitze des Tages ab. In Fasil Mgalis Steinhäuschen herrschte angenehme Kühle.

»Sie wollen trinken?«, fragte Mgali. »Wasser? Bier?«

»Hauptsache keinen Kaffee.«

Der Schwarze holte aus einem brummenden Kühlschrank neben der Kochnische zwei Bierdosen. Eine davon reichte er

Emmet, der auf einem wackeligen Holzstuhl am Esstisch Platz genommen hatte.

Nach der stundenlangen Autofahrt in sengender Hitze war das kalte Bier eine Wohltat. Emmet trank einen großen Schluck und fühlte sich sofort erfrischt.

»Mann auf Foto war hier«, begann Mgali. »Nur einmal. Derek.«

»Baxter«, ergänzte Emmet. »Derek Baxter.« Offenbar hatte Anthony hier denselben Decknamen benutzt wie im Hotel.

»Er interessieren sich für Dorf. Dorf, wo verschwinden Menschen.«

»Wad Hashabi.«

»Ja.«

Emmet zog aus seiner Hemdtasche eins der Computerbilder, die er ausgedruckt hatte, und schob es über den Tisch. »Diese Aufnahme stammt aus Wad Hashabi. Derek Baxter hat sie gemacht. Kennen Sie das Zeichen auf dem Messergriff?«

Mgali nahm das Bild in die Hand. Als er es betrachtete, blitzte Angst in seinen Augen auf. »Ja«, sagte er leise. »Oktopus.«

»Was hat das zu bedeuten? Woher stammt dieses Zeichen?«, fragte Emmet.

Die Lippen des Schwarzen bebten, als er seine Geschichte erzählte. Emmet musste sich sehr konzentrieren und immer wieder nachhaken, um aus dem bruchstückhaften Englisch schlau zu werden, doch nach und nach fügten die Teile sich zu einem Ganzen zusammen.

Der Oktopus war eine Art Wappentier des arabischen Scheichs Faruq al-Assad, der auf der anderen Seite des Roten Meers lebte, im Sudan jedoch – unweit von Aqiq – eine Raffinerie errichtet hatte. Immer wieder schickte Assad Ingenieure hierher, die in der Anlage nach dem Rechten sahen. Meist wurden die Männer mit einer Jacht nach Aqiq gebracht und später wieder abgeholt.

»Und immer dabei ist Sandmann«, betonte Mgali.

»Der Sandmann? Ich verstehe nicht.«

»Er sein groß.« Der Schwarze stand auf und hob den Arm. »So groß. Seine Haare wie Sand.«

Emmet begriff. »Er ist blond? Sein Haar hat die Farbe von Sand?«

Mgali nickte.

»Und dieser Mann kommt mit der Jacht?«

»Ja. Wenn Sandmann hier, Menschen verschwinden aus Wad Hashabi.«

Emmet genehmigte sich einen weiteren Schluck Bier, während er seine Gedanken ordnete. Das Messer auf den Bildern trug das Emblem von Scheich Assad. Hatte einer seiner Leute, vielleicht dieser ominöse Sandmann, es in Wad Hashabi verloren, als er dort auf Menschenjagd gegangen war und Anthony Nangala ihm einen Strich durch die Rechnung gemacht hatte?

Der Verdacht erhärtete sich, als Fasil Mgali berichtete, wie er eines Nachts mit seinem Segelboot vom Fischfang zurückgekehrt war und dabei gedämpfte Kinderstimmen gehört hatte. Jammervolle, wehklagende Laute. Aber da Mgali nie ohne seinen Schnaps fischen ging und zudem der auffrischende Wind die Geräusche vertrieb, war er sich bald nicht mehr sicher gewesen, ob er tatsächlich etwas vernommen hatte oder nur einer Illusion erlegen war. Erst als er am Tag darauf erfuhr, dass in Wad Hashabi erneut Menschen spurlos verschwunden waren, hatte er seine Schlüsse gezogen. Seitdem verfolgte er die Zeitungsmeldungen. In Wad Hashabi verschwanden immer nur dann Menschen, wenn kurz zuvor die Jacht von Scheich Assad in Aqiq aufgetaucht war.

»Weshalb sind Sie nicht zur Polizei gegangen?«, fragte Emmet.

Mgali blickte ihn an, als hätte er einen Verrückten vor sich. Dann sagte er, dass jemand, der Menschen raubt, auch nicht vor einem Mord an einem Fischer aus Aqiq zurückschrecken würde. Emmet musste gestehen, dass die Furcht des Schwarzen nicht ganz unbegründet war. Unter diesem Aspekt war es ziemlich mutig von Mgali, ihn und Anthony Nangala ins Vertrauen gezogen zu haben.

Emmet trank sein Bier aus und überdachte sein weiteres Vorgehen. Aber noch bevor er zu einem Entschluss kam, sagte Mgali: »Leute von Scheich Assad wieder hier. Auch Sandmann.«

»Sie meinen, *jetzt*? Während wir hier miteinander reden?«

»Ja. Jacht gekommen vor zwei Tagen.«

»Und wann werden sie wieder abgeholt?«

Mgali hob die Schultern. »Zwei Tage. Vielleicht drei. Niemand weiß genau.«

Emmet lehnte sich in seinem wackeligen Stuhl zurück. Das waren hochinteressante Neuigkeiten. Er fragte sich, ob auch diesmal Menschen aus Wad Hashabi verschwinden würden. »Mister Mgali«, fragte er, »gibt es hier in der Nähe ein Telefon?«

Obwohl er im Telefonbuch nicht aufgeführt war, besaß Fasil Mgali einen eigenen Anschluss. Emmet gab dem Fischer Geld für ein Auslandsgespräch und wurde von ihm zu einer Nische an der Eingangstür geführt. Während Emmet telefonierte, ging Mgali nach draußen, um weiter sein Boot zu streichen.

Nach dem dritten Klingeln nahm Lara ab. Emmet berichtete ihr, was er herausgefunden hatte, und bat sie, ein wenig zu recherchieren.

»Mich interessiert alles, was es über Scheich Assad zu wissen gibt«, sagte er. »Faruq al-Assad. Wo genau lebt er? Wie reich ist er? Wie viel Einfluss übt er in seinem Land aus? Versuch, so viel wie möglich über ihn herauszufinden.«

»Okay.«

»Vielleicht kannst du bei der Gelegenheit auch etwas über

die Raffinerie in Erfahrung bringen, die Assad hier errichtet hat. Sie läuft auf den Namen seiner Firma: Talit Oil. Die Anlage ist vor etwa einem Jahr in der Nähe von Aqiq errichtet worden. Mehr weiß ich leider nicht.«

»Ich werde sehen, was ich damit anfangen kann.«

»In Ordnung. Übrigens werde ich eine Zeit lang nicht erreichbar sein. Ich will noch mal nach Wad Hashabi, ein bisschen die Augen offen halten. Ich habe den Verdacht, dass dort demnächst wieder der schwarze Dämon zuschlagen wird. In zwei oder drei Tagen melde ich mich wieder bei dir.«

Er hängte ein und ging hinters Haus. Draußen hatte bereits die Abenddämmerung eingesetzt, und vom Meer wehte eine sanfte Brise Staub über den Boden. Emmet bedankte sich bei Fasil Mgali und machte sich auf den Rückweg zu seinem Auto.

Die Sonne ging in diesen Breitengraden rasch unter, deshalb war es bereits dunkel, als Emmet in Wad Hashabi eintraf. Er parkte etwas abseits der Zufahrt hinter mannshohen Sträuchern, damit der Wagen keinem nächtlichen Entführer auffallen konnte, und ging das letzte Stück zu Fuß.

Das gesamte Gemeinschaftsleben schien sich um das prasselnde Feuer auf dem Dorfplatz herum abzuspielen. Holz knackte, orangegelbe Flammen züngelten dem aufgehenden Mond entgegen, und Funken stiegen wie Glühwürmchen in den schwarzen Himmel. Feiner Rauch lag in der kühlen Nachtluft. Von überall her drang das Zirpen der Insekten.

Die meisten der um das Feuer Versammelten trugen traditionelle afrikanische Umhänge aus rotem und blauem Stoff, dazu auffälligen Ohren- und Halsschmuck. Einige sangen und tanzten, viele saßen einfach nur auf Decken und Matten im sandigen Boden und unterhielten sich.

Als Emmet in den Lichtkreis der Feuerstelle trat, verstummten die Gespräche. Auch Tanz und Gesang endeten abrupt.

Stattdessen richteten sich nun dutzende von stummen Augenpaaren auf ihn – teils neugierig, teils fragend, teils ablehnend. Emmet hielt es für das Beste, einen Moment lang stehen zu bleiben, damit die anderen sich an ihn gewöhnen konnten.

Er ließ den Blick durch die Runde wandern und fühlte sich an seinen gestrigen Besuch erinnert: Die meisten Bewohner hatten den Zenit ihres Lebens längst überschritten. Er sah faltige Gesichter, zahnlose Münder, gebeugte Körper. Wad Hashabi, das Dorf der Alten.

Endlich erkannte er inmitten der Greise auch ein paar Kinder, außerdem eine kleine Gruppe von Frauen und Männern zwischen zwanzig und vierzig, darunter auch der Metzger – einer der wenigen, die Jeans und T-Shirt trugen. Emmet nickte ihm zu. Der Metzger erhob sich von seiner Decke, kam ihm entgegen und reichte ihm die Hand. Die freundschaftliche Geste lockerte die Atmosphäre sofort – jeder ging wieder seiner Beschäftigung nach. Es wurde getanzt, gesungen und geredet, als wäre Emmet seit jeher fester Bestandteil der Dorfgemeinschaft.

»Sie haben wohl unseren Kaffee vermisst, weil Sie so schnell wiedergekommen sind«, sagte der Metzger.

»Ich wünschte, es wäre so. Können wir irgendwo ungestört reden?«

Dem Metzger entging nicht der Ernst in Emmets Stimme. Seine Miene verdunkelte sich, als würde der Lichtschein des flackernden Feuers plötzlich härtere Schatten in sein Gesicht werfen. »Kommen Sie mit zu meinem Haus«, sagte er und ging voraus.

In der kleinen Küche unterhielten sie sich.

»Wir müssen leise sein«, sagte der Metzger. »Mein Sohn liegt seit heute Morgen mit Fieber im Bett. Er schläft. Ich will nicht, dass er aufwacht.«

»Natürlich.«

»Wollen Sie etwas essen? Sie sehen hungrig aus.«

Emmet nahm das Angebot dankend an, und der Metzger stellte Brot, Wurst und Ziegenkäse auf den Tisch.

»Übrigens, ich heiße Nelson. Nelson Mgobogambele. Aber den Nachnamen kann kein Weißer richtig aussprechen. Nelson ist okay. Wie heißen Sie?«

»Brian Fitzgerald.«

Der Metzger sah ihn einen Moment an. »Ist nicht Ihr richtiger Name, oder?«

»Nein. Nur, solange ich im Sudan bin.«

Nelson Mgobogambele gab sich mit der Antwort zufrieden. »Jetzt essen Sie erst einmal was und erzählen Sie mir, weshalb Sie hier sind, Brian«, sagte er.

Als Emmet mit seinem Bericht fertig war, blickten die beiden Männer sich eine Weile schweigend an.

»Sind Sie sicher, dass der Jinn wieder zuschlagen wird?«, fragte Nelson schließlich.

»Nicht der Jinn, sondern Menschen aus Fleisch und Blut. Kidnapper.«

»Aber wieso haben die es ausgerechnet auf Wad Hashabi abgesehen? Zwischen hier und der Küste liegen ein halbes Dutzend andere Dörfer. Warum kommen diese Kerle hierher?«

»Keine Ahnung. Vielleicht einfach nur, weil Wad Hashabi weit genug von der Küste entfernt ist, dass niemand eine Verbindung zur Jacht von Scheich Assad herstellt.« Emmet dachte einen Augenblick nach. »Die Entführer werden vermutlich im Lauf der nächsten drei Tage ihr Glück versuchen«, sagte er. »Wir sollten die Dorfbewohner warnen, damit sie auf der Hut sind.«

Der Metzger seufzte. »Das würde nichts nützen. Mein Volk ist abergläubisch. N'tabo, der Dorfälteste, hat den Status eines Priesters. Sein Wort gilt. Er hat gesagt, er habe Jinn mit eigenen Augen gesehen. Und er behauptet, Jinn hole nur diejenigen, die sich von der Tradition abwenden. Anders gesagt: Nur wer an Jinn glaubt, wird von ihm verschont. Deshalb wird niemand es wagen, Ihre Entführungsgeschichte auch nur in Erwägung zu ziehen.«

Damit hatte Emmet nicht gerechnet. »Dann wird uns nichts anderes übrig bleiben, als Wache zu schieben«, sagte er.

Nelson Mgobogambele besaß zwei Gewehre für die Jagd – schwere, unhandliche Waffen mit Klappvisier, die aussahen, als stammten sie noch aus der Kolonialzeit. Natürlich wäre Emmet eine moderne Waffe lieber gewesen, aber seit der Zerstörung von Leighley Castle war er noch nicht dazu gekommen, sich eine zu besorgen. Bislang hatte dafür auch keine Notwendigkeit bestanden.

Als der Metzger Emmets kritischen Blick bemerkte, sagte er: »Unterschätzen Sie meine Ladys nicht.« Er strich liebevoll über die beiden Gewehre. »Sie mögen optisch nicht mehr viel hermachen, aber Sie können einem Moskito damit auf hundert Meter Entfernung den Stechrüssel wegschießen.«

»Sehr nett«, sagte Emmet. »Dann brauchen wir jetzt nur noch einen Stift und ein Blatt Papier.«

Während von draußen der Gesang und das Palaver der am Feuer versammelten Hadendowa zu ihnen drang, fertigte Nelson eine Skizze von Wad Hashabi an. Als er damit fertig war, betrachtete Emmet das Werk. In der Mitte befand sich der Dorfplatz, um den nach links hin in konzentrischen Halbkreisen die Lehmhütten angeordnet waren. Jenseits des äußeren Rings hatte Nelson mehrere Rechtecke eingezeichnet.

»Was ist das?«, wollte Emmet wissen.

»Hauptsächlich Felder«, antwortete der Metzger. »Auch ein paar eingezäunte Bereiche für die Ziegen und Kamele.«

Emmet beschriftete die entsprechenden Stellen und studierte die Zeichnung weiter. Rechts neben dem Dorfplatz endete der Halbkreis der Hütten und ging in eine Freifläche über, die wie eine breite Straße wirkte. Entlang der anderen Seite dieser Freifläche reihten sich die wenigen modernen Gebäude von Wad Hashabi: Nelsons Metzgerladen, ein winziger Supermarkt und ein paar Wohnhäuser.

»Sehr gut«, murmelte Emmet, während er die Zeichnung auf sich wirken ließ und versuchte, sich in die Köpfe der Entführer hineinzudenken. »Aus welchen Hütten sind bisher Menschen verschwunden?«, fragte er.

Nelson deutete darauf. Die Kidnapper hielten sich ausschließlich an die Lehmhütten, wohl weil man problemlos in sie eindringen konnte. Doch abgesehen davon konnte Emmet kein System erkennen.

Er überlegte. Bei seinem gestrigen Besuch hatte N'tabo erwähnt, dass bisher ausschließlich bestimmte Personengruppen verschwunden waren: schwangere Frauen, Kinder unter dreizehn Jahren und einige der ältesten Bewohner von Wad Hashabi. Er bat Nelson, alle Hütten zu markieren, die von diesen Menschen bewohnt wurden. Bei den Greisen beschränkten sie sich auf die fünf betagtesten. So kristallisierten sich aus den rund achtzig Hütten rasch zehn heraus, die für die Entführer besonders interessant sein mussten.

»Wir teilen uns auf«, schlug Emmet vor. »Sie übernehmen die vier Hütten im Norden. Ich behalte die sechs anderen im Süden im Auge. Wie lange wird das Dorffest noch dauern?«

»Ungefähr bis Mitternacht.«

»Ich denke, solange das Feuer brennt und das Dorf auf den Beinen ist, besteht keine Gefahr. Wir sollten uns noch ein wenig Ruhe gönnen, damit wir fit sind, wenn die anderen sich schlafen legen.«

»Im Wohnzimmer ist eine Couch. Machen Sie es sich dort bequem, ich wecke Sie dann.«

»Sie sollten sich ebenfalls hinlegen, Nelson.«

»Ja, mach ich. Aber zuerst möchte ich noch einmal nach meinem Sohn sehen.«

Nelsons väterliche Sorge rührte Emmets Herz. »Sie müssen

das nicht tun«, sagte er. »Wache schieben, meine ich. Es könnte ziemlich brenzlig werden. Ich will nicht, dass Ihnen etwas zustößt.«

Nelson sah ihn mit offenem Blick an. »Und ich will endlich wieder friedlich hier leben können«, sagte er entschlossen.

Die Leuchtziffern auf Emmets Armbanduhr zeigten kurz nach halb zwei an. Im Dorf war Ruhe eingekehrt. Sogar die Grillen und Zikaden hatten zu zirpen aufgehört. Am wolkenlosen Himmel funkelten die Sterne, und der Mond verbreitete fahles Licht.

Emmet hockte auf einem morschen Baumstumpf im Schatten einer Lehmhütte, von wo aus er einen guten Überblick hatte, selbst aber nicht gesehen werden konnte. Er fröstelte trotz der Jacke, die Nelson ihm gegeben hatte. Das Gewehr lag in seiner Armbeuge.

Er war jetzt schon seit über einer Stunde im Freien, horchte in die Nacht, lauerte. Alle fünfzehn Minuten drehte er eine Runde um die Hütten, die er bewachte. So auch jetzt, doch alles war ruhig.

Er kehrte zum Baumstumpf zurück. Um die Kälte aus den Gliedern zu vertreiben, rieb er sich die Hände und hauchte ihnen Wärme ein. Irgendwo meckerte eine Ziege. Das erste Geräusch seit einer Ewigkeit.

Dann glaubte Emmet plötzlich, noch etwas anderes zu hören. Einen kurzen, unterdrückten Schrei. Vielleicht nur ein Affe, dachte er. Vielleicht aber auch nicht. Er entsicherte sein Gewehr und schlich durch das im Mondlicht liegende Dorf in die Richtung, aus der das Geräusch gekommen war. Er passierte die Feuerstelle, die jetzt nur noch vor sich hin glimmte, und stieß in den nördlichen Teil des Dorfes vor. Neben einem aus Lehm und getrockneten Palmwedeln errichteten Unterstand für Viehfutter blieb er stehen. Eigentlich sollte Nelson hier sein, aber er war nicht zu sehen.

Bestimmt dreht er seine Runde, versuchte Emmet sich einzureden, doch gleichzeitig befiel ihn eine düstere Vorahnung.

Irgendetwas stimmte hier nicht.

Er blieb zwei Minuten neben dem Futterlager stehen. Als Nelson dann immer noch nicht aufgetaucht war, beschloss er, nach ihm zu suchen. Vorsichtig, weil sein Instinkt ihn warnte, schlich er weiter, zum Nordrand von Wad Hashabi.

Plötzlich sah er den Schatten. Eine dunkle Gestalt, die lautlos durch das nächtliche Dorf huschte, in einer Hütte verschwand und kurz darauf wieder zum Vorschein kam. Diesmal wirkte sie größer und schwerfälliger. Im Mondlicht erkannte Emmet, dass die Gestalt etwas auf den Schultern trug.

Dann erblickte er noch einen Schatten, einige Häuser weiter. Auch er hatte bereits ein Opfer gefunden, eine Frau, wie Emmet bemerkte. Sie lag schlaff auf den Armen des Entführers, entweder tot oder betäubt.

Emmet überprüfte sein Gewehr und nahm die Verfolgung auf, hielt aber schon nach wenigen Schritten inne. Vor ihm, auf dem festgetrampelten Lehmboden, lag ein Gewehr. Und nur zwei Meter daneben, im Schatten eines knorrigen alten Baums, erkannte er noch einen Körper.

Seine Vorahnung wurde zur Gewissheit, als er sich hinkniete und den Körper genauer betrachtete. Es war Nelson. Er lag auf dem Bauch, die Hände dicht am Körper, den Kopf extrem nach hinten verdreht. Die Kidnapper hatten ihm das Genick gebrochen.

Der bizarre Anblick des Toten ließ Emmet schaudern. Der Gedanke, dass Nelsons Sohn von nun an vaterlos war, versetzte ihm einen Stich. Seit er dem Rosenschwert-Orden beigetreten war, hatte er schon viel Leid und Schrecken miterlebt, doch er würde sich nie daran gewöhnen.

Rasch schloss er dem Toten die starr ins Leere blickenden Augen und schwor sich, die Mörder und Entführer nicht ungeschoren davonkommen zu lassen. Er wollte sich gerade wieder erheben, als der grelle Strahl einer Taschenlampe sich auf ihn richtete. Im selben Moment begann jemand wie am Spieß zu schreien.

Sofort kamen die Menschen aus ihren Hütten, redeten aufgeregt miteinander und gestikulierten wild. Sie strömten aus allen Richtungen herbei – zu dem jungen Mädchen, das die Taschenlampe hielt und noch immer schrie. Die Dorfbewohner redeten auf sie ein, alle gleichzeitig, wie es schien. Das Mädchen kreischte und wimmerte und deutete dabei auf Emmet und den Toten.

Emmet begriff, dass er für das Mädchen und all die anderen wie ein Mörder erscheinen musste, der sich über sein Opfer gebeugt hatte. Er wollte etwas sagen, wollte erklären, weshalb er mitten in der Nacht neben Nelson kniete, doch ihm fiel ein, dass der Metzger der Einzige im Dorf gewesen war, der Englisch sprach. Niemand würde ihn verstehen.

Emmet sah in die wütenden Gesichter. Die Menge heizte sich gegenseitig auf. Alle schrien durcheinander, und obwohl er kein Wort verstand, spürte Emmet, dass es Schuldzuweisungen und Verwünschungen waren. Nicht mehr lange, und der aufgebrachte Mob würde sich gegen ihn wenden. In einem solchen Zorn waren Menschen zu allem fähig.

Emmet beschloss, sein Heil in der Flucht zu suchen, und rannte los. Mit einer Traube grölender Verfolger im Nacken jagte er zwischen den Hütten hindurch, dem Ortsrand entgegen. Er schwang sich über ein Holzgatter, durchquerte ein Ziegengehege und erreichte auf der anderen Seite schließlich die offene Savanne. Ohne einen Gedanken an Wildtiere zu verschwenden, tauchte er in das Meer aus mannshohem Gras und Gestrüpp ein.

Die meisten Dorfbewohner gaben die Verfolgung bald auf. Nur wenige Hartnäckige durchkämmten das Gelände noch eine Weile, aber da sie völlig planlos vorgingen, hatte Emmet keine Schwierigkeiten, ihnen aus dem Weg zu gehen.

Eine halbe Stunde später erreichte er seinen Wagen, schlüpfte ins Innere, zog leise die Tür zu und drehte den Schlüssel im Zündschloss. Dann fuhr er auf der holprigen Piste davon, ohne das Licht einzuschalten.

Emmet klopfte leise an die Holztür. Als niemand öffnete – was mitten in der Nacht kaum verwunderlich war – klopfte er lauter.

Mach auf!, dachte er. Sonst wecke ich noch das ganze Dorf!

Endlich öffnete die Tür sich einen Spalt, und ein völlig verschlafener Fasil Mgali stand vor ihm.

»Ich brauche Ihre Hilfe!«, sagte Emmet eindringlich. »Darf ich reinkommen? Es ist wichtig!«

Mgali wischte sich mit einer Hand die Müdigkeit aus dem Gesicht, trat beiseite und ließ Emmet ins Haus.

»Sie waren in Wad Hashabi?«, fragte er, während er zum Küchentisch schlurfte und sich setzte.

»Ich komme gerade von da«, sagte Emmet. »Heute Nacht sind wieder Menschen aus dem Dorf entführt worden.« Er erzählte, was vorgefallen war.

»Dann nicht mehr lange, bis Jacht von Scheich Assad in Aqiq«, sagte Mgali. »Vielleicht sie schon hier.« Er stand auf, kramte ein Fernglas aus einer Schublade und löschte das Licht. Durchs Küchenfenster spähte er aufs Meer hinaus. Es dauerte nicht lange, bis sein Blick sich auf einen bestimmten Punkt zu konzentrieren schien. »Ich glaube, das die Jacht«, meinte er und reichte Emmet das Fernglas.

Emmet spähte angestrengt in die Finsternis. Rasch entdeckte er den kleinen hellen Fleck, der sich deutlich von der schwarzen Fläche des Meeres abhob. »Die Kerle müssen sich verdammt sicher fühlen«, murmelte er. »Sie fahren mit Licht, als wär's eine Vergnügungstour.«

Emmet beobachtete den Lichtpunkt eine Weile. Er näherte sich von Südosten, wurde langsamer und verharrte schließlich.

Emmet nahm das Fernglas beiseite und sagte: »Sie gehen vor Anker.«

Mgali, der neben ihm stand, nickte. »Sie warten auf Leute aus Raffinerie«, sagte er.

»Sie meinen die Ingenieure?«

»Ja.«

Emmet sah hinaus aufs Meer. Die Jacht lag gut anderthalb Kilometer vom Ufer entfernt. Er fragte sich, ob die Entführten aus Wad Hashabi bereits an Bord gebracht worden waren. Es gab nur eine Möglichkeit, das herauszufinden.

»Mister Mgali«, sagte er. »Gibt es in Aqiq jemanden, der eine Taucherausrüstung besitzt?«

Tarek Abdou war sechzehn Jahre alt. Er arbeitete als Fischer, genau wie sein Vater und sein Großvater, doch eines wusste er genau: Er würde nicht sein Leben lang ein armer Fischer bleiben. Er wollte mehr.

Deshalb lag er – wie so oft in der Nacht – wach im Bett und malte sich aus, wie er dem kleinen Nest Aqiq eines Tages den Rücken kehren und in eine große Stadt ziehen würde, vielleicht sogar ins Ausland. Jedenfalls weit weg von hier. Das Problem war nur – seine Ersparnisse reichten längst nicht aus, um von hier zu verschwinden.

Durchs geöffnete Fenster hörte er leise Stimmen, die sich mit dem monotonen Rauschen des Meeres vermischten. Dass sich mitten in der Nacht Leute auf der Straße befanden, war seltsam. Neugierig stand der Junge auf, um nachzusehen, was los war.

Im trüben Licht einer Straßenlaterne beobachtete Tarek, wie Fasil Mgali gemeinsam mit einem unbekannten weißen Mann durch die Gassen schlich. Mgali war ein sonderbarer Kerl, den niemand im Dorf so recht leiden konnte, aber dass er zu nachtschlafender Zeit den Fremdenführer spielte, war selbst für ihn ungewöhnlich.

Die beiden Männer gingen ein Stück und blieben vor dem Haus von Kareem D'oud stehen. Fasil klopfte ein paar Mal, bevor die Tür aufschwang. Daraufhin folgte ein kurzer Wortwechsel, den Tarek nicht verstehen konnte. Aber er sah, wie D'oud in seinem Haus verschwand und gleich darauf mit einer Taucherflasche und einem Seesack zurückkehrte. Beides reichte er dem Fremden im Tausch gegen ein paar Geldscheine. Dann schloss D'oud wieder die Tür, und Fasil Mgali machte sich gemeinsam mit dem Fremden auf den Rückweg zu seinem Haus.

Tareks Neugier war geweckt. Endlich tat sich etwas in diesem öden Kaff! Kurz entschlossen schlüpfte er in eine Jacke und kletterte aus dem Fenster, um die Verfolgung aufzunehmen.

Sein Eifer wurde belohnt. Hinter einem Gebüsch kniend beobachtete er, wie die beiden Männer in Mgalis Haus gingen. Als sie wieder herauskamen, trug der Fremde einen Neoprenanzug. Die Taucherflasche hatte er sich auf den Rücken geschnallt. In der Hand hielt er Taucherbrille und Flossen. Seite an Seite mit Fasil Mgali schritt er in Richtung Ufer, wo er die Flossen über die Füße streifte, die Taucherbrille mit Speichel einrieb und sie über den Kopf zog. Dann sprach er leise mit dem Fischer, steckte sich das Atemgerät in den Mund und watete ins Wasser.

Tarek musste seine Fantasie nicht groß anstrengen, um zu erahnen, was der Fremde vorhatte. In einiger Entfernung erkannte er auf dem Meer die Umrisse einer Jacht – mindestens dreimal so lang wie der Kutter seines Vaters. Die Jacht von Scheich Assad. Andere Boote dieser Größe und Eleganz verirrten sich nicht nach Aqiq.

Die Frage war nur: Weshalb wollte der Fremde dorthin tauchen? Und was hatte Fasil Mgali damit zu tun?

Tarek beschloss, noch ein wenig zu warten und zu beobachten. Schlafen konnte er ohnehin nicht. Und ob er morgen beim Fischen müde war oder nicht, machte keinen Unterschied.

Aber schon zehn Minuten später dachte er anders darüber. Mgali war längst wieder im Haus, und den Taucher schien das Wasser verschluckt zu haben. Tarek langweilte sich beinahe so sehr wie beim Fischen. Wenn nicht bald etwas geschah, würde er wieder in sein Bett kriechen und darüber nachdenken, wie er Aqiq entfliehen konnte.

Das leise Brummen eines Motors erregte seine Aufmerksamkeit. Es kam nicht von Osten, vom Meer, sondern aus dem Norden. Tarek drehte den Kopf und sah ein Scheinwerferpaar, das sich auf der erhöhten Küstenstraße langsam dem Dorf näherte. Das Auto musste die Ingenieure von Scheich Assad zum Kai bringen. Aus einem Grund, den Tarek nicht kannte, wurden die Ingenieure meistens bei Nacht abgeholt.

Tarek fragte sich, ob der Taucher zu Scheich Assads Leuten gehören mochte, glaubte es aber nicht. Er glaubte vielmehr, dass Fasil Mgali und dieser Fremde irgendetwas im Schilde führten. Mgali hatte sich in der Vergangenheit schon öfter abfällig über Scheich Assad und dessen Raffinerie geäußert.

Mit einem Mal spürte Tarek die Wichtigkeit seiner Beobachtung. Assads Männer würden sich bestimmt dafür interessieren. Gut möglich, dass dabei eine kleine Belohnung für ihn heraussprang. Auf jeden Fall war es einen Versuch wert.

Mit gleichmäßigen Flossenschlägen näherte Emmet Walsh sich der Jacht. Das Wasser um ihn herum war pechschwarz. Er hatte keine Ahnung, wie tief es war, und wollte es auch gar nicht so genau wissen.

Mehrmals tauchte er auf, um einen Blick übers Meer zu riskieren und sich zu vergewissern, dass er nicht vom Kurs abgekommen war. Dann ließ er sich wieder sinken, um seinen Weg durch die nasse Finsternis fortzusetzen.

Endlich erblickte er durch das Wasser den hellen Schimmer der Jacht. Obwohl er nichts Konkretes erkennen konnte, vermutete er, dass Wachposten auf dem Boot stationiert waren.

Um sicherzugehen, sich nicht zu verraten, tauchte Emmet ein paar Meter tiefer. Als er sich unmittelbar unter der Jacht wähnte, ließ er sich langsam zur Oberfläche treiben.

Er hatte sie noch nicht erreicht, als er hörte, wie über ihm etwas ins Wasser klatschte. Er sah nach oben und erkannte am Heck der Jacht einen dunklen, u-förmigen Umriss. Gleich darauf war ein helles Surren zu vernehmen, und der dunkle Schemen setzte sich in Bewegung. Vermutlich das Beiboot, das Assads Ingenieure aus Aqiq abholte.

Emmet schwebte nun so dicht unter der Wasseroberfläche, dass er an Bord der Jacht schemenhafte Männergestalten erkennen konnte. Er wartete, bis die Männer aus seinem Sichtfeld verschwanden, und tauchte dicht neben dem Rumpf der Jacht auf.

Am Heck – dort, wo soeben das Beiboot abgelassen worden war – stand niemand mehr. Emmet nutzte die Gelegenheit, um aus dem Wasser zu schlüpfen. Da die Taucherausrüstung ihn beim Auskundschaften der Jacht nur behindern würde, band er sie kurzerhand an einer Leine fest und warf sie über Bord. Nur den Neoprenanzug ließ er an.

Er stieg die Stufen am Heck hinauf und gelangte zum Oberdeck. Auf einem weißen Rettungsring stand der Name der Jacht: *Harmattan*. Durch die Glastür des Aufbaus erkannte er einen schicken, holzgetäfelten Salon, in dem drei in Weiß gekleidete Männer Karten spielten.

Geduckt huschte Emmet nach steuerbord. Dort sah er einen Wachposten, der weiter vorne an der Reling stand und eine Zigarette rauchte. An einem Schultergurt baumelte eine Uzi. Da der Mann keinerlei Anstalten machte, seinen Posten zu verlassen, versuchte Emmet sein Glück auf der Backbordseite. Hier war die Luft tatsächlich rein – die Entführer schienen nicht damit zu rechnen, dass ihnen jemand auf den Fersen war.

Um von den Kartenspielern nicht entdeckt zu werden, passierte Emmet auf allen vieren die Salonfenster. Auf halber Strecke zum Bug erreichte er eine Treppe. Rechter Hand führten Aluminiumstufen aufs Dach, von dem aus der Radarturm, mehrere Antennen und ein Fahnenmast in den Nachthimmel ragten. Im sanften Wind flatterte ein Wimpel mit rotem Oktopus-Motiv.

Nach links führte die Treppe abwärts. Emmet stieg lautlos hinunter und fand sich vor einer Tür wieder, die ins Innere der Jacht zu führen schien. Leider war sie verschlossen.

Tarek Abdou saß auf der Kaimauer und wartete auf die Ankunft der Limousine, in der die Ingenieure von Scheich Assad chauffiert wurden. Aber noch bevor der Wagen den kleinen Dorfhafen erreichte, bemerkte Tarek ein Boot, das sich mit surrendem Motor dem Pier näherte.

Während das Boot am Steg anlegte, fuhr die Limousine vor, und die Ingenieure aus der Raffinerie traten auf die Straße. Sie trugen schwarze Kleidung und wirkten angespannt. Jeder von ihnen hatte einen Koffer in der Hand. Einen erkannte Tarek sofort, den Sandmann – so nannte man den großen Blonden hier. Niemand im Dorf kannte seinen richtigen Namen. Tarek hielt ihn für den Boss der Gruppe.

Der Limousine folgte ein Lkw, ein alter Fünftonner mit abgedeckter Ladefläche, den Tarek bis dahin nicht bemerkt hatte. Der Fahrer stieg aus, und die Männer machten sich daran, mehrere große Kisten abzuladen.

Tarek fasste sich ein Herz und ging auf sie zu. Einer der Ingenieure, ein Mann mit Glatze, sprach seine Sprache. Nachdem er Tareks Geschichte angehört hatte, winkte er den Sandmann herbei und übersetzte ihm. Zumindest nahm Tarek das an. Jedenfalls verfinsterte sich die Miene des Sandmanns, und obwohl er nichts sagte, wirkte er weitaus bedrohlicher als Tareks Vater, wenn er laut brüllte. Irgendetwas an ihm erinnerte Tarek an eine Giftschlange. Der Sandmann war lautlos, aber gefährlich. Es schien kein guter Zeitpunkt zu sein, nach einer Belohnung zu fragen. Andererseits brauchte Tarek das Geld, um dem Fischerleben eines Tages den Rücken kehren zu können. Also nahm er all seinen Mut zusammen und wandte sich an den Glatzkopf, obwohl er kein gutes Gefühl hatte.

Emmet Walsh hantierte mit seinem Tauchermesser an der verschlossenen Tür zum Unterdeck, ahnte aber, dass er sie nicht leise genug würde knacken können. Wenn er diese Tür öffnete, würde er unweigerlich die Aufmerksamkeit des Wachpostens auf sich ziehen, selbst wenn der sich auf der anderen Seite des Schiffes befand.

Emmet beschloss, lieber einen anderen Weg ins Innere der Jacht zu suchen. Einen unauffälligeren Weg. Bei Alleingängen wie diesem hieß das oberste Gebot, so lange wie möglich unentdeckt zu bleiben.

Vorsichtig schlich er wieder die Treppen hinauf und weiter in Richtung Bug. Er spähte durch einige Fenster, doch entweder war es dahinter so dunkel, dass er nichts erkennen konnte, oder die Vorhänge waren zugezogen. Noch während er überlegte, wie es nun weitergehen solle, fiel sein Blick hinüber zum Hafen von Aqiq. Im dämmrigen Schein einer Laterne verluden mehrere Leute Kisten von einem Lkw auf ein Boot. Eine seltsam geschäftige Gruppe inmitten eines schlafenden Dorfes. Er fragte sich, was dort vor sich ging.

Sphärisches Rauschen holte ihn aus seinen Gedanken. Gleich darauf hörte er eine blecherne Stimme. Emmet schlich ein paar Schritte weiter, lugte um die Ecke und sah den Wachmann, der sich ein Funkgerät vor den Mund hielt.

»Les boîtes sont à bord«, sagte die Blechstimme. »Mais il y a un vi…eur sur l'Har…tan.«

Der zweite Teil war abgehackt, aber den ersten hatte Emmet verstanden: *Die Kisten sind an Bord.* Zweifellos kam der Funkspruch vom Hafen.

»Répète, s'il te plaît«, sagte der Wachposten gerade. *Bitte wiederholen.* Offenbar hatte er den Funkspruch ebenfalls nicht ganz verstanden.

»Il y a un visiteur sur *l'Harmattan*, crétin!«, krächzte die Stimme am anderen Ende der Leitung, diesmal klar und deutlich. *Auf der Harmattan ist ein Besucher!*

Emmet begriff: Er war entdeckt worden! Er musste so schnell wie möglich von hier verschwinden.

In geduckter Haltung huschte er nach backbord, während der Wachposten auf der Steuerbordseite Alarm schlug. Mit einem Mal flammten sämtliche Decklichter auf, und Emmet wurde von gleißendem Licht überflutet. Als seine Augen sich an die unerwartete Helligkeit gewöhnt hatten, sah er die drei Kartenspieler, die mittlerweile ins Freie geeilt waren – allesamt bewaffnet. Emmet wusste, dass er keine Chance mehr hatte, an seine Ausrüstung zu gelangen.

Einer der Männer erblickte ihn. Er rief den anderen etwas zu, richtete seine Waffe auf Emmet und feuerte. Der Schalldämpfer bewirkte, dass nur ein leises *plopp* zu hören war. Emmet spürte, wie die Kugel nur eine Handbreit an seinem Ohr vorbeizischte. Hektisch sah er sich um, aber es gab keine Nische, in der er Schutz finden konnte. Und bis zur Treppe waren es noch über zehn Meter.

Instinktiv schwang er sich über die Reling. Er fiel, stürzte mit den Füßen voraus in die Wellen, wurde wieder von Schwärze umhüllt. Mit kraftvollen Arm- und Beinschlägen tauchte er davon. Irgendwo über sich hörte er, wie Kugeln das Wasser durchschlugen.

Er hielt die Luft an, so lange er konnte, aber schon bald brannten seine Lungen. Als er merkte, dass er nicht länger ohne Sauerstoff auskam, paddelte er zur Oberfläche und nahm einen raschen Atemzug. Dann war er auch schon wieder abgetaucht.

Irgendwo wurde ein Motor angelassen. Emmet konnte das Geräusch nicht lokalisieren. Beim nächsten Luftholen jedoch erkannte er, dass drei Männer in einem Schlauchboot Jagd auf ihn machten. Einer bediente den Außenborder, die beiden anderen saßen links und rechts am wulstigen Rand und richteten ihre schallgedämpften Waffen aufs Meer. Noch hatten sie Emmet nicht entdeckt. Aber der Suchscheinwerfer der *Harmattan* glitt systematisch über die Wasseroberfläche.

Emmet tauchte wieder unter. Seine Gedanken rasten. Das Salzwasser brannte in seinen Augen, doch er zwang sich, sie offen zu halten. In einiger Entfernung leuchtete die Jacht wie ein Weihnachtsbaum, aber das Schlauchboot konnte er nirgends sehen.

Nach ein paar kräftigen Schwimmzügen musste er wieder Luft holen, diesmal ausgiebiger. Als Emmet die Wasseroberfläche durchbrach, befand sein Kopf sich plötzlich inmitten des Suchlichtkegels. Irgendjemand brüllte etwas. Das Schlauchboot wendete und raste plötzlich beängstigend schnell auf Emmet zu. Gleichzeitig legten die beiden Schützen ihre Gewehre an. Emmet konnte zwar keine Schüsse hören, sah aber das Mündungsfeuer, und um seinen Kopf herum spritzten dutzende kleiner Fontänen auf.

Ehe er wieder ins schützende Nass hinabgleiten konnte, durchfuhr ihn plötzlich ein heftiger Schmerz am Oberarm. Die Verletzung brannte wie Feuer, aber er wusste, dass er sie ignorieren und sich auf das Treiben über Wasser konzentrieren musste, wenn er die Nacht überleben wollte. Er holte so viel Luft er konnte, biss die Zähne zusammen und tauchte ab. Irgendwo über ihm drehte das Schlauchboot seine Kreise.

Sie werden so lange nach mir suchen, bis sie mich haben, dachte Emmet. Oder mich für tot halten.

Ihm kam eine Idee. Dem Fluchtimpuls folgend, hatte er blindlings versucht, so schnell wie möglich Abstand zur Jacht zu gewinnen. Jetzt wurde ihm klar, dass er genau das Gegenteil tun musste. Seine Ausrüstung baumelte an einem Seil am Heck der *Harmattan*. Wenn es ihm gelänge, sie zu erreichen, würde er seinen Häschern entkommen.

Er wartete, bis das Schlauchboot sich ein Stück weit entfernt hatte, um ein letztes Mal Luft zu schnappen. Dann tauchte er zurück zur *Harmattan*.

Von unten wirkte die Jacht unheimlich: ein großer, stromlinienförmiger Rumpf, dessen schwarzer Schattenriss sich vor dem Lichtkranz der Schiffsbeleuchtung abhob wie ein Hai vor der Sonnenkugel. Emmet tauchte zum Heck und fand sofort, was er suchte. Eilig griff er nach dem Mundstück seiner Sauerstoffflasche, um ein paar Mal tief Luft zu holen. Danach fühlte er sich trotz seines schmerzenden Arms wieder besser.

Während er im Wasser schwebte, legte er seine Ausrüstung an. Die Taucherbrille befüllte er mit ein paar Luftblasen, bevor er sie übers Gesicht zog. Jetzt endlich kam er sich der Situation gewachsen vor.

Er warf einen Blick auf seine blutende Wunde, dachte unweigerlich an Haie und überlegte, ob er den Rückweg zur Küste sofort antreten solle. Doch da er wusste, dass die aufsteigenden Luftblasen ihn verraten konnten, beschloss er, so lange unter dem Rumpf der *Harmattan* auszuharren, bis die Männer ihre Suche einstellten.

Eine halbe Stunde später war es so weit. Aus drei Metern Tiefe beobachtete Emmet, wie das Schlauchboot wieder an Bord geholt wurde. Auch das Beiboot, das inzwischen aus dem Hafen zurückgekehrt war, wurde aus dem Wasser gehievt. Danach dauerte es nicht mehr lange, bis die Schiffsdiesel angelassen wurden und die Jacht sich in Bewegung setzte.

Emmet tauchte auf. Seine Sauerstoffflasche war inzwischen fast leer. Er zog die Taucherbrille ab und spuckte das Mundstück aus. Als er der Jacht hinterhersah, erkannte er, wie einige Männer ein paar leblos wirkende Gestalten aus den Kisten im Beiboot holten und unter Deck trugen.

Eine frische Brise streifte übers Meer. Langsam schwamm Emmet zur Küste zurück.

31.

Zur selben Zeit im Briggs-Center
Santa Barbara, Kalifornien

Doktor Thomas Briggs stand am Panoramafenster seines Büros und nahm die Abendidylle, die sich ihm bot, genießerisch in sich auf. Sein Institut, das er vor Jahren gegründet hatte und seitdem leitete, befand sich rund hundertfünfzig Kilometer von Los Angeles entfernt. Es lag etwas außerhalb von Santa Barbara, eingebettet in die sanften Küstenhügel Kaliforniens. Von hier oben hatte man einen wunderschönen Blick.

Obwohl es tagsüber neblig und kühl gewesen war, versprach der Abend schön zu werden. Vom Pazifik wehte nur noch eine laue Brise zum Festland; die untergehende Sonne spiegelte sich in der Weite des Ozeans. Einige Segelboote kreuzten vor der Küste, und Surfer hatten sich mit ihren Brettern am Strand versammelt, um ihrer Leidenschaft zu frönen. Früher hatte Briggs ebenfalls gesurft, aber diese Zeiten waren längst vorbei. Heute gab es für ihn nur noch das Institut, insbesondere seit seiner Scheidung.

Das Briggs-Center, ein Sanatorium für Patienten mit organischen Schäden und Verschleißerscheinungen, war ein flaches, funktionelles Gebäude. Auf den Bildern der Ansichtskarten, die an der Anmeldung auslagen, sah es aus wie ein riesiger Bungalow. Es verfügte über sechzig Krankenzimmer mit ebenso vielen Betten, einen hochmodernen OP-Saal, einen dreißigköpfigen Stab von Ärzten, Krankenpflegern und weiterem medizinischen Hilfspersonal sowie einen Fünf-

Sterne-Koch. Denn ins Briggs-Center kamen nur Patienten, die es sich leisten konnten. Und die hatten ihre Ansprüche.

Neben der Patientenbetreuung gab es im Briggs-Center noch einen zweiten Schwerpunkt: die Forschung. In einem Seitentrakt führte ein separates Team hochgradiger Wissenschaftler rund um die Uhr Experimente durch. Es befasste sich mit neuen Heilverfahren für innere Organe und vor allem mit der Suche nach chemischen Erfahrungsstoffen. Gedächtnismolekülen. Das Scotophobin, das Angst vor der Dunkelheit auslöste, war nur eines davon. Das Team um Doktor Briggs hatte mittlerweile mehr als vierhundert weitere und wesentlich sinnvollere Gedächtnismoleküle separiert. In seinem Vortrag an der UCLA hatte Briggs nichts davon erwähnt, weil diese Forschungen längst nicht abgeschlossen waren und er nicht vorzeitig seine Karten auf den Tisch legen wollte. Immerhin gab es konkurrierende Labors, die am selben Thema arbeiteten. Aber er hoffte, in den nächsten Jahren einen durchschlagenden Erfolg zu erzielen. Mit Mäusen war ihm bereits Beachtliches gelungen: Durch chirurgische Eingriffe hatte er ihnen winzige Teile des Gehirns entfernt. Die auf diese Weise ausgelösten Verhaltens- und Bewegungsstörungen konnten zumindest teilweise durch Extrakte gesunder Mäusehirne ausgeglichen werden. Briggs war überzeugt, dass seine Forschungen ihn in nicht allzu ferner Zukunft dazu befähigen würden, auch Menschen zu behandeln. Vielleicht konnte er schon bald Schlaganfall- oder Alzheimer-Patienten helfen, nicht zuletzt aber auch alten Menschen mit nachlassendem Gedächtnis. Die Anwendungsmöglichkeiten waren vielfältig.

Das Piepsen des Computers holte Briggs aus seinen Gedanken. Er ging zurück zu seinem Schreibtisch und sah auf dem Monitor, dass eine neue E-Mail eingegangen war – von seinem alten Freund Dr. Amadeus Goldmann. Briggs setzte sich in seinen schwarzen Ledersessel und öffnete die Nachricht. Er las:

Mein lieber Freund,
nach dem letzten Fehlschlag gehen unsere Forschungen nun erstaunlich gut voran. Die jüngsten Tests verliefen allesamt positiv. Natürlich gibt es hier und da noch Verbesserungspotenzial, aber wo in der Medizin ist das nicht der Fall? Alles in allem scheint mir unser Projekt mittlerweile reif für einen zweiten Versuch mit einem Freiwilligen. Die Vorbereitungen dafür laufen bereits. Mir wurde soeben mitgeteilt, dass das Spendermaterial hierher unterwegs ist. Einer Behandlung deines Patienten B. steht daher nichts mehr im Wege. Gib mir Bescheid, wann wir mit seinem Eintreffen rechnen können.
A. G.

Briggs lehnte sich im Sessel zurück und verschränkte die Hände hinter dem Kopf. Er wagte kaum zu glauben, was er da las. Konnte es tatsächlich sein, dass Goldmann mit seinen Experimenten so rasch vorangekommen war? Er musste einen Moment lang sitzen bleiben und sich zur Ruhe zwingen, um die Tragweite dieser Nachricht zu begreifen. Die Welt würde sich durch dieses Projekt grundlegend verändern, keine Frage. Die meisten Menschen würden ihr Leben ganz normal weiterführen, doch ein paar wenige Auserwählte würden durch das Projekt in einen beinahe gottgleichen Status erhoben.

Die Vorstellung, Götter oder zumindest Halbgötter zu erschaffen und sich sogar selbst zu solchen zu erheben, erfüllte Briggs mit Stolz und gespannter Erwartung. Er fühlte sich wie ein Kind kurz vor der Weihnachtsbescherung. Nicht mehr lange, und einer der größten Menschheitsträume würde in Erfüllung gehen.

Er erhob sich von seinem Sessel, verließ sein Büro und ging mit entschlossenen Schritten über den Flur. Eine Assistenzärztin und ein Patient im Rollstuhl grüßten ihn. Er nickte ihnen zu, nahm sie jedoch kaum wahr. Vor Zimmer 32 blieb er stehen und klopfte.

»Hat man hier denn nie seine Ruhe?«, krächzte eine Stimme von drinnen. »Da hätte ich ja gleich in Washington bleiben können!«

Briggs lächelte und trat ein. »Wie ich höre, geht es Ihnen heute schon wieder besser«, sagte er.

»Was an ein Wunder grenzt, denn erholen kann man sich hier nicht. In diesem Krankenhaus geht es zu wie in einem Taubenschlag!«

Der Mann im Bett wirkte schwach und abgemagert, doch in dem greisenhaften Körper wohnte noch immer ein hellwacher Verstand. Wayne Bloomfield, 80 Jahre alt, löste das Rätsel in der *New York Times* schneller als jeder andere Patient des Briggs-Centers, vermutlich sogar schneller als jeder Einwohner von Santa Barbara. Er war das Paradebeispiel für den geistig fit gebliebenen Alten. Umso mehr machte ihm sein zunehmender körperlicher Verfall zu schaffen. Briggs war sicher, dass Bloomfields rüder Umgangston nicht zuletzt auf dessen Unzufriedenheit über seine gesundheitliche Situation zurückzuführen war.

»Nun stehen Sie nicht so unnütz herum, Briggs!«, krächzte Bloomfield. »Das macht mich nervös. Nehmen Sie sich einen Stuhl und erzählen Sie mir, weshalb Sie mich stören.« Er machte eine fahrige Handbewegung, und Briggs setzte sich zu ihm ans Bett.

»Ich habe gute Neuigkeiten für Sie, Senator«, sagte der Arzt. Bloomfield war zwar schon lange nicht mehr Senator, bestand aber darauf, so angesprochen zu werden. »Vor wenigen Minuten habe ich eine Nachricht erhalten.«

»Von Alcor?«

Alcor, eine Firma in Phoenix, hatte sich darauf spezialisiert, Leichen vorübergehend in flüssigem Stickstoff einzufrieren und zu konservieren. Wer diesen Service in Anspruch nahm, hoffte darauf, zu einem späteren Zeitpunkt wieder zum Leben erweckt zu werden – wenn der medizinische Fortschritt in der Lage war, einem noch viele glückliche Jahre zu schenken. Für die Einfrierung des vollständigen Körpers verlangte Alcor 120.000 Dollar. Begnügte sich ein Interessent mit der Konservierung seines Kopfes, kostete dies lediglich 50.000 Dollar. Angesichts seines hohen Alters und des schlechten Gesundheitszustands hatte Wayne Bloomfield sich bei Alcor auf die Warteliste setzen lassen.

»Keine Nachricht von Alcor«, sagte Briggs.

»Dann fragen Sie bei denen noch mal nach!«, herrschte Bloomfield ihn an. »Sagen Sie ihnen, dass ich es eilig habe. Wenn ich morgen ins Gras beiße, will ich meinen Vertrag unter Dach und Fach haben!«

»Sie wissen, was ich von Alcor halte«, erwiderte Briggs. In den letzten Wochen hatte er mit Bloomfield schon mehrmals darüber gesprochen. »Ein Körper, der über längere Zeit bei annähernd minus 200 Grad Celsius gelagert wird, funktioniert nach dem Auftauen nicht mehr. Das ist völlig ausgeschlossen, weil bei derartigen Temperaturen die DNA zerstört wird. Und ohne einwandfreie DNA kann keine Körperzelle ihre Arbeit tun. Alcor macht ein Geschäft mit Hoffnungen, die sich nicht erfüllen lassen.«

»Was heute unmöglich erscheint, kann in fünfzig Jahren bereits medizinische Routine sein!«, blaffte Bloomfield.

»Sie klammern sich an einen Strohhalm, und Sie wissen es, Senator.«

»Wenn schon! Als ich hierher kam, haben Sie selbst gesagt, dass mir höchstens noch ein paar Monate bleiben. Aber ich will nicht wie all die anderen in einem dunklen Loch begraben werden, vergessen vom Rest der Welt. Verstanden, Briggs? Es mag Menschen geben, für die der Tod eine Erlösung ist – für mich nicht! Ich will leben! Ich bin noch nicht bereit für meinen Abgang. Deshalb gibt es für mich keine Alternative zu Alcor.«

Briggs sah ihn ernst an. »Ich glaube, da irren Sie sich«, sagte er.

32.

Es tat gut, wieder festen Boden unter den Füßen zu spüren. Emmet Walsh streifte sich die schwere Sauerstoffflasche vom Rücken und setzte sich ans felsige Ufer, um einen Moment zu verschnaufen. Sein Blick wanderte hinaus aufs Meer. Irgendwo, weit draußen auf dem Wasser, deutete sich der erste rötliche Schimmer des anbrechenden Tages an. Aber die Jacht war nicht mehr zu sehen.

Emmet fühlte sich erschöpft und müde. Er war in dieser Nacht kaum zur Ruhe gekommen. Außerdem war er enttäuscht: In den letzten Stunden hatte er gleich zwei Gelegenheiten verpasst, die Kidnapper zu stellen – einmal in Wad Hashabi und einmal auf der *Harmattan*. Eine miserable Bilanz.

Sein Arm pochte. An der Stelle, wo er getroffen worden war, klaffte ein ausgefranstes Loch im Neopren. Emmet öffnete den Reißverschluss, streifte sich den Anzug über die Schulter und besah sich die Wunde genauer. Erleichtert stellte er fest, dass es nur ein Streifschuss war.

Er richtete sich auf, nahm die Sauerstoffflasche und ging hinüber zu Fasil Mgalis Haus, etwas abseits von Aqiq. Es lag dunkel vor ihm, so wie der Rest des Dorfes. Das Bild wirkte beinahe friedlich.

Vor dem Haus entledigte Emmet sich seiner Ausrüstung – Sauerstoffflasche, Taucherbrille, Bleigürtel, Flossen, Schnorchel sowie die Messinstrumente für Tiefe, Wasserdruck und Temperatur. Auch den Neoprenanzug legte er ab, damit er trocknen konnte. Nur mit Shorts bekleidet ging er zum Eingang und klopfte. Die Tür war nur angelehnt.

Leise schlüpfte Emmet ins Haus. Drinnen war es so dunkel, dass man die Hand nicht vor Augen sehen konnte.

»Fasil? Sind Sie hier?«, flüsterte Emmet. Niemand antwortete.

Er tastete die Wand ab, fand schließlich den Lichtschalter, und noch bevor seine Augen sich an die Helligkeit gewöhnt hatten, schrak er zusammen: Der Esstisch lag auf der Seite, sämtliche Stühle waren umgekippt. Die wenigen Dekorationsgegenstände, die auf den Kommoden gestanden oder an den Wänden gehangen hatten, lagen im Zimmer verstreut. Die Küchennische zur Linken sah aus, als hätte dort eine Affenhorde herumgetobt – überall waren Bierflaschen und zerbrochenes Geschirr. Und inmitten des Chaos lag ein regungsloser Körper auf dem Boden. Fasil Mgali, mit einem Messer im Rücken. Emmet kniete sich neben ihn, doch als er ihm eine Hand an die Halsschlagader legte, wusste er, dass er nichts mehr für ihn tun konnte.

Im Wohnzimmer lag eine zweite Leiche, ein junger Bursche, keine achtzehn Jahre alt. Ein großer roter Fleck bedeckte seine weiße Kutte. Seine erloschenen Augen starrten an die Decke.

Auf den ersten Blick wirkte die Szene, als wären die beiden Männer in einen Streit geraten, bei dem sie sich gegenseitig umgebracht hatten. Doch das Bild wirkte irgendwie gestellt. Das Chaos war zu perfekt arrangiert, als dass es bei einem echten Kampf hätte entstehen können. Außerdem: Weshalb hätte der junge Kerl ausgerechnet mitten in der Nacht einen Streit mit Fasil Mgali vom Zaun brechen sollen? Das ergab keinen Sinn. Emmet war sicher, dass Mgali getötet worden war, weil er ihm geholfen hatte. Und der junge Bursche war entweder der Mörder, der bei Erledigung seines Auftrags selbst umgekommen war, oder – was Emmet für wahrscheinlicher hielt –

ein allzu neugieriger Augenzeuge, den man zum Schweigen gebracht hatte.

Emmet seufzte. Die Nacht hatte zu viele Opfer gefordert. Nelson Mgobogambele, Fasil Mgali, den jungen Mann im Wohnzimmer. Ob die Entführten aus Wad Hashabi noch lebten, wusste er nicht. Er konnte es nur hoffen.

Emmet löschte das Licht und ging mit einer Taschenlampe, die auf der Kommode neben dem Eingang gestanden hatte, ins Badezimmer. Dort fand er seine Kleidung vor, wie er sie vor seinem Tauchgang zurückgelassen hatte. Er zog sich an und ging nach draußen. Das Morgenrot über dem Meer war intensiver geworden, doch Emmet hatte jetzt kein Auge für die Schönheit der Dämmerung. Gedankenverloren und betroffen ging er um das schlafende Dorf herum, zurück zu seinem Auto.

Die Ereignisse der Nacht beschäftigten ihn während der ganzen Fahrt von Aqiq nach Port Sudan. Er fragte sich, was hinter all den Verbrechen steckte, hinter den Entführungen und Morden, doch er fand wieder einmal keine Antwort.

Im Hotel übermannte ihn die Müdigkeit. Er ging in sein Zimmer, hängte das Bitte-nicht-stören-Schild vor die Tür und schlief beinahe augenblicklich auf seinem Bett ein. Als er erwachte, war es bereits kurz nach Mittag.

Von der Lobby aus telefonierte Emmet nach Isfahan, aber statt Lara meldete sich nur die Bandansage. Emmet hinterließ die Nachricht, dass er mittlerweile sicher sei, die Spur gefunden zu haben, die zu Anthony Nangala führte. Zumindest zu seinen Kidnappern. Er sagte, dass er Port Sudan verlassen wolle, und bat Lara, sich mit ihm zu treffen. Am Flughafen von Jeddah. In Saudi-Arabien.

33.

Als Dr. Thomas Briggs Zimmer 32 betrat, saß Ex-Senator Wayne Bloomfield in einem Stuhl am Fenster und betrachtete die nächtlichen Sterne und den Vollmond.

»Wundervoll, diese Aussicht, nicht wahr?«, fragte der Alte erstaunlich sanftmütig. Das Gespräch, das er und Briggs am Abend geführt hatten, schien die sentimentale Seite des sonst so übellaunigen Zynikers zum Vorschein zu bringen.

»Es ist eine herrliche Nacht«, pflichtete Briggs ihm bei. Er ahnte, was in Bloomfield vorging. Welche Gedanken ihn bewegten, welche Sorgen ihn plagten. Obwohl es sonst nicht Briggs' Art war, mit Patienten Vertraulichkeiten auszutauschen, ging er jetzt zu dem Greis ans Fenster und legte ihm beruhigend eine Hand auf die Schulter. »Ich weiß, dass Sie nicht mehr gerne fliegen, Senator, schon gar nicht über so weite Strecken, aber ich versichere Ihnen, dass es sich für Sie lohnen wird. Sie werden noch viele Nächte wie diese erleben, wenn Sie meinen Rat befolgen und sich von Doktor Goldmann behandeln lassen.«

Bloomfield nickte, ohne den Blick vom Nachthimmel abzuwenden. »Ich vertraue Ihnen, Briggs«, murmelte er. »Ich vertraue Ihnen wirklich. Aber was Sie mir heute Abend erzählt haben, klingt beinahe zu fantastisch, um wahr zu sein.«

»Sie wollten sich in flüssigem Stickstoff konservieren und später wieder beleben lassen. *Das* war fantastisch. Glauben Sie mir, Senator: Das Projekt, von dem ich Ihnen berichtet habe, ist wesentlich gefahrloser als das Verfahren von Alcor.«

»Nur träfen mich die Risiken bei Alcor erst, nachdem ich bereits tot wäre«, hielt Bloomfield dagegen. »Mit den Risiken *Ihres* Projekts muss ich mich hingegen auseinander setzen, während ich noch am Leben bin.«

»Sie haben Recht«, sagte Briggs. »Dafür werden Sie der erste Mensch sein, der ...«

»Hören Sie schon auf damit!«, unterbrach ihn Bloomfield, plötzlich wieder giftig. »Wenn Ihnen der Pionier-Gedanke so gut gefällt und Sie so sicher sind, dass bei Ihrem Verfahren keine Komplikationen auftreten – was hindert Sie dann daran, sich selbst als erster Mensch mit Ihrem Wundermittel zu therapieren? Ich komme Ihnen doch nur deshalb so gelegen, weil mir die Zeit davonläuft und ich ein dickes Bankkonto habe. Von wem sonst könnten Sie zehn Millionen Dollar dafür verlangen, dass er sich als Versuchskaninchen zur Verfügung stellt?«

Briggs entgegnete nichts. Bloomfield traf den Nagel so ziemlich auf den Kopf. Allerdings gab es einen weiteren Aspekt, der ihn zum idealen Kandidaten für die Erprobung des Goldmann-Verfahrens machte: Bloomfield hatte so gut wie keine lebenden Verwandten mehr. Seine Frau war vor Jahren gestorben, Kinder hatte er nie gehabt, und seine Schwester lag ans Bett gefesselt in einem Altenheim in Florida. Falls bei dem Eingriff wider Erwarten etwas schief ging, würde Bloomfield nicht allzu sehr vermisst werden. Außerdem – und das war der eigentliche Punkt – würde es dann niemanden geben, der unangenehme Fragen stellte.

Bloomfield schimpfte, wie schamlos es sei, die Zwangslage eines alten Mannes auszunutzen. Briggs aber wusste, dass der alte Mann die Überweisung der zehn Millionen Dollar bereits veranlasst hatte. Also würde er keinen Rückzieher mehr machen. Und wenn alles nach Plan lief, würde er eine Gegenleistung erhalten, die mit Geld nicht aufzuwiegen war.

Durchs Fenster sah Briggs in einiger Entfernung ein Scheinwerferpaar. Es verschwand hinter einer Serpentine und tauchte kurz darauf hinter einer Hügelkuppe wieder auf. Jetzt schwenkten die Lichtkegel in die Zufahrtsstraße zum Sanatorium ein.

»Das ist unser Wagen«, sagte Briggs.

»Heißt das, Sie kommen mit?«

»Selbstverständlich.« Briggs hatte bereits alles organisiert. In den nächsten Tagen würde sein langjähriger Kollege und Stellvertreter Jessup Hogan die Geschäftsführung in Santa Barbara übernehmen. Denn um keinen Preis der Welt wollte Doktor Thomas Briggs sich die Chance entgehen lassen, dabei zu sein, wenn die medizinische Entdeckung des Jahrhunderts – nein, die medizinische Entdeckung schlechthin – erstmals unter realen Bedingungen zum Einsatz kam. Nicht an Mäusen, Kraken oder anderen nicht repräsentativen Versuchsobjekten, sondern an einem Menschen.

»Haben Sie Ihre Sachen gepackt, Senator?«, fragte Briggs.

»Mein Koffer steht neben dem Schrank.«

»Dann sollten wir uns auf den Weg machen.«

Der alte Mann erhob sich mühevoll aus dem Stuhl. »Sie haben Recht«, sagte er. »Zeit ist kostbar.«

34.

King Abdul Aziz Airport
Jeddah, Saudi-Arabien

Miss Jennifer Watson, bitte kommen Sie zur Flughafeninformation im Wartebereich. Miss Jennifer Watson, bitte«, sagte die Lautsprecherstimme.

Emmet Walsh dankte der Dame am Informationsschalter für diese Durchsage und blickte sich um. Das Flughafengebäude machte auf ihn den Eindruck, als entstamme es den späten Sechzigerjahren, obwohl es erst 1981 fertig gestellt worden war. Weiße Säulen und Platten aus Beton beherrschten das Bild, aufgelockert durch mintgrüne Plastik-Sitzgruppen, die entfernt an Ufos erinnerten. Eigenartigerweise waren die meisten Plätze frei, obwohl es hier nur so von Menschen wimmelte. Aber viele bevorzugten es, auf eigenen kleinen Teppichen auf dem Boden zu sitzen und zu beten – Gläubige, die auf dem Weg zum nahen Mekka auf ihren Reisebus warteten, oder die Mekka bereits besucht hatten und sich nun wieder auf die Heimreise begaben. Das wusste Emmet von der Dame am Info-Schalter.

Er spürte eine Berührung an der Schulter und drehte sich um. Lara Mosehni stand ihm gegenüber.

»Mister Fitzgerald, nehme ich an?«, schauspielerte sie.

»Ganz recht«, antwortete Emmet. »Brian Fitzgerald. Willkommen in Jeddah, Miss Watson.« Er schnappte die Sporttasche, die sie neben sich abgestellt hatte. »Ist das Ihr gesamtes Gepäck?«

»Ja.«

»Dann schlage ich vor, dass ich Ihnen jetzt Ihr Hotel zeige.« Mit diesen Worten ging er voran. Von dem vermeintlichen Araber, der nur einen Meter weiter an der Info-Theke stand und etwas in sein Handy eintippte, nahmen weder er noch Lara Notiz.

Tom Tanaka betrachtete das Display auf seinem Handy – das Porträt von Lara Mosehnis Begleiter, das er soeben heimlich aufgenommen und per MMS an die Interpol-Zentrale in Lyon versandt hatte. Er kannte den Mann auf dem Bild nicht. Vielleicht konnten die Kollegen in Frankreich etwas über ihn herausfinden.

Tanaka kam sich lächerlich vor in seiner Tarnung, auch wenn er aussah wie viele Menschen hier am Flughafen. Er trug typisch arabische Herrenkleidung: ein knöchellanges, schneeweißes Gewand, den so genannten *Dishdash*, dazu als Kopfbedeckung eine schwarz-weiße *Kefije*, ein quadratisches Baumwolltuch, das zu einem Dreieck zusammengelegt und von einem *Akal* zusammengehalten wurde, einer dunklen Schnur aus gedrehtem Ziegenhaar. Um seine fernöstlichen Gesichtszüge zu kaschieren, hatte Tanaka sich einen buschigen, schwarzen Vollbart angeklebt. Seine Augen bedeckte eine altmodische Sonnenbrille mit Gläsern so groß wie Fernseherbildschirme.

Tom Tanaka klappte sein Handy zusammen und verstaute es in seinem Umhang. Dann griff er nach seinem Koffer und folgte Lara Mosehni und ihrem Begleiter nach draußen.

Im Mietwagen, einem betagten Mercedes, der jedoch in tadellosem Zustand war, konnten Emmet und Lara ihre Tarnung fallen lassen.

»Erzähl schon«, drängte Lara. »Ich bin gespannt wie ein Bogen. Was war los im Sudan? Aus den Andeutungen, die du mir auf dem Anrufbeantworter hinterlassen hast, konnte ich nicht schlau werden.«

Während sie stadteinwärts zum Hotel fuhren, berichtete Emmet ausführlich, was er in Wad Hashabi und Aqiq erlebt hatte.

»Ich nehme an, Anthony hat dieselbe Spur verfolgt«, schloss er. »Dabei ist er Scheich Assads Leuten zu nahe gekommen – und die haben getan, was sie am besten können: Sie haben ihn entführt.«

»Nur, dass sie diesmal in New York zugeschlagen haben.«

»Genau. Und sie haben aus Anthony herausgepresst, für wen er arbeitet. Deshalb zerstörten sie Leighley Castle. Skrupellos genug wären diese Leute jedenfalls. Und die nötigen Mittel hätten sie auch gehabt. Hubschrauber und Waffen, meine ich. Assad ist sicher steinreich, oder nicht?«

»Vielleicht nicht ganz so reich, wie man es von einem Ölscheich erwarten würde«, antwortete Lara. »Aber er besitzt genug Geld, um eine eigene kleine Armee zu unterhalten.«

»Eine Privatarmee?« Emmet schüttelte ungläubig den Kopf. »Dann haben wir uns diesmal aber einen richtig schweren Brocken als Gegner ausgesucht.«

Tom Tanaka hielt gebührenden Abstand zu dem Fahrzeug, das er verfolgte. Er selbst saß in einem uralten Ford, den Interpol am Flughafen für ihn bereitgestellt hatte. Ein unauffälliger Wagen, der sich nahtlos ins hiesige Straßenbild einfügte.

Trotz heruntergekurbelter Fenster verwandelte die glühende Mittagssonne das Auto in einen Backofen. Der angeklebte Vollbart begann zu jucken, aber Tanaka wagte nicht, ihn abzureißen. Vielleicht benötigte er seine Tarnung später noch.

Seine Gedanken schweiften zurück. Der »Rosenschwert-Fall«, mit dem man ihn vor sechs Monaten betraut hatte, war selbst für einen langjährigen Interpol-Mitarbeiter wie ihn ungewöhnlich. Er jagte einen Verbrecherring, der auf der ganzen Welt agierte und an jedem Tatort ein Signum hinterließ. Ein Medaillon mit Gravur: eine Rose und ein Schwert, die gekreuzt übereinander lagen. Was immer das zu bedeuten hatte.

In gewisser Weise sympathisierte Tom Tanaka sogar mit dieser Bande. Sie kämpfte gegen Zustände, die man nur als ungerecht bezeichnen konnte. Besser gesagt: Sie zogen gegen Menschen zu Felde, die diese Zustände ausnutzten oder gar verschlimmerten. Doch die Methoden, mit denen die Rosenschwert-Mitglieder ihre Ziele durchsetzten, konnte Tanaka nicht gutheißen. Sie kümmerten sich nicht um Gesetze und griffen viel zu schnell zu den Waffen, wobei es immer wieder Verletzte gab, in seltenen Fällen sogar Tote. Interpol musste dem einen Riegel vorschieben. Ein global agierender, Selbstjustiz übender Verbrecherring konnte nicht geduldet werden.

Interpol hatte die Bande von Anfang an unterschätzt. Als vor einem Jahr die ersten Rosenschwert-Medaillons aufgetaucht waren, hatte man die Sache auf die leichte Schulter genommen und sie den örtlichen Polizeibehörden überlassen. Man hatte geglaubt, Kriminelle, die eitel oder sogar dumm genug waren, auf ihre Taten aufmerksam zu machen, seien schnell zu fassen. Heute umfasste die Akte mehr als zweihundertfünfzig Fälle – hundert, bei denen die Medaillons gefunden worden waren, und weitere hundertfünfzig, die länger als ein Jahr zurücklagen; in diesen Fällen waren keine Medaillons zurückgelassen worden, aber die Handschrift war unverkennbar. Es waren Fälle, in denen Unbekannte mit Waffengewalt gegen Drogenbosse, Hochseepiraten oder Pelztierjäger vorgingen. Interpol mutmaßte, dass in den letzten zehn Jahren über tausend Straftaten auf das Konto der Rosenschwert-Bande gingen. Je weiter man in der Vergangenheit herumstöberte, desto mehr wurden es.

Seit sechs Monaten widmete Tom Tanaka sich ausschließlich diesem Verbrecherring. Inzwischen empfand er jedes Medaillon beinahe als Verhöhnung, als persönliche Beleidigung. Als

Fingerzeig auf seine eigene Unfähigkeit. Vor acht Wochen aber war ihm der Zufall zu Hilfe gekommen. Ein neugieriges Zimmermädchen in einem Teheraner Hotel hatte bemerkt, dass sich im Gepäck eines Gasts ein auffälliges Medaillon befand. Die Angestellte besah sich das Schmuckstück genauer und erinnerte sich daran, dass sie die Gravur schon einmal als Abbildung in der Zeitung gesehen hatte – im Zusammenhang mit einem Polizeibericht. Also hatte sie Meldung erstattet. Auf diese Weise war Tom Tanaka auf Lara Mosehni aufmerksam geworden. Seitdem folgte er ihr auf Schritt und Tritt in der Hoffnung, dass sie ihn zu ihren Komplizen führe.

Genau das hatte sie dann auch getan, davon war Tanaka überzeugt. Leighley Castle war die Zentrale, und Layoq Enterprises der Deckname der Rosenschwert-Bande. Leider lag die Burg nun in Schutt und Asche.

Tanaka vermutete, dass die Zerstörung des alten Gemäuers ein Vergeltungsschlag gewesen war, verübt von jemandem, der mächtig sauer auf Layoq war. Aber offenbar waren nicht alle Bandenmitglieder ums Leben gekommen, denn schon zwei Tage nach dem Anschlag hatte Tanaka einen Anruf von seinem Verbindungsmann in Isfahan erhalten und erfahren, dass Lara Mosehni wieder in ihrer Wohnung aufgetaucht sei. Mehr noch: Sie habe angefangen, Interpol hinterherzuschnüffeln. Daraufhin war Tanaka in den Iran gereist, um die Beschattung der Frau fortzusetzen – noch vorsichtiger als beim letzten Mal. Heute Morgen war er ihr dann nach Saudi Arabien gefolgt. Und nun folgte er ihr in einem alten Ford.

Sein Handy klingelte. Er zog es aus seinem Umhang und warf einen Blick aufs Display, das die Nummer der Zentrale in Lyon anzeigte. Er nahm das Gespräch an.

»Hier Tanaka. Was gibt's?«

Pierre Dumont war am Apparat, Tom Tanakas Chef. »Es geht um das Bild, das Sie uns vorhin geschickt haben. Miserabler Schnappschuss.«

»Was hätte ich tun sollen? Den Typen am Flughafen bitten, einen Moment stillzuhalten und freundlich zu lächeln?«

»Müssen Sie alles persönlich nehmen, Tanaka? Ich wollte damit nur sagen, dass ein besseres Bild ein schnelleres Ergebnis ermöglicht hätte. Aber wir haben den Kerl dennoch identifizieren können. Er heißt Emmet Garner Walsh. Fünfundfünfzig Jahre alt, ein Meter dreiundachtzig groß. Geboren in Edinburgh. Geschäftsmann. Laut Polizeiakte ein ziemlich unbeschriebenes Blatt. Wir haben nur deshalb etwas über ihn herausgefunden, weil er vor acht Jahren am Londoner Flughafen festgenommen wurde. Hatte ein Gewehr bei sich, das zwar vom Detektor nicht erkannt worden war, aber bei einer spontanen Gepäckdurchsuchung zum Vorschein kam. Walsh hatte ein Ticket nach Moskau in der Tasche. Behauptete, er wolle von dort aus weiter nach Archangelsk in Sibirien, zur Jagd auf Rentiere. Natürlich klang das verdächtig, aber niemand konnte ihm etwas anderes nachweisen. Außerdem hatte er einen Waffenschein und eine Jagdlizenz der Moskauer Behörden in der Tasche. Deshalb ließ man ihn laufen.«

Tanaka bemerkte, dass der Abstand zu dem verfolgten Wagen sich vergrößert hatte, und überholte einen Lkw, um wieder aufzuschließen. Der Motorenlärm, der durchs offene Fenster drang, übertönte Dumonts Handy-Stimme.

»Können Sie das bitte wiederholen?«, fragte Tanaka, nachdem er sich wieder in seine Spur eingereiht hatte. »Alles ab der Moskauer Jagdlizenz. Hier war es so laut, dass ich nichts verstehen konnte.«

»Dann haben Sie das Beste verpasst. Ich sagte, dass Walsh Geschäftsführer von Layoq Enterprises und Besitzer von Leighley Castle ist. Mit anderen Worten: Er ist mit ziemlicher Sicherheit der Kopf der Rosenschwert-Bande!«

Tanaka dachte fieberhaft nach. Jemand hatte sich bei der Zerstörung der schottischen Burg viel Mühe gegeben. Was, wenn es sich dabei gar nicht um einen Vergeltungsschlag gehandelt hatte, sondern um einen Bluff? Vielleicht waren nicht nur Lara Mosehni und Emmet Walsh noch am Leben, sondern *alle*? Er berichtete Dumont von seinem Verdacht.

»Sie meinen, diese Leute haben geahnt, dass wir ihnen auf der Spur sind, und daraufhin ihre Burg zerbombt, um Beweise verschwinden zu lassen?«

»Nicht nur wegen der Beweise. Auch um ihren eigenen Tod vorzutäuschen und so dem Gesetz zu entgehen. Walsh und die anderen wussten, dass es Monate dauern wird, bis Interpol sich durch den verkohlten Trümmerhaufen gearbeitet hat – Zeit genug, alle notwendigen Vorkehrungen zu treffen, um Interpol wieder abzuhängen.«

Nach einer kurzen Pause sagte Dumont: »Ich möchte, dass Sie in Jeddah ein Team zusammenstellen, das Walsh und Mosehni rund um die Uhr überwacht. Wenn Ihre Theorie mit dem Bluff stimmt, werden die beiden sich vermutlich mit den anderen Bandenmitgliedern treffen. Ich will Fotos von allen, die verdächtig erscheinen. Ich will wissen, mit wem sie telefonieren und worüber sie sich unterhalten. Vor allem will ich wissen, was sie in Saudi Arabien zu suchen haben.«

»Wer ist unser Kontaktmann in Jeddah?«, fragte Tanaka.

»Jussuf Ishak. Nachrichten- und Überwachungstechniker. Seit sieben Jahren bei Interpol. Haben Sie etwas zum Schreiben?«

»Ich sitze im Auto.«

»Dann schicke ich Ihnen seine Adresse und Telefonnummer per SMS.«

»Einverstanden.« Tanaka beendete das Gespräch und trat aufs Gas, weil der Mercedes, den er verfolgte, schon wieder Vorsprung gewonnen hatte.

Emmet und Lara erreichten das Jeddah Sheraton Hotel an der North Corniche, direkt an der Uferpromenade der Metropole mit ihren 1,5 Millionen Einwohnern. Emmet parkte den

Mercedes in der Tiefgarage, und Lara checkte ein. Eine Viertelstunde später trafen sie sich in Emmets Zimmer.

»Hast du die Unterlagen über Assad dabei?«, fragte Emmet.

Lara tippte auf eine Ledermappe, die sie unter dem Arm trug. »Du warst nicht der Einzige, der sich die Nacht um die Ohren geschlagen hat«, sagte sie. »Auch ich war fleißig.«

Sie setzten sich an den Tisch, und Lara erzählte, was sie herausgefunden hatte. »Faruq al-Assad. Achtundsiebzig Jahre alt. Ölmulti. Aber wie die meisten reichen Saudis hat auch er sein Vermögen in die verschiedensten Branchen investiert. Banken, Hightech-Unternehmen, Pharmaindustrie, Waffenproduktion – alles, was zukunftsträchtig erscheint. Genaueres war übers Internet auf die Schnelle nicht herauszubekommen.«

»Nicht so wichtig«, sagte Emmet. »Wenn nötig, können wir uns später immer noch einen exakteren Überblick über seine Beteiligungen verschaffen.«

Lara nickte und fuhr fort: »Früher gehörte Assad zum Jetset, vor allem in den Siebzigern und Achtzigern. War praktisch überall auf der Welt zu luxuriösen Galas und Dinnerpartys eingeladen. Vor rund zwanzig Jahren änderte sich sein Verhalten von einem Tag zum anderen. Angeblich hatte er damals einen Herzinfarkt. Seitdem lebt er völlig zurückgezogen in seinem Palast in al-Quz, etwa vierhundert Kilometer südlich von hier, nicht weit von der Rotmeerküste entfernt, am Fuß der Tihamat-as-Sam-Berge.«

Sie schob Emmet ein paar Fotos über den Tisch, die sie im Internet gefunden und ausgedruckt hatte. Er nahm sie in die Hand und betrachtete sie.

Im Vordergrund des ersten Bildes waren die Hausdächer von al-Quz zu sehen, daran anschließend – am Stadtrand – der Palast. Vor dem Hintergrund der Berge wirkte er beinahe so trutzig wie Leighley Castle, umso mehr, als die Nachmittagssonne harte Schatten warf. Das nächste Foto, eine Aufnahme aus der Nähe, relativierte den Eindruck. Die zinnenbewehrten Türme und Mauern schienen zwar durchaus zur Verteidigung geeignet, doch der Palast an sich wirkte wie ein Prunkbau aus 1001 Nacht. Die Fassade war mit verschwenderischen Ornamenten besetzt, sämtliche Fenster mit Ziergittern bestückt. Links und rechts des Gebäudes ragten imposante Türme mit zwiebelförmigen Kuppeldächern in den Himmel.

Das nächste Bild zeigte den Garten hinter dem Palast, der mindestens die Größe dreier Fußballfelder einnahm. Hübsch angelegte Wege führten vorbei an Brunnen, Wasserspielen und einer Fülle an exotischen Bäumen, Sträuchern und Blumen.

»Assad hat Geschmack, das muss der Neid ihm lassen«, sagte Emmet.

»Ja, aber der Pomp muss ihn ein Vermögen gekostet haben. Anfang der Siebzigerjahre ließ er die komplette Anlage von einem gewissen Omar Larbi entwerfen und errichten, eine Art Star-Architekt im Nahen Osten. Später hat Larbi für ihn mehrere Umbauten vorgenommen, beispielsweise ein Labor, das sich unter dem Garten befinden soll. Besser gesagt ein Aquarium. Da soll Assad seiner Lieblingsbeschäftigung nachgehen, der Erforschung von Meerestieren, vor allem von Kraken.«

»Auf seiner Jacht wehte eine Oktopus-Flagge«, sagte Emmet. »Offenbar steht er auf diese Tiere.«

Er betrachtete das nächste Bild: das Porträt eines etwa sechzigjährigen Mannes, dessen schlohweißes Haar straff zurückgekämmt war. Obwohl seine Mundwinkel leicht nach oben zeigten, schien er nicht zu lächeln, denn seine Augen wirkten kalt. Wie tot.

»Wer ist das?«, fragte Emmet. »Doch nicht etwa Assad?«

»Nein. Von Assad wurden in den letzten zehn Jahren gar keine Fotos mehr gemacht«, entgegnete Lara. »Auch keine Filmaufnahmen. Der Typ auf dem Bild heißt Goldmann. Doktor Amadeus Goldmann. Ein Arzt aus Luxemburg, der sein Land verlassen hat, nachdem er wegen irgendeines Skandals in die Schlagzeilen geraten war. Er ist so etwas wie Assads wissenschaftlicher Leiter.«

Emmet blickte weiterhin das Bild an und schüttelte den Kopf. »Ein luxemburgischer Arzt, der für einen arabischen Ölscheich Versuche mit Kraken durchführt? Wer soll daraus schlau werden?«, stöhnte er.

35.

Natürlich wussten Emmet und Lara nicht, ob Anthony Nangala noch am Leben war. Dasselbe galt für die Dorfbewohner aus Wad Hashabi. Emmet hatte gesehen, wie sie an Bord von Scheich Assads Jacht unter Deck getragen worden waren – schlaff, scheinbar leblos. Aber da auch die Möglichkeit bestand, dass sie nur betäubt worden waren, wollten Emmet und Lara keine unnötige Zeit verlieren. Je schneller sie handelten, desto größer die Chance, die Entführten zu retten – da waren sie sicher.

Also beschlossen sie, arbeitsteilig vorzugehen. Emmet wollte einen alten Bekannten aufsuchen, einen Waffenschieber namens Gamoudi, der möglicherweise herausfinden konnte, wohin man die Entführten gebracht hatte. Bei ihm wollte Emmet sich auch gleich ein Angriffsarsenal für eine etwaige Befreiungsaktion reservieren. Damit die Informationen und Waffen später rasch bezahlt werden konnten, wollte Emmet anschließend einer hiesigen Bank einen Besuch abstatten.

Lara sollte unterdessen die örtliche Bibliothek nach weiteren Informationen über Scheich Assad durchforsten. Sie hatte zwar bis zu ihrem zehnten Lebensjahr in Persien gelebt, doch ihr Vater war Araber gewesen, daher beherrschte sie auch diese Sprache nahezu perfekt.

Schon auf dem Spaziergang ins Stadtzentrum beschlich sie das Gefühl, beobachtet zu werden. Mehrmals blieb sie an Schaufenstern und Auslagen stehen, um sich unauffällig umzusehen, doch sie konnte keinen Verfolger ausmachen.

In der Bücherei durchstöberte sie die archivierten Zeitungen. Sie ließ sich auch die Mikrofiche-Aufzeichnungen sämtlicher Artikel geben, in denen Scheich Faruq al-Assad erwähnt wurde. Aber sie bekam nicht sehr viel mehr heraus, als sie ohnehin schon wusste.

Allerdings fiel ihr ein Mann auf, der am anderen Ende des Lesesaals mit dem Gesicht zu ihr saß. Er war etwa Mitte zwanzig und wirkte auf Lara wie ein typischer arabischer Student. Auf seinem Tisch stapelten sich mindestens ein Dutzend Bücher. Der Wälzer in seiner Hand war so dick, als enthielte er das komplette Wissen der Welt.

Lara beobachtete den Studenten eine Zeit lang aus dem Augenwinkel und stellte fest, dass er ihr immer wieder verstohlene Blicke zuwarf. Zunächst glaubte sie, dahinter stecke nur das natürliche Interesse eines hormongesteuerten jungen Mannes – immerhin war sie nur ein paar Jahre älter als er und nicht gerade die Hässlichste. Doch nach einer Weile bemerkte sie, dass der vermeintliche Student gar nicht in seinem Buch blätterte. Er saß einfach nur da, starrte in die aufgeschlagenen Seiten und linste gelegentlich zu ihr herüber.

Da Lara ihre Recherchen ohnehin abgeschlossen hatte, entschied sie sich zu einem Stadtbummel. Dabei würde sie ausreichend Gelegenheit haben, den Studenten abzuschütteln, falls er sie weiter bespitzelte.

Während sie durch Jeddahs belebtes Zentrum schlenderte, fiel ihr der junge Mann tatsächlich wieder ins Auge. Er ging scheinbar ziellos auf der gegenüberliegenden Straßenseite, doch jedes Mal, wenn Lara vor einem Laden stehen blieb, tat er es ihr gleich; sobald sie weiterging, setzte auch er seinen Weg fort.

Lara kaufte sich an einem Obststand einen Apfel und aß ihn, während ihr unzählige Fragen durch den Kopf schossen. Wer war der junge Kerl, und in wessen Auftrag spionierte er ihr nach? Hatte Interpol wieder ihre Spur aufgenommen? Oder gehörte der Bursche zu Assads Leuten? Wie war er trotz aller Vorsichtsmaßnahmen auf sie aufmerksam geworden? Und wurde Emmet ebenfalls beschattet?

Lara benötigte ein paar Antworten.

Sie setzte sich in den nächstbesten Bus und stellte zufrieden fest, dass der junge Bursche ebenfalls zustieg. Er drängelte sich durch den Mittelgang und wählte einen Platz irgendwo hinter ihr, sodass er sie nicht aus den Augen verlieren konnte.

Nach zwanzig Minuten erreichte der Bus den südlichen Stadtrand. Hier standen die Häuser nicht mehr dicht an dicht; dafür prägten große, schmucklose Wohnsilos und verwahrloste Freiflächen das Bild. Als der Bus an einer Haltestelle neben einem Rohbau hielt, stieg Lara aus. Ohne sich nach ihrem Schatten umzudrehen, schlenderte sie um den Block, während sie unauffällig die Baustelle inspizierte. Das Areal wirkte verlassen; niemand schien heute zu arbeiten.

Lara schlüpfte durch eine der zahlreichen Lücken im Zaun, passierte das freie, von spärlichem Gestrüpp bewachsene Gelände und betrat den Rohbau. Hier war es schattig und angenehm kühl, verglichen mit der schweißtreibenden Hitze des Tages. Außerdem würde hier vermutlich bis morgen niemand auftauchen. Es war der ideale Ort für eine Befragung unter vier Augen.

36.

Sergej Ljuschkin maß stattliche ein Meter zweiundneunzig und hatte einen Rumpf wie eine Regentonne. Sein Gesicht wirkte fleischig, war aber dennoch scharf geschnitten, und seine Hände waren groß wie Bärenpranken. Um sein Äußeres weniger bedrohlich erscheinen zu lassen, kleidete Ljuschkin sich stets in elegante schwarze Anzüge – Boss, Armani, Zegna. Schwarz machte optisch schlank, außerdem unterstrich es seinen hellen, beinahe rötlich schimmernden Teint. Schwarz machte ihn menschlicher und dadurch vertrauenswürdiger. Und das wiederum war gut fürs Geschäft.

Ljuschkin war der Inbegriff des modernen russischen Selfmademans. Nach dem Zerfall der ehemaligen Sowjetunion in die GUS-Staatengemeinschaft war er einer der Ersten gewesen, der die Vorteile der Marktliberalisierung für sich entdeckte. Angefangen hatte er 1992 mit dem Import billiger Autos aus dem Westen. Heute, mit dreiundvierzig Jahren, konnte er mit Fug und Recht von sich behaupten, zu den oberen Zehntausend des Landes zu gehören. Er dirigierte ein Imperium, das sich übers ganze Land von Moskau bis nach Wladiwostok erstreckte. Vom Autoverkauf war er längst abgekommen. Bereits seit Mitte der Neunzigerjahre befasste er sich nur noch mit der Herstellung hochmoderner medizinischer Geräte: Computertomographen, 3D-Ultraschall, Mikrosonden. Eine wahre Goldgrube.

Sergej Ljuschkin stellte sein Champagnerglas auf den kleinen polierten Mahagonitisch, ließ sich in die edle Ledergarnitur sinken und warf einen Blick aus dem Seitenfenster seines Learjets. Die dichte Wolkendecke unter ihm sah aus wie ein Meer aus Watte, ein weicher, weißer Teppich, der kein Ende zu nehmen schien. Hier oben wirkte alles ruhig und friedlich, unter dem Wolkenband jedoch tobte vermutlich ein Unwetter.

Ljuschkin drückte einen Knopf auf einer Konsole, die in die Seitenwand eingelassen war. »Wo sind wir gerade, Vladimir?«

»Ungefähr vierhundert Kilometer südöstlich von Ankara«, drang die Stimme des Piloten aus dem Lautsprecher. »Wir werden bald die syrische Grenze erreichen. Die Hälfte des Flugs haben wir noch vor uns, Gospodin Ljuschkin.«

»Danke, Vladimir.«

Er ließ den Knopf los und nippte noch einmal am Champagner. Dann griff er wieder zu seinem Buch, das er bis dahin gelesen hatte. *Die Kunst der Alchimie.* Er kannte es bereits. In seiner Kindheit hatte er es mit Begeisterung verschlungen, mehrmals sogar. Bis zum heutigen Tag übte es eine anhaltende Faszination auf ihn aus, umso mehr, als der jahrhundertealte Traum der Alchimisten nun endlich Wirklichkeit zu werden schien. Und er, Sergej Aleksejowitsch Ljuschkin, hatte Anteil daran.

Schmunzelnd dachte er an die vielen Menschen, mit denen er im Lauf seines Lebens über sein Faible für Alchimie gesprochen hatte. Seine Eltern, seine Lehrer, seine Freunde und Bekannten. Kaum jemand hatte ihn ernst genommen; die meisten hatten ihn sogar belächelt und – mehr oder weniger ernst – als Spinner bezeichnet. Aber was wussten sie schon? Sie gaben sich noch nicht einmal die Mühe, das Wesen, den *Geist* der Alchimie zu begreifen. Sie glaubten, was alle glaubten: dass Alchimie nichts anderes sei als das Bestreben, ein Verfahren zur künstlichen Goldgewinnung zu entdecken. Doch damit reduzierten sie ein vollständiges philosophisches Konzept auf einen Teilaspekt. Bei der Alchimie ging es nicht nur um die

Umwandlung unedler Metalle in Gold, sondern um die Veredelung *aller* Dinge auf Erden.

Auch die des Menschen.

Natürlich war die alte Alchimisten-Lehre ein wenig angestaubt, das sah sogar Sergej Ljuschkin ein. Ihr zufolge musste die so genannte *materia prima*, der Urstoff, in einem besonderen Glasbehälter erhitzt werden, um daraus in insgesamt sieben Stufen das Endprodukt zu bilden – den Stein der Weisen, aus dem wiederum das Elixier des Lebens gewonnen werden konnte. In Ljuschkins Buch standen Sätze wie: *So wandelt sich die materia prima zum Merkurialwasser, um in der nächsten Stufe im Bauch der Erde vergraben zu werden.* Oder: *Gelingt die Reduktion, so rötet sich die Materie in der fünften Stufe und wütet als roter Drache gegen sich selbst, bis sie sich zu Blut verwandelt.* Es war also nicht weiter erstaunlich, dass die Alchimisten vergangener Zeiten oft im Ruf der Scharlatanerie standen.

Doch die moderne Wissenschaft hatte das Wunder Wirklichkeit werden lassen. Zwar gab es keine sieben Stufen, keine *materia prima*, kein Merkurialwasser und keinen roten Drachen. Doch in der Nachricht, die er gestern Morgen von seinem Freund Amadeus Goldmann erhalten hatte und die sich nun sauber zusammengefaltet in der Innentasche seines Jacketts befand, stand wörtlich: *Die siebte Stufe ist erreicht. Das Elixier wirkt!* Allein darauf kam es an.

Sergej Ljuschkin spürte, wie sich vom Magen ausgehend eine angenehme Wärme in seinem Körper ausbreitete. Es war nicht der Champagner, der dieses Gefühl bei ihm auslöste, sondern Vorfreude.

37.

Emmet Walsh hatte Schwierigkeiten, den Kontakt zu Hassan Gamoudi herzustellen. Gamoudi war der Kopf eines Waffenschieberrings, der von saudi-arabischem Boden aus den Iran, den Irak, Pakistan und Afghanistan belieferte. Damit trug er natürlich eine Mitverantwortung an vielen Problemen dieser Regionen – den ständigen Unruhen, den Schusswechseln, den Kriegen. Deshalb war seine Organisation irgendwann auf der Liste der Ordensgemeinschaft gelandet. Doch nach eingehenden Diskussionen auf Leighley Castle hatte man beschlossen, Hassan Gamoudi nicht das Handwerk zu legen, sondern stattdessen mit ihm zu kooperieren. Man könne der Gerechtigkeit auf Dauer einen größeren Dienst erweisen, wenn man schnell und unkompliziert an Waffen herankäme, so die einhellige Meinung. Man war bereit, ein kleines Übel in Kauf zu nehmen, um andere, gravierendere Übel besser bekämpfen zu können.

Seitdem hatte Emmet schon mehrmals mit Gamoudi zusammengearbeitet. Bereut hatte er es nie. Es gab kaum etwas, das der Araber nicht besorgen konnte, zur Not auch einen Panzer oder eine Boden-Luft-Rakete, wenn der Preis stimmte und er genügend Vorlaufzeit hatte. Kurz, Gamoudi war ein durch und durch verlässlicher Geschäftspartner.

Das einzige Problem bestand darin, ihn zu finden, denn da es immer irgendwelche Leute gab, die ihn aus dem Weg räumen wollten – Polizei, Geheimdienste, konkurrierende Waffenschieberringe –, war er die meiste Zeit untergetaucht. Emmet wusste nicht einmal mit Sicherheit, ob Gamoudi noch in Jeddah lebte, aber irgendwo musste er schließlich mit seiner Suche anfangen. Also stattete er ein paar alten Bekannten Besuche ab. Einer von ihnen, der Besitzer einer schäbigen kleinen Garküche, führte ihn in ein Hinterzimmer, in dem es nach Öl und Schweiß stank. Dort stand ein Telefon. Der Garküchenbesitzer verschwand wieder, vermutlich, um selbst ein paar Anrufe zu tätigen. Fünf Minuten später klingelte es. Emmet nahm den Hörer ab. Am anderen Ende der Leitung meldete sich Hassan Gamoudi höchstpersönlich.

Emmet gab ihm eine Liste jener Dinge durch, die er zwar nicht sofort, aber vielleicht schon sehr bald benötigte. Gamoudi sagte, er habe alles Gewünschte auf Lager oder könne es binnen weniger Stunden auftreiben. Dafür verlangte er vier Millionen US-Dollar, zahlbar bei Abholung. Nach einigem Schachern einigten sie sich auf die Hälfte.

Emmet hatte noch eine zweite Bitte. »Können Sie sich ein wenig für mich umhören?«, fragte er. »Ich brauche eine Information.«

»Um welche Art von Information handelt es sich?«, fragte Gamoudi am anderen Ende der Leitung.

»Ich will wissen, in welchem Hafen eine Jacht namens *Harmattan* vorletzte Nacht angelegt hat. Sie gehört einem Scheich namens Faruq al-Assad und kam aus Aqiq, ein Fischerdorf an der sudanesischen Küste. Außerdem muss ich wissen, wohin die Ladung gebracht wurde.«

»Gut möglich, dass ich Ihnen weiterhelfen kann«, sagte Gamoudi. »Aber das wird Sie zusätzliche hunderttausend Dollar kosten.«

Natürlich war der Preis hoffnungslos überteuert, doch Emmet stand nicht mehr der Sinn nach Schachern. »Ich gebe Ihnen das Doppelte, wenn Sie die Informationen bis morgen Abend besorgen, Hassan«, sagte er. »Zweihunderttausend Dollar. Wie hört sich das an?«

»Fair«, entgegnete Gamoudi. »Sehr fair sogar. Wir sind im Geschäft. Ich melde mich bei Ihnen, sobald ich etwas weiß.«

Emmets nächste Station war die Hauptniederlassung der Saudi Cairo Bank im Finanzviertel von Jeddah. Er passierte die Drehtür unter den fetten, goldglänzenden Lettern des Eingangsbereichs, ließ den Straßenlärm und die Hektik des aufkommenden Feierabendverkehrs hinter sich und betrat eine weitläufige, klimatisierte Halle aus Marmor und Glas. Noch während Emmet versuchte, sich einen Überblick zu verschaffen, kam eine Bedienstete auf ihn zu und fragte ihn nach seinem Anliegen. Kurz darauf saß Emmet in der Lobby der Chefetage.

Ein Mann in Anzug und glänzenden Lackschuhen kam aus einer Tür, um Emmet zu begrüßen. Er stellte sich als Tarek Faqih vor, trug eine schmale Brille auf der Habichtnase und hatte einen sorgfältig gestutzten Oberlippenbart. In seinem Jackett steckte ein zur Krawatte passendes Seidentuch mit Paisleymuster.

Im Büro wiederholte Emmet, weshalb er hierher gekommen war: um drei Millionen US-Dollar von der Schweiz nach Saudi Arabien zu transferieren. Gut zwei Millionen für Gamoudis Dienste, den Rest als Puffer. Den Verwendungszweck für das Geld behielt er natürlich für sich.

Trotz der ansehnlichen Summe verzog der Bankier keine Miene. Offenbar war er im Land des Öls an Transaktionen dieser Größenordnung gewöhnt. Nachdem er die unvermeidlichen Formalitäten erledigt hatte, geleitete er Emmet wieder in den Wartebereich und erklärte, er werde das Geld aus dem Tresor heraufholen lassen, sobald die Crédit Suisse die Überweisung bestätigt habe. Von seiner Sekretärin ließ er Emmet eine Tasse Tee, ein Schälchen Datteln und ein paar englischsprachige Zeitschriften bringen.

Emmet hatte den Tee gerade ausgetrunken, als Faqih wieder

aus seinem Zimmer kam. Sein Gesicht wirkte so ausdruckslos wie zuvor.

»Mister Fitzgerald«, sagte er. »Würden Sie bitte noch einmal mitkommen? Ich fürchte, es gibt da ein paar Schwierigkeiten mit dem Geldtransfer.«

»Schwierigkeiten? Aber ...«

»Bitte, besprechen wir das lieber in meinem Büro, Sir.«

Emmet erhob sich aus dem weichen Ledersofa und folgte Faqih über den roten Teppich in sein Zimmer.

»Ich bin sicher, es handelt sich lediglich um einen Irrtum«, begann Faqih, nachdem sie Platz genommen hatten. »Aber Mister Felmy von der Crédit Suisse hat mich soeben zurückgerufen. Er sagt, das von Ihnen angegebene Konto existiert nicht.«

Emmet war verwirrt. Von den vielen Bankverbindungen des Ordens kannte er nur eine einzige auswendig – die des Hauptkontos bei der Crédit Suisse. Schon unzählige Male hatte er von dort aus Geld in die entlegensten Regionen der Welt überwiesen. Nie hatte es irgendwelche Probleme gegeben. »Sind Sie sicher, dass bei der Übermittlung der Kontonummer kein Fehler aufgetreten ist?«, fragte er.

»Selbstverständlich. Ich habe es bereits überprüft, Sir.«

»Aber das Konto muss existieren! Dürfte ich von hier ein Telefonat in die Schweiz führen? Ich möchte gerne selbst mit Mister Felmy sprechen. Er kennt mich. Ich bin sicher, die Angelegenheit wird sich im Handumdrehen klären.«

Der Bankier drückte den Knopf der Gegensprechanlage und bat seine Sekretärin, ihn nochmals mit der Crédit Suisse zu verbinden. Kurz darauf klingelte das Telefon, und über den Lautsprecher ertönte Anton Felmys blecherne Stimme.

»Es tut mir sehr Leid, Mister Fitzgerald«, erklärte er. »Aber wie ich bereits Mister Faqih sagte, existiert in unserem Haus kein Konto mit dieser Nummer. Genauer gesagt, es existiert nicht *mehr*.«

»Was wollen Sie damit sagen?«

»Dass es aufgelöst wurde. Gestern, um genau zu sein.«

Emmet verstand die Welt nicht mehr. Auf diesem Konto lagerte ein Vermögen im Wert von einer halben Milliarde Dollar – Geld, das sich im Laufe mehrerer Jahrhunderte angesammelt hatte. Und jetzt war dieses Konto von einem Tag auf den anderen aufgelöst worden?

»Von wem?«, fragte er.

»Das kann ich Ihnen nicht sagen.«

»Mister Felmy! Hier geht es um eine ungeheure Summe! Also kommen Sie mir ja nicht mit Ihrem Bankgeheimnis!«

Doch der Schweizer ließ sich die Antwort nicht entlocken. Emmet blieb im Moment nichts anderes übrig, als sich damit abzufinden.

Zurück auf der Straße wich der anfängliche Schock allmählich wieder dem nüchternen Verstand. Außer Emmet selbst gab es bestenfalls noch zwei Menschen auf diesem Planeten, die ermächtigt waren, über das Schweizer Konto zu verfügen. Lara Mosehni und Anthony Nangala. Beide waren über jeden Zweifel erhaben, und Emmet vertraute ihnen blind.

Und die anderen Ordensmitglieder lagen unter den Trümmern in Leighley Castle begraben.

Dennoch hatte jemand das Konto aufgelöst und sich 500 Millionen Dollar unter den Nagel gerissen. Aber wer?

38.

Lara Mosehni packte in aller Eile ihre Reisetasche und warf einen Blick zum Radiowecker auf dem Nachttisch. 17 Uhr 19. Emmet sollte schon seit knapp zwanzig Minuten zurück im Sheraton sein, doch er hatte sich noch nicht bei ihr gemeldet.

Gegen ihren Willen verspürte sie eine gewisse Nervosität. Lara hatte den jungen Burschen aus der Bibliothek auf der verwaisten Vorstadt-Baustelle zwar überwältigen und befragen können, doch er hatte hartnäckig geschwiegen. Lara wusste nicht, was er von ihr gewollt hatte oder für wen er arbeitete. Aber sie war sicher, dass er ihr schon vom Hotel aus in die Bibliothek gefolgt war. Und wenn *er* ihre Unterkunft kannte, gab es gewiss noch andere. Emmet und sie waren im Sheraton nicht mehr sicher. Sie mussten sich schnell und unauffällig eine neue Bleibe suchen.

Es klopfte an der Tür – endlich!

»Augenblick!«, rief Lara, stellte ihre Tasche auf dem Sofa ab und öffnete. Doch kaum hatte sie die Klinke heruntergedrückt, flog ihr auch schon die Tür entgegen – so unerwartet und heftig, dass sie gar nicht begriff, was los war. Sie taumelte zurück, sah eine verschwommene, bärtige Gestalt auf sich zustürzen und erhielt einen Schlag gegen den Solarplexus, der ihr den Atem raubte. Ihr wurde schwarz vor den Augen, und sie fiel zu Boden.

Binnen weniger Sekunden hatte der Eindringling sie gefesselt und zum Sofa geschleppt. Dann setzte er sich vor sie auf einen Stuhl und wartete schweigend, bis sie sich wieder erholt hatte.

Erst jetzt erkannte Lara das Gesicht, trotz Sonnenbrille und Vollbart. Auf der Reise nach Schottland hatte sie es an mehreren Flughäfen gesehen. Es war der Mann, dessen Spur sie in den letzten Tagen verfolgt hatte. Der französisch sprechende Japaner, der bei Hertz in Isfahan einen Wagen gemietet und Laras Wohnung von der gegenüberliegenden Straßenseite aus beobachtet hatte. Heute trug er einen blauen Arbeits-Overall, auf dem in arabischer Schrift *Battani Elektroservice* stand. Er verströmte die Kälte eines Berufskillers. Die Pistole in seiner Hand verstärkte diesen Eindruck noch.

»Mein Name ist Tom Tanaka, Spezialagent bei Interpol«, sagte er. Auch seine Stimme klang kalt. Er wirkte geradezu unheimlich. »Ich bin Ihnen schon eine ganze Weile auf den Fersen, Miss Mosehni. Oder sollte ich Sie mit Miss Macnamara oder Miss Watson anreden?«

Lara zuckte unmerklich zusammen. Der Mann kannte ihre Decknamen. Und wie sich herausstellte, wusste er auch über die Arbeit der Gemeinschaft ziemlich genau Bescheid. Was im Orden als rechtschaffen gegolten hatte, klang aus seinem Mund allerdings wie eine schier endlose Liste an Verbrechen: Hausfriedensbruch, unerlaubter Waffenbesitz, bewaffneter Raubüberfall, Gewaltandrohung, Körperverletzung, Nötigung, Totschlag. Lara wollte widersprechen, doch Tanaka schnitt ihr scharf das Wort ab. Aus irgendeinem Grund war er stinksauer auf sie, daher zog sie es vor, ihn nicht weiter zu provozieren.

»So lange Sie und Ihre Komplizen andere Kriminelle bekämpft haben, konnte ich Ihnen noch ein gewisses Verständnis entgegenbringen«, zischte er. »Aber Layoq hat den Bogen überspannt. Sie können Stierkämpfe nicht mit terroristischen Methoden bekämpfen, nur weil Ihnen diese Art von Unterhaltung missfällt. Und Sie können nicht nach Belieben Menschen töten!«

Lara erinnerte sich an den Vortrag von Rodrigo Escobar auf Leighley Castle. Daran, dass er spanische Stierkämpfer mit gezielten Schüssen in Arme und Beine kampfunfähig gemacht hatte. Und daran, dass in der daraufhin einsetzenden Massenhysterie ein Kind erdrückt worden war. Lara entsann sich auch noch ihrer eigenen Zweifel an Escobars Vorgehen. Sie selbst hatte sich nach seinem Vortrag gefragt, wie viele gerettete Stiere ein Menschenleben rechtfertigten – insofern konnte sie Tanakas Argumentation nachvollziehen. Dennoch verspürte sie das Verlangen, die Ziele und Mittel des Ordens zu rechtfertigen und gewisse Dinge ins rechte Licht zu rücken.

Mit ehrlichem Bedauern sagte sie: »Dieses Kind in Madrid, das war ein Unfall …«

Plötzlich sprang Tanaka so schnell von seinem Platz auf, dass der Stuhl nach hinten kippte. Mit einem Satz war er bei Lara; sein Gesicht war nur eine Handbreit von ihrem entfernt. Sie konnte seinen Atem und seinen Schweiß riechen. Und sie sah den blanken Hass in seinen zu Schlitzen verengten Augen.

»Ich spreche nicht von dem Kind in Madrid, das wissen Sie genau!«, herrschte er sie an. »Ich spreche davon, dass vor nicht einmal einer Stunde einer meiner Kollegen umgebracht wurde!«

Lara schüttelte fassungslos den Kopf. »Ich habe niemanden umgebracht. Ich kenne Ihren Kollegen nicht einmal.«

»Ach nein?« Tanaka kramte einen Pass aus einer Tasche. Auf dem Foto erkannte Lara den vermeintlichen Studenten aus der Bibliothek.

Ihr erster Impuls war, weiterhin alles zu leugnen, doch sie ahnte, dass Tanaka ihr nicht glauben würde. Womöglich würde sie ihn durch eine Lüge nur noch mehr in Wut versetzen. Sie entschied sich für die Wahrheit. »Ich habe ihn gefesselt und ihm ein paar Fragen gestellt, weil ich wissen wollte, für wen er arbeitet … das ist alles«, presste sie hervor.

»Leider kann ich Ihnen nicht glauben, denn der junge Mann befindet sich gerade mit durchschnittener Kehle auf dem Weg ins Leichenschauhaus!«

»Ich schwöre, ich habe ihn nicht getötet!«

Tanaka packte Lara an den Haaren und riss ihr den Kopf nach hinten. Sie wollte sich wehren, zerrte an ihren auf den Rücken gefesselten Händen, gab es schließlich aber auf. Sie rechnete mit Schlägen oder Schlimmerem. Doch Tanaka hielt plötzlich inne, als würde er in diesem Moment erst begreifen, dass er als Interpol-Beamter gegenüber einer wehrlosen Frau nicht handgreiflich werden durfte, selbst wenn sie unter Mordverdacht stand. Er ließ von Lara ab und richtete sich wieder auf. Er machte jetzt einen gefassteren Eindruck.

»Vielleicht sagen Sie die Wahrheit«, räumte er ein. »Es gibt einen Zeugen. Ein Kind, das auf der Baustelle gespielt und eine weitere Person gesehen hat. Einen Mann.« Laras aufkeimende Erleichterung wurde sofort wieder zunichte gemacht, denn Tanaka fuhr fort: »Die Beschreibung dieses Mannes passt exakt auf Ihren Begleiter – Emmet Garner Walsh alias Brian Fitzgerald. Der Kopf von Layoq Enterprises. Wenn Sie, Miss Mosehni, den Mord an meinem Kollegen nicht begangen haben, muss er es gewesen sein!«

Lara war wie vor den Kopf gestoßen. Was Tanaka behauptete, konnte nicht wahr sein! Oder etwa doch? Sie versuchte, einen klaren Gedanken zu fassen. Hatte Emmet sie als Lockvogel benutzt, um herauszufinden, ob sie beschattet wurden? War er ihr heimlich hinterhergeschlichen und hatte getan, wozu sie, Lara, nicht in der Lage gewesen war – diesen jungen Mann auf der Baustelle zu töten? Allein die Vorstellung jagte ihr Angst ein. Sie wusste, dass Emmet schon mehrere Menschen getötet hatte, aber bislang hatte er noch niemanden kaltblütig ermordet, nicht einmal diejenigen, die selbst mordeten oder Morde in Auftrag gaben. Das verstieß gegen den Ehrenkodex des Ordens. Hatte Emmet den Kodex diesmal verletzt, weil er darin die einzige Möglichkeit sah, Lara und sich zu beschützen? Sie spürte, wie ihr Magen sich verkrampfte.

Tanaka beugte sich wieder zu ihr herunter. »Ich nehme an, Sie sind ein kleiner Fisch«, raunte er. »Ein kleiner Fisch, der sich auf etwas eingelassen hat, das ihm über den Kopf wächst. Aber ob Sie wollen oder nicht – Sie hängen in dieser Sache mit drin. Sie waren zum Zeitpunkt des Mordes am Tatort. Sie haben sogar zugegeben, dass Sie meinen Kollegen dorthin gelockt, ihn überwältigt und gefesselt haben. Ich könnte Sie also verhaften und in ein Gefängnis stecken, so lange, bis dieser Fall aufgeklärt ist. Das könnte Monate oder gar Jahre dauern. Und die hiesigen Gefängnisse sind alles andere als komfortabel.«

Lara erinnerte sich nur allzu gut an ihre Zelle in Anarak. An die sieben anderen Frauen, mit denen man sie zusammengepfercht hatte. An das kleine Loch in der Ecke für die Notdurft. An die Vergewaltigungen und die anderen Misshandlungen. An die Verstümmelungen.

»Noch einmal, Miss Mosehni: *Ich glaube Ihnen.*« Tanakas Stimme klang beinahe beschwörend. »Ich kann Ihnen das Gefängnis ersparen. Allerdings nur, wenn Sie kooperieren.«

»Kooperieren?«

Tanaka nickte. »Ich will, dass Sie mir alles über Emmet Walsh erzählen, was Sie wissen. Und ich will, dass Sie Interpol helfen, ihn zu fassen.«

39.

Es war ein herrlicher Abend, der unzählige Spaziergänger auf die Uferpromenade gelockt hatte. Aber keiner von ihnen nahm Notiz von dem unscheinbaren Kleintransporter, der am Straßenrand parkte, etwa zweihundert Meter vom Jeddah Sheraton Hotel entfernt.

Im Laderaum, der von außen nicht eingesehen werden konnte, saßen Tom Tanaka und sein Kontaktmann in der Stadt, Jussuf Ishak. Beide waren umgeben von Überwachungstechnik – Tonaufzeichnungsgeräte, Abhörlautsprecher, ein Videobildschirm, Sender und Empfänger für alle möglichen Einrichtungen der modernen Telekommunikation. Der einzige Nachteil war, dass der Platz zwischen all den Apparaturen kaum für zwei Personen ausreichte. Tanaka kam sich vor wie in der sprichwörtlichen Sardinenbüchse.

Vor ihm lag auf einer kleinen Ablagefläche ein Telefonhörer. Schweigend lauschte Tanaka dem blechernen Wortschwall. Am anderen Ende der Leitung sprach Pierre Dumont, sein Chef in Lyon. Besser gesagt, er schrie. Schon minutenlang.

Tanaka bemerkte, dass er schwitzte, und drehte die Klimaanlage eine Stufe höher. Als Dumont eine Pause machte, nutzte er die Gelegenheit zu einer Gegendarstellung. Er nahm den Hörer und hielt ihn sich ans Ohr. »Dass der Junge umgebracht wurde, bedauert niemand mehr als ich, Monsieur«, sagte er. Obwohl der Ü-Wagen schallisoliert war, sprach er leise. »Aber mich trifft keine Schuld. Ishak war der einzig verfügbare Interpol-Agent in Jeddah. Um ein Team zusammenzustellen, musste ich mich an die hiesige Polizei wenden, und die hat mir zwei blutige Anfänger zugeteilt.«

»Sie hätten auf *erfahrenen* Polizisten bestehen müssen, Tanaka!«, brüllte Dumont in den Hörer. »Verdammt noch mal, warum haben Sie sich Leute aufschwatzen lassen, die frisch von der Polizeischule kommen?«

»Weil hier derselbe Personalnotstand herrscht wie bei uns.« Tanaka verteidigte sich weiter, obwohl er wusste, dass es keinen Sinn hatte. Selbst wenn er Dumont von seiner Unschuld überzeugen konnte – seinem eigenen Gewissen konnte er nichts vormachen. Nagib al-Hakim war tot, weil er, Tom Tanaka, diesen Jungen in eine Situation gebracht hatte, der er nicht gewachsen war. Denn als Leiter der Jeddah-Operation hatte Tanaka ihm den Befehl erteilt, Lara Mosehni zu beschatten.

Auch der andere junge Bursche war mit seinem Auftrag überfordert gewesen. Er hatte sich Emmet Walsh an die Fersen heften sollen, ihn jedoch schon nach zwanzig Minuten verloren, sodass jetzt niemand wusste, was Walsh im Lauf des Nachmittags getan hatte.

Dumont hat Recht, dachte Tanaka. Ich habe bei der Zusammenstellung des Teams Mist gebaut. Deshalb liegt al-Hakim jetzt mit durchschnittener Kehle in einer Kühlbox.

Die bloße Vorstellung widerte Tanaka an.

Er ließ auch noch den Rest von Pierre Dumonts Schimpfkanonade über sich ergehen und versprach, bis morgen Früh, 9 Uhr mitteleuropäischer Zeit, einen ausführlichen schriftlichen Bericht über den dramatischen Zwischenfall vorzulegen. Dann hängte er ein.

Jussuf Ishak, der Techniker, hatte Dumonts Gebrüll zwangsweise mitgehört. Nun kramte er einen Flachmann aus seiner Hosentasche und hielt ihn Tanaka auffordernd hin.

»Mein Sorgenvertreiber«, sagte Ishak grinsend. »Nehmen Sie einen Schluck. Wirkt garantiert.«

Tanaka hob abwehrend die Hand. »Danke, aber ich möchte klaren Kopf behalten, falls Walsh auftaucht oder die Frau aus dem Hotelzimmer verschwinden will.«

Er ließ den Blick über den großen Monitor in der Mitte der Überwachungskonsole wandern, doch das Bild war dasselbe wie in den letzten sechzig Minuten: Lara Mosehni, die auf ihrem Bett lag und an die Decke starrte – wie sie es unverändert tat, seit er ihr Zimmer verlassen hatte. Sie lag da, starrte ins Leere und war scheinbar mit sich und ihren Gedanken beschäftigt.

Da Tanaka im Moment ohnehin nur abwarten konnte, beschloss er, sich ein paar Notizen für seinen schriftlichen Bericht zu machen. Er ließ sich von Ishak Stift und Papier reichen und überlegte. Trotz aller Routine fiel ihm der Anfang stets am schwersten.

Nach einer halben Stunde hatte er erst ein paar Stichworte aufgeschrieben. Wenn es in diesem Tempo weitergeht, werde ich für den Bericht die ganze Nacht brauchen, dachte er. *Merde*!

Sein Blick wanderte wieder zum Monitor. Lara Mosehni hatte sich auf ihrem Bett auf die Seite gedreht. Jetzt starrte sie in Richtung Fenster.

Tanaka glaubte ihr, dass sie den Mord nicht begangen hatte. Er besaß einen Riecher dafür, wann Menschen logen und wann sie die Wahrheit sagten. Über viele Jahre hinweg hatte er seinen Instinkt geschärft und gelernt, ihm zu vertrauen. Lara Mosehni war ehrlich entsetzt gewesen, als er ihr eine Stunde zuvor die Polaroids vom Tatort gezeigt hatte. Nagib al-Hakim war nicht durch ihre Hand gestorben. Und das wiederum hieß mit an Sicherheit grenzender Wahrscheinlichkeit, dass Emmet Walsh den Mord verübt hatte. Immerhin war er ein Radikaler und schon einmal wegen Waffenbesitzes verhaftet worden. Er war der Kopf von Layoq. Und ein zwölfjähriges Kind hatte eine Täterbeschreibung abgegeben, die haargenau auf Walsh passte. Und nicht zuletzt hatte er ein Motiv: Er wollte nicht von Interpol geschnappt werden.

Tanaka seufzte. Er fragte sich, wie viele Rosenschwert-Medaillons Emmet Walsh in den letzten zwölf Monaten auf der Welt zurückgelassen hatte. Gegen wie viele Gesetze er verstoßen, wie viele Menschen er verletzt oder getötet hatte. Walsh war ein raffinierter Hund. Abgesehen von dieser Geschichte am Londoner Flughafen, bei der man durch eine Zufallskontrolle ein Gewehr in seinem Gepäck gefunden hatte, war er bei Interpol ein unbeschriebenes Blatt. Er musste eine außerordentliche Begabung dafür besitzen, Spuren zu verwischen und sich rechtzeitig aus dem Staub zu machen, sonst hätte Interpol ihn längst erwischt.

Walshs Vorsicht und seine Gefährlichkeit – in Verbindung mit der Tatsache, dass viel zu wenig geeignete Polizisten zur Verfügung standen – hatten Tanaka dazu bewogen, mit Lara Mosehni eine Vereinbarung zu treffen. Er hatte sie überredet, ihm Walsh in die Arme zu spielen und damit weiteres Blutvergießen zu verhindern. Als Gegenleistung hatte er ihr versprechen müssen, sich so lange zu gedulden, bis sie und Walsh die entführten Sudanesen gefunden und gegebenenfalls befreit hatten.

Natürlich widerstrebte es Tanaka, einen mutmaßlichen Mörder länger als unbedingt nötig frei herumlaufen zu lassen. Doch die Erwähnung von Scheich Assad hatte ihn umgestimmt. Assad stand auf der Prioritätenliste von Interpol ein gutes Stück weiter oben als Walsh und die Rosenschwert-Bande. Assad selbst hatte man in der Vergangenheit zwar nie etwas nachweisen können, doch seine privaten Söldner geizten nicht mit Brutalitäten in der Öffentlichkeit. Assads Status wegen hielten diese Kerle sich für unantastbar – was der Realität leider ziemlich nahe kam. Zudem gab es Indizien dafür, dass hinter den Mauern von Assads Palast seltsame Dinge geschahen. Beispielsweise gab es den Bericht einer achtzigjährigen Frau aus al-Quz, die behauptete, Hilferufe und gequälte Schreie aus Assads Anwesen vernommen zu haben. Da sie jedoch geistig verwirrt zu sein schien, hatte niemand ihre Aussage ernst genommen. Erst die Beobachtung eines Nomaden hatte Interpol hellhörig werden lassen: Er hatte gesehen, wie mehrere Männer in einer entlegenen Region am Fuß der Tihamat-as-Sam-Berge eine Grube aushoben und die Ladung ihres Lkws darin verschwinden ließen. Er hatte vermutet, dass es sich um Giftmüll oder radioaktiven Abfall handelte, und den Vorfall gemeldet. Bei der Untersuchung der Grube stellte sich jedoch heraus, dass es die eingeäscherten Überreste von Schafen, Ziegen und Kraken gewesen waren. Auch menschliche Knochenfragmente befanden sich darunter. Die Überprüfung des Kfz-Kennzeichens ergab, dass der Laster zum Fuhrpark von Talit Oil gehörte, einem der Unternehmen Assads. Dort aber war man auf polizeiliche Ermittlungen eingestellt gewesen, und die Spuren waren im Sand verlaufen.

An Assad selbst war nicht heranzukommen. Er hatte sich seit Jahren in seinen 1001-Nacht-Palast zurückgezogen. Und der Versuch, einen Durchsuchungsbefehl zu erhalten, war aus Mangel an Beweisen gescheitert. Vielleicht hatte Assad auch nur den Richter geschmiert.

Tanakas innere Stimme schrie ihn geradezu an, dass Assad Dreck am Stecken hatte. Doch als Polizist waren ihm die Hände gebunden. Deshalb fand er durchaus Gefallen an Lara Mosehnis Vorschlag. Je eher Assad das Handwerk gelegt wurde, desto besser. Falls Walsh gut genug war, diese Geschichte zu überleben, würde Lara Mosehni ihn an Interpol ausliefern. Falls er bei der Sache draufging, gab es einen Polizistenmörder weniger auf der Welt. Von welcher Warte aus Tanaka die Sache auch betrachtete – er konnte nur gewinnen.

Natürlich verstieß sein Deal mit Lara Mosehni gegen die Vorschriften. Pierre Dumont, sein Chef, würde ihm den Kopf abreißen, wenn er davon erfuhr. Aber Dumont war Theoretiker. In der Praxis erforderte das internationale Verbrechen eigene, spezielle Vorgehensweisen. Tanaka war lange genug dabei, um zu wissen, wie man sich wenigstens ab und zu einen Erfolg sichern konnte.

Er spürte eine Berührung am Arm. Ishak hielt ihm einen Kopfhörer hin. Er nahm ihn und streifte ihn über.

»Ich glaube, es geht los«, sagte der Techniker und startete die Tonaufzeichnung.

Ein Telefon klingelte. Auf dem Videomonitor sah man Lara Mosehni, die von ihrem Bett aufgestanden war und zu einer Kommode eilte, auf der das Telefon stand. Sie nahm den Hörer ab.

»Hallo?«

»Ich bin's.«

»Emmet?«

Kurze Pause. »Wer sonst?«

»Wo bist du?«

»In meinem Zimmer.«

»Wo hast du so lange gesteckt?«

»Komm rüber, dann erzähle ich es dir.«

Ishak drückte einen Knopf, und das Videobild wechselte. Es zeigte ein ähnliches Zimmer aus ähnlicher Perspektive, aber eine andere Person: Emmet Garner Walsh alias Brian Fitzgerald. Er hängte soeben den Telefonhörer ein und ging zur Tür, um Lara Mosehni zu öffnen.

Die beiden setzten sich an den Tisch. Walsh erzählte von seinem Treffen mit einem Waffenschieber namens Hassan Gamoudi und davon, wie lange er nach ihm hatte suchen müssen. Anschließend war er bei der Bank gewesen, um sich Geld aus der Schweiz überweisen zu lassen, aber das Konto existierte nicht mehr, was ihn ernsthaft verärgert zu haben schien – kein Wunder bei einer halben Milliarde Dollar, die ihm abhanden gekommen war.

»Was ist los mit dir?«, fragte Walsh plötzlich. »Dich scheint das alles ja ziemlich unberührt zu lassen.«

Tanaka glaubte zu erkennen, wie Lara Mosehni zusammenzuckte. Doch sie überspielte die Situation ziemlich gut. »Im Gegenteil«, sagte sie. »Ich überlege nur, wer das Geld geklaut haben könnte.«

»Das frage ich mich auch schon die ganze Zeit. Nur die Mitglieder des Ordens hatten Zugriff darauf. Aber außer uns beiden sind alle tot – abgesehen vielleicht von Anthony Nangala.«

»Du verdächtigst doch nicht etwa ihn?«

»Nein. Natürlich nicht.«

Tom Tanaka zog die Stirn kraus. Zuletzt war er davon ausgegangen, dass *alle* Mitglieder von Layoq noch lebten und dass die Zerstörung von Leighley Castle ein Bluff gewesen war, um Interpol zu entkommen. Jetzt rückte seine ursprüngliche Vermutung wieder in den Vordergrund, dass die Burg tatsächlich angegriffen worden war. Allerdings nicht von jemandem, der sich an Layoq rächen wollte, sondern von einem abtrünnigen Mitglied der Rosenschwert-Bande, der das viele Geld nicht teilen wollte.

Er nahm den Hörer ab, wählte die Nummer der Fahndungsabteilung in Lyon und bat den Kollegen am anderen Ende der Leitung, alles über einen Mann namens Anthony Nangala herauszufinden.

40.

Der Raum war klein und ungemütlich. Ein kahles Loch ohne Fenster. Nackte Betonwände, eine Pritsche mit Decke, eine Toilettenschüssel und ein Waschbecken – viel mehr gab es hier nicht. Dreimal täglich wurden ein Teller Suppe und ein Stück Brot durch eine Luke in der Tür geschoben. Die einzige Lichtquelle war eine Glühbirne an der Decke.

Anthony Nangala hockte mit angewinkelten Beinen auf der Pritsche, den Rücken zur Wand. Er fühlte sich schwach – nicht nur wegen der unfreiwilligen Diätkost, sondern auch, weil er sich in der winzigen Zelle kaum bewegen konnte. Das ständige Sitzen und die Nervenbelastung zehrten an seinen Kräften. In seiner Jugend, als er geboxt hatte, war er »der schwarze Tornado« gewesen. Heute kam er sich eher wie eine laue Herbstbrise vor.

Er starrte auf den Wasserhahn, der unablässig tropfte, seit er hier eingesperrt worden war. Anfangs hatte das monotone Geräusch ihn nicht weiter gestört, doch nach einiger Zeit hatte es ihn rasend gemacht. Jetzt wirkte es auf ihn wie das Ticken einer Uhr. Die Zeit verrann. Unaufhaltsam. Und er saß hier fest, gefangen in einem Verlies, abgeschnitten vom Rest der Welt.

Wie man ihn hierher gebracht hatte, wusste er nicht. Seine Entführer hatten ihn in New York in einen Wagen gezerrt und ihm eine Spritze verpasst. Dann war er eingeschlafen und auf der Pritsche in diesem Raum wieder erwacht.

Anschließend hatte man ihn ausgiebig befragt. Männer, die

er nie zuvor gesehen hatte, wollten wissen, was er über die Entführten aus Wad Hashabi herausgefunden habe. Aber auch an die Befragung konnte er sich allenfalls verschwommen erinnern, weil man ihm irgendwelche Mittel gespritzt hatte, die ihn gefügig machen sollten. Wahrheitsdrogen. Er hatte das Verhör wie im Delirium durchlebt.

Hoffentlich habe ich nicht zu viel verraten, dachte er.

Doch die Zweifel nagten an ihm.

Er fragte sich, wie lange er schon hier war, wie lange man ihn noch festhalten würde und vor allem, was die Entführer mit ihm vorhatten. Bislang ließ man ihn darüber im Unklaren. Verlangte man Lösegeld für ihn? Würden die Entführer ihn irgendwann wieder frei lassen? Oder war er schon so gut wie tot?

Er schreckte auf, als er ein Geräusch an der Zellentür hörte. Ein Riegel wurde zurückgeschoben, ein Schlüssel drehte sich im Schloss. Anthony Nangalas Puls beschleunigte sich. Zum ersten Mal seit Tagen öffnete sich nicht nur die Essensluke, sondern die Tür.

Sie waren zu fünft. Jeder von ihnen brachte gut und gerne zwei Zentner auf die Waage. Männer, die man als Modellathleten hätte bezeichnen können, hätte sich auf ihren Gesichtern wenigstens ein kleines bisschen Menschlichkeit gespiegelt. Doch sie bedachten Nangala mit Blicken wie aus Roboteraugen. Zwei von ihnen kamen in die Zelle und packten Nangala unter den Armen. Als er sich loszureißen versuchte, traf ihn eine Faust in die Magengrube. Danach leistete er keinen Widerstand mehr.

Die fünf Gorillas zerrten ihn durch einen langen Korridor. Links und rechts des Gangs befanden sich Türen, allesamt verschlossen. Die daran befestigten kleinen Schildchen konnte Nangala nicht lesen. Ihm stieg ein Geruch in die Nase, der ihn an ein Krankenhaus erinnerte. Aus irgendeinem Grund machte ihm das Angst.

Am Ende des Korridors blieb die Gruppe stehen. Einer von

Nangalas Begleitern drückte einen Knopf, und eine Tür schob sich summend zur Seite. Vor Nangalas Augen tat sich ein hell erleuchtetes, modernes Labor auf. Er spürte einen Ruck an den Achseln und eine Hand im Rücken, als er mit sanfter Gewalt hineinbefördert wurde.

Der Geruch nach Krankenhaus wurde stärker. In den blank polierten Chromtischen und Glasvitrinen spiegelten sich die grellen Neonröhren der Deckenbeleuchtung. Auf den Tischen standen eine ganze Reihe sauber angeordneter Laborgeräte – Mikroskope, Zentrifugen, Pumpen, aber auch zahllose Glaskolben, Petrischalen und in Holzständern lehnende Reagenzgläser. Aus einem Schrank in der Ecke ertönte ein leises Surren. Durch ein Sichtfenster erkannte Nangala einige von Rotlichtlampen beschienene Zellkulturen. Sein Blick schweifte weiter zu einer Glastür, hinter der sich ein zweites Labor befand. Mehrere Ärzte, so schien es, umstanden einen Chromtisch und nahmen eine Operation vor. Nur, dass der Patient kein Mensch war, sondern ein Schaf.

Noch während Anthony Nangala einen Sinn darin suchte, spürte er einen Stich im Arm. Er zuckte zusammen, fuhr herum und sah eine Spritze in seinem Bizeps stecken. Plötzlich begann sich das Labor um ihn zu drehen, und einen Augenblick später versank er in undurchdringlicher Schwärze.

Als er erwachte, wollte er sich mit den Händen die pulsierenden Schläfen massieren, konnte sich aber kaum bewegen. Weder die Arme noch den Kopf, noch den Rest des Körpers. Schlagartig wich seine Müdigkeit blankem Entsetzen.

Wenigstens konnte er die Lider öffnen. Hilflos irrte sein Blick durchs Zimmer. Er befand sich noch immer in dem Labor. Im Augenwinkel erkannte er sein Spiegelbild in einer Glasvitrine. Man hatte ihn mit mindestens einem Dutzend Lederriemen auf eine Art Liege geschnallt. Hand- und Fußgelenke waren getrennt gefesselt. Auch um seinen Hals lag eine Ledermanschette.

Nangala hörte ein Rascheln neben sich. Er spähte zur Seite, so gut es ging, und erblickte eine Krankenschwester. Zumindest sah die Frau so aus. Sie trug einen weißen Kittel, eine weiße Haube über dem Haar und einen Mundschutz, den sie jedoch bis zum Hals heruntergezogen hatte.

Nangala wollte etwas sagen, doch seine Zunge fühlte sich fremd und pelzig an. Nur unverständliches Gemurmel kam über seine Lippen. Wenigstens machte er die Frau damit auf sich aufmerksam. Sie drehte sich zu ihm um.

Nangala schätzte sie auf Mitte zwanzig. Sie hatte dunkle, mandelförmige Augen und feine, ebenmäßige Gesichtszüge. Sie war offenkundig Araberin – und eine überaus hübsche. Nur ihre Haut wirkte hell, beinahe durchsichtig und irgendwie krank. Vermutlich arbeitete sie schon viel zu lange in dieser Neonwelt.

Sie beugte sich über ihn, hielt ihm ein Auge auf und leuchtete ihn mit einer Taschenlampe an. Ebenso gut hätte sie ihm einen Nagel in den Kopf treiben können. Dann nahm sie sich das andere Auge vor.

»Sie würden einen erstklassigen Folterknecht abgeben«, murmelte Nangala. Allmählich legte sich das Taubheitsgefühl seiner Zunge und der Lippen.

Die Frau erwiderte nichts. Sie ging zu einem Telefon und wählte eine Nummer.

»Er ist aufgewacht«, sagte sie auf Englisch. »Seine Reflexe sind in Ordnung. Ich denke, er ist jetzt bereit für Ihren Eingriff, Doktor.« Sie hängte ein und machte sich auf den Weg zur Tür.

Anthony Nangala hatte das Gefühl, als würden seine Eingeweide zusammengequetscht. Unwillkürlich begann er zu zittern. »Was haben Sie mit mir vor?«, raunte er. Dann wiederholte er laut und verzweifelt: »Was haben Sie mit mir vor?«

Die Frau hielt inne und drehte sich um. In ihrem Blick glaubte Nangala Mitgefühl zu erkennen, aber auch Hilflosigkeit und Ohnmacht. Ihre Miene schien zu sagen: *Ich kann Ihnen nicht helfen, tut mir Leid.* Dann schlug sie die Augen nieder und eilte aus dem Labor.

Die Ungewissheit verwandelte Minuten in quälende Ewigkeiten. Anthony Nangala versuchte mit aller Kraft, sich von der Liege zu befreien, doch die Lederriemen gaben keinen Millimeter nach. Bald gab er erschöpft auf. Er sah ein, dass es aus diesem Albtraum kein Entrinnen gab.

Die Tür öffnete sich, und ein Mann in Laborkleidung betrat das Zimmer. Er war etwa sechzig Jahre alt und ging auffallend aufrecht, als hätte er einen Stock verschluckt. Sein weißes, mit Pomade zurückgekämmtes Haar glänzte im künstlichen Licht wie Eis. Sein Lächeln wirkte nur auf den ersten Blick freundlich – auf den zweiten eher überheblich, wenn nicht sogar verächtlich. Und überaus kalt. Er stellte sich als Doktor Goldmann vor.

Ein KZ-Arzt könnte nicht furchteinflößender sein, dachte Nangala.

Goldmann öffnete einen Spind und zog sich vor Nangalas Augen Kopfhaube, Mundschutz und Schuhüberstülper an. Anschließend streifte er sich dünne Latexhandschuhe über die schmalen, spinnenbeinartigen Finger.

»Sind Sie bereit?«, fragte er. Ohne die Antwort abzuwarten, schob er Anthony Nangalas Liege in den OP-Saal nebenan.

41.

Die letzten Strahlen der untergehenden Sonne tauchten den Himmel in dunkles Violett. Sergej Ljuschkin, der seinen bequemen Platz im Fond des Learjets gegen den Copilotensitz eingetauscht hatte, sah rechter Hand die spiegelglatte, bleigraue Fläche des Roten Meeres. Links daneben schloss sich eine weite, steinige Uferebene an, die kaum besiedelt war, sah man von wenigen größeren Ortschaften ab. Weiter im Osten ging die Ebene in karges Bergland über, das in der fortgeschrittenen Abenddämmerung dunkel und unheimlich wirkte.

In einiger Entfernung tauchten die Lichter von al-Quz auf. Links, am östlichen Stadtrand, erkannte Ljuschkin jetzt auch den Palast seines Freundes Assad.

Vladimir, der Pilot, gab per Funk durch, dass sie sich im Landeanflug befanden. Daraufhin begannen zwei kerzengerade Boden-Lichterketten hinter dem Palast zu blinken. Eine Viertelstunde später setzte der Learjet sanft auf Scheich Assads privatem Rollfeld auf. Ein Lotse winkte die Maschine vor den Hangar, wo bereits ein Jeep wartete, der Ljuschkin zum Palast brachte. Als er dort eintraf, waren auch die letzten Sonnenstrahlen verschwunden. Doch die Kühle, die sich mit Einbruch der Nacht über das Land legte, machte Sergej Ljuschkin nichts aus. Die strengen Moskauer Winter hatten ihn abgehärtet.

Zwei Uniformierte führten ihn die Treppen hinauf und zwischen mit wunderschönen Ornamenten verzierten Säulen hindurch ins Foyer des Palasts. Von dort ging es durch einen mit roten Teppichen und orientalischen Kunstgegenständen ausgestatteten Gang in einen erstaunlich modern wirkenden Konferenzraum.

Ein zierlicher Mann stand mit dem Rücken zu ihm. Als Ljuschkin eintrat, drehte der Mann sich um.

»Briggs, alter Junge!«, entfuhr es Ljuschkin. »Schön, Sie endlich wieder zu sehen!«

Doktor Thomas Briggs kam ihm entgegen. Sie schüttelten sich die Hände.

»Die Freude ist ganz auf meiner Seite«, sagte Briggs. Er musste zu dem Russen aufsehen, da er gut einen Kopf kleiner war. »Wie lange ist es her, dass wir uns das letzte Mal hier getroffen haben? Ein halbes Jahr?«

Ljuschkin dachte kurz nach. »Ziemlich genau acht Monate. Ich hoffe nur, dass wir diesmal mehr Erfolg haben als damals.«

Briggs' Miene verdüsterte sich. »Das hoffe ich auch«, sagte er. »Denn einem reichen Greis sein Geld abzunehmen und ihn dafür zu töten, nennt man in zivilisierten Teilen der Welt *Mord*. In meinem Sanatorium in Santa Barbara hatte ich wochenlang die Polizei.«

»Aber man konnte Ihnen nichts nachweisen«, entgegnete Ljuschkin. »Die Leiche hat Assad verbrennen und irgendwo in den Bergen verscharren lassen. Inzwischen dürfte kaum mehr etwas von ihr übrig sein.«

»Dennoch hatte ich jede Menge Scherereien. Und ich weiß nicht, wie ich der Polizei ein zweites Mal erklären könnte, dass aus meiner Klinik spurlos ein Mensch verschwindet.«

Ljuschkin legte Briggs seine prankenähnliche Hand auf die Schulter. Gemeinsam gingen sie zu einem mit Intarsien verzierten Tisch aus Rosenholz, auf dem eine Kanne Tee und ein paar Tassen standen. Ljuschkin schenkte beiden ein.

»Ich bin sicher, dass diesmal alles klappt«, sagte er. »Goldmann ist ein gewissenhafter Mann. Der erste Versuch war ein

Fehlschlag. Er hat bestimmt alles darangesetzt, dass so etwas nicht wieder vorkommt. Acht Monate sind eine Menge Zeit.« Er nippte an seiner Tasse. »Wen haben Sie uns diesmal mitgebracht?«

»Sein Name ist Bloomfield. Wayne Bloomfield. Ehemaliger Senator von Utah. Steinreich. Achtzig Jahre alt. Normalerweise würde ich ihm höchstens noch sechs bis zwölf Monate geben.«

»Der perfekte Patient für unseren Zweck«, ertönte plötzlich eine Stimme hinter ihnen. Sie drehten sich um. Im Eingang stand Scheich Faruq al-Assad. Er war kaum größer als Briggs und ebenso zierlich. Doch seine hagere Gestalt wurde durch den traditionellen arabischen Dishdash verdeckt, sodass er ein wenig stabiler wirkte. Er kam zu den beiden anderen Männern und reichte ihnen die Hand. Er ging ein wenig gebeugt, und seine Finger fühlten sich knorrig an wie die Äste einer alten Eiche. Unter seinen Augen waren dicke Tränensäcke. Dennoch machte er für einen Mann von achtundsiebzig Jahren einen jugendlichen Eindruck.

»Stimmt es, dass Doktor Goldmann das Elixier entdeckt hat?«, fragte Ljuschkin beinahe ehrfürchtig.

Assad nickte, lächelte geradezu spitzbübisch und sagte: »Allerdings, mein Freund. Das hat er.«

42.

Das Telefon klingelte. Emmet, der auf dem Bett eingenickt war, schreckte auf und warf einen Blick auf seine Armbanduhr. Kurz nach acht. Er griff nach dem Hörer.

»Ja, bitte?«

»Hier ist ein Gespräch für Sie, Mister Fitzgerald«, sagte die Dame an der Telefonannahme.

»Vielen Dank. Stellen Sie bitte durch.«

Es klickte. Dann fragte eine dunkle, rauchige Männerstimme: »Zimmer 534? Brian Fitzgerald?«

»Ja. Wer sind Sie?«

»Das tut nichts zur Sache. Ich rufe im Auftrag eines gemeinsamen Freundes an, den Sie gebeten haben, ein paar Erkundigungen einzuziehen.«

Emmet verstand. Am Apparat war ein Informant von Hassan Gamoudi, dem Waffenschieber, den er heute Mittag besucht hatte. »Hat unser Freund Informationen für mich?«

»Ja.«

»Wann kann ich diese Informationen bekommen?«

»Wann Sie wollen.«

»Geht es noch heute Abend?«

»Natürlich. Wenn Sie das Geld dabeihaben.«

Emmet ließ die Bemerkung im Raum stehen. Was er und Lara in Schottland abgehoben hatten, würde noch eine ganze Weile ihre laufenden Ausgaben decken – Hotelrechnungen, Mietwagen, Flüge. Doch um Gamoudi zu bezahlen, reichte es nicht.

Emmet überlegte. Ein Unterhändler würde die Informationen niemals auf Kredit herausrücken. Der Einzige, der diese Entscheidung treffen konnte, war Hassan Gamoudi persönlich.

»Wird unser gemeinsamer Freund bei der Übergabe dabei sein?«, fragte Emmet deshalb.

»Das weiß ich nicht.«

»Sagen Sie ihm, dass ich sehr großen Wert darauf lege.«

»Wie groß?«

»Sind 50.000 Dollar groß genug?«

»Ich werde sehen, was ich tun kann«, sagte die Rauchstimme unbeeindruckt. »Ich hole Sie in einer halben Stunde am Hotel ab. Warten Sie vor dem Haupteingang.«

»Wie erkenne ich Sie?«

»*Ich* erkenne *Sie*.«

Es klickte, und die Leitung war tot.

Lara saß auf einem Sessel und sah fern. Besser gesagt, sie starrte auf den Bildschirm. Von dem, was der Nachrichtensprecher über die neuesten Wirbelstürme am Golf von Mexiko berichtete, bekam sie kaum etwas mit. Vor ihr auf dem Tisch lag ein Zettel mit einer Telefonnummer, den Tom Tanaka ihr gegeben hatte. Unter diesem Anschluss könne sie ihn jederzeit erreichen, hatte er gesagt.

Die Frage, weshalb Emmet den jungen Interpol-Beamten auf der Baustelle getötet hatte, quälte Lara. Alles in ihr sträubte sich gegen den Gedanken, dass er ein Mörder war. Gleichzeitig wusste sie, dass Tanaka sie nicht belog. Ein Augenzeuge hatte Emmet am Tatort gesehen.

Lara war den Tränen nahe. Gewiss hatte Emmet aus gutem Grund so gehandelt, aber die Vorstellung, wie er einem Wehrlosen die Kehle durchschnitten hatte, ließ sie schaudern.

Es klopfte. Lara verstaute den Zettel mit Tanakas Telefonnummer in der Hosentasche und stand auf, um zu öffnen. Im Flur stand Emmet.

»Was ist los mit dir?«, fragte er. »Deine Augen sind rot. Hast du geweint?«

Lara schüttelte den Kopf. »Die Klimaanlage«, log sie. »Die trockene Luft bringt mich um.«

»Dann lass uns nach draußen gehen. Der Abend ist herrlich.«

»Was denn, jetzt noch?«

»Es ist erst Viertel nach acht.«

»Ich bin hundemüde ....«

Emmet bedachte sie mit einem viel sagenden Blick. »Was ist mit dir? Gehst du mir aus dem Weg?«

Lara bemühte sich um eine Miene, die besagen sollte: alles in Ordnung. Aber sie war nicht sicher, ob ihr das gelang.

»Ich bin ebenfalls müde, Lara«, sagte Emmet mit Nachdruck. »Am liebsten würde ich mich aufs Ohr hauen und eine Woche lang schlafen. Aber wir müssen mehrere gekidnappte Menschen befreien.« Er machte eine Pause; dann erzählte er von dem Telefonat. »Ich brauche deine Hilfe«, sagte er. »Jemanden, der Arabisch spricht, falls wir mit Englisch nicht weiterkommen. Außerdem kämpft es sich zu zweit besser als allein, falls es zum Äußersten kommt.«

Lara fuhr sich mit der Hand übers Gesicht. Sie fühlte sich weiß Gott nicht in der Verfassung, an Emmets Seite einem Waffenschieberring gegenüberzutreten und um Zahlungsaufschub zu bitten. Andererseits hatte Emmet Recht. Sie waren hierher gekommen, um herauszufinden, was mit Anthony Nangala und den entführten Sudanesen geschehen war.

»Also schön, ich komme mit«, sagte sie. »Ich hoffe nur, du weißt, was du tust.«

43.

Wie lange wird es noch dauern, bis Doktor Goldmann uns die Einzelheiten erklärt?«, fragte Thomas Briggs. Er saß zusammen mit Sergej Ljuschkin und Scheich Assad an einer langen Tafel und erfreute sich der Köstlichkeiten, die soeben vom Dienstpersonal des Palasts aufgetragen wurden. Der herrliche Duft von Gebratenem stieg ihm in die Nase.

»Es wird nicht mehr lange dauern«, versicherte ihm Assad. »Ich denke, er wird nach dem Essen zu uns stoßen. Er trifft nur noch einige Vorbereitungen.«

»Für die Behandlung von Senator Bloomfield?«

»Für das vielleicht wichtigste medizinische Experiment der Menschheitsgeschichte«, antwortete Assad.

Briggs konnte es kaum erwarten, endlich über den neuesten Stand der Dinge aufgeklärt zu werden, doch im Moment verdrängte der schiere Hunger die Neugier. Er ließ sich von einem Lakaien gleich mehrere Scheiben Lammfilet geben. Auch mit Beilagen geizte er nicht. Der Anblick des aufgehäuften Tellers ließ ihm das Wasser im Mund zusammenlaufen.

»Sie haben einen gewaltigen Appetit für einen Mann Ihrer Statur«, bemerkte Ljuschkin, der neben ihm saß. »Wenn Sie jeden Tag so zuschlagen, sehen Sie bald so aus wie ich, Briggs.« Er klopfte sich belustigt auf den Bauch und wandte sich Assad zu, der sein Gedeck schon wieder abräumen ließ. »Was ist mit Ihnen, Hoheit? Fasten Sie?«

»Seit meinem Infarkt lebe ich mit Bedacht. Leider gehört

auch eine strenge Diät dazu, die meine Berater mir verordnet haben.«

»Ernährungsberater? Was wissen die schon?« Ljuschkin seufzte und roch genießerisch an seinem Teller. »Die einen behaupten dies, die anderen das. Ich kann mir nicht vorstellen, dass Hungern gesund ist. Ein knurrender Magen fühlt sich jedenfalls nicht gesund an!« Er lachte, schob sich eine gehäufte Gabel in den Mund und kaute genüsslich.

Assad beobachtete ihn mit undurchsichtigem Lächeln. »Offenbar sind Ihnen die Forschungen von McCay und Comfort kein Begriff.«

»Nie gehört«, gab Ljuschkin zu.

»Die beiden erlangten mit ihren Ernährungsexperimenten einige Berühmtheit«, sagte Assad, während Ljuschkin sein nächstes Fleischstück abschnitt. »McCay ist Amerikaner. Er lehrt an der Cornell-Universität und führte unter anderem einen Versuch mit zwei Rattengruppen durch.«

»Falls Sie glauben, Sie können mir mit Ihren Schauergeschichten den Appetit verderben, täuschen Sie sich.«

Unbeirrt fuhr Assad fort: »Die eine Rattengruppe durfte über den gesamten Versuchszeitraum hinweg fressen, so viel sie wollte. Der anderen verordnete McCay eine Zwangsdiät. Sie erhielt dieselbe Menge an Proteinen, Mineralien und Vitaminen, allerdings bei stark reduzierter Kalorienzufuhr. Diese Gruppe alterte erstaunlich langsam. Selbst nach drei Jahren – das entspricht etwa hundert Menschenjahren – befanden diese Ratten sich noch in der Wachstumsphase. Erst als McCay ihnen Normalkost verabreichte, erreichten sie ihre volle Körpergröße. Sie wurden doppelt so alt wie ihre Artgenossen, und das bei bester Gesundheit. Der andere Forscher, den ich erwähnte, ein Gerontologe namens Comfort von der Universität London, führte ein ähnliches Experiment mit Mäusen durch. Er gab seinen Vergleichsgruppen zwar dieselbe Nahrung, fütterte sie aber unterschiedlich oft – die eine Gruppe täglich, die andere nur fünfmal in der Woche.«

»Lassen Sie mich raten«, sagte Ljuschkin. »Die Diät-Gruppe wurde älter.«

»Um etwa fünfzig Prozent«, antwortete Assad. »Seit ich davon weiß, halte ich mich an einen strikten Ernährungsplan: fünf Tage pro Woche esse ich kalorienarme Vollwertkost, an zwei Tagen faste ich. Ich wünschte nur, ich hätte schon viel früher damit begonnen.«

»Sie vergessen, dass Sie weder Maus noch Ratte sind. Tierversuche können nicht eins zu eins auf den Menschen übertragen werden.«

»Genetisch gesehen ist die Maus dem Menschen erstaunlich ähnlich. Nicht umsonst arbeiten viele Versuchslabors mit diesen Tieren. Aber lassen Sie sich beim Essen nicht stören. In Ihrem Alter habe ich mir über meine Gesundheit ebenfalls nicht allzu viele Gedanken gemacht.«

Briggs sah, wie Ljuschkin sich demonstrativ eine weitere Gabel in den Mund schob. Er selbst fühlte sich wie ein Raucher nach einem Vortrag über Lungenkrebs. Dann aber fiel ihm ein, dass die Diskussion über Vor- und Nachteile gewisser Ernährungsmethoden sich ohnehin schon bald erübrigen würde – vorausgesetzt, Amadeus Goldmann war tatsächlich der Durchbruch gelungen.

In der Tür erschien ein Mann mit sandfarbenem Haar, auffallend blauen Augen und kantigem Gesicht. Er trug einen eleganten Anzug, hatte aber die Ärmel bis zu den Ellbogen hochgeschoben, was ihm ein legeres Aussehen verlieh. Sein Gang und seine Bewegungen waren kraftvoll und geschmeidig.

Briggs wusste, wer der Mann war: Mats Leclerc. Vor einiger Zeit hatte Scheich Assad den Luxemburger angeheuert – auf Empfehlung von Amadeus Goldmann. Aber das machte ihn nicht sympathischer. Auf Briggs wirkte er wie eine Mischung aus Dressman und Raubtier.

Andererseits musste er zugeben, dass Leclerc gerade aufgrund dieser Ausstrahlung der perfekte Mann für seinen Job war. Er befehligte Assads private Söldnertruppe und war verantwortlich für sämtliche Sicherheitsfragen. Außerdem erledigte er die unangenehmste Aufgabe des Projekts: Er besorgte das *Material*, das Goldmann für die Forschungen benötigte. Niemand wäre geeigneter dafür gewesen als Leclerc.

Der Luxemburger ging auf Scheich Assad zu und sagte: »Ihre Gulfstream ist vor zwanzig Minuten aus Zürich zurückgekehrt, Hoheit.«

Assads Miene hellte sich auf. »Sehr gut!«, sagte er. »Dann ist unser Kreis bald komplett. Tun Sie mir einen Gefallen, Leclerc, und versuchen Sie, Doktor Goldmann zu finden. Er muss noch irgendwo im Laborbereich sein. Bitten Sie ihn, sich zu beeilen, damit er nach dem Essen die Fragen unserer Gäste beantworten kann.«

Leclerc verschwand aus dem Zimmer. Kurz darauf erschien eine Frau in der Tür.

»Da sind Sie ja schon!«, entfuhr es Scheich Assad. Er stand auf, ging der Frau ein paar Schritte entgegen und umarmte sie herzlich. »Ich bin entzückt, Sie nach so langer Zeit endlich wieder in meinem bescheidenen Domizil willkommen heißen zu dürfen. Wie war Ihr Flug? Ich hoffe, Sie hatten eine angenehme Reise.«

»Ihr Jet lässt keine Wünsche offen, Hoheit«, entgegnete sie. »Danke, dass Sie mir die Maschine zur Verfügung gestellt haben.«

Briggs ließ Ljuschkin den Vortritt, dann begrüßte er die Frau ebenfalls. Er musste zugeben, dass sie hervorragend aussah. Mit ihren vollen Lippen, dem strahlenden Lächeln und dem frischen Teint wirkte sie wie Anfang vierzig, auch wenn sie tatsächlich schon die fünfzig überschritten hatte. Sie gehörte zu dem Typ von Frauen, die auch im reiferen Alter noch mädchenhaft wirkten. Das leicht ergraute Haar und die goldumrandete Bifokalbrille änderten daran nichts.

»Donna Greenwood«, sagte Briggs mit seinem charmantesten Lächeln. »Es kommt mir vor wie eine Ewigkeit, dass wir uns das letzte Mal gesehen haben. Aber zu meiner großen Freude stelle ich fest, dass Sie sich kein bisschen verändert haben.«

Donna erwiderte sein Lächeln, doch in ihrer Miene lag ein Hauch von Bitterkeit. »Ich *habe* mich verändert, Thomas«, sagte sie. »Vielleicht nicht äußerlich, aber hier.« Sie tippte sich auf die Brust. »Tief hier drinnen hat sich etwas verändert. Ich sah meine Freunde in Schottland sterben. Ich sah aus nächster Nähe, wie sie von Trümmern erschlagen wurden oder im Feuer umkamen. Ich habe mitgeholfen, sie umzubringen. Ich hoffe nur, dass unser Projekt dieses Opfer rechtfertigt.«

44.

Lara und Emmet standen vor dem Jeddah Sheraton und blickten in beide Richtungen der North Corniche. Viele Fußgänger schlenderten über die Uferpromenade, und die Restaurants waren bis auf den letzten Platz belegt. Auf der Straße drängte sich dichter Verkehr.

Ein alter Opel Kadett hielt am Straßenrand in zweiter Reihe, und ein Mann mit einem Zigarettenstummel im Mundwinkel stieg aus. Er verharrte hinter dem Wagen, musterte Emmet und Lara einen Moment lang und nickte ihnen dann zu.

»Das muss er sein«, sagte Emmet. Er und Lara zwängten sich zwischen zwei parkenden Limousinen hindurch und stiegen ein – Lara hinten, Emmet auf dem Beifahrersitz.

»Sie haben nicht erwähnt, dass Sie in Begleitung kommen«, sagte der Mann zu Emmet, während er losfuhr.

»Sie haben nicht danach gefragt. Ist das ein Problem für Sie?«

»Für mich nicht, aber vielleicht für Gamoudi. Er mag keine Überraschungen.«

»Der Gamoudi, den ich kenne, fürchtet keine Überraschungen. Und vor einer Frau fürchtet er sich schon gar nicht«, sagte Emmet. Damit traf er genau den richtigen Ton. Der Fahrer ging nicht weiter auf Laras Anwesenheit ein.

Sie fuhren die Uferstraße ein paar Kilometer entlang und bogen dann stadteinwärts ab. Nach einer Weile sah Lara von der Rückbank aus, wie die Zigarettenkippe im Mundwinkel des Fahrers zu zucken begann.

»Ich glaube, wir werden beschattet«, sagte er mit Blick in den Innenspiegel. »Seit wir vom Hotel losgefahren sind, folgt uns ein Wagen. Wundern Sie sich also nicht, wenn es gleich ein bisschen ungemütlich wird. Ich schlage vor, Sie schnallen sich an, falls Sie es nicht schon getan haben.«

Tatsächlich trat er an der nächsten Kreuzung so heftig aufs Gaspedal, dass die Reifen kreischten; gleichzeitig riss er das Lenkrad nach rechts. Lara konnte sich gerade noch am Seitengriff festhalten, um zu verhindern, dass sie in die Ecke geschleudert wurde; dann ging der Wagen auch schon in die nächste Kurve. Mit aufheulendem Motor jagte er eine schmale Gasse entlang.

»Noch mal festhalten!«, rief der Fahrer. Lara spürte, wie die Fliehkraft sie in die andere Ecke der Sitzbank quetschte, und schrie auf.

Der Opel holperte über ein Kopfsteinpflaster, dann über einen Bordstein in eine Einfahrt. Auf einem Hinterhof hielt der Fahrer und stellte Motor und Licht ab. »Wir werden hier ein paar Minuten warten«, sagte er. »So lange, bis ich sicher bin, dass wir unsere Verfolger abgeschüttelt haben. In der Zwischenzeit sollten wir das Auto wechseln.«

Sie stiegen in einen alten Chrysler um. Eine Viertelstunde später fuhren sie vom Hinterhof. Von da an verlief die Fahrt ruhig.

Sie fuhren nach Osten stadtauswärts. Schon bald wichen die großen, verwahrlosten Industrieanlagen zu beiden Seiten der Straßen dem spärlichen Bewuchs der arabischen Wildnis. Am Straßenrand erkannte Lara ein Schild mit der Aufschrift: Mekka – 80 km. Doch schon nach etwa zehn Kilometern bogen sie nach Süden ab, in eine schmale asphaltierte Straße ohne Laternen. Zwanzig Minuten später hielten sie vor einem kleinen Bauernhof, durch dessen Fenster Licht schimmerte.

Sie stiegen aus und wurden von kühler Nachtluft in Empfang genommen. Von überall her war das Zirpen von Grillen und Zikaden zu hören. Auf einer eingezäunten Weide erkannte Lara im Mondlicht die Umrisse mehrerer Ziegen.

»Hier entlang«, sagte der Fahrer und ging auf das Bauernhaus zu, während er sich eine weitere Zigarette ansteckte. Lara und Emmet folgten ihm. Er klopfte an der Tür, woraufhin von innen ein Guckloch aufgeklappt wurde. Gleichzeitig flammte das Licht auf der Veranda auf. Im Guckloch erschien ein Augenpaar, das die Ankömmlinge aufmerksam musterte. Dann schloss das Guckloch sich wieder. Mehrere Eisenriegel wurden zurückgeschoben, und die Tür schwang auf.

Das Innere der Hütte wirkte sauber und gemütlich. Dennoch wollte sich bei Lara kein Wohlbehagen einstellen, denn die sieben Männer, die sie nun umringten, sahen alles andere als Vertrauen erweckend aus. Lara musste ihre Fantasie nicht besonders anstrengen, um sich auszumalen, wie diese Burschen reagieren würden, wenn Emmet ihnen sagte, dass er für seine Informationen nicht bezahlen konnte.

»Kommen Sie«, sagte der Fahrer mit einer Kopfbewegung. Er ging zum gegenüberliegenden Ende des Raums, wo sich eine Kellertreppe befand. »Dort unten ist unser Geschäftsraum.«

Mit wachsender Beklemmung stieg Lara die Treppen hinunter. Sie kam sich vor, als würde sie sich geradewegs in eine Schlangengrube begeben. Am Ende eines spärlich beleuchteten Gangs betraten sie ein kleines, schmuckloses Zimmer. Um einen schlichten Tisch herum standen mehrere Stühle. An der Decke brannte eine Glühbirne mit Blechschirm.

»Setzen Sie sich«, wies der Fahrer sie an. »Hassan Gamoudi wird gleich bei Ihnen sein.« Dann verschwand er wieder aus dem Raum.

»Ich kann mir nicht vorstellen, dass wir den morgigen Tag erleben werden«, flüsterte Lara. »Hier unten gibt es keine Fenster, durch die wir flüchten könnten. Und gegen die sieben Wölfe im Wohnzimmer kommen wir ohne Waffen nicht an.«

»Ich weiß«, gab Emmet zurück.

Eine andere Antwort wäre Lara lieber gewesen.

45.

Die Lakaien trugen die Speisen ab. Donna Greenwood gestand sich ein, dass ihre Anspannung allmählich stieg. Sie warf Briggs und Ljuschkin einen Blick über den Tisch zu und war sicher, dass es ihnen ähnlich erging. In den vergangenen Monaten – seit dem letzten Rückschlag – hatten die drei sich mehr oder minder auf ihre Rolle als Geldgeber beschränkt. Über den aktuellen Status quo wusste keiner von ihnen genau Bescheid.

Donna hörte Stimmen hinter sich und blickte über die Schulter. In der Tür erkannte sie Doktor Amadeus Goldmann, begleitet von einem Assistenten, der einen Rollstuhl vor sich her schob, in dem ein hagerer Greis saß, den Donna nie zuvor gesehen hatte.

»Ah, Doktor Goldmann!«, sagte Assad feierlich. »Sie kommen gerade recht. Mademoiselle Greenwood und die beiden Herren können es kaum noch erwarten, endlich die Details unseres Projekts zu erfahren. Und ich bin sicher, dass Sie, Senator Bloomfield, ebenfalls einiges darüber wissen möchten. Immerhin werden Sie der erste Mensch sein, der in den Genuss unserer Behandlung kommt.«

Genau genommen stimmt das nicht ganz, überlegte Donna, wobei sie sich den Fehlversuch vor acht Monaten vergegenwärtigte. Sie selbst war damals zwar nicht dabei gewesen, wusste aber, dass das Experiment mit dem Tod des Patienten geendet hatte. Sie hoffte inständig, dass diesmal alles glatt gehen würde.

Der Laborassistent schob Bloomfields Rollstuhl an einen freien Platz am Tisch. Briggs stellte den Ex-Senator mit kurzen Worten vor; dann erhob Scheich Assad sich für eine kurze Ansprache.

»Um unser Projekt voranzutreiben, sind wir hohe Risiken eingegangen«, begann er. »Wir haben Opfer gebracht, haben Zeit, Schweiß und Geld investiert. Möglicherweise hat der eine oder andere von uns sich schon die Frage gestellt, ob wir den richtigen Weg eingeschlagen haben. Doch nun stehen wir vor einem historischen Ereignis. Unsere Bemühungen haben sich trotz aller Hindernisse und Schwierigkeiten gelohnt. Schon bald werden wir einen geregelten Geschäftsbetrieb aufnehmen können, wie wir es von Anfang an geplant hatten. Monsieur Ljuschkin wird den Raum Asien und Australien übernehmen, außerdem stattet er alle neuen Labors mit der erforderlichen medizinisch-technischen Einrichtung aus. Mademoiselle Greenwood erhält als Geschäftsfeld Europa und Afrika, Doktor Briggs Amerika. Ich selbst werde auch weiterhin nur als stiller Teilhaber partizipieren.« Er machte eine kurze Pause. Dann fuhr er fort: »Doktor Goldmann obliegt die wissenschaftliche Gesamtleitung des Unternehmens weltweit. Und da er der Einzige hier im Raum ist, der über sämtliche Details Bescheid weiß, übergebe ich das Wort jetzt an ihn. Doktor, bitte erläutern Sie unseren Gästen, welche Fortschritte Sie in den letzten Monaten erzielen konnten.«

Assad setzte sich, und Goldmann erhob sich von seinem Platz. Auf den ersten Blick war er eine eher unauffällige Erscheinung. Er war mittelgroß, hatte sein weißes Haar glatt zurückgekämmt und trug ständig den Hauch eines Lächelns auf den Lippen. Doch von seinen Augen ging eine ganz besondere Magie aus. Sie funkelten wie dunkle, geheimnisvolle Kristalle. Dabei strahlten sie eine Kälte aus, die einem unter die Haut ging. Diese Augen waren abstoßend und anziehend zugleich. Gefährlich und einladend. Faszinierend. Diese Augen waren es, die Goldmann ein solches Charisma verliehen.

Sein Blick schweifte von Briggs über Ljuschkin zu Donna Greenwood. »Ich weiß, dass ich mich Ihnen gegenüber oft wie ein Künstler verhalten habe, der sein Gemälde nicht zeigen will, bevor es fertig ist. Das gilt insbesondere für die letzten Monate. Ich möchte mich heute für Ihr Vertrauen bedanken. Mehr noch, ich möchte Ihnen etwas dafür zurückgeben – den vielleicht größten Sieg in der Geschichte der Wissenschaft.« Wieder ließ er den Blick in die Runde schweifen. »Was uns verbindet, ist eine gemeinsame Vision«, fuhr er fort. »Wir mögen für diese Vision unterschiedliche Bezeichnungen verwenden, sei es Elixier des Lebens, heiliger Gral, Jungbrunnen ... im Grunde verfolgen wir jedoch dasselbe Ziel: Wir suchen nach einem Weg zur Verlängerung des Lebens. Wissenschaftlich betrachtet handelt es sich dabei um eine Art Puzzle, das zusammenzusetzen ich bereits vor über dreißig Jahren begann, in meiner luxemburgischen Klinik für Geriatrie. Doch erst hier, in Scheich Assads Labor, ist es mir gelungen, frei von gesetzlichen Zwängen und staatlicher Kontrolle, die entscheidenden Teile des Puzzles zusammenzufügen. Noch fehlen ein paar; dennoch ist das große Ganze schon deutlich zu erkennen.

Bei meinen Forschungen wurde ich unter anderem durch das alte Testament inspiriert. Sie alle kennen den Namen Methusalem, den Inbegriff für hohes Alter. Glaubt man der Bibel, so lebte er beachtliche 969 Jahre lang. Er ist übrigens kein Einzelfall. Methusalems Vater Enoch brachte es immerhin auf 365 Lebensjahre, Lamech, Stammvater der Nomaden, auf 777, und sein Sohn Noah auf runde 500 Jahre. Was immer man von den biblischen Überlieferungen halten mag, für mich waren sie Denkanstoß und Ansporn.

Tatsächlich ist es mir gelungen, die Lebensspanne diverser Organismen drastisch zu verlängern. In Tierversuchen konnte ich bereits eine Verzehnfachung der natürlichen Lebenserwartung erreichen. Auf den Menschen übertragen, würde das ein Alter von etwa 800 Jahren bedeuten. Aus naheliegenden Gründen fehlt es uns dabei noch an Erfahrungswerten, aber ich bin überzeugt, dass dieser Wert realistisch ist. Übrigens gibt es eine ganze Reihe von Experten, die meine Meinung teilen – nur sind deren Forschungen noch nicht so weit fortgeschritten.«

Donna spürte, wie ihr warm ums Herz wurde. Der heilige Gral. Das ewige Leben. Zumindest ein erster, wichtiger Schritt dorthin. Die moderne Wissenschaft ließ einen uralten Mythos Realität werden. Und sie selbst würde als eine der Ersten davon profitieren.

Ljuschkin, offenbar ebenso fasziniert, warf in die Runde: »Hätte die Alchimie dieses Kunststück schon früher fertig gebracht – stellen Sie sich vor, was ein einzelner Mensch in seinem Leben alles hätte erleben können! Die Kreuzzüge, den dreißigjährigen Krieg, die Französische Revolution ...«

»Kaum anzunehmen, dass Sie bis heute überlebt hätten, wenn Sie an sämtlichen großen Schlachten seit dem Mittelalter teilgenommen hätten«, krächzte Bloomfield belustigt. »Aber ich gebe Ihnen Recht. Es ist ein faszinierendes Gedankenspiel, Zeitzeuge mehrerer Jahrhunderte zu sein. Man hätte die Politik vieler Könige miterleben können, den Aufstieg und Fall von Nationen, die Entdeckung Amerikas, die Erfindung des Buchdrucks, die industrielle Revolution ...«

Donna bemerkte ein geradezu seliges Lächeln auf Bloomfields Gesicht. Sie konnte es ihm nicht verdenken. Ihr war es ähnlich ergangen, als sie sich zum ersten Mal mit der Vorstellung eines so langen Lebens beschäftigt hatte. Für die bemannte Raumfahrt taten sich neue Türen auf, wenn Astronauten in der Lage waren, kosmische Dimensionen innerhalb eines Menschenlebens zu überbrücken. Und Genies wie Leonardo da Vinci oder Albert Einstein würden nicht mehr in der

Blüte ihres Schaffens vom Tod dahingerafft, sondern würden ihr Wissen über eine riesige Zeitspanne hinweg vervollkommnen. An dieser Stelle kamen auch die Forschungen von Thomas Briggs ins Spiel – Gedächtnismoleküle, die ungeahnte geistige Fähigkeiten bis ins hohe Alter gewährleisten sollten. Der Fantasie waren keine Grenzen gesetzt.

Doch Donna musste zugeben, dass diese und dutzende weiterer, dem Allgemeinwohl dienende Aspekte von einem anderen, viel simpleren Grund in den Schatten gestellt wurden: dem puren Egoismus. Dem Wunsch, das eigene Leben nicht zu verlieren. Das war ihr Antrieb. Nichts anderes.

Doch die Faszination für das Projekt hatte die Beteiligten nicht blind gemacht für die Probleme, die es mit sich brachte und die schon damit begannen, wie Doktor Goldmann seine Forschungen vorantrieb – das Kidnappen der Versuchspersonen aus dem Sudan, die Haltung der Gefangenen in den unterirdischen Labors, die Versuche an Menschen. All das war notwendig; dennoch empfand Donna es als grausam.

Weiteren Zündstoff barg die Frage, wer künftig in den Genuss einer lebensverlängernden Behandlung kommen sollte. Grundsätzlich jeder? Dann würden sich Probleme wie Überbevölkerung, Nahrungs- und Raummangel in absehbarer Zeit dramatisch verschärfen. Und wenn die Behandlung nur wenigen vorbehalten bleiben sollte – wer käme dann dafür infrage? Nach welchen Kriterien würde man die Auswahl treffen? Würde man diejenigen bevorzugen, die Geld besaßen und einen entsprechend hohen Preis für die Behandlung zu zahlen bereit waren? Hätten die Alten ein Vorrecht vor den Jüngeren? Oder sollte man jene bevorzugen, bei denen die Wahrscheinlichkeit am größten war, dass sie der Menschheit in Zukunft den wertvollsten Dienst erweisen würden – wissenschaftliche Kapazitäten, umsichtige Politiker, Friedensstifter?

Es gibt noch sehr viel zu klären, doch Donna wusste, dass jetzt nicht der richtige Zeitpunkt war, die heiklen Punkte anzusprechen. Heute waren sie zusammengekommen, um einen wissenschaftlichen Durchbruch zu würdigen.

46.

Lara Mosehni kaute nervös an der Unterlippe, als sich im Kellergang Schritte näherten und ein untersetzter Kerl mit fettigem Haar und Dreitagebart in der Tür erschien. Unter seinem Hemd, das bis zur Brust aufgeknöpft war, erkannte Lara dichtes, buschiges Haar und eine Goldkette. Der Mann sah aus wie der Archetyp eines kolumbianischen Drogenbosses.

Mit ernster Miene kam er ins Zimmer.

»Wie ich sehe, Mr Walsh, haben Sie jemanden mitgebracht«, sagte er. »Sie verärgern mich. Sie verärgern mich sogar sehr.« Sein Blick wanderte zu Lara, dann wieder zurück zu Emmet. »Sie sind mit einer so hübschen Begleiterin nach Jeddah gekommen und stellen sie mir jetzt erst vor?« Seine Lippen verzogen sich zu einem breiten Grinsen. Die Spannung im Raum verflog. »Tut mir Leid«, sagte er. »Aber was wäre das Leben ohne ein bisschen Spaß?«

Lara war erleichtert, dass der Mann seinen Zorn nur vorgetäuscht hatte. Auch Emmet schien auf sein Schauspiel hereingefallen zu sein. Seine Gesichtszüge entspannten sich.

»Das ist Lara Mosehni«, sagte er. »Wir arbeiten zusammen. Lara, darf ich dich mit Hassan Gamoudi bekannt machen?«

»Enchanté, Madame«, sagte der Araber. »Ich bin entzückt. Und nun, da wir uns kennen, wollen wir zum geschäftlichen Teil kommen. Bitte, nehmen Sie Platz.«

Sie setzten sich, und Gamoudi legte ein Couvert auf den Tisch.

»Sie haben also herausgefunden, wohin man die entführten Sudanesen verschleppt hat?«, fragte Emmet.

»Ganz recht, mein Freund. Ist alles hier drin.« Gamoudi tippte gegen den Umschlag. »Aber wo haben Sie das Geld?« Seine Stimme klang freundlich, gleichzeitig schwang jetzt eine deutliche Drohung darin mit. Der Mann war unberechenbar wie ein wildes Tier.

Emmet wartete ein paar Sekunden, ehe er antwortete: »Wir haben das Geld nicht dabei. Genau genommen haben wir zurzeit nicht einmal die Möglichkeit, an das Geld heranzukommen. Wir wurden sozusagen bestohlen.« Er erzählte von dem geplünderten Schweizer Konto. Lara beobachtete Gamoudi dabei immer wieder aus dem Augenwinkel, konnte an seinem Pokergesicht jedoch nicht ablesen, was in ihm vorging.

»Wir glauben, dass Assad nicht nur die Sudanesen entführt hat, sondern auch einen Freund von uns«, erklärte Emmet. »Wenn ich mich nicht täusche, hat Assad ihm ein paar Antworten abgepresst und anschließend das Konto leer geräumt.«

»Mir kommen die Tränen«, entgegnete Gamoudi trocken. »Doch um an diese Unterlagen heranzukommen, hatte ich Auslagen. Und jetzt sieht es ganz danach aus, dass ich darauf sitzen bleibe. Nennen Sie mir einen Grund, weswegen ich Sie und Ihre Begleiterin nicht umbringen und in der Wüste verscharren lassen sollte.«

»Weil Sie kein Dummkopf sind.«

Lara bewunderte Emmets selbstbewusste Art. Sie selbst war so nervös, dass sie kaum ruhig sitzen konnte. Gamoudi brauchte vermutlich nur mit den Fingern zu schnippen, um seine Drohung wahr zu machen.

Die beiden Männer sahen sich unverwandt über den Tisch hinweg an. Die Spannung im Raum war beinahe mit Händen zu greifen.

»Ich schlage Ihnen einen Handel vor«, sagte Emmet schließlich. »Ich verzehnfache mein Angebot, wenn Sie mir Kredit gewähren, bis ich mir mein Geld zurückgeholt habe. Für den Inhalt dieses Couverts bekommen Sie nicht 250.000 Dollar von mir, sondern zweieinhalb Millionen.«

Gamoudi sah ihn prüfend an. Schließlich schob er ohne ein weiteres Wort das Couvert über den Tisch. Emmet nahm es an sich, öffnete es und zog einen Stapel Fotoausdrucke heraus.

»Zuerst habe ich mich erkundigt, ob die *Harmattan* in der Nähe von al-Quz vor Anker liegt, aber das war nicht der Fall«, sagte Gamoudi. »Deshalb habe ich mich an jemanden gewandt, der bei der US-Army arbeitet. Ein zuverlässiger Bursche, der schon lange auf meiner Bestechungsliste steht. Von ihm habe ich diese Bilder. Es sind Aufnahmen eines amerikanischen Überwachungssatelliten.«

Emmet reichte Lara das erste Blatt. Es zeigte nichts weiter als einen kleinen grauen Fleck vor schwarzem Hintergrund. In der rechten unteren Ecke war das gestrige Datum vermerkt, daneben die Zeit: 5 Uhr 52.

»Der Fleck ist die Jacht«, sagte Gamoudi. »Es war nicht schwer, sie ausfindig zu machen. Letzte Nacht lief nur ein Schiff dieser Größe aus dem Hafen von Aqiq.«

Lara erhielt von Emmet das nächste Bild. Der Fleck befand sich nun an einer sichelförmigen Trennlinie zwischen einer pechschwarzen Fläche auf der linken Seite und einer helleren, von undefinierbaren Mustern durchzogenen auf der rechten Seite.

»Das ist die arabische Küste«, erläuterte Gamoudi. »Die *Harmattan* ist gestern Morgen keinen befestigten Hafen angelaufen, sondern eine Bucht, etwa fünfzig Kilometer südlich von al-Quz. Ziemlich verlassene Gegend. Die nächsten Bilder zeigen einige Vergrößerungen.«

Emmet legte die Fotos auf dem Tisch aus, sodass alle sie sehen konnten. Die Jacht war jetzt wesentlich größer abgebildet; obwohl der starke Zoom die Aufnahmen grobkörnig machte, konnte Lara Details erkennen – nicht nur die Umrisse des stromlinienförmigen Rumpfs und der Aufbauten, sondern auch kleine, dunkle Punkte, deren Position sich von Bild zu Bild änderte.

»Sind das Menschen?«, fragte sie.

Gamoudi nickte. »Wie Sie sehen, lassen sie das Beiboot zu Wasser und verladen Kisten darauf.«

»In denen transportierten sie die Entführten«, sagte Emmet. »Und das hier ist wohl der Abhol-Service.« Er deutete auf zwei dunkle Vierecke, die sich vom rechten Bildrand, also vom Land her, der Bucht näherten – Lastwagen, die sich ihren Weg durchs Gelände bahnten. Tatsächlich zeigten die nächsten Aufnahmen das Beladen der Laster.

Emmet zog einen letzten Stoß Bilder aus dem Couvert.

»Das ist der Rückweg des Convoys«, kommentierte Gamoudi. »Ziemlich langweilig. Zwei Laster, die in der Einöde über Staubpisten und kleine Landstraßen fahren.«

Emmet blätterte mit zwei Fingern die Aufnahmen durch und gelangte offenbar zu demselben Ergebnis. Er steckte den uninteressanten Stapel zurück in den Umschlag und verteilte die letzten fünf Bilder auf dem Tisch.

»Hier werden die Lkws wieder entladen«, sagte Gamoudi. »Das ist Assads Anwesen in al-Quz. Wie Sie sehen, passieren die Laster ein Tor und fahren in den Innenbereich des Palasts. Hier halten sie, und die Männer tragen die Kisten in dieses Gebäude.« Er tippte auf die entsprechende Stelle. »Von da verliert sich die Spur. Aber ich denke, Sie können davon ausgehen, dass die Entführten sich noch innerhalb des Palastgeländes aufhalten.«

Emmet nickte gedankenverloren. »Aber nicht mehr lange«, sagte er leise. »Denn wir werden diese Menschen retten.«

47.

Senator Bloomfield wurde wieder in sein Zimmer gebracht. Die anderen lud Doktor Goldmann zu einer Laborführung ein, damit sie sich ein Bild von den neuesten Entwicklungen des Projekts machen konnten.

»Bevor ich Ihnen zeige, wie meine Therapie sich seit dem letzten Fehlschlag verändert hat, möchte ich Ihnen schon einmal einen Vorgeschmack auf die *Zukunft* unseres Projekts geben«, sagte Goldmann auf dem Weg zum Treppenhaus. »Forschungen, bei denen wir derzeit noch in den Kinderschuhen stecken, die uns aber irgendwann befähigen könnten, ein Alter von weit mehr als 800 Jahren zu erreichen. Vielleicht ermöglichen diese Forschungen uns eines Tages sogar das ewige Leben.«

Die erste Station war ein großer, in bläuliches Licht getauchter Raum, der sich im Nordflügel des Palasts befand, rund drei Meter unterhalb der Erde. An den Seitenwänden reihten sich dutzende von unterschiedlich großen Aquarien. In den meisten erblickte Donna farbenprächtige Korallenstöcke und eine Vielzahl bunter Fische – allesamt Bewohner des Roten Meeres. Doch sie wusste, dass Korallen und Fische nur dazu dienten, einen möglichst natürlichen Lebensraum für die eigentlichen Hauptdarsteller dieses Laborbereichs zu simulieren: Kraken.

Donna betrachtete das mannshohe Aquarium zu ihrer Linken genauer. Tatsächlich entdeckte sie inmitten eines bizarr angelegten Riffs mehrere höhlenartige Nischen, in die sich die

Tiere zurückgezogen hatten. Aus einem senkrecht verlaufenden Spalt lugten seitlich Fangarme hervor wie Finger, die eine Schiebetür auseinander drücken wollten. Und im Schatten eines Felsüberhangs waren mehrere rötliche Leiber ineinander verschlungen.

Beinahe ehrfürchtig folgte Donna Greenwood den anderen über den von schimmernden Lichtspielen bedeckten Gang. Niemand sprach ein Wort. Umso lauter wirkten die Schritte, die von den Glaswänden widerhallten.

Sie erreichten eine Arbeitsinsel, bestehend aus mehreren ringförmig angeordneten Computerblöcken, die ein dumpfes Summen von sich gaben. Im Zentrum des Computerrings befanden sich mehrere Arbeitsflächen. Auf einer davon war eine komplette Garnitur OP-Besteck aufgereiht – Skalpelle, Tupfer, Spreizklammern und so weiter. Daneben lag auf einem separaten Chromtisch ein etwa anderthalb Meter langer Krake flach ausgestreckt in einem nur zwanzig Zentimeter hohen Wasserbett.

»Das Tier steht noch unter Narkose«, sagte Doktor Goldmann. »Es wurde erst vor einer Stunde operiert. Hier sehen Sie die noch frische Naht.« Er deutete auf den sackartigen Leib des Kraken. Knapp oberhalb der Augen erkannte Donna eine kleine, kerzengerade verlaufende Wunde, die sauber vernäht worden war.

»Unsere Krakenversuche sind bahnbrechend«, sagte Doktor Goldmann. »Dieses Weibchen hat vorgestern gelaicht. Es legte rund 150.000 Eier ab und übernahm daraufhin die Brutpflege. Hätten wir der Natur ihren Lauf gelassen, hätte dieses Krakenweibchen nichts mehr gefressen. Es wäre in den nächsten Wochen rapide gealtert und wenige Tage nach dem Schlüpfen des Nachwuchses gestorben. Das ist bei allen Krakenweibchen so – ein gleichsam vorprogrammierter Tod, der eintritt, sobald das neue Leben geboren ist.« Er ließ diese Worte einen Moment lang einwirken, ehe er weitersprach. »In unseren Experimenten haben wir die Ursache dafür entdeckt: zwei Hormondrüsen, die hinter den Augenhöhlen liegen. *Todesdrüsen*. Durch simples Entfernen dieser Drüsen wird verhindert, dass die Tiere nach dem Laichen sterben, weil der körpereigene Suizidmechanismus ausbleibt. Die von uns operierten Krakenweibchen fressen wieder und leben im Schnitt sieben Mal so lang wie ihre Artgenossinnen in freier Natur. Mittlerweile haben wir auch bei Krakenmännchen solche Sterbedrüsen entdeckt. Andere Organismen verfügen über ähnliche Selbstzerstörungsmechanismen. Bei Fadenwürmern und Taufliegen aktivieren sich von einem bestimmten Zeitpunkt an Todesgene in der DNS. Es ist schon gelungen, die für den plötzlichen Zelltod verantwortlichen Gene künstlich auszuschalten. Das Ergebnis war eine deutliche Verlängerung des Lebens. Ob der Mensch ebenfalls über selbstzerstörerische Gen-Abschnitte verfügt, werden wir noch herausfinden müssen. Jedenfalls spricht einiges dafür. Schon heute ist hinlänglich bekannt, dass Menschen, denen der Gen-Abschnitt apo E4 fehlt, im Alter besonders gesund und lebensfroh sind. Meine Untersuchungen an den Greisen aus Wad Hashabi haben das bestätigt. Keiner dieser Alten besaß dieses Gen, und dies ist einer der Gründe für die Langlebigkeit in diesem Dorf, da bin ich sicher. Diese Veranlagung wird von einer Generation auf die nächste vererbt. Ich kann mir vorstellen, dass noch weitere Todesgene in der menschlichen DNS stecken. Aber bis diese lokalisiert sind, werden noch einige Jahre ins Land gehen, wie bereits erwähnt.«

Sie verließen das Aquarium und betraten den Hauptkomplex des Forschungsbereichs. Doktor Goldmann führte die kleine Gruppe durch ein Labyrinth hell erleuchteter, nach Desinfektionsmittel riechender Gänge. Obwohl Donna schon ein paar Mal hier unten gewesen war, verlor sie rasch die Orientierung.

Sie passierten eine Doppelflügeltür, durchquerten ein

schlauchförmiges Labor und gelangten in eine Garderobe, in der sie sich sterile Laborkleidung überstreiften. Von dort gingen sie in einen kleinen, vollständig in Chrom und Weiß gehaltenen Raum, der an einen OP-Saal erinnerte.

In der Mitte des Raums lag Anthony Nangala, festgeschnallt auf einer Liege. Als er die Neuankömmlinge hörte, versuchte er, in ihre Richtung zu schauen, doch sein Kopf wurde von einer monströsen Apparatur fixiert, einer Mischung aus Schraubstock und Stahlkrone, sodass er nur die Augen bewegen konnte. Ein Kraftprotz von einem Mann, verdammt zur absoluten Bewegungslosigkeit. Der Anblick war erbarmungswürdig und versetzte Donna einen Stich. Obwohl sie bereits gewusst hatte, das Nangala von Assads Leuten gefangen gehalten wurde – *damit* hatte sie nicht gerechnet.

Im Kreis der anderen trat sie näher an die Liege heran. Als der Schwarze sie erkannte, verhärtete sich seine Miene.

»Verräterin!«, zischte er. »Ich hoffe, es gibt einen guten Grund für das, was du mir antust!« Seine Halsmuskeln spannten sich, als er gegen die unnachgiebige Umklammerung des Kopfgerüsts aufbegehrte.

»Sie sollten sich nicht so anstrengen«, sagte Doktor Goldmann mit beinahe hypnotischer Stimme. »Das könnte die Untersuchungsergebnisse verfälschen. Entspannen Sie sich, sonst muss ich Ihnen eine Spritze geben.«

Nangalas Augen waren noch immer hasserfüllt auf Donna gerichtet, doch er schien einzusehen, dass er nur Kraft verschwendete. Seine Halsmuskulatur lockerte sich wieder. »Dafür wirst du in der Hölle schmoren!«, presste er hervor.

Ja, dachte Donna, vielleicht. Aber erst in vielen, vielen Jahren.

Doktor Goldmann betätigte einen Schalter, woraufhin die Liegefläche sich langsam aufrichtete. Im 30-Grad-Winkel hielt er die Liege an. »Die ideale Arbeitsposition«, kommentierte er und stellte sich hinter Nangala. Zu den anderen sagte er: »Kommen Sie zu mir. Von hier aus können Sie den Eingriff am besten mitverfolgen.«

Donna platzierte sich dicht hinter dem Wissenschaftler und betrachtete die »Krone« auf Nangalas Kopf nun genauer – eine Vorrichtung, die laut Goldmann auch bei der Behandlung von Alzheimer-Patienten zum Einsatz kam. Die Basis bildete ein etwa drei Zentimeter breiter Stahlring, der dicht an der Stirn anlag und mit mehreren Schrauben am Schädel befestigt war. Genau genommen, erklärte Doktor Goldmann, durchstießen die Schraubenspitzen die Haut, sodass sie unmittelbar auf dem Knochen auflagen. Nur so konnte ein Verrutschen des Gerüsts verhindert werden, was wiederum unabdingbare Voraussetzung für den von ihm geplanten operativen Eingriff war.

»Ich habe den Kopf des Mannes bereits mittels Computertomographie vermessen und diese Halterung in Position gebracht«, sagte Goldmann. Er deutete auf einen fingerbreiten, gekrümmten Metallstab, der an der Stirnschiene angebracht war und sich wie ein nach hinten gerichteter Fühler über Nangalas Schädeldecke wölbte. Am Ende des Fühlers befand sich eine Führungsöse, in die man die für die Operation benötigten Gerätschaften in einem exakt vordefinierten Winkel einspannen konnte. Im Moment war es ein Schädelbohrer, dessen Spitze auf eine kahl rasierte Stelle auf Anthony Nangalas Hinterkopf zeigte.

Goldmann drückte einen Knopf. Surrend setzte sich der Bohrer in Bewegung. Donnas Nackenhaare sträubten sich, als der Abstand zwischen Bohrer und Kopfhaut sich verringerte. Sie konnte Nangalas Angst jetzt förmlich spüren. Um keinen Preis der Welt hätte sie mit ihm tauschen wollen. Aber er hatte sich ja unbedingt in Angelegenheiten einmischen müssen, die ihn nichts angingen!

»Sie werden gleich einen Schmerzreiz empfangen«, sagte Doktor Goldmann zu Nangala. »Ich kann Ihnen leider kein Betäubungsmittel verabreichen, weil Sie für den daran anschließenden Eingriff bei vollem Bewusstsein bleiben müssen. Aber ich versichere Ihnen, dass der Schmerz bald nachlassen wird.«

Anthony Nangala ballte die Fäuste, als der Bohrer ansetzte, gab aber keinen Laut von sich. Das wenige Blut, das aus der Wunde austrat, entfernte Doktor Goldmann mit einem sterilen Tupfer.

Nach einer Minute fuhr der Bohrer automatisch in die Ausgangsposition zurück. In der Schädeldecke hinterließ er dabei ein kleines, kreisrundes Loch.

»Nun folgt der eigentliche Eingriff«, dozierte Doktor Goldmann, während er ein dünnes Metallröhrchen in die Führungsöse einspannte. »Durch diese Röhre werde ich eine Kanüle ins Gehirn unseres Patienten einführen, um eine Manipulation des Hypothalamus vorzunehmen. Dieser befindet sich unterhalb des Großhirns – im Zwischenhirn, etwa in Nasenhöhe – und ist für eine ganze Reihe von Körperfunktionen verantwortlich. Für den Wach- und Schlafrhythmus beispielsweise, für den Blutdruck, den Fett- und Wasserstoffwechsel und einiges mehr. Auch für den Wärmehaushalt. Der Hypothalamus sorgt dafür, dass unsere Körpertemperatur konstant 37 Grad Celsius beträgt. Genau deshalb ist er für unsere Forschungen so überaus interessant.«

Er schob eine etwa dreißig Zentimeter lange, hauchdünne Hohlnadel durch die Röhre, geradewegs in das zuvor gebohrte Loch in Anthony Nangalas Schädeldecke.

»Der Computertomograph hat den Weg der Kanüle so berechnet, dass durch den Eingriff keine überlebenswichtigen Gehirnpartien geschädigt werden«, erklärte Goldmann. Zu Anthony Nangala sagte er: »Ich verspreche Ihnen, dass die Operation für Sie ab sofort angenehmer verlaufen wird. Das menschliche Gehirn ist nämlich vollkommen schmerzunempfindlich. Allerdings könnte die Kanüle Nerven beschädigen. Deshalb werde ich sie so langsam wie möglich in Ihr Hirn einführen. Bitte sagen Sie mir sofort, falls sich irgendwo in Ihrem Körper ein Taubheitsgefühl einstellt oder falls Ihr Blickfeld beeinträchtigt wird.«

Er schaltete einen Computer ein. Auf einem Bildschirm erschien eine Seitenansicht von Anthony Nangalas Gehirn. Links oben, knapp über der harten Gehirnhaut, blinkte ein roter Punkt. »Das ist die Kanülenspitze«, erläuterte Doktor Goldmann. »Ein Minisender schickt einen Impuls aus, der vom Kronenring empfangen und an den PC weitergeleitet wird. Auf diese Weise können wir den Weg der Nadel exakt verfolgen. Ich durchstoße jetzt die harte Hirnhaut und dringe ins Großhirn vor.«

Er drehte das obere Ende der Kanüle vorsichtig zwischen Daumen und Zeigefinger, während er gleichzeitig mehr Druck auf die Nadel ausübte. Auf dem Monitor beobachtete Donna, wie der Blinkpunkt einer gestrichelten Linie folgte – der vorausberechneten Bahn. Immer weiter stieß die Nadelspitze in die Region hinter den Augen vor. Dort lag der mit der Hypophyse verbundene, gelb eingefärbte Hypothalamus, angeschmiegt an die Hirnunterseite.

Ihr Blick fiel auf Anthony Nangala, der unablässig die Finger bewegte. Aus seinen Augenwinkeln liefen Tränen, aber noch immer kam kein Laut über seine Lippen.

Die Kanüle erreichte ohne Komplikationen ihr Ziel. Als der rote Blinkpunkt auf dem Monitor exakt auf dem Hypothalamus lag, drehte Doktor Goldmann eine Spannschraube fest und fixierte damit die Nadel. Anschließend verband er ihr oberes Ende mit einem durchsichtigen, dünnen Plastikschlauch, der in eine Rollkonsole führte, die an der Wand stand.

»Was wir jetzt erleben werden, habe ich bislang nur an Affen durchgeführt«, sagte Doktor Goldmann. »Die dauerhafte Senkung der Körpertemperatur um circa drei Grad Celsius. Bei den Affen bewirkte dies eine Verlangsamung sämtlicher biologischer Abläufe im Körper – auch des Alterungsprozesses. Bis jetzt sind mir keine negativen Nebenwirkungen bekannt, aber noch fehlt es uns an Erfahrungswerten.«

»Und es gibt keine andere Möglichkeit, die Körpertemperatur eines Menschen zu senken?«, fragte Donna.

»Leider nicht«, antwortete Goldmann. Er tippte auf der Computertastatur, worauf sich eine helle Flüssigkeit ihren Weg durch den Plastikschlauch bahnte. »Um den Alterungsprozess zu verlangsamen, muss der Hypothalamus von Grund auf neu justiert werden. Dies geschieht durch Erhöhung der Calcium-Ionen-Konzentration. Genau das tue ich gerade.«

Thomas Briggs, der neben Donna stand, wirkte ein wenig enttäuscht. »Ich glaube kaum, dass Senator Bloomfield sich freiwillig einer solchen Operation unterziehen wird«, sagte er seufzend.

»Das muss er nicht«, antwortete Goldmann. »Mit dem Hypothalamus-Experiment verhält es sich ähnlich wie mit der Suche nach den menschlichen Sterbegenen: Wir forschen, sind aber noch ganz am Anfang. Die versprochene Lebenserwartung von achthundert Jahren können wir auch heute schon auf anderem Wege erreichen.« Sein Mund verzog sich zu seinem typisch unterkühlten Lächeln. »Vertrauen Sie mir.«

48.

Lara war heilfroh, das Bauernhaus unbeschadet wieder zu verlassen. Die kühle Nachtluft wirkte beruhigend auf sie, und allmählich entspannte sie sich. Als Emmet dem Waffenschieber-Boss eröffnet hatte, dass er für die Informationen nicht zahlen könne, hatte Lara bereits die Geier über sich kreisen sehen.

»Hey!«

Die Stimme kam von hinten. Lara und Emmet drehten sich um. Auf der Veranda stand Hassan Gamoudi.

»Sollte sich herausstellen, dass Sie mich um mein Geld betrügen wollen, werde ich Sie finden«, rief er ihnen nach. »Überall. Vergessen Sie das nicht.« Er lächelte, doch Lara zweifelte nicht daran, dass die Drohung ernst gemeint war. Jetzt saß ihr also nicht nur Interpol im Nacken, sondern auch noch ein arabischer Waffenschieberring.

»Kannst du mir verraten, weshalb du mich so lange allein gelassen hast?«, raunte sie Emmet zu, der für mindestens eine halbe Stunde aus dem Keller verschwunden war, gemeinsam mit Gamoudi. Für Laras ohnehin angekratztes Nervenkostüm war das alles andere als zuträglich gewesen. Als Emmet später zurückgekommen war, hatte er einen Edelstahlkoffer bei sich gehabt, den er auch jetzt noch in der Hand trug.

»Ich war mit Gamoudi in einem seiner Lager«, antwortete er. »Ausrüstung besorgen.«

Um Waffen zu transportieren, war der Koffer zu klein.

»Ausrüstung?«, wiederholte Lara.

»Für einen Einbruch. Dietriche, Glasschneider, Decoder für Alarmanlagen – solche Dinge.«

»Ich glaube nicht, dass wir auf diese Weise in Assads Palast eindringen können.«

»Ich auch nicht. Aber in das Büro von Omar Larbi.«

Sie ließen sich von Gamoudis Fahrer nicht zurück nach Jeddah bringen, sondern fuhren nach Mekka, wo Larbi lebte.

»Gamoudi hat uns die Adresse besorgt«, sagte Emmet. »War keine große Sache, ein Klick ins Internet genügte. Als Star-Architekt ist Larbi hierzulande eine Berühmtheit.«

Lara nickte. Omar Larbi hatte den Palast von Scheich Assad errichtet. Auch die Erweiterungen hatte er vorgenommen – beispielsweise das Kraken-Labor, das sich angeblich unter dem Palastgarten befand. Lara hatte es selbst recherchiert. Und da es für sämtliche Baumaßnahmen Grundrisse und Zeichnungen geben musste, war klar, was Emmet vorhatte: Er wollte sich ein Bild vom Innenleben des Palasts machen und das feindliche Territorium kennen lernen, um einen Befreiungsplan zu schmieden.

Es war beinahe Mitternacht, als Doktor Goldmann seine Laborführung beendete. Donna war erleichtert, dass er nach Anthony Nangalas Operation keine weiteren blutigen Details mehr demonstriert hatte, sondern sich auf die Besichtigung der Räumlichkeiten und deren Ausstattung beschränkt hatte.

Nangala ging ihr nicht mehr aus dem Sinn. Das Experiment war grausam gewesen, wie alle Experimente Goldmanns, aber bislang hatte Donna nur schriftliche Berichte darüber gelesen. Und die nahmen den Versuchen viel von ihrem Schrecken. Tatsächlich dabei zu sein und mit eigenen Augen zu erleben, wie ein hilfloses Opfer zum reinen Wissenschaftsobjekt herabgewürdigt wurde – noch dazu ein Opfer, das sie persönlich kannte –, war etwas ganz anderes. Ein eisiger Schauer jagte ihr über den Rücken.

Anthony Nangala war dem Goldmann-Projekt rein zufällig in die Quere gekommen. Eigentlich hatte er im Sudan Sklavenhändler dingfest machen sollen. Doch bei seinen Nachforschungen war er auch auf Wad Hashabi gestoßen, das Dorf, aus dem seit Monaten immer wieder Menschen verschwanden. Vor knapp zwei Wochen hatte er dort herumgeschnüffelt – ausgerechnet, als Mats Leclerc und dessen Helfer sich wieder auf die Jagd machen wollten. Sie hatten bemerkt, dass etwas nicht stimmte, und beschlossen, die Aktion um ein paar Tage zu verschieben. Und um weitere Überraschungen zu vermeiden, hatten vier von ihnen Nangala bis nach New York verfolgt, ihn überwältigt und hierher gebracht.

Unter dem Einfluss von Wahrheitsdrogen hatte Nangala erzählt, was er über das Goldmann-Projekt wusste. Viel war es nicht. Er hatte bis zu seiner Entführung geglaubt, es mit einem normalen Menschenhändlerring zu tun zu haben. Außerdem hatte er vom Rosenschwert-Orden gesprochen. Dabei war auch Donnas Name gefallen. Als Assad sie darüber informiert hatte, war ihr schlagartig der Ernst der Situation klar geworden: Wenn ein Ordensmitglied spurlos verschwand, würden die anderen so lange nach ihm suchen, bis sie wussten, was mit ihm geschehen war. Mit anderen Worten: Früher oder später würde der Orden auf das Goldmann-Projekt stoßen.

Es gab nur eine Lösung, um dieses Problem aus der Welt zu schaffen: Der Orden musste vernichtet werden. Also hatte Donna Assad gebeten, einen Hubschraubertrupp nach Schottland zu schicken, um Leighley Castle während des Halbjahrestreffens einzuäschern. Im Gegenzug hatte sie sich bereit erklärt, einen beträchtlichen Teil des Ordensvermögens in das Projekt zu investieren, weil Assads finanzielle Situation entgegen offiziellen Presseberichten nicht gerade die beste war. Die schwierige weltwirtschaftliche Konjunkturlage machte auch ihm seit Jahren zu schaffen. Deshalb hatte er nach weiteren Investoren gesucht.

Der Gedanke an ihre toten Brüder und Schwestern machte Donna das Herz schwer. Zugleich aber wusste sie, dass ihr keine andere Wahl geblieben war. Der Orden hätte niemals das Vorgehen des Goldmann-Projekts gebilligt. Viel zu viele Unschuldige hatten im Namen der Wissenschaft dafür leiden und sterben müssen. Aber das Leiden und Sterben anderer war für Donna die einzige Chance auf Leben. Denn obwohl sie erst einundfünfzig Jahre alt war, spürte sie das nahende Ende. Ihre Eltern waren beide mit vierundfünfzig an Herzversagen gestorben. Kurzlebigkeit lag seit Generationen in ihrer Familie. Es lag in ihren Genen. Donna näherte sich mit großen Schritten dem Tod. Aber sie fühlte sich noch viel zu jung fürs Sterben.

Als sie in ihr Zimmer ging und ins Bett kroch, sagte sie sich immer wieder, dass wissenschaftlicher Erfolg stets eine gewisse Rücksichtslosigkeit voraussetzte. Dass nicht nur sie, sondern viele Menschen von dem Projekt profitieren würden.

Dennoch wurde sie die ganze Nacht von Skrupeln geplagt.

Als sie am nächsten Morgen erwachte, fühlte sie sich wie gerädert. Die Bilder von Nangalas Schädeloperation tanzten noch immer in unverminderter Deutlichkeit vor ihrem geistigen Auge. Sie hätte etwas darum gegeben, diese Erinnerung auslöschen zu können.

Bei einem heißen Bad gelang es ihr, sich ein wenig zu entspannen. Beim Frühstück im Speisesaal gesellte sich ihr alter Freund Thomas Briggs zu ihr.

»Du siehst nachdenklich aus«, sagte er.

»Ich bin nur müde.«

»Schlecht geschlafen?«

»Ja. Ich musste ständig an gestern denken.«

»Bereust du, dass ich dich in dieses Projekt geholt habe?«

Sie sah Briggs an und seufzte. Im Lauf von mehr als zwanzig Jahren hatte sich ein enges Vertrauensverhältnis zwischen ihnen entwickelt. Donna wusste so gut wie alles über Briggs, und umgekehrt war es genauso. Wenn sie sich trafen, sprachen sie oft über das Altern und den Tod, allein schon, weil Briggs beruflich damit zu tun hatte. Bei einem dieser Gespräche vor etwa drei Jahren hatte er sie gefragt, ob sie bereit wäre, ihre Seele zu verkaufen, um ihr Leben zu verlängern. Zunächst hatte sie angenommen, seine Ernsthaftigkeit sei nur gespielt. Doch als er andeutete, an einem geheimen Forschungsprojekt mitzuarbeiten, hatte sie begriffen, dass er sie tatsächlich vor die wohl schwierigste Wahl ihres Lebens stellte. Einen ganzen Monat lang hatte sie ihr Gewissen geprüft – und dann zugesagt. Kurz darauf war sie ins Projekt aufgenommen worden.

»Ich bereue nichts«, sagte Donna. »Ich musste mich entscheiden, und das habe ich getan. Es ist nur – im Gegensatz zu Doktor Goldmann und dir habe ich nicht ständig mit Operationen zu tun. So etwas schlägt mir aufs Gemüt.«

»Verständlich. Aber glaub mir, in zweihundert Jahren hast du das vergessen.«

Um zehn Uhr trafen sich alle im angenehm kühlen Konferenzraum. Von irgendwoher war das Surren der Klimaanlage zu hören.

Donna saß neben Thomas Briggs auf der einen Seite des Besprechungstisches, Scheich Assad, Sergej Ljuschkin und Senator Bloomfield auf der anderen. Doktor Goldmann hatte am Kopfende des Tisches Platz genommen.

»Heute Morgen möchte ich mit Ihnen gern den Ablauf der nächsten Tage besprechen«, begann er. »Unsere gestrige Besichtigungsrunde hat damit nichts zu tun. Ich erwähnte es ja bereits: Was Sie gestern gesehen haben, könnte die *Zukunft* unseres Projekts sein und uns im besten Fall das ewige Leben bescheren. Nach dem derzeitigen Wissensstand sind allerdings nur achthundert Jahre reell.«

»Das reicht mir – jedenfalls fürs Erste«, krächzte Senator Bloomfield ungeduldig. »Nun erzählen Sie schon. Wie wollen Sie meine alten Knochen wieder in Schwung bringen?«

»Bevor ich Ihnen diese Frage beantworte, möchte ich Ihnen etwas zeigen«, sagte Goldmann. Er drückte ein paar Knöpfe der Fernbedienung, die vor ihm auf dem Tisch lag. Daraufhin verdunkelte eine Lamellenjalousie die Fenster, und ein altmodischer Diaprojektor warf ein Bild auf die am gegenüberliegenden Tischende aufgestellte Leinwand.

Das Bild war zweigeteilt und erinnerte an die Aufnahme eines Strafgefangenen. Es zeigte einen dunkelhäutigen Greis, einmal von vorne, einmal von der Seite. Er trug nichts am Leib außer einem Lendenschurz. Tiefe Falten zerfurchten sein Gesicht, sein Schädel war kahl, der Rücken krumm. Donna vermutete, dass es sich um einen Entführten aus Wad Hashabi handelte. Das sudanesische Dorf war für Goldmann deshalb so interessant, weil dort ungewöhnlich viele Alte lebten. Umgeben von steppenhafter Ödnis war Wad Hashabi wie eine Insel. Viele der Einwohner hatten ihr ganzes Leben dort verbracht, kaum ein Fremder war jemals zugezogen. Die Gene der Langlebigkeit hatten sich hier über viele Generationen hinweg weitervererbt. Das Dorf war ein Eldorado für Forscher, die sich der Geriatrie verschrieben hatten.

»Niemand weiß, wie alt dieser Mann ist, nicht einmal er selbst«, sagte Doktor Goldmann. »Wir schätzen ihn auf knapp neunzig Jahre. Nun, Senator – sehen Sie selbst, wie unsere Behandlungsmethode sich auf den menschlichen Organismus auswirkt.« Wieder betätigte er die Fernbedienung. Der Diaprojektor ratterte, und ein anderes Foto erschien auf der Leinwand: Noch immer derselbe Mann, das war unverkennbar, aber die Falten hatten sich im Vergleich zum ersten Bild deutlich verringert. Außerdem stand er nicht mehr so gebeugt wie zuvor, und auf seinem ehemals kahlen Schädel spross graues Kraushaar.

Der Mann wirkte jetzt wie ein Sechzigjähriger. Bloomfield war sichtlich beeindruckt.

»Unsere Methode verfolgt einen zweistufigen Plan«, sagte Doktor Goldmann. »Was Sie hier sehen, ist das Ergebnis der ersten Stufe, der *Revitalisierungsphase.* Ihr Ziel ist es, bereits aufgetretene Alterserscheinungen rückgängig zu machen. Leider gelingt das nur in begrenztem Umfang. Wir können keinen Jüngling mehr aus Ihnen machen. Aber ich denke, das Ergebnis kann sich sehen lassen.«

»Allerdings«, pflichtete Bloomfield bei. »Was genau haben Sie in dieser ersten Phase mit mir vor, Doktor?«

»Wir beheben Ihre organischen Verschleißerscheinungen durch eine ganze Reihe von Maßnahmen, beispielsweise durch gezielte Zufuhr von Vitaminen.«

»Ich habe mein Leben lang Obst gegessen. Geholfen hat es mir nicht. Außerdem will ich nicht hoffen, dass ich zehn Millionen Dollar gezahlt habe, damit Sie mich mit Orangen voll stopfen.«

»Vitamine werden als Regenerativum weithin unterschätzt«, erwiderte Goldmann, ohne auf Bloomfields sarkastischen Unterton einzugehen. »Vor allem ein von uns modifiziertes Vitamin-E-Präparat wirkt äußerst revitalisierend. Aber ich gebe Ihnen Recht: Das allein würde keine zehn Millionen Dollar rechtfertigen. Es würde allerdings auch nicht zu diesem Ergebnis führen. Zu den Vitaminen kommen nämlich noch einige Hormonverabreichungen, die sich hauptsächlich auf die Funktion Ihrer Thymusdrüse auswirken.«

»Bisher wusste ich nicht einmal, dass ich eine solche Drüse besitze. Wofür ist sie gut?«

»Sie fördert die Widerstandskraft Ihres Körpers. Leider schrumpft sie beim erwachsenen Menschen immer mehr. Unsere Hormontherapie wird Ihre Thymusdrüse wieder wachsen lassen und Ihre Widerstandskraft dadurch stärken. Schließlich geht es ja nicht nur darum, ein paar Hundert Jahre alt zu werden, sondern diese Zeit auch *lebenswert* zu verbringen, sprich körperlich und geistig aktiv. Aus demselben Grund führen wir in der ersten Behandlungsphase auch eine Frischzellenkur durch. Keine gewöhnliche, sondern eine, die alle bisherigen Methoden weit in den Schatten stellt. Danach werden Sie nicht nur deutlich jünger aussehen – so wie die Versuchsperson auf dem Dia –, sondern sich auch wesentlich jünger *fühlen*. Ihre inneren Organe werden wieder besser arbeiten, ihr Muskelgewebe wird sich aufbauen, ihr Knochenkorsett wird geschmeidiger. Parallel dazu, besser gesagt, kurz nach Verabreichung der Frischzellenpräparate, geht die Behandlung bereits in die zweite Stufe über, die *Retardierungsphase*. Hierbei wird Ihr revitalisierter körperlicher Zustand stabilisiert und das Fortschreiten des Alterungsprozesses verlangsamt.« Er machte eine kurze Pause, bevor er mit genaueren Erklärungen fortfuhr. »Eine menschliche Zelle kann sich ziemlich genau fünfzig Mal teilen, danach stirbt sie. Man bezeichnet dieses Phänomen als Hayflick-Effekt, benannt nach seinem Entdecker. Der plötzliche Zelltod tritt ein, weil die DNS sich bei jeder Teilung ein wenig verkürzt.« Er sah an Bloomfields Gesichtsausdruck, dass er genauer darauf eingehen musste. »Die menschlichen Chromosomen besitzen an ihren Enden eine Art Kappe. Sie besteht aus Wiederholungen einer bestimmten Basenfolge, welche die DNS vor zersetzenden Stoffen schützt. Diese Kappe wirkt wie ein Schutzhelm. Bei jeder Zellteilung wird sie – bildlich gesprochen – abgenommen und danach wieder aufgesetzt. Bei älteren Zellen zerfällt diese Basenfolge jedoch mehr und mehr. Der Helm wird sozusagen brüchig. Nach der fünfzigsten Zellteilung ist der Helm so stark beschädigt, dass die DNS angegriffen wird. Die Erbinformationen können von der Zelle dann nicht mehr gelesen werden. Mit der Folge, dass sie stirbt. Wir haben jedoch einen Weg gefunden, der es menschlichen Zellen ermöglicht, sich etwa fünfhundert Mal fehlerlos zu teilen – anders ausgedrückt: nur äußerst langsam zu altern.«

Bloomfield nickte. Seine Augen glänzten. In seinem Gesicht spiegelte sich der Triumph eines Mannes, der sich anschickte, sein Schicksal in die Knie zu zwingen. »Worauf warten wir noch?«, fragte er. »Ich kann es kaum erwarten, bis es endlich losgeht.«

49.

Anthony Nangala lag in einem kleinen, nach Desinfektionsmittel riechenden Zimmer und starrte mit leerem Blick an die Decke. Er konnte sich kaum rühren. Seine Hand- und Fußgelenke steckten in Ledermanschetten, die mit Stahlketten am Bettgestell befestigt waren. Damit besaß er nur unwesentlich mehr Bewegungsspielraum als während der gestrigen Operation.

Körperlich ging es ihm recht gut. Seine Finger und Zehen fühlten sich zwar ein wenig klamm an, aber das lag vielleicht nur daran, dass er sich nicht rühren konnte. Auch die Kopfwunde machte ihm kaum mehr zu schaffen. Ein leichtes Pulsieren an der Schädeldecke, mehr spürte er nicht. Als ehemaliger Schwergewichtsboxer hatte er weiß Gott Schlimmeres erlebt.

Um seinen mentalen Zustand stand es allerdings schlechter. Der gestrige Eingriff war die einschneidendste Erfahrung seines Lebens gewesen. Die Hilflosigkeit, mit der er die Operation über sich hatte ergehen lassen müssen, die Angst, dass etwas schief ging, und die Ungewissheit darüber, was Goldmann mit ihm anstellte – alles das hatte ihn beinahe in den Wahnsinn getrieben. Hinzu kam das Entsetzen darüber, von Donna Greenwood – einem der wenigen Menschen, denen er vertraut hatte – verraten worden zu sein. Vielleicht steckten sogar noch weitere Mitglieder der Gemeinschaft mit ihr unter einer Decke. Die Enttäuschung saß tief.

Nangala hörte, wie die Tür geöffnet wurde.

»Guten Tag.« Es war die junge blasse Frau, die ihn schon gestern behandelt hatte, nachdem er aus seiner Gefängniszelle gebracht worden war. Heute wirkte ihre Haut sogar noch durchsichtiger. Nangala fiel auf, dass sie – bewusst oder unbewusst – seinem Blick auswich. Dennoch strahlten ihre Augen etwas aus, das ihm einen Hoffnungsschimmer gab: Wärme. In diesen fensterlosen Katakomben schien sie der einzige Mensch mit einer Seele zu sein.

»Wie geht es Ihnen?« Es war mehr als eine bloße Routinefrage. Irgendetwas in ihrer Stimme ließ erkennen, dass sie sich tatsächlich für seinen Zustand interessierte.

»Wenn ich Sie sehe, schon etwas besser.«

Sie lächelte schüchtern, ging aber nicht näher darauf ein. Stattdessen holte sie ein digitales Thermometer aus einer Schublade. »Machen Sie den Mund auf«, sagte sie.

Nangala gehorchte, und sie schob ihm das Thermometer unter die Zunge.

»Wie heichen Chie?«, fragte er, vom Thermometer hörbar beim Sprechen behindert.

»Reyhan. Reyhan Abdallah.«

»Ich bin Anchony.«

Sie lachte und strahlte ihn dabei mit ihren Mandelaugen an. »Anchony? Ein hübscher Name.«

Nangala wollte protestieren, aber sie wehrte ab. »Lassen Sie den Mund zu. Ich weiß, wie Sie heißen.«

Nach ein paar Sekunden piepste das Thermometer.

»34,2 Grad Celsius«, stellte die Frau fest. »Sieht aus, als wäre der gestrige Eingriff erfolgreich verlaufen.«

Sie löste eine Fußbremse an Anthony Nangalas Rollbett und schob ihn in den von sterilem Neonlicht beschienenen Gang. Nachdem sie um eine Ecke gebogen waren, passierten sie eine Tür. Jetzt befanden sie sich wieder in dem Raum, der gestern als Operationssaal gedient hatte. In einer Ecke stand die hochklappbare Folterliege. Augenblicklich spürte Nangala die Panik wieder in sich aufsteigen. Der Albtraum ging weiter!

Bevor er etwas sagen konnte, verließ die Frau das Zimmer. Instinktiv wollte Nangala ihr hinterher, doch die Fesseln hielten ihn zurück. Wut und Verzweiflung überkamen ihn. Sie wechselten sich schubweise ab und machten das Warten zur Tortur.

Endlich hörte er im Gang Schritte, dann ein Geräusch an der Tür. »Schön, dass Sie wieder da sind …«, sagte er erleichtert. Dann erkannte er, dass nicht Reyhan Abdallah ins Zimmer gekommen war, sondern Doktor Goldmann.

»Sie freuen sich über meine Gesellschaft?«, sagte der Wissenschaftler mit einem süffisanten Lächeln auf den Lippen. »Bestens. Ich hatte schon befürchtet, Sie würden mir mein gestriges Benehmen verübeln.«

Ironie und Spott trafen Anthony Nangala wie Fausthiebe. Hätten seine Fesseln es erlaubt, wäre er vom Bett aufgesprungen, um diesem Irren an die Gurgel zu gehen. So aber ließ er die Provokation stumm über sich ergehen.

Goldmann rückte sich einen Stuhl zurecht und setzte sich neben Anthony Nangalas Bett. Dann zog er einen Beistelltisch heran, auf dem bereits einige Spritzen vorbereitet waren. Sie lagen in Reih und Glied, exakt parallel ausgerichtet. Die Präzision der Anordnung ließ Nangala schaudern. In diesem Labor wurde nichts dem Zufall überlassen. Was immer Goldmann mit ihm vorhatte – er würde es durchführen.

Der Wissenschaftler desinfizierte eine Stelle auf Nangalas rechtem Handrücken und führte eine Kanüle ein, an die er einen Tropf mit einer durchsichtigen Flüssigkeit anschloss. Anschließend verabreichte er ihm die erste Spritze in den Oberarm.

»Das ist nur ein Muskelrelaxans«, erklärte er. »Damit Sie sich ein wenig entspannen. Ein entspannter Körper spricht besser auf meine Therapie an.«

Tatsächlich spürte Nangala bereits nach wenigen Sekunden,

wie die Verkrampfung aus seinem Leib wich. Die Angst in seinem Kopf blieb jedoch, nahm sogar noch zu. Er war Goldmann auf Gedeih und Verderb ausgeliefert.

Während der Wissenschaftler mit seiner Behandlung fortfuhr, erklärte er, was er tat: Spritzen und Infusionslösung enthielten eine Vielzahl an Vitaminen und Hormonen. Später am Tag würde Anthony Nangala in den Genuss einer Frischzellenbehandlung kommen.

»Mit anderen Worten: Sie durchlaufen die komplette erste Stufe meiner Therapie«, sagte Goldmann. »Genau wie Senator Bloomfield, den ich vor ein paar Minuten behandelt habe. Mit der gestrigen Operation sind Sie ihm sogar einen Schritt voraus. Sie könnten der erste Mensch werden, der das Alter von tausend Jahren überschreitet.«

Anthony Nangala verstand die Welt nicht mehr. »Weshalb tun Sie das?«, fragte er.

»Ist das so schwer zu erraten? Um Sie zu untersuchen natürlich.«

»Untersuchen?«

»Wir werden Ihnen regelmäßig Organproben entnehmen müssen, um herauszufinden, wie meine Therapie sich im Zusammenspiel mit der Verringerung der Körpertemperatur niederschlägt.«

Organproben! Das Wort hallte wie ein dumpfes Echo in Nangalas Kopf nach. Er konnte kaum fassen, was sich bei Goldmann so selbstverständlich anhörte.

»Selbst wenn Ihre Therapie wirkt, was ich bezweifle«, sagte er, »glauben Sie im Ernst, dass ich mich tausend Jahre lang für Ihre Nachuntersuchungen zur Verfügung stelle?«

Was bildete dieser verrückte Wissenschaftler sich eigentlich ein? Dass er, Nangala, ihm aus Dankbarkeit die Füße küssen würde? Sobald er hier raus war, würde er umgehend dafür sorgen, dass Goldmann und alle, die mit ihm zusammenarbeiteten, hinter Schloss und Riegel kamen.

»Ich fürchte, Sie haben keine andere Wahl«, entgegnete Goldmann kalt. »Sie sind für die Wissenschaft viel zu wichtig, als dass ich Sie gehen lassen könnte.«

Es dauerte ein paar Sekunden, bis Anthony Nangala begriff. Er spürte, wie ihm das Blut aus dem Gesicht wich. »Sie wollen mich tausend Jahre lang gefangen halten?«, murmelte er.

Goldmann lächelte kalt. »Das Wort lebenslänglich bekommt da eine ganz neue Bedeutung, nicht wahr?«

Reyhan Abdallah fühlte sich schwach, noch schwächer als in den vergangenen Tagen. Seit sie die Arbeit bei Doktor Goldmann wieder aufgenommen hatte, spürte sie, wie ihre Kräfte schwanden.

Dabei hatte sie beinahe ein Jahr lang pausiert, um sich zu schonen und ihr Tief zu überwinden. Wahrscheinlich hatte niemand wirklich daran geglaubt, dass sie jemals wieder das Krankenhaus verlassen würde. Doch sie hatte tapfer gegen ihre Krankheit angekämpft und gesiegt, wenigstens in dieser Runde. Wie es um ihre Zukunft stand, lag freilich im Dunkeln.

Sie kämpfte gegen die Tränen an und schluckte ihre Verzweiflung hinunter. Nicht aufgeben!, befahl sie sich. Aber das war gar nicht so einfach, wenn jede Bewegung Mühe kostete und schon das leiseste Kitzeln in der Nase Todesangst auslöste. Das HIV-Virus, das seit acht Jahren in ihrem Körper wütete, schickte sich an, wieder Herr über sie zu werden, vielleicht zum allerletzten Mal. Sie spürte, wie sie zu zittern begann.

Aber solange sie im Team von Doktor Goldmann arbeitete, gab es zumindest noch einen Funken Hoffnung. Nicht nur für sie. Auch für ihren Mann, der sie mit der grauenhaften Seuche angesteckt hatte, und für ihren Sohn, der bereits seit seiner Geburt an Aids litt. Reyhan Abdallah wollte gar nicht hunderte von Jahren alt werden. Ihr einziges Ziel war, ein *normales* Alter zu erreichen. Sie wollte ihren Sohn aufwachsen sehen und mehr Zeit haben, um ihrem Mann den verhängnisvollen

Seitensprung zu verzeihen. Sie wollte noch mehr Kinder – und eines Tages Enkel. Und genau dieses Geschenk wollte sie auch allen anderen HIV-Infizierten machen: die Aussicht auf ein normales Leben. Allein aus diesem Grund hatte sie die Arbeit hier angenommen.

Doktor Goldmann, der sie seinerzeit als Laborassistentin eingestellt hatte, wusste über ihre Immunschwäche Bescheid. Er hatte ihr von Anfang an klar gemacht, dass seine Forschungen auch Aidspatienten zugute kommen würden. Durch die von ihm angestrebte verbesserte Teilungsfähigkeit der Körperzellen verlangsame sich die Ausbreitung der zellulären Immunschwäche und somit der Verlauf der HIV-Erkrankung. Er halte eine Lebenserwartung von fünfzig bis achtzig Jahren für durchaus realistisch, hatte er gesagt.

Reyhan spürte eine Berührung an der Schulter. »Alles klar mit dir?«

Sie war so in Gedanken gewesen, dass sie ganz vergessen hatte, wo sie sich befand. Im Frischzellen-OP. Sie drehte sich um. Vor ihr stand Mustil Massuf, ein knapp vierzigjähriger Araber, dessen Tochter an vorschneller Vergreisung litt. Das Mädchen war erst neun, sah jedoch aus wie eine Siebzigjährige. Eine grausame Laune der Natur, genannt Hutchinson-Guilford-Syndrom oder kürzer: Progerie. Auch bei dieser Krankheit waren Doktor Goldmann zufolge die Aussichten auf Heilung gut, zumindest auf eine Verzögerung des Krankheitsverlaufs.

Auf die eine oder andere Weise hat jeder hier ein Eigeninteresse am Erfolg des Projekts, dachte Reyhan. Zu Mustil Massuf sagte sie: »Danke, es geht. Ich bin heute nur ein bisschen schwach auf den Beinen.«

Mustil widmete sich wieder seiner Arbeit. Er entfaltete ein grünes Tuch mit keimfreier Beschichtung über einem Chromtisch, öffnete einen Satz in Schutzfolie eingeschweißtes Chirurgenbesteck und ordnete es auf dem Tuch an.

Reyhan kämpfte ihre Erschöpfung nieder und streifte sich Latexhandschuhe über. Beim Gedanken an die bevorstehende Frischzellengewinnung überlief sie eine Gänsehaut. Sie hatte bei der Prozedur zum letzten Mal mitgeholfen, kurz bevor sie ins Krankenhaus eingeliefert worden war – vor über einem Jahr. Die lange Pause hatte ihr vormals abgestumpftes Nervenkostüm sensibilisiert. Bei dem Gedanken an das, was im Lauf der nächsten anderthalb Stunden auf sie zukam, fühlte sie sich elend.

Denk daran, wofür du es tust, sagte sie sich. Dennoch erregten die Erinnerungen an früher ihren Widerwillen. Meistens wurden die Frischzellen aus Ziegen oder Schafen hergestellt – ein auf der ganzen Welt übliches Vorgehen, das jedoch immer wieder zu Abwehrreaktionen führen konnte. Daher waren zuletzt auch Affen für die Frischzellengewinnung verwendet worden, genauer gesagt Schimpansen, die Scheich Assad aus Zaire und dem Kongo hatte einfliegen lassen. Aufgrund ihrer nahen Verwandtschaft zum Menschen verlief die Therapie nun mit deutlich weniger Komplikationen.

Für die Frischzellengewinnung wählte man in aller Regel nur hochträchtige Muttertiere und Jungtiere aus. Sie wurden getötet und geschlachtet. Anschließend entnahm Goldmann dem Muttertier durch Kaiserschnitt den Fötus, der als Lieferant für mehr als 60 verschiedene Zellarten diente. Von Mutter und Jungtier wurden nur jene Organe verwendet, die beim Fötus noch nicht voll ausgereift waren – Eierstöcke beziehungsweise Hoden, Hypophyse, Nebennieren und so weiter. Sämtliche Gewebeproben mussten anschließend zu Zellbreien verarbeitet werden, aus denen man wiederum die Frischzellen herausfiltern konnte. Für jede Zellart des menschlichen Körpers musste ein separater Zellbrei angesetzt werden. Am Ende wurden dem Patienten die Frischzellenpräparate durch Spritzen verabreicht, möglichst nahe am entsprechenden Organ. Das brachte die besten Ergebnisse.

Doch selbst die Affenzellen-Präparate veranlassten den menschlichen Körper immer wieder zu Abwehrreaktionen. Für einen gesunden Organismus stellte dies kaum ein Problem dar. Sogar die Schaf- und Ziegenzellen riefen normalerweise keine allzu unangenehmen oder gar gefährlichen Nebenwirkungen hervor. Doch für Reyhan und alle anderen, die wie sie an Aids litten, kam die Frischzellentherapie nicht infrage, da selbst die kleinsten Unregelmäßigkeiten tödliche Folgen haben konnten.

Doch Doktor Goldmann hatte ihr gegenüber angedeutet, dass er in den vergangenen zwölf Monaten sein Verfahren weiterentwickelt und dabei deutliche Fortschritte erzielt habe. Fortschritte, die auch ihr helfen konnten. Reyhan war gespannt, was er damit meinte.

Wie aufs Stichwort öffnete sich die Tür zum OP-Saal, und Goldmann kam herein. Ihm folgte eine ganze Gruppe medizinischer Helfer, alle in weißen Kitteln und mit Mundschutz. Zwei von ihnen schoben Liegen vor sich her. Unter aufgewölbten grünen Tüchern erkannte Reyhan die Umrisse der bereits getöteten Labortiere.

Ihr fiel ein, dass sie noch keinen Mundschutz trug, und sie holte ihr Versäumnis nach. Doch als sie dann zu den anderen trat und die Helfer die grünen Tücher von den OP-Liegen zogen, blieb Reyhan beinahe das Herz stehen. Vor ihr lagen weder Schafe noch Ziegen, noch Affen, sondern eine schwangere Frau und ein etwa zehnjähriger Junge, beide schwarz und beide nackt.

Reyhan begriff. Heute wurden die Frischzellen aus *menschlichen* Organen gewonnen.

Als Doktor Goldmann erste Anweisungen erteilte und zum Skalpell griff, um den Embryo aus dem Mutterleib zu entfernen, spürte Reyhan, wie sich ihr der Magen umdrehte. Sie rannte aus dem OP zur nächsten Toilette und übergab sich.

Zwei Stunden später hatte sie sich noch immer nicht beruhigt. Sie saß im Aufenthaltsraum, in der einen Hand einen Becher Kaffee, in der anderen eine glimmende Zigarette. Eigentlich hatte sie vor Jahren mit dem Rauchen aufgehört, aber heute brauchte sie etwas, um ihre Nerven zu beruhigen. Die Schachtel, die vor ihr auf dem Tisch lag, war bereits halb leer. Besser fühlte Reyhan sich jedoch nicht.

Die Tür schwang auf, und Mustil Massuf steckte den Kopf ins Zimmer. »Da bist du ja«, sagte er. Als Reyhan nicht reagierte, kam er herein und setzte sich zu ihr. »Hast du geweint?«

Sie nickte wortlos. Ja, sie hatte geweint, fast die gesamten letzten zwei Stunden. So heftig, dass sie jetzt Kopfweh hatte.

»Doktor Goldmann hat dich nicht vorgewarnt?«, fragte Mustil.

»Nein, hat er nicht.«

Mustil zögerte. »Ich weiß, dass wir mit unserer Arbeit ein Unrecht begehen«, sagte er. »Aber denk daran, wie vielen Menschen wir damit helfen können. Denk an deine Familie. Ich tue das alles jedenfalls nur für meine Tochter.«

Reyhan seufzte leise. Sie wollte jetzt nicht diskutieren. Und kein gut gemeinter Rat konnte ihr im Moment helfen. Was sie gesehen hatte, war nicht nur ein Unrecht. Es war ein grausames Verbrechen. Nicht einmal die Chance, sich selbst, ihre Familie und vielleicht sogar Millionen kranker Menschen zu retten, rechtfertigte in ihren Augen eine solche Tat.

Mustil sah ein, dass es keinen Sinn hatte, mit ihr zu reden. Er stand wieder auf. An der Tür hielt er noch einmal inne und sagte: »Übrigens, Doktor Goldmann sucht überall nach dir. Er will mit dir sprechen.«

Es bedurfte einer weiteren Zigarette und eines weiteren Bechers Kaffee, bis Reyhan sich stark genug für eine Unterredung mit ihrem Chef fühlte. Sie fragte sich, was er von ihr wollte. Ihr ins Gewissen reden? Ihr Vorhaltungen machen, weil sie sich »unprofessionell« verhalten hatte?

Da sie ihn nirgends finden konnte, fragte sie eine Kollegin, die vermutete, dass Goldmann in sein Büro gegangen sei. Dort angekommen, klopfte Reyhan an der Tür zum Vorzimmer, doch niemand antwortete. Sie wollte schon kehrtmachen und weiter suchen, als sie vermeinte, im Zimmer Stimmen zu hören. Sie klopfte abermals, wieder ohne Ergebnis. Kurz entschlossen trat sie ein.

Das Vorzimmer war leer. Goldmanns Sekretärin saß nicht an ihrem Platz, doch ihr Computermonitor war eingeschaltet. Weit konnte sie nicht sein. Reyhan überlegte, ob sie auf die Rückkehr der Sekretärin warten solle, als sie abermals etwas hörte. Leise, aufgeregte Stimmen. Ein unterdrückter Wortwechsel, eindeutig aus Doktor Goldmanns Büro, dessen Tür zum Vorzimmer nur angelehnt war.

Die Unterhaltung wurde auf Englisch geführt, doch Reyhan verstand genug.

»Nicht jetzt! Sie muss jeden Augenblick hier sein. Lassen Sie uns später darüber sprechen!« Das war Goldmann.

»Wir können niemanden im Labor arbeiten lassen, der eine Gefahr für uns darstellt.« Die Stimme von Scheich Assad. »In sechs Tagen wollen wir uns selbst einer Verjüngungskur unterziehen. Ich will nicht, dass so kurz vor dem Ziel noch etwas schief geht!«

»Die Frau stellt keine Gefahr dar. Sie war nur nicht auf dem aktuellen Stand der Dinge und deshalb überrascht. Bislang hatte sie nur mit Tierversuchen zu tun.«

Reyhans Vermutung bestätigte sich: Die beiden sprachen über sie. Neugierig trat sie näher an die Tür.

Jetzt wieder Assad: »Ich weiß, dass Sie eine Schwäche für die Frau haben. Aber sorgen Sie gefälligst dafür, das sie nicht die Nerven verliert und herumerzählt, was in diesem Labor vor sich geht.«

»Sie wird nichts dergleichen tun, weil sie selbst von diesem Projekt profitieren will.«

»Irgendwann wird sie merken, dass wir ihr nicht helfen können!«

»Ich werde schon dafür sorgen, dass sie weiterhin daran glaubt.«

Was weiter gesprochen wurde, nahm Reyhan nicht mehr wahr. Wie gelähmt stand sie an der Bürotür und versuchte, wieder die Kontrolle über sich zu erlangen. Doktor Goldmann hatte sie jahrelang belogen! Zuerst der Schock mit den Frischzellen und jetzt das!

Reyhan hatte das Gefühl, ihr würde jemand den Boden unter den Füßen wegziehen, sodass sie in ein bodenloses schwarzes Loch fiel.

Es gibt keine Rettung, dachte sie verstört. Weder für meine Familie noch für mich, noch für sonst einen HIV-Infizierten auf der Welt. Verzweiflung und Wut trieben ihr Tränen in die Augen. Goldmann und Assad hatten mit ihrer Hoffnung gespielt und sie schamlos ausgenutzt!

Hinter der angelehnten Tür bemerkte sie eine Veränderung. Sie hörte nun keine Stimmen mehr, sondern Schritte. Das Gespräch war beendet.

In Reyhan Abdallahs Kopf überschlugen sich die Gedanken.

Wenn Goldmann und Assad mich hier sehen, werden sie argwöhnen, dass ich gelauscht habe!, schoss es ihr durch den Kopf. Dann werden sie wissen, dass sie mir nicht mehr vertrauen können. Ich muss von hier verschwinden!

Um sich auf dem blanken Linoleumboden nicht zu verraten, zog sie rasch die Schuhe aus. Dann rannte sie so schnell sie konnte hinaus auf den Flur. Leise schloss sie die Tür hinter sich. Geschafft! Sie schlüpfte wieder in ihre Schuhe. Jetzt nur noch um die nächste Ecke, dann war sie endgültig außer Gefahr.

Noch bevor sie den nächsten Quergang erreichte, spürte sie, wie hinter ihr die beiden Männer in den Flur traten. Prompt hörte sie Goldmann rufen: »Reyhan? Reyhan, sind Sie das?«

Sie drehte sich um und gab sich Mühe, einen unverfänglichen Eindruck zu machen. Doktor Goldmann winkte sie zu sich, während er gleichzeitig Assad verabschiedete. Der Scheich ging in die entgegengesetzte Richtung davon.

»Ich habe schon nach Ihnen suchen lassen, Reyhan«, sagte Goldmann. »Wo haben Sie gesteckt? Ich habe mir Ihretwegen Sorgen gemacht.«

»Ich musste mir ein paar Zigaretten gönnen«, gestand sie.

Goldmann nickte und fixierte sie mit seinen durchdringenden Augen. »Es tut mir Leid«, sagte er. »Ich hätte Sie warnen müssen vor dem, was Sie heute im OP erwartet hat. Es war mein Fehler. Lassen Sie uns in meinem Büro darüber sprechen, in Ordnung?«

Sie folgte ihm in das fensterlose, aber gemütlich eingerichtete Zimmer. Hier gab es kein Linoleum, sondern Parkettboden. Der Schreibtisch und der mit orientalischem Bezug bespannte Sessel standen auf einem großen, handgeknüpften Perserteppich. Hinter dem Sessel befand sich eine beeindruckende Bücherwand.

Reyhan und Goldmann setzten sich an einen Besprechungstisch.

»Geht es Ihnen wieder besser?«, fragte der Wissenschaftler.

»Ein wenig«, log Reyhan. Was hätte sie sagen sollen? Dass sie sich auf keinen Fall an den Abscheulichkeiten beteiligen würde, die in diesem Labor begangen wurden?

»Ich kann Ihre Reaktion gut verstehen.« Bei diesen Worten legte Goldmann seine Hand auf die ihre. Eine sanfte, beinahe schon zärtliche Berührung. »Ich bin selbst angewidert von der Art und Weise, wie wir vorgehen müssen – Menschen zu töten, damit andere Menschen leben können. Es ist schrecklich, aber es ist notwendig.« Er blickte ihr durchdringend in die Augen. Sie erschauderte angesichts der beinahe magischen Kraft, die Goldmann ausstrahlte. »Ich bin sicher, wir werden später noch andere, humanere Lösungen finden. Aber zurzeit ist es der einzige Weg, um Komplikationen auszuschließen.«

Reyhan spürte, wie ihr die Tränen in die Augen schossen.

Behutsam drückte Doktor Goldmann ihre Hand. »Denken Sie an Ihre Krankheit«, beschwor er sie. »Erinnern Sie sich daran, was ich Ihnen versprochen habe, als Sie hier zu arbeiten angefangen haben: Eines Tages werden Sie, Ihr Sohn und Ihr Mann von unseren Forschungen profitieren. Und dieser Tag ist nicht mehr fern.«

Reyhan Abdallah atmete tief durch und nickte, um den Eindruck zu erwecken, dass Goldmann sie wieder auf seine Seite gezogen habe. Aber das genaue Gegenteil war der Fall. Goldmann hatte sie nicht nur in der Vergangenheit belogen, er tat es auch jetzt noch. Diesmal aber fiel sie nicht mehr auf seine Lügen herein.

»Vorhin im OP … das war ein Schock für mich«, sagte Reyhan in der Hoffnung, ein glaubwürdiges Schauspiel zu bieten. »Ich brauche Zeit, um mich an die neue Situation zu gewöhnen.«

»Selbstverständlich. Versuchen Sie, übers Wochenende ein bisschen Abstand zu gewinnen. Und in der kommenden Woche lassen Sie es etwas ruhiger angehen, bis der Schreck sich gelegt hat.«

Sie standen auf und gingen zur Tür.

»Ich freue mich, dass wir weiter zusammenarbeiten«, sagte Goldmann. »Ich hätte Sie nur ungern aus meinem Team verloren.«

Reyhan rang sich ein Lächeln ab und verschwand aus dem Zimmer.

Goldmann sah ihr mit zwiespältigen Gefühlen hinterher. Reyhan Abdallah gefiel ihm. Sehr sogar. Sie war eine Schönheit, jung, zart und schlank. War sie in seiner Nähe, so wie eben, kostete es ihn all seine Selbstbeherrschung, sich im Zaum zu halten. Schon das leichte Berühren ihrer Hand hatte ihm einen wohligen Schauder durch den Körper gejagt. Wenn sie nur nicht mit dieser schrecklichen Krankheit geschlagen wäre.

Goldmann wünschte ehrlich, ihr helfen zu können – zugegebenermaßen nicht nur um ihretwillen, sondern auch im eigenen Interesse. Natürlich wusste er von ihrer Familie, von ihrem kranken Sohn und ihrem kranken Mann, und er war ziemlich sicher, dass zwischen Reyhan Abdallah und ihm niemals mehr sein würde als ein paar Blicke und flüchtige Berührungen. Dennoch – ein Teil von ihm begehrte sie, ob er es wollte oder nicht.

Doch Assad hatte Recht: Die Frau konnte unter Umständen das Projekt gefährden. Und obwohl sie sich einsichtig gegeben hatte, traute Goldmann ihr nicht. Der Schock über die neue Methode der Frischzellengewinnung saß bei ihr tiefer, als sie ihn glauben machen wollte. Sie hatte ihm etwas vorgespielt. Dennoch war Goldmann sicher, dass sie sich bald wieder beruhigen würde – spätestens, wenn die Hoffnung auf den Sieg über Aids wieder die Oberhand gewann.

Doch bis dahin musste er Vorsicht walten lassen.

Er ging in sein Büro zurück, griff nach dem Telefonhörer und wählte schweren Herzens eine Nummer. Nach dem zweiten Klingeln meldete sich Mats Leclerc, Assads Sicherheitsbeauftragter. Goldmann erklärte ihm das Problem und bat ihn, in den nächsten Tagen ein Auge auf die Frau zu haben.

Nachdem er aufgelegt hatte, fühlte er sich auf eigentümliche Weise leer. Wenn die Frau mit jemandem darüber sprach, was sie heute gesehen hatte, würde Leclerc handeln, das wusste Goldmann nur zu gut. Im Zweifel würde er jeden ungewollten Mitwisser töten, auch Reyhan Abdallah. Goldmann hoffte inständig, dass sie keine Dummheiten machte.

50.

Tom Tanaka gähnte und streckte sich, so gut es in dem kleinen, mit modernster Technik voll gestopften Überwachungswagen eben ging. Er kam sich vor, als hätte er die Nacht in der Gosse verbracht. Er war müde, ausgelaugt und verschwitzt. Sein Kopf fühlte sich hohl an. Und wenn er an den nächsten Bericht für Lyon dachte, überkam ihn der blanke Frust. In letzter Zeit häuften sich die Misserfolge.

»Sie hat uns gelinkt«, murmelte er.

Jussuf Ishak, der Techniker, warf ihm einen Blick zu. Dunkle Ringe zeichneten sich unter seinen Augen ab. »Mosehni?«

Tanaka nickte. »Sie hat geblufft. Sie will Walsh gar nicht an Interpol ausliefern. Hatte es nie vor. Sie wollte sich von Anfang an mit ihm aus dem Staub machen. Ich hätte ihr nicht trauen dürfen. Dumont wird mich dafür umbringen, dass ich sie nicht sofort verhaftet habe.«

Tanaka rieb sich die Stirn und gähnte abermals. Sein Schädel schmerzte, als er an den gestrigen Abend dachte – an den Wagen, der Mosehni und Walsh abgeholt hatte, an die Verfolgungsjagd, an die Enttäuschung, nachdem er und Ishak das Ziel aus den Augen verloren hatten.

Seitdem warteten die beiden Beamten vor dem Jeddah Sheraton auf die Rückkehr der beiden Gesuchten, bislang ohne Erfolg.

Die nächste Beförderung wird wohl noch eine Weile auf sich warten lassen, dachte Tanaka trübsinnig.

Er nahm den Telefonhörer ab, um die Nummer der Interpol-Zentrale in Lyon zu wählen. »Warum auf einen Anschiss warten, wenn man ihn auch gleich haben kann?«, meinte er sarkastisch. Doch Ishak hielt Tanakas Hand fest und deutete mit dem Kopf auf den Videomonitor in der Mitte der Überwachungskonsole. Ein Stein der Erleichterung fiel Tanaka vom Herzen, als er Lara Mosehni und Emmet Walsh erkannte, die soeben eins der Hotelzimmer betraten. »Ich frage mich, wo die beiden die ganze Nacht gewesen sind«, raunte er.

Lara und Emmet legten ihre Unterlagen auf den Tisch und setzten sich.

»Ich bin völlig erledigt«, sagte Lara, während sie den Kopf kreisen ließ, um die Verspannungen zu lockern. »Soll ich uns einen Kaffee bestellen?«

»Gute Idee. Am besten einen ganzen Eimer – für jeden von uns.«

Lara lächelte müde, ging zum Telefon und gab die Bestellung auf.

»Wird in ein paar Minuten gebracht«, sagte sie und ließ sich wieder auf den Stuhl sinken. Emmet hatte inzwischen die Unterlagen ausgebreitet, die sie in der Nacht aus Omar Larbis Büro geklaut hatten.

Auf einem großen Bogen Papier war der Grundriss von Scheich Assads Palast zu sehen. Mehrere kleinere Blätter zeigten Detailpläne. Aus der Draufsicht stellte das Grundstück ein perfektes, in Ost-West-Richtung ausgerichtetes Rechteck dar – 350 Meter breit, 700 Meter lang –, umgeben von einer dicken, begehbaren Mauer und an jeder Ecke je einem beeindruckenden Wehrturm. An der Westflanke ging die Mauer nahtlos in den eigentlichen Palastbau über, der von zwei weiteren, noch imposanteren Türmen flankiert wurde. Nach Osten hin erstreckte sich die weitläufige Gartenanlage.

»In der Südmauer ist ein Tor«, stellte Emmet fest. »Wahrscheinlich für Lieferanten. Oder fürs Personal.«

Lara bemerkte, dass er kaum noch die Augen offen halten konnte. Ihr selbst ging es kaum anders, und sie fragte sich, wie lange der Kaffee noch auf sich warten ließ.

Sie begutachteten die nächste Grundrissdarstellung – das Obergeschoss des Palastgebäudes. Wie bereits im Erdgeschoss gab es hier viele Zimmer, jedes verschwenderisch groß und der vielen Fenster wegen völlig ungeeignet, um ein oder gar mehrere Gekidnappte darin gefangen zu halten. Interessanter erschien Emmet und Lara da schon der Keller, der auf der nächsten Seite abgebildet war. Aber erst als sie ein separates Papier mit der Überschrift »Labor« zur Hand nahmen, wussten sie, dass sie dem Ziel ihrer Suche näher als jemals zuvor waren.

Eine Datumsangabe rechts oben verriet, dass dieser Trakt erst nachträglich erbaut worden war. Lara hatte dies bereits bei ihren Internet-Recherchen herausgefunden. Dennoch spürte sie plötzlich ein Kribbeln auf der Haut. Sie legte das Papier am Kellergrundriss an und stellte fest, dass der eingezeichnete Durchgang exakt passte. Das Labor war also tatsächlich ein unterirdischer Anbau.

»Es scheint nur einen Zugang zu geben«, sagte Lara. »Über diesen Raum hier – das Aquarium.«

Emmet nickte bloß; er war zu müde, um sich zu äußern.

Es klopfte an der Tür. »Zimmerservice.«

Lara stand auf, öffnete und nahm der jungen Hotelangestellten ein Tablett mit zwei dampfenden Kaffeetassen ab. »Schreiben Sie die Rechnung bitte aufs Zimmer an«, bat sie und drückte dem Mädchen ein Trinkgeld in die Hand.

Als Lara zum Tisch zurückkam, schlief Emmet in seinem Stuhl. Die Hände hatte er über dem Leib gefaltet, der Kopf lag seitlich gekippt auf der Schulter. Die Art und Weise, wie er bei jedem Atemzug leise, säuselnde Geräusche von sich gab, erinnerte Lara an ihren Großvater. Emmet sah aus wie die Sanftmut in Person – so gar nicht wie jemand, der einen Polizisten getötet hatte.

Lara seufzte. Verbrecher sehen nie wie Verbrecher aus, dachte sie. Verdammt, Emmet, warum hast du das getan?

51.

Auf dem Essenswagen, den Reyhan Abdallah vor sich her schob, dampfte eine frisch zubereitete Suppe, doch der Geruch bereitete ihr Übelkeit. Sie musste immerzu an die hochschwangere Frau und das Kind im Frischzellen-OP denken. Am liebsten wäre sie augenblicklich nach Hause gegangen, zwang sich jedoch zum Weitermachen, um keinen Verdacht zu erregen. Zuallererst musste sie wieder einen klaren Kopf bekommen. Dann würde sie entscheiden, wie sie weiter vorgehen sollte.

Sie betrat Anthony Nangalas Zimmer. Der Mann lag noch immer gefesselt in seinem Bett.

»Ich habe Ihnen etwas zu essen gebracht«, sagte sie.

»Ich hab keinen Appetit.«

»Sie *müssen* essen.«

»Ach ja? Weshalb?« Seine Stimme klang ganz anders als heute Vormittag, als sie ihn zuletzt gesehen hatte. Härter. Verächtlicher.

»Um wieder zu Kräften zu kommen«, antwortete sie.

Er schnaubte. »Und wozu? Damit Goldmann nicht sein wichtigstes Versuchskaninchen verliert?«

Reyhan schluckte eine Bemerkung hinunter und setzte sich mit dem Teller an Nangalas Bett. »Ich werde Sie füttern.«

»Wenn Sie mir unbedingt einen Gefallen tun wollen, dann töten Sie mich!«, zischte Nangala. »Ich will nicht für den Rest meines Lebens Goldmanns Gefangener sein. Schon gar nicht ein paar Hundert Jahre lang.«

Allmählich dämmerte Reyhan, was in Anthony Nangala gefahren war. »*Das* hat Doktor Goldmann Ihnen gesagt?«, fragte sie. »Dass Sie sein Gefangener bleiben?«

Der Mann sah sie mit steinernem Blick an. »Sparen Sie sich Ihre Heuchelei. Sie wissen verdammt gut, was er mit mir vorhat.«

Reyhan hatte es bislang nicht gewusst, aber nach der Erfahrung im OP wunderte sie nichts mehr. Zum wiederholten Mal an diesem Tag schossen ihr Tränen in die Augen. Was für ein Mensch war Goldmann nur?

Nein, er ist kein Mensch, dachte Reyhan. Er ist ein Irrer. Eine Bestie. Ein *Monster.* Warum habe ich das nicht schon viel früher bemerkt?

Sie beantwortete sich die Frage gleich selbst: Erstens, weil Goldmann vor ihrer Einlieferung ins Krankenhaus noch keine Menschen für seine Forschungen missbraucht hatte. Und zweitens, weil sie die Augen vor der Realität verschlossen hatte. Ja, dachte sie, das ist die traurige Wahrheit. Die Hoffnung, mit Goldmanns Hilfe Aids besiegen zu können, hatte sie blind gemacht.

»Bitte, helfen Sie mir!«, sagte Nangala. »Ich sehe Ihnen an, dass Sie nicht zu diesen seelenlosen Robotern gehören, die hier ihren Dienst verrichten. Sie haben ein Herz, das *weiß* ich. Sie sind meine einzige Hoffnung.«

Hoffnung, dachte Reyhan. Was ist das schon? Sie selbst hatte ebenfalls Hoffnungen gehabt, die sie nun begraben musste. Aber sie wusste, dass Anthony Nangala Recht hatte. Wenn sie ihm nicht half, würde es kein anderer tun.

Anthony Nangala spürte, dass Reyhan Abdallah auf seiner Seite stand.

Dennoch sagte sie: »Ich kann Sie nicht aus diesem Labor bringen. Wir würden keine hundert Meter weit kommen. Der Zugang zu diesem Trakt wird videoüberwacht. Und selbst wenn wir in den Palast kämen – dort gibt es dutzende von Wachen.«

Das war ein Problem. Aber wenigstens signalisierte die Frau, dass sie bereit war, ihm zu helfen.

»Vielleicht werde ich die Polizei informieren«, sagte sie. »Ich …« Sie hielt inne. Eine Träne lief ihr über die Wange.

Nangala begriff, das irgendetwas vorgefallen sein musste. Nur seinetwegen würde die Frau nicht weinen. Aber er scheute sich, sie nach dem wahren Grund zu fragen, um nicht weiter in ihren Wunden zu stochern. Am liebsten hätte er sie in die Arme geschlossen und getröstet, doch die Fesseln hinderten ihn daran.

»Wir befinden uns also in der Nähe eines Palasts?«, fragte Nangala.

Die Frau nickte und erklärte ihm die Situation.

Nangala überlegte. »Assad wird die Polizei wohl kaum freiwillig ins Labor lassen«, sagte er. »Das heißt, die Beamten müssten sich gewaltsam Zutritt verschaffen. Stellen Sie sich vor, wie es wäre, wenn ein Trupp Polizisten sich mit der Palastwache eine Schießerei liefert. Das würde vermutlich eine ganze Weile dauern. Dadurch bekämen Goldmann und Assad genügend Zeit, sich aller belastenden Beweise zu entledigen.«

Die Frau schluckte. »Sie meinen den Hochofen?«

»Ich hatte nichts Bestimmtes gemeint«, sagte Nangala. »Aber etwas in der Art, ja.«

»Also keine Polizei?«

»Nein.«

»Was schlagen Sie dann vor?«

Nangala dachte angestrengt nach. Er fragte sich, ob nur Donna Greenwood mit Goldmann und Assad sympathisierte oder ob noch mehr Mitglieder der Gemeinschaft ihre Finger in diesem schaurigen Spiel hatten. Wem konnte er am ehesten trauen?

Er entschied sich für Lara Mosehni, nicht nur, weil sie ein

Team mit ihm bildete und er von vornherein einen guten Eindruck von ihr gehabt hatte, sondern vor allem, weil sie dem Orden erst seit ein paar Monaten angehörte. So schnell konnte sie schwerlich in Versuchung geraten sein, ihre neu gewonnenen Ideale zu verraten.

»Würden Sie für mich eine E-Mail verschicken?«, bat er.

Reyhan nickte. »Welche Nachricht? Und an wen?«

»Haben Sie etwas zu schreiben?«

Die Frau zog einen Kugelschreiber aus ihrer Brusttasche und benutzte eine Serviette als Papier. Anthony Nangala diktierte ihr Lara Mosehnis E-Mail-Adresse und eine verschlüsselte Botschaft, weil er nicht wusste, ob Donna oder sonst jemand ihre elektronische Post überprüfen würde. Niemand außer Lara würde seine Nachricht entschlüsseln können.

»Da ich das Bett nicht verlassen kann, gibt es jetzt nur noch ein Problem«, sagte Nangala zögerlich. »Würden Sie mir einen weiteren Gefallen tun?«

»Einen weiteren Gefallen? Welchen?«

»Ich weiß, es klingt verrückt, aber fliegen Sie für mich nach Frankreich. Ich flehe Sie an!«

52.

Lara schlief wie ein Stein in ihrem Hotelbett, als das Telefon klingelte. Schlaftrunken nahm sie ab. »Ja?«

»Hier Tanaka.«

Augenblicklich war Lara hellwach. Ein Anruf Tanakas konnte nichts Gutes bedeuten. »Was gibt's?«, fragte sie knapp.

»Das würde ich gern von Ihnen wissen.«

Lara verstand überhaupt nichts. »Wie meinen Sie das?«

»Interpol hat vor einer halben Stunde eine E-Mail-Nachricht für Sie abgefangen. Eine ziemlich merkwürdige. Ich möchte gern wissen, was sie zu bedeuten hat.«

Lara strich sich mit der Hand eine Haarsträhne aus dem Gesicht. »Schießen Sie los.«

»Geschrieben wurde die Nachricht höchstwahrscheinlich über ein Handy mit Internet-Zugang. Wem das Handy gehört, konnten wir nicht zurückverfolgen. Die Nachricht lautet: *Triff dich morgen um 16 Uhr vor dem türkischen Bad mit mir, so wie beim letzten Mal. A. N.* Wem das Handy gehört, konnten wir nicht zurückverfolgen. Wer ist A. N.?«

Lara konnte die Neuigkeit kaum glauben. »Anthony Nangala«, murmelte sie. War er tatsächlich am Leben? Und noch dazu frei? »Ein Mitglied des Ordens, dem ich angehöre. Wir sind so etwas wie Partner.«

»Verlobt?«

»Du liebe Güte, nein. Partner wie … wie ein Polizeiteam.

Wir arbeiten zusammen, informieren uns gegenseitig, halten uns gelegentlich den Rücken frei.«

»Und wo befindet sich dieses türkische Bad, vor dem Sie sich mit ihm treffen sollen?«

Das war das Problem. Lara konnte selbst nichts damit anfangen. »Wir haben uns nie vor irgendeiner Badeanstalt getroffen«, sagte sie. »Ich habe keine Ahnung, was er damit meint.«

»Miss Mosehni, ich bin nicht in der Stimmung, an der Nase herumgeführt zu werden!« Tanakas Tonfall war plötzlich scharf. »Ich habe Sie gestern Nacht aus den Augen verloren. Ein zweites Mal wird mir das nicht passieren. Vergessen Sie nicht, dass ich am längeren Hebel sitze. Wenn ich will, kann ich Sie jederzeit festnehmen lassen! Also noch einmal: Wo wollen Sie beide sich treffen?«

Lara spürte, wie Zorn in ihr aufstieg. Sie wusste mit Anthonys Nachricht tatsächlich nichts anzufangen. Das letzte Mal hatte sie ihn in Paris gesehen. *Vor dem türkischen Bad, wie beim letzten Mal.* Aber da war nirgends ein türkisches Bad in der Nähe gewesen.

Im Geiste ging sie noch einmal sämtliche Zusammenkünfte mit Anthony Nangala durch. Seit sie dem Orden beigetreten war, hatte sie ihn knapp ein halbes Dutzend Mal getroffen. In Rom, Bergen, Davos, Toronto und zuletzt in Paris. Während sie sich unterhielten, hatten sie eine ausgiebige Besichtigungstour durch die Stadt unternommen, hatten den Eiffelturm bestiegen, waren an der Seine entlanggebummelt und anschließend …

»Paris! Natürlich!«, platzte sie heraus. Endlich war ihr der zündende Gedanke gekommen. »Ich muss in den Louvre.«

Lara begab sich in die Lobby des Jeddah Sheraton und ließ sich ein Ticket für den nächsten Flug nach Paris reservieren. Außerdem machte sie dem Rezeptionisten so lange schöne Augen, bis dieser sich bereit erklärte, sie an den Internet-PC des Hotels zu lassen. Sicher trug auch ihre erfundene Geschichte über ihren sterbenskranken Vater dazu bei, den Mann zu erweichen.

Als sie fünfzehn Minuten später bei Emmet im Zimmer war und er sie fragte, wie sie Anthony Nangalas Nachricht erhalten habe, hatte sie jedenfalls eine Erklärung parat: weibliche Intuition. Nicht sehr originell, aber Emmet schien sich damit zufrieden zu geben. Und falls er vorhatte, dieses Märchen nachzuprüfen, würde der Rezeptionist sich bestimmt an sie erinnern.

Emmet war von der Neuigkeit ebenso überrascht wie sie. »Wenn Anthony gar nicht in New York gekidnappt wurde«, sagte er, »warum ist er dann unserem Treffen in Leighley Castle fern geblieben?«

»Keine Ahnung. Ich werde ihn fragen, wenn ich ihn sehe.«

Emmet nickte nachdenklich. »Sei vorsichtig. Das könnte eine Falle sein.«

»Die E-Mail stammt garantiert von Anthony. Außer ihm und mir kann niemand wissen, wo wir uns das letzte Mal getroffen haben.«

»Vielleicht hat man ihn mit Gewalt zum Reden gebracht. Pass gut auf dich auf!«

Die Eindringlichkeit seiner Worte machte Lara deutlich, wie ernst er es meinte. Ihm lag etwas daran, dass ihr nichts zustieß.

»Ich werde vorsichtig sein«, sagte Lara. »Versprochen.«

Wenige Stunden später saß sie in einer Boeing 737 mit Flugziel Paris. Sie verschlief beinahe den gesamten Flug. Da es bereits mitten in der Nacht war, als sie in Paris eintraf, nahm sie sich vor Ort ein Hotel. Von dort aus machte sie sich am Samstagvormittag auf den Weg in die Stadt.

Sie traf um kurz vor eins an der Glaspyramide des Louvre ein und stellte sich hinten in der Warteschlange an. Zwei Stunden später passierte sie den Eingang eines der bedeutendsten Kunstmuseen der Welt.

Es dauerte eine Weile, bis sie den Raum fand, den sie suchte.

Genauer gesagt, das Bild. »Das türkische Bad« von Ingres. Beim letzten Treffen hatte Anthony Nangala ihr erstaunlich viel über das Gemälde und den Künstler erzählt. Nur deshalb hatte sie sich wieder daran erinnert.

Triff dich morgen um 16 Uhr vor dem türkischen Bad mit mir, so wie beim letzten Mal.

Sie warf einen Blick auf ihre Armbanduhr. 15 Uhr 33. Noch fast eine halbe Stunde. Sie beschloss, die Zeit zu nutzen, um sich ein wenig umzusehen. Für die Bilder und Büsten interessierte sie sich zwar wenig, dafür umso mehr für die Museumsbesucher. Doch sie konnte weder Anthony Nangala entdecken noch sonst jemanden, der ihr verdächtig vorkam.

Um kurz vor vier kehrte sie zum vereinbarten Treffpunkt zurück. Sie postierte sich vor dem Ingres-Bild und betrachtete es, als würde sie etwas von Kunst verstehen. Eine viertel Stunde später war Anthony Nangala noch immer nicht aufgetaucht. Lara beschlich ein ungutes Gefühl.

Noch während sie darüber nachdachte, wie es nun weitergehen solle, spürte sie eine Berührung an der Schulter. Sie fuhr herum und stand einer Frau mit Kopftuch gegenüber. Die Fremde war höchstens zwei oder drei Jahre jünger als Lara und auffällig blass, dem Aussehen nach aber eindeutig Araberin.

»Verzeihen Sie bitte, sind Sie Lara Mosehni?«

Lara nickte. Daraufhin stellte die blasse Frau sich als Reyhan Abdallah vor. Und sie erzählte eine Geschichte, bei der es Lara eiskalt über den Rücken lief.

Als Sicherheitsberater von Scheich Assad und Befehlshaber über dessen eigene kleine Privatarmee war es eigentlich unter Mats Leclercs Würde, Personenbeschattungen vorzunehmen. Doch in diesem Fall machte er eine Ausnahme, denn das Goldmann-Projekt hatte oberste Priorität. Falls Reyhan Abdallah sich als undichte Stelle erweisen sollte, würde er sie für immer zum Schweigen bringen.

Wäre es nach ihm gegangen, hätte er ihr längst eine Kugel durch den Kopf gejagt. Aber Goldmann hatte ausdrücklich darauf bestanden, sie nur im äußersten Notfall zu exekutieren. Und da Leclerc ebenfalls in den Genuss einer Lebensverlängerung kommen wollte und daher auf Goldmanns Wohlwollen angewiesen war, hielt er sich an dessen Anweisungen. Seit gestern folgte er Reyhan Abdallah wie ein unsichtbarer Schatten.

Für seine Begriffe verhielt die Frau sich ziemlich merkwürdig. Sie war unvermittelt nach Frankreich geflogen. Ihren Ehemann und ihren Sohn hatte sie allein zurückgelassen. Aber bislang machte sie keine Anstalten, mit jemandem über die Menschenversuche im Palastlabor zu sprechen. Ihre Wohnung in al-Quz wurde überwacht. Daher wusste Leclerc, dass Reyhan gegenüber ihrer Familie kein Wort davon erwähnt hatte. Und auf der Reise nach Paris hatte sie ebenfalls mit niemandem gesprochen. Der Flug war nur zu höchstens einem Drittel ausgebucht gewesen. Reyhan Abdallah war alleine in einer Dreier-Sitzreihe gesessen.

Im Lauf des heutigen Tages hatte Leclerc die Frau quer durch Paris verfolgt. Auch ihren dreistündigen Rundgang durch den Louvre hatte er genau beobachtet. Nichts Verdächtiges – bis zu dem Zeitpunkt, als sie eine andere Museumsbesucherin angesprochen hatte.

Leclerc hätte viel darum gegeben, das angeregte Gespräch der beiden Frauen belauschen zu können. Aber er wahrte Abstand, um nicht aufzufallen. Er wollte Doktor Goldmann nicht verärgern, indem er Reyhan Abdallah tötete. Zumindest wollte er so lange wie möglich damit warten.

Lara überredete Reyhan, mit ihr nach Jeddah zu fliegen, damit Emmet aus erster Hand erfuhr, was hinter den Mauern des Palasts von Scheich Assad vor sich ging.

Am King Abdul Aziz Airport bemerkte Lara zum ersten Mal den Verfolger, einen blonden Typen, Anfang vierzig, gut gebaut. Markantes Gesicht. Vermutlich hatte Tom Tanaka ihr den Mann als Aufpasser hinterhergeschickt. Lara seufzte. Wenn man auf der Liste von Interpol stand, durfte man offenbar keinen Schritt mehr unternehmen, ohne überwacht zu werden. Nun, irgendwie konnte sie Tanakas Vorsichtsmaßnahme sogar nachvollziehen.

Im Jeddah Sheraton erzählte Reyhan noch einmal von Anfang an, was sie über das Goldmann-Projekt wusste. Emmet hörte aufmerksam zu, als sie in gebrochenem Englisch berichtete, und stellte ihr nur hin und wieder Zwischenfragen. Als sie geendet hatte, wirkte Emmets Gesicht wie versteinert.

»Ich habe mitbekommen, dass Doktor Goldmann, Scheich Assad und ein paar andere führende Köpfe des Projekts sich am Donnerstag selbst therapieren wollen«, sagte sie.

»Wer sind diese anderen Leute?«

»Das weiß ich nicht. Einer ist Amerikaner. Briggs heißt er, glaube ich. Ein anderer ist Russe. Seinen Namen kenne ich nicht. Und dann ist da noch eine Frau. Eine Engländerin, soweit ich weiß. Ich habe diese Leute aber noch nie zu Gesicht bekommen.«

»Also sind es insgesamt fünf«, stellte Emmet fest.

»Mindestens. Und für jeden, der behandelt wird, müssen eine hochschwangere Frau und ein Kind sterben, um ausreichend Frischzellen zu gewinnen.«

Sichtlich angewidert fuhr Emmet sich mit beiden Händen übers Gesicht. Auch Lara fühlte sich schrecklich, obwohl sie die Geschichte nun schon zum zweiten Mal hörte. Sie stand am Fenster und blickte gedankenverloren auf die North Corniche hinunter.

Mit was für Menschen hatten sie es hier zu tun? Mit Größenwahnsinnigen, so viel stand fest. Mit Leuten, die jegliche Skrupel verloren hatten, um sich selbst in einen gottähnlichen Status zu erheben. Ein 800-jähriges Leben! Du lieber Himmel!

Auf der Straße unter ihr hupte ein Auto, was Lara von ihren

Gedanken losriss. Während sie instinktiv nach der Quelle des Geräuschs suchte, fiel ihr ein Mann auf, der unter freiem Himmel an einem kleinen runden Bistrotisch saß, einen Kaffee trank und dabei in einer Zeitung blätterte. Groß, blond, sportlich. Markantes Gesicht. Derselbe Mann wie am Flughafen.

Hinter ihr sagte Emmet gerade: »Für jeden, der sein Leben verlängern will, müssen also drei Menschen sterben – eine Schwangere, ihr Embryo und ein Kind. Allmächtiger, wohin soll das führen, wenn Goldmann seine Verjüngungskur erst im großen Stil betreibt?«

Die Antwort auf diese Frage blieb unausgesprochen, doch Lara spürte, wie sich ihr die Nackenhaare aufrichteten.

Nach einer Weile sagte Emmet: »Ich habe die Grundrisse des Palasts studiert und dabei einige Möglichkeiten entdeckt, wie wir dort eindringen können. Wenn die Entführten am Donnerstag getötet werden sollen, werden wir am Mittwoch zuschlagen. Um die Gefangenen zu befreien, dürfen wir nichts dem Zufall überlassen. Reyhan, Sie müssen uns helfen, einen genauen Überblick zu bekommen, vor allem über den Aufbau des Labors.«

Er breitete eine Blaupause auf dem Tisch aus, und Reyhan rückte sich einen Stuhl zurecht. Sie benötigte einen Augenblick, um sich auf dem Gebäudeplan zurechtzufinden. Dann aber erhellte sich ihre Miene, und sie fuhr mit dem Finger übers Papier. »Durch diese Tür gelangt man vom Keller ins Aquarium. Danach folgt dieser Gang. Links und rechts davon befinden sich ein paar Abstellkammern, dann kommen die Labors …«

Lara warf einen letzten Blick hinunter zur Straße, wo der blonde Kerl noch immer an seinem Kaffee nippte. Dann setzte sie sich zu den beiden anderen an den Tisch, um sich ein genaueres Bild über den Aufbau des Labors zu verschaffen.

Bevor Reyhan den Heimweg antrat, eine 400 Kilometer lange Busfahrt in Richtung Süden, verabredeten sie sich für den morgigen Nachmittag im Baibar-Hotel in al-Quz für eine zweite

Lagebesprechung. Reyhan reservierte telefonisch zwei Zimmer für Emmet und Lara.

»Da ist es zwar nicht so komfortabel wie hier«, sagte sie, »aber sauber und gemütlich. Meine Schwester hat dort früher als Telefonistin gearbeitet. Vom Baibar-Hotel aus ist es nur noch ein Katzensprung bis zum Palast.«

Emmet gab ihr das Geld für den Bus und entschädigte sie auch für den Abstecher nach Paris. Anschließend begleiteten er und Lara sie nach unten, wo sie in ein Taxi stieg, das sie zum Bahnhof brachte.

Als Lara dem Taxi hinterhersah, schweifte ihr Blick ganz von selbst zum Straßencafé auf der gegenüberliegenden Uferpromenade. Der Sportler mit dem markanten Gesicht und dem sandfarbenen Haar war nicht mehr da.

Von einer Telefonzelle aus rief Emmet Hassan Gamoudi an, den Waffenhändler, und gab ihm eine lange Liste von Dingen durch, die er kaufen wollte.

»Du hast offenbar schon eine ziemlich genaue Vorstellung davon, wie die Befreiungsaktion ablaufen soll«, stellte Lara fest, nachdem Emmet den Hörer eingehängt hatte.

Zu ihrer Überraschung sagte er: »Nein, habe ich nicht. Jedenfalls noch nicht. Aber wenn wir morgen Abend in al-Quz sein wollen, *müssen* wir schnell handeln. Also habe ich einfach von allem etwas bestellt.« Er grinste. »Was soll's. Zahlen können wir eh nicht.«

»Und Gamoudi hat tatsächlich eingewilligt?«

Emmet nickte. »Als du in Paris warst, habe ich ein bisschen nachgeforscht. Scheich Assad hat seinen Söldnertrupp mit Waffen von Hassan Gamoudi ausgestattet. Nicht nur mit Gewehren, sondern mit dem kompletten Programm. Allerdings hat Assad nie etwas dafür gezahlt, weil er weiß, dass Gamoudi es nicht wagen wird, das Geld bei ihm einzufordern. Assad ist zu mächtig, um es auf eine direkte Auseinandersetzung mit ihm ankommen zu lassen. Also nimmt Gamoudi den indirekten Weg: Er stellt uns ein angemessenes Arsenal zur Verfügung, und wir erledigen für ihn die Drecksarbeit, indem wir den Palast ein bisschen aufmischen.«

»Warum hat Gamoudi das nicht gleich gesagt?«

»Weil er Geschäftsmann ist. Er verschenkt seine Ware nicht, wenn er Geld dafür bekommen kann.« Emmet zuckte leichthin mit den Schultern. »Um Zeit zu sparen, schlage ich vor, dass wir uns wieder trennen«, sagte er. »Willst du im Hotel bleiben und einen Befreiungsplan ausbaldowern oder lieber die Waffen abholen?«

Der Gedanke, noch einmal zu Gamoudi und dessen schmierigen Handlangern zu müssen, bereitete Lara ungefähr so viel Freude wie eine bevorstehende Zahnwurzelbehandlung. Aber einen Plan für die Erstürmung eines Palasts zu entwerfen, traute sie sich schlicht und einfach nicht zu.

»*Du* bist der Stratege«, sagte sie und seufzte. »Also werde ich mich mit Gamoudi treffen. Wo kann ich die Sachen abholen?«

Emmet reichte ihr einen Zettel mit einer Ortsangabe, die Gamoudi ihm telefonisch durchgegeben hatte. »Wirst du damit klarkommen?«, fragte er.

»Kümmere du dich um den Befreiungsplan. Ich kümmere mich um die Waffen.«

Für wenig Geld erstand sie bei einem Gebrauchtwagenhändler einen uralten Kombi. Der matte Lack war von Kratzern übersät, und die Beifahrertür hatte Dellen. Technisch jedoch war das Auto gut in Schuss, und vor allem war es unauffällig. Genau das, was sie und Emmet für einen heimlichen Waffentransport von Jeddah nach al-Quz benötigten.

Als Lara im Feierabendverkehr stadtauswärts nach Süden fuhr, glaubte sie plötzlich, in einem cremefarbenen Geländewagen, irgendwo hinter ihr, Emmet zu entdecken. Doch wegen des dichten Verkehrs musste sie den Blick wieder nach vorne richten. Als sie das nächste Mal in den Rückspiegel sah, war das ihr so vertraute Gesicht verschwunden.

Sie schüttelte den Kopf. Allein der Verdacht war absurd! Weshalb sollte Emmet ihr folgen? Dann aber fiel ihr ein, dass er es schon einmal getan hatte. Misstraute er ihr so sehr? Glaubte er, sie wolle mit Gamoudis Waffen durchbrennen?

Laras Unwohlsein wuchs, als sie auf der Straße nach Süden an der verwahrlosten Vorstadtsiedlung vorbeikam, wo letzten Donnerstag der junge Polizist ermordet worden war – von Emmet. Sie fragte sich, welches Unglück heute geschehen würde. Kurz entschlossen bog sie an der nächsten Kreuzung ab. So konnte es nicht weitergehen. Sie musste Emmet zur Rede stellen.

An einer roten Ampel hielt Lara an. Im Innenspiegel sah sie in dem Wagen hinter sich eine Frau am Steuer. Als diese sich zum Handschuhfach beugte, gab sie für einen kurzen Moment den Blick auf das Auto hinter ihr frei. Lara musste ganz genau hinsehen. Ein Mann saß am Lenkrad, schätzungsweise Mitte fünfzig, mit weißem Haar und weißem Vollbart. Er sah Emmet ein wenig ähnlich, aber er war es nicht. Ein Stein der Erleichterung fiel Lara vom Herzen. Sie hatte sich getäuscht.

Sie wendete an der nächsten Kreuzung, fuhr zurück und bog wieder in die Hauptstraße ein. Aber schon wenige Kilometer später sah sie den cremefarbenen Geländewagen wieder hinter sich. Das konnte kein Zufall sein.

Vielleicht ist dieser Kerl die Ablösung für den blonden Sportler, dachte Lara. Ein zweiter Wachhund von Tanaka.

Die Erklärung erschien ihr plausibel. Zugleich ärgerte sie sich, weil Gamoudi wohl nicht allzu begeistert reagieren würde, wenn er feststellte, dass Lara einen Interpol-Beamten im Schlepptau hatte.

Als sie die nächste Telefonzelle am Straßenrand erblickte, parkte sie ihren Wagen auf dem Seitenstreifen, kramte den

Zettel aus der Hosentasche, den Tanaka ihr bei ihrem ersten Zusammentreffen gegeben hatte, und wählte seine Nummer. Schon nach dem ersten Klingeln nahm er ab.

»Wenn Sie Ihre Silberlocke nicht zurückpfeifen, könnte es sein, dass ich den morgigen Tag nicht erlebe«, zischte sie ungehalten. »Sie bringen mich in Lebensgefahr!«

»Ich weiß nicht, wovon Sie sprechen.«

»Hören Sie auf mit den Spielchen! Zuerst der gut aussehende Blonde, jetzt der nette Onkel in Weiß. Halten Sie mich für blind? Ich bitte Sie lediglich darum, mir ein klein wenig mehr Vertrauen entgegenzubringen. Würde ich nicht mehr mit Ihnen zusammenarbeiten wollen, wäre ich mit Emmet längst über alle Berge verschwunden. Gelegenheit dazu hätten wir jedenfalls gehabt.«

Sie wusste, dass Tanaka die Anspielung verstehen würde. Nach der Nacht, in der Emmet und sie Gamoudi getroffen und anschließend die Palast-Grundrisse aus Larbis Architektenbüro gestohlen hatten, hätten sie nicht wieder ins Jeddah Sheraton zurückkehren müssen. Es wäre für Lara ein Leichtes gewesen, Emmet zu einer anderen Unterkunft zu überreden. Sie hätte ihm nur die Wahrheit sagen müssen, nämlich, dass Interpol ihnen auf den Fersen war. Aber sie hatte es nicht getan.

Am anderen Ende der Leitung meldete Tanaka sich wieder zu Wort. »Ich habe Ihnen niemanden auf die Fersen geschickt. Nicht, weil ich Ihnen vertraue. Aber ich glaube, dass Sie eine clevere Frau sind. Sie wollen nicht für den Rest Ihres Lebens vor Interpol davonlaufen, weil Sie einem Mörder zur Flucht verholfen haben. Deshalb weiß ich, dass Sie mich stets auf dem Laufenden halten werden. Ergo: Ich muss Sie nicht verfolgen lassen. Wen immer Sie gesehen haben – er ist nicht von Interpol.«

Lara brauchte einen Moment, um die Tragweite dieser Neuigkeit zu begreifen. Ohne ein weiteres Wort hängte sie den Hörer auf die Gabel.

Sie fragte sich, ob der Weißhaarige einer von Gamoudis Männern war. Beim nächtlichen Treffen im Keller des Bauernhauses war er aber nicht dabei gewesen. Sie beschloss, den Kerl abzuschütteln, nur um sicherzugehen.

Dann kam ihr plötzlich eine Eingebung: War die Ähnlichkeit mit Emmet nicht viel zu augenfällig, als dass es sich dabei um einen Zufall handeln konnte? Was, wenn dieser Mann sie nicht erst seit heute beobachtete?

Ein schrecklicher Verdacht keimte in ihr auf.

Sie setzte sich in den Wagen und fuhr los. Ein gutes Stück hinter ihr fädelte sich jetzt auch der cremefarbene Jeep wieder in den Straßenverkehr ein.

Kurz vor der Ortsgrenze bog Lara abermals in eine Querstraße ab. Jetzt hielt sie geradewegs auf ein verwaist wirkendes Industriegelände zu. Hinter einem zerfledderten Maschendrahtzaun erkannte sie mehrere turmhohe Stahlsilos, verbunden durch ein Geflecht aus rostigen Rohren und abgehalfterten Förderbändern. Daneben stand eine große Lagerhalle mit zerschlagenen Fensterscheiben.

Sie parkte ihren Kombi neben dem Zaun und passierte das halb geöffnete Fabriktor. Ohne sich nach ihrem Verfolger umzudrehen, ging sie auf die Lagerhalle zu.

Ich brauche ein paar Antworten, dachte sie entschlossen. Und ich werde sie mir holen.

Tom Tanaka kam sich vor wie in einer Gefängniszelle. Die Enge des Überwachungswagens machte ihn allmählich kribbelig. Er kam sich vor wie lebendig begraben. Gelegentlich vertrat er sich an der Uferpromenade die Beine, um nicht völlig einzurosten. Doch Jussuf Ishak, der Techniker, war zäh wie ein Stück Leder. Seit sie das Jeddah Sheraton überwachten, hatte er sich noch kein einziges Mal beklagt, weder über die Hitze noch über die Enge, noch über sonst etwas. Der Bursche hatte gute Nehmerqualitäten. Da musste Tanaka natürlich ebenfalls die Zähne zusammenbeißen und gute Miene zum bösen Spiel machen. Immerhin war es seine Idee gewesen, Lara und Emmet vorläufig freie Hand zu lassen.

Das Telefon klingelte. Tanaka nahm ab.

»Ich bin's.«

»Miss Mosehni?«

»Genau. Sie werden es nicht glauben, aber ich habe ein Geschenk für Sie.«

Tanaka stutzte. »Ein Geschenk?«

»Ja. Den Polizistenmörder. Er liegt in einem leeren Müllcontainer neben einer Lagerhalle, hübsch verschnürt als Päckchen.«

»Ich weiß, wer der Mörder ist. Ich sehe ihn im Moment auf einem Videobildschirm vor mir. Er sitzt in seinem Hotelzimmer und studiert Baupläne.«

»Sie irren sich.«

»Ich habe einen Zeugen für die Tat, schon vergessen?«

»Dieser Zeuge hat nicht Emmet Walsh gesehen, sondern jemanden, der ihm ähnlich sieht – den Kerl im Müllcontainer.«

»Woher wissen Sie das?«

»Weil er ziemlich gesprächig war, als ich seine Füße in einen Schredder steckte und meinen Daumen auf den Starterknopf legte.«

»Sie haben *was*?«

»Keine Sorge, ich habe nicht Ernst gemacht. Die Drohung hat gereicht. Er hat gezwitschert wie eine Nachtigall.«

Tanaka schüttelte den Kopf. Lara Mosehni war nicht gerade zimperlich, aber er musste zugeben, dass ihre Dirty-Harry-Methode erfolgreich zu sein schien.

»Hören Sie, Tom, ich möchte Ihnen einen Vorschlag unterbreiten«, sagte die Frau. »Ich sage Ihnen, wo ich mein Päckchen versteckt habe – Sie können also ohne großen Aufwand einen Mörder verhaften. Dafür lassen Sie Emmet und mich künftig in Frieden.«

Der Vorschlag schmeckte Tanaka nicht. Er war schon viel

zu lange hinter Lara und ihren Komplizen her, als dass er jetzt so einfach aufgeben wollte. Andererseits: Wenn Emmet Walsh den Polizisten nicht umgebracht hatte, gab es nichts, was Tanaka gegen ihn in der Hand hatte. Bei Interpol war Walsh ein unbeschriebenes Blatt. Auch Lara Mosehni konnte er bislang nichts Konkretes nachweisen. Vielleicht würde er noch jahrelang vergeblich ihre Spuren verfolgen.

Im Hinblick auf seine Karriere erschien ihm das Angebot der Frau plötzlich als die bessere Alternative. Der Großteil der Rosenschwert-Bande lag ohnehin unter den Trümmern von Leighley Castle verschüttet. Bei diesem Fall gab es für Tanaka nicht mehr allzu viel zu gewinnen. Einen Polizistenmörder zu verhaften würde sich hingegen ziemlich gut in seiner Akte machen.

»Einverstanden«, sagte er. »Unter zwei Voraussetzungen. Erstens: Sie haben wirklich den Mörder des jungen Polizisten gefasst.«

»Natürlich. Und zweitens?«

»Sie stellen ab sofort die Suche nach den Vermissten ein.«

»Wir müssen diese Menschen retten!«

»Das ist nicht mehr Ihre Angelegenheit, sondern die von Interpol. Ich habe Ihr Gespräch im Hotel mitgehört und bereits entsprechende Vorbereitungen getroffen. In drei Tagen wird ein Spezialkommando in al-Quz eintreffen, bestens ausgerüstet und stark genug, um es mit Assads Söldnern aufzunehmen. Wir werden die Entführten befreien, das verspreche ich.«

Das Schweigen der Frau am anderen Ende der Leitung wertete Tanaka als Einverständnis.

»Wo genau haben Sie Ihr *Päckchen* hinterlegt?«, fragte er.

Lara Mosehni nannte ihm eine Adresse. Dann hängten beide ein.

Lara stand an einer Telefonzelle und überlegte. Was sollte sie tun? Vielleicht war es tatsächlich am besten, Interpol die Befreiung der Entführten zu überlassen. Andererseits konnte sie diese Entscheidung nicht alleine treffen. Ein Gespräch mit Emmet war unumgänglich. Und das wiederum hieß, dass sie ihm ein Geständnis machen musste.

Sie griff erneut zum Hörer, hängte jedoch sofort wieder ein. Sie wollte persönlich mit Emmet reden. Das hatte er verdient. Außerdem hörte Tanaka am Telefon jedes Wort mit.

Mit einem flauen Gefühl in der Magengegend stieg Lara wieder in den Kombi. Anstatt sich weiter in Richtung Süden zu halten, drehte sie um und fuhr zurück in die Stadt.

Emmet saß am Tisch seines Zimmers, noch immer in die Baupläne des Palasts vertieft. Es klopfte.

»Zimmerservice.«

»Herein!«

Die Tür schwang auf, und ein Page trat ein. Er hatte einen Blumenstrauß dabei, den er gegen den alten in der Vase eintauschte. »Kann ich noch irgendetwas für Sie tun, Sir?«, fragte er, als er damit fertig war.

»Nein, danke.«

An der Tür blieb der Page noch einmal stehen. »In der Bar findet heute übrigens Livemusik statt. Vielleicht haben Sie Lust, ein wenig zuzuhören. Die Sängerin ist ausgezeichnet. Vielleicht kennen Sie sie. Eine Französin – Roberta Monferrat.«

Augenblicklich war Emmets Aufmerksamkeit geweckt. Die Namensähnlichkeit mit dem Gründer des Rosenschwert-Ordens, Robert von Monferrat, konnte kein Zufall sein. »Danke für den Tipp«, sagte Emmet. »Ich denke, ein Drink und ein bisschen gute Musik können nicht schaden.«

In der Bar saß Lara an einem der hinteren Tische.

»Was tust du hier?«, fragte Emmet. »Hast du die Waffen schon abgeholt? Und was soll die Geheimniskrämerei? Roberta Monferrat?«

»Ich musste dich unauffällig aus deinem Zimmer locken«, sagte sie.

Emmet beschlich ein seltsames Gefühl. Laras Miene und der ernsthafte Ton in ihrer Stimme deuteten auf Schwierigkeiten hin.

»Aus dem Zimmer locken? Lara, was ist los?«

»Ich muss mit dir reden.«

Sie senkte den Blick und starrte auf die Tischplatte, so wie damals, als sie ihm in Leighley Castle gebeichtet hatte, aus einem iranischen Gefängnis ausgebrochen zu sein.

Wie sich herausstellte, täuschte Emmets Eindruck ihn nicht. Auch diesmal hatte Lara ihm betrübliche Neuigkeiten mitzuteilen. Als sie am Ende angelangt war, fühlte Emmet sich zutiefst verletzt.

»Du hast mich also tatsächlich für einen Mörder gehalten?«, fragte er.

»Ich dachte, du hast es getan, um uns zu schützen.«

»Und *ich* dachte, dass wir uns besser kennen.«

Jetzt starrten beide auf die Tischplatte. Minutenlang sprachen sie kein Wort.

»Es tut mir Leid, Emmet«, sagte Lara schließlich. »Tanaka hatte einen Zeugen. Was hättest du an meiner Stelle getan?«

Er wusste es nicht. Vielleicht dasselbe. Dennoch tat es weh, dass Lara ihn verdächtigt hatte.

»Wie geht es jetzt weiter?«, fragte Lara. »Ich meine, was die Entführten angeht. Sollen wir Interpol das Feld überlassen?«

Emmet dachte nach. »Nein«, sagte er. »Die Polizei muss sich an Spielregeln halten. Assads Männer tun das nicht. Wenn Interpol mit einem Großaufgebot anmarschiert, wird es zu einem Kampf kommen, bei dem viele Polizisten sterben.«

»Aber wir sind nur zu zweit. Mit Reyhan und Anthony zu viert.«

»Genau das kann unser Vorteil sein. Manchmal ist eine kleine

Guerilla-Einheit effizienter als eine ganze Armee. Wir brauchen nur die richtige Taktik.«

Aber trotz aller Zuversicht war Emmet sich darüber im Klaren, dass ihnen kein Spaziergang bevorstehen würde.

Als die Sonne schon fast am Horizont verschwunden war, fanden Tom Tanaka und Jussuf Ishak den von Lara beschriebenen Müllcontainer. Der Mann, der darin lag, war nach allen Regeln der Kunst gefesselt worden. Er hatte sich in die Hose gepinkelt, erfreute sich ansonsten aber bester Gesundheit. Obwohl er jede Aussage verweigerte, stellte sich noch am selben Abend heraus, dass er der gesuchte Polizistenmörder war. Das Kind, das den Mord beobachtet hatte, konnte ihn zweifelsfrei identifizieren.

53.

Am Montagmorgen betrat Reyhan Abdallah pünktlich zum Schichtbeginn das Labor. Die Reise nach Paris und die gestrige Busfahrt von Jeddah nach al-Quz steckten ihr noch in den Knochen, doch sie bereute nichts. Sie fühlte sich sogar ausgesprochen unternehmungslustig. Das Treffen mit Lara und Emmet hatte sie beflügelt.

Nachdem sie ihre morgendlichen Routinearbeiten erledigt hatte, wollte sie Anthony Nangala einen Besuch abstatten, um ihm mitzuteilen, dass ihre Mission erfolgreich verlaufen sei. Doch sein Bett stand nicht mehr in seinem Zimmer.

Bevor sie sich Gedanken darüber machen konnte, was mit ihm geschehen war, hörte sie hinter sich eine Stimme sagen: »Mademoiselle Abdallah?«

Sie drehte sich um und stand einem Mann gegenüber, den sie noch nie gesehen hatte, der ihr aber irgendwie bekannt vorkam.

»Mein Name ist Leclerc«, sagte er. »Mats Leclerc. Wir hatten noch nicht das Vergnügen.« Er reichte ihr eine Hand, wirkte dabei jedoch alles andere als freundlich. »Ich bin im Palast für die Sicherheit zuständig. Würden Sie mir bitte ins Büro von Doktor Goldmann folgen?«

Es war keine Frage, sondern ein Befehl. Reyhan spürte, wie ihr Magen zusammenschrumpfte. »Selbstverständlich«, sagte sie, wobei sie versuchte, sich ihre Angst nicht anmerken zu lassen. Was wollte Doktor Goldmann von ihr? Und weshalb schickte er einen Sicherheitsbeauftragten und nicht einen seiner Assistenten wie sonst?

Die Frage klärte sich bereits wenige Minuten später.

»Schön, Sie wieder zu sehen, Reyhan«, sagte Doktor Goldmann, als sie hinter Leclerc ins Büro trat. Er stand von seinem Schreibtischstuhl auf, kam auf sie zu und begrüßte sie mit einem knappen Nicken. Dabei verzog er keine Miene. »Wie war Ihr Wochenende?«

»Sehr schön«, antwortete sie und lächelte schüchtern. »Zu kurz, wie immer.«

Goldmann blieb ernst. »Ich habe gehört, dass Sie in Paris waren.«

»Woher wissen Sie das?«

Goldmann bedachte Leclerc mit einem kurzen Seitenblick. »Ich habe ihn gebeten, ein wenig auf Sie aufzupassen«, sagte er. »Am Freitag wirkten Sie ziemlich schwach und zerbrechlich. Dann noch dazu der Schock über das neue Verfahren der Frischzellengewinnung … Ich wollte Gewissheit, dass es Ihnen gut geht.«

Mit ihrem Gefühlsausbruch im Frischzellen-OP hatte sie Goldmanns Misstrauen erregt, das war ihr klar gewesen. Sie hatte zwar gehofft, ihn durch vorgetäuschte Einsicht in Sicherheit zu wiegen, hatte aber auch mit der Möglichkeit gerechnet, beschattet zu werden. Insofern war sie nicht sonderlich überrascht.

»Ich weiß, dass Sie sich in Paris mit einer Frau getroffen haben, und ich frage mich, wer diese Frau gewesen ist«, sagte Goldmann. »Überhaupt interessiert mich, was Sie in Paris zu tun hatten.« Er musterte sie mit strengem Blick – ein Zeichen dafür, dass er eine Antwort verlangte.

Reyhan nickte. Für den Fall, sich rechtfertigen zu müssen, hatte sie sich bereits eine Geschichte zurechtgelegt. »Sie haben Recht«, sagte sie zu Doktor Goldmann. »Ich fühle mich derzeit nicht besonders gut, und das, obwohl ich in den letzten zwölf Monaten fast ausschließlich das Bett gehütet habe. Ich spüre, dass meine Kraft schwindet, mit jedem Tag ein bisschen mehr.« Tränen stiegen ihr in die Augen. Sie waren nicht einmal vorgetäuscht. »Ich habe am Freitag einen Teil des Gesprächs belauscht, das Scheich Assad mit Ihnen geführt hat«, gab sie zu. »Wie Sie darüber sprachen, dass meine Krankheit durch die Therapie nicht heilbar sei. Deshalb bin ich übers Wochenende nach Paris geflogen. Ich wollte mir den Jugendtraum erfüllen, wenigstens einmal im Leben die Stadt zu sehen, den Louvre, die alten Meister – wenn auch nur kurz.«

»Und diese Frau im Museum?«

»Eine Zufallsbekanntschaft. Ich kannte sie nicht. Sie interessierte sich für eins der Gemälde, und so kamen wir ins Gespräch.«

Leclerc und Goldmann wollten mehr Details wissen, und so flunkerte Reyhan ungehemmt weiter. Dass die Frau Kunstkritikerin sei. Dass sie von Paris aus nach Mekka unterwegs war und einen Zwischenstopp in Jeddah eingelegt habe. Dass sie Reyhan auf einen Kaffee in ihr Hotel eingeladen hatte.

So ging es eine ganze Weile. Auf jede Frage wusste Reyhan eine passende Antwort. Schließlich schienen die beiden Männer zufrieden.

»Bitte verzeihen Sie mir«, sagte Doktor Goldmann, als er ihr am Ende des Gesprächs die Hand drückte und offensichtlich wieder um ihre Zuneigung warb. »Ich hätte Ihnen mehr Vertrauen entgegenbringen sollen. Aber die Last der Verantwortung ist nicht immer leicht zu tragen.«

»Sie müssen sich nicht bei mir entschuldigen.«

»O doch. Auch, weil ich Ihnen übertriebene Hoffnungen gemacht habe, was Ihre Krankheit angeht. Die Wahrscheinlichkeit, dass meine Therapie bei Ihnen anschlägt, ist in der Tat sehr gering. Dennoch besteht eine Chance.« Er blickte ihr fest in die Augen. »Um Ihnen zu zeigen, wie ernst ich es meine, biete ich Ihnen an, sich als eine der Ersten behandeln zu lassen. Was halten Sie davon?«

Reyhan schüttelte energisch den Kopf und wich einen Schritt zurück, doch Goldmann fasste sie bei den Handgelenken. »Was haben Sie zu verlieren?« Er sprach so eindringlich, dass es Reyhan durch und durch ging. »Die Geschichte der Medizin ist gespickt mit Zufallserfolgen. Niemand kann mit Sicherheit sagen, wie die Therapie bei Ihnen wirkt. Auch ich nicht. Aber selbst im schlimmsten Fall wird sie Ihnen nicht schaden. Sie können nur gewinnen.«

Es war wie Musik in ihren Ohren. Eine Sinfonie. Eine süße Verlockung. Doch als Reyhan sich vor Augen führte, dass andere Menschen würden sterben müssen, um ihr eine Chance auf ein längeres Leben zu ermöglichen, fiel ihr die Entscheidung leicht.

Goldmann, der ihre Antwort wohl ahnte, sich aber nicht damit zufrieden geben wollte, bedachte sie mit einem hypnotischen Blick. »Überlegen Sie es sich wenigstens. Sie würden damit nicht nur sich selbst und Ihrer Familie einen Gefallen tun, sondern auch mir. Ich *mag* Sie.«

Jetzt war es also heraus. Reyhan wusste nicht, wie sie darauf reagieren sollte. Früher hatte sie zu dem Mann aufgeschaut. Doch seit sie sein wahres Gesicht kannte, empfand sie nur noch Abscheu vor ihm.

»Weshalb zögern Sie?«, hakte Goldmann nach. »Haben Sie Angst vor der Behandlung? Das brauchen Sie nicht, denn Sie werden dabei in guter Gesellschaft sein. Außer Leclerc, Scheich Assad und drei weiteren Mitgliedern unseres Projekts werde auch ich selbst mich therapieren lassen. Schon morgen Früh geht es los. Der Starttermin für Phase 1 ist auf acht Uhr festgesetzt. Phase 2 folgt direkt im Anschluss. Denken Sie also noch einmal in Ruhe darüber nach. Wenn Sie mir bis heute Abend Bescheid geben, haben wir noch genügend Zeit für die Vorbereitungen.«

Er ließ ihre Handgelenke los. Reyhan hatte das Gefühl, dass das Zimmer sich um sie herum zu drehen begann.

Schon morgen Früh geht es los.

Wie konnte das sein? Hatte sie sich verhört, als Assad und Goldmann am Freitag darüber gesprochen hatten? Oder war der Termin kurzfristig verlegt worden? Aber das spielte jetzt keine Rolle mehr. Wenn die Therapie um acht Uhr begann, musste die Prozedur der Frischzellenherstellung um halb sieben stattfinden, anderthalb Stunden eher. Der Countdown lief.

»Sie lügt«, stellte Mats Leclerc nüchtern fest, nachdem Reyhan Abdallah das Zimmer verlassen hatte.

»Woher wissen Sie das?«

»Weil Sie sich nicht mit *irgendeiner* Araberin im Louvre getroffen hat, sondern mit einer ganz bestimmten – Jennifer Watson. Das ist zumindest der Name, mit dem sie sich im Jeddah Sheraton angemeldet hat.«

»Jennifer Watson? Ungewöhnlicher Name für eine Araberin«, sagte Goldmann. »Was soll an ihr so besonders sein?«

»Sie gehört zu dem Taucher, der meine Leute auf der *Harmattan* überrascht hat.«

Goldmann zog die Stirn kraus. Er war ein brillanter Wissenschaftler, aber von dem, was außerhalb seines Labors vor sich ging, bekam er nicht allzu viel mit.

Leclerc klärte ihn auf: »Der Taucher auf der Jacht wurde nicht getötet. Ich hatte es zwar erhofft, aber um sicherzugehen, ließ ich jemanden als Wache in Aqiq zurück. Er verfolgte den Unbekannten bis nach Jeddah. Sein Name ist übrigens Fitzgerald. Brian Fitzgerald. In Jeddah traf er sich mit Jennifer Watson. Ich bin sicher, dass die beiden irgendwas im Schilde führen. Ich glaube, sie verfolgen die Spur der entführten Sudanesen.«

»Wer sind die beiden?«

»Das wissen wir noch nicht.«

»Gehören sie zu Nangala?«

Leclerc schüttelte den Kopf. »Er hat unter Drogen ein Dutzend Namen genannt. Fitzgerald und Watson waren nicht dabei.«

»Polizisten?«

»Nein. Die Bullen sitzen ihnen selbst im Genick, schon seit sie in Jeddah sind. Und damit das so bleibt, habe ich Olaffson einen Polizisten umbringen lassen.«

»Wer ist Olaffson?«

»Einer meiner Männer. Er hat eine gewisse Ähnlichkeit mit Fitzgerald. Ich wollte, dass Fitzgerald und Watson durch Probleme mit der Polizei von ihrem eigentlichen Vorhaben abgelenkt werden, nämlich der Suche nach den Entführten aus Wad Hashabi.«

»Hat der Plan funktioniert?«

»Ja. Aber mittlerweile scheint etwas dazwischengekommen zu sein. Olaffson hat sich weder gestern Abend noch heute Morgen bei mir gemeldet. Ich fürchte, das bedeutet Schwierigkeiten.«

»Warum haben Sie die beiden nicht sofort umbringen lassen?«

Der vorwurfsvolle Ton provozierte Leclerc. »Ich dachte, das liegt auf der Hand«, erwiderte er bissig. »Die beiden werden von Interpol beschattet. Sie umzubringen könnte das Auge des Gesetzes auf uns lenken. Ich glaube nicht, dass Scheich Assad davon besonders angetan wäre.«

Goldmanns Miene verfinsterte sich. »Wo sind Fitzgerald und Watson im Moment? Noch in Jeddah?«

»Da Olaffson nicht Bericht erstattet hat, lässt sich darüber nur spekulieren. Vielleicht sind sie noch in Jeddah, vielleicht aber auch schon auf dem Weg hierher.«

»Mit Interpol im Schlepptau.«

»Möglich. Aber bislang hat Interpol nichts gegen uns in der Hand, sonst säßen wir alle längst hinter Gittern.«

»Dennoch gefällt mir die Sache nicht.«

Leclerc verkniff sich einen Kommentar. Interpol war nicht das Problem. Ohne hinreichenden Verdacht konnten die Polizeibehörden nichts unternehmen. Mehr Kopfzerbrechen bereiteten ihm da schon Jennifer Watson und Brian Fitzgerald. Er wusste praktisch nichts über sie. Aber da sie Kontakt zu Reyhan Abdallah gehabt hatten, stand zu befürchten, dass sie wesentlich mehr über den Palast wussten, als es der Fall sein durfte. Andererseits: Was konnten die beiden schon gegen einen hervorragend ausgebildeten und bis an die Zähne bewaffneten Söldnertrupp ausrichten? Allein die Vorstellung grenzte ans Lächerliche.

»Falls sie tatsächlich hierher kommen, wird es noch genügend Gelegenheiten geben, sie zu beseitigen«, sagte Leclerc. »Allerdings könnte es von Nutzen sein, mehr über ihre Pläne zu erfahren. Lassen Sie mich noch einmal mit Mademoiselle Abdallah sprechen.«

»Ich kenne Ihre Methoden!«, entgegnete Goldmann. »Aber solange ich Ihnen nicht meine ausdrückliche Zustimmung erteile, wird dieser Frau kein Haar gekrümmt, verstanden? Sonst könnte es sein, dass mir bei Ihrer Therapie ein kleiner Fehler unterläuft.«

Leclerc biss grimmig die Zähne zusammen. Er kannte die Risiken einer falschen Behandlung. Allein die Vorstellung, welche Konsequenzen das haben konnte, ließ ihn schaudern.

»Wie ich sehe, verstehen wir uns«, bemerkte Goldmann. »Dennoch pflichte ich Ihnen bei. Wir müssen Mademoiselle Abdallah zum Reden bringen. Aber ich will nicht, dass ihr Gewalt angetan wird.« Er dachte einen Moment nach. Dann sagte er: »Holen Sie ihren Sohn hierher.«

Ein ganzer Mitarbeiterstab war damit beschäftigt, die Vorbereitungen für den kommenden Morgen zu treffen. Vitaminlösungen wurden angesetzt, Hormoninjektionen präpariert, Labors gereinigt und technisches Gerät überprüft. Nichts sollte dem Zufall überlassen werden.

Doktor Goldmann beaufsichtigte das hektische Treiben. Immerhin ging es um seine Zukunft. Doch er war zuversichtlich, dass Phase 1 der Behandlung – die Verjüngungskur – reibungslos über die Bühne gehen würde. Die Computersimulationen zeigten grünes Licht. Die Gefahr, dass etwas schief lief, tendierte gegen null.

Bei Phase 2 sah es schon kritischer aus. Wenn sämtliche Arbeitsschritte mit der nötigen Präzision ausgeführt wurden, waren auch hier keine nennenswerten Probleme zu erwarten. Doch bereits der kleinste Fehler konnte grausame Folgen für jeden Behandelten haben. Deshalb wollte Doktor Goldmann mit seinen zwei engsten Vertrauten noch einmal sämtliche Arbeitsschritte der Phase 2 durchspielen – an Senator Bloomfield und Anthony Nangala. Gewissermaßen als Generalprobe.

Anthony Nangala lag festgeschnallt auf einem OP-Tisch und wünschte, er würde endlich aus diesem Albtraum erwachen. Doktor Goldmann stand neben ihm, flankiert von zwei Assistenten. Ein Teufel in Weiß mit seinen Gehilfen.

»Keine nennenswerte optische Verjüngung durch die Frischzellenbehandlung vom Freitag«, murmelte Goldmann, wobei er Nangalas Gesicht aus der Nähe betrachtete. »Aber das hat nichts zu bedeuten. Die Senkung der Körpertemperatur bewirkt eine Verlangsamung aller biochemischen Reaktionen – auch des Revitalisierungsprozesses. Warten wir noch ein paar Tage. Ich bin sicher, dann werden wir erste Ergebnisse sehen.« Er richtete sich auf. »Parallel dazu beginnen wir bereits heute mit Phase 2. Sie bezweckt eine deutliche Verbesserung der Zellteilungsfähigkeit, weit über die üblichen fünfzig Mal hinaus. Anders gesagt: Heute geht es darum, den Alterungsprozess dauerhaft aufzuhalten.« Er machte eine Pause. »Ich sehe Ihnen an, dass Sie sich fragen, wie wir das bewerkstelligen wollen.

Sie glauben noch immer, meine Vision sei lediglich ein Hirngespinst, nicht wahr? Aber ich muss Sie enttäuschen. Langlebigkeit – oder gar Unsterblichkeit – ist kein Märchen, sondern Wirklichkeit. Mehr noch, sie existiert in Gestalt der vielleicht schlimmsten Krankheit, die die Menschheit je heimgesucht hat: Krebs.«

»Ich verstehe nicht, worauf Sie hinauswollen«, sagte Nangala.

»Krebszellen sind von Natur aus unsterblich«, dozierte Goldmann. »Sie können sich unbegrenzt oft teilen – genau das macht sie zu Krebszellen. Die Teilung verläuft jedoch völlig unkontrolliert, sodass unbehandelte Tumore meist zur lebensgefährlichen Bedrohung werden.«

Nangala konnte diese Ausführungen noch immer nicht recht einordnen. Doch ihm schwante Böses.

»In der zweiten Stufe meiner Therapie mache ich mir die eigentlich tödlichen Eigenschaften von Krebszellen zunutze und verkehre sie ins Gegenteil. Paradox, nicht wahr? Ich mache Krebs zu einem Lebenselixier«, sagte Goldmann. Gleichzeitig begannen seine zwei Assistenten, irgendwelche Substanzen anzurühren.

Nangala spürte Panik in sich aufsteigen. »Was haben Sie mit mir vor?«, fragte er gepresst.

»Wir werden Sie mit einem zellunspezifischen Krebsauslöser infizieren«, erklärte der Wissenschaftler, als handle es sich um eine simple Schluckimpfung. »Dieser Auslöser ist eine Abart des Epstein-Barr-Virus – des einzigen Virus, das nachweislich Krebs auslösen kann. Wir haben es ein wenig modifiziert. Jetzt wirkt es nicht nur schneller, sondern auch effizienter. Es befällt binnen weniger Tage den gesamten Organismus und löst Krebs aus.«

Nangalas Zunge fühlte sich pelzig an, als wäre sie ein Fremdkörper. »Sie wollen mich umbringen!«, stieß er hervor.

»Ganz und gar nicht. In einer Woche wird das Virus seine Arbeit getan haben. Dann unterziehen wir Sie einer Frequenzbehandlung. Bei der von uns künstlich hervorgerufenen Krebsart ist sie ein überaus zuverlässiges Heilverfahren. Außerdem tötet sie das Virus ab. Mit anderen Worten: Sie werden vollständig geheilt – vorausgesetzt, die Behandlung wird präzise durchgeführt. Aber seien Sie unbesorgt. Bei uns sind Sie in besten Händen. Alles, was Ihnen unser Krebs-Virus hinterlässt, ist ein langes, ein *sehr* langes Leben.«

Es klopfte, und ein blonder Mann mit Bürstenhaarschnitt steckte den Kopf zur Tür herein. »Ich habe den Jungen«, sagte er.

Goldmann nickte. »Wo ist er?«

»In der Kammer neben Ihrem Büro. Ich habe ihn mit einem Schlafmittel ruhig gestellt.«

»Ausgezeichnet. Richten Sie Mademoiselle Abdallah aus, dass ich in einer halben Stunde noch einmal mit ihr sprechen möchte.« Dann wandte er sich wieder Anthony Nangala zu. »So, und jetzt zu Ihnen«, sagte er, während er sich von einem Assistenten eine Spritze geben ließ. Die Flüssigkeit darin war blutrot wie der Tod.

54.

Das Baibar-Hotel in al-Quz lag nur wenige hundert Meter von Scheich Assads Palast entfernt. Vom Fenster ihres Zimmers im vierten Stock konnte Lara am Ende einer kerzengeraden Straße die zinnenbewehrten Festungsmauern erkennen.

Sie seufzte und fragte sich, ob es tatsächlich gelingen könnte, die Gefangenen zu befreien. Emmet saß hinter ihr am Tisch und grübelte stumm über den Grundrissen der Palastanlage. Auch er schien nicht mehr ganz so überzeugt vom Erfolg ihres Vorhabens, obwohl er es nicht offen zugeben wollte.

Vielleicht ist er immer noch eingeschnappt, weil ich mit Interpol zusammengearbeitet habe, dachte Lara. Seit sie Emmet davon erzählt hatte, war das Verhältnis zwischen ihnen angespannt.

Sie hörte ein Geräusch im Flur, dann eine Stimme: »Sind Sie da? Ich bin's, Reyhan. Machen Sie auf!«

Lara öffnete. Vor ihr stand Reyhan Abdallah. Sie war völlig aufgelöst. Ihre Augen waren glasig und rot, als hätte sie geweint. Außerdem wirkte ihr Blick wie der eines gehetzten Tieres.

»Kommen Sie rein«, sagte Lara und bugsierte Reyhan ins Zimmer. »Was ist passiert?«

Schluchzend redete die Frau sich ihren Kummer von der Seele. Goldmann hatte ihren Sohn geschnappt und missbrauchte ihn als Druckmittel, um sie zur Kooperation zu zwingen. Auf sein Drängen hatte sie ihm auch erzählt, dass Emmet und Lara in den Palast eindringen und die Gefangenen befreien wollten.

»Er glaubt, dass Sie am Mittwoch zuschlagen wollen, wie wir es ausgemacht hatten«, sagte sie. »Inzwischen weiß ich aber, dass Goldmann und die anderen sich schon morgen Früh therapieren lassen wollen. Auch die Frischzellen werden ihnen dann verabreicht. Das heißt, wir müssen unsere Aktion vorverlegen.«

Emmet fuhr sich mit einer Hand übers Gesicht. »Damit bleibt uns kaum Zeit für Vorbereitungen, was meine bisherige Planung so ziemlich über den Haufen wirft.«

»Wir haben keine andere Wahl.«

Emmet nickte. »Sie haben Recht. Wir müssen unser Möglichstes tun.« Er warf einen Blick auf die Uhr. »Um überhaupt eine Chance zu haben, die Gefangenen zu befreien, ist es erforderlich, dass wir Hand in Hand arbeiten. Was wir brauchen, ist ein exakter Zeitplan. Wie lange können Sie hier bleiben?«

»Ich habe momentan schichtfrei, aber Goldmann lässt meine Wohnung bewachen. Ich musste mich aus einem Hinterfenster schleichen, um zu Ihnen zu kommen. Denselben Weg muss ich auch zurück wieder nehmen, sonst mache ich mich verdächtig.« Sie hielt inne, überlegte, rechnete. »Meine Nachtschicht beginnt um zwanzig Uhr. Eine Stunde vorher sollte ich wieder in meiner Wohnung sein. Um dorthin zu gelangen, brauche ich knapp dreißig Minuten. Das heißt, ich habe Zeit bis halb sieben.«

»Also noch drei Stunden«, stellte Emmet fest. »Nicht gerade viel, aber es muss eben reichen. Ab sofort ist Improvisation angesagt.«

Pünktlich zum Schichtbeginn war Reyhan Abdallah wieder im Labor. Wenn sie daran dachte, wie die vor ihr liegende Nacht verlaufen würde, schlug ihr das Herz bis zum Halse. Außerdem brachte sie die Sorge um ihren kleinen Jungen schier um den Verstand. Aber sie kämpfte ihre Ängste tapfer nieder, indem sie sich sagte, dass sie das einzig Richtige tat.

Während sie mechanisch ihre Arbeiten erledigte, ging sie in Gedanken immer wieder den Zeitplan durch. In knapp fünf Stunden würde im Palast ein wahres Feuerwerk ausbrechen. Bis dahin musste sie noch einiges herausfinden. Dass ihr Sohn in der Kammer neben Goldmanns Büro eingesperrt war, wusste sie. Aber sie hatte keine Ahnung, wo Anthony Nangala und die Sudanesen untergebracht worden waren. Sie würde nach ihnen suchen müssen.

Um halb zehn meldete sie sich zu einer Kaffeepause ab. In Wahrheit aber spionierte sie ein wenig herum. Da alle anderen mit den Vorbereitungen für den morgigen Eingriff beschäftigt waren, lagen die Gänge wie verlassen vor ihr. Reyhan konnte sich ungehindert umschauen. Dennoch durfte sie sich nicht zu viel Zeit lassen, sonst würde jemand sie bald vermissen und Verdacht schöpfen.

Als Erstes nahm sie sich die Räume im Osttrakt vor. Sie erinnerte sich, dass hier früher die Versuchstiere untergebracht gewesen waren. Doch seit sie wieder arbeitete, hatte sie kaum einen Fuß in diesen Gebäudeteil gesetzt. Sie eilte zum Ende des Gangs und öffnete eine Tür. Sie war unverschlossen, wie die meisten Türen im Laborbereich. Der Palast war so gut gesichert, dass man hier unten auf zusätzliche Sicherheitsmaßnahmen verzichtete.

Reyhan bot sich ein vertrauter Anblick: ein Forschungsraum, schier überladen mit gläsernen Vitrinen, in denen tausende von Zuchtmäusen umherwuselten. Das Fiepen der Tiere klang wie Vogelgezwitscher. Trotz strenger Hygienevorschriften roch es nach Kot und Urin.

Das nächste Zimmer zeigte ein ähnliches Bild, nur waren die Versuchstiere in diesem Fall Ratten. Noch ein Zimmer weiter stieß Reyhan auf mehrere mit Stroh ausgelegte Gehege, in denen Ziegen und Schafe gehalten wurden.

Danach folgten drei Räume mit Schimpansen. Die meisten Tiere lagen betäubt in ihren Käfigen. Aus ihren Köpfen führten Elektroden zu irgendwelchen Messgeräten. Surrende Computer werteten Daten aus. Reyhan riss sich von dem Mitleid erregenden Bild los. Arme Kreaturen, dachte sie.

Doch der schlimmste Anblick stand ihr noch bevor: Auf der anderen Seite des Gangs befanden sich keine Versuchsräume für Tiere, sondern ein großer Saal, der sie an ein Lazarett erinnerte. Nein, eher an eine große Intensivstation. In mindestens zwanzig Betten lagen Greise, Frauen und Kinder – reglos, wie tot, gespickt mit Infusionsschläuchen und allesamt angeschlossen an eine ganze Batterie von lebenserhaltenden Systemen. Irritiert, aber auch neugierig trat Reyhan näher an eines der Betten heran. Ein Mädchen lag darin, keine zehn Jahre alt. Ihre Augen waren geschlossen. Ihr Atem ging ruhig und gleichmäßig, diktiert vom Takt des Blasebalgs im gläsernen Tubus der Herz-Lungen-Maschine.

Reyhan betrachtete das friedlich wirkende kleine Engelsgesicht. Dann setzte sie sich an den Rand des Betts und verspürte das unwiderstehliche Verlangen, diesem unschuldigen Geschöpf ein wenig Zärtlichkeit zu schenken. Vorsichtig berührte sie die Hand des Kindes – und schrak unweigerlich zusammen. Sein Arm war fleckig und aufgedunsen, die Finger von entstellenden Beulen übersät. Reyhan biss sich auf die Unterlippe. Sie musste sich beherrschen, um nicht in Tränen auszubrechen.

Auf unsicheren Beinen stand sie auf, um den nächsten Patienten zu begutachten, einen schwarzhäutigen Mann im hohen Alter. Seine Arme waren ebenfalls verunstaltet, zudem bedeckten mehrere kartoffelförmige Geschwülste sein Gesicht. Eins über dem linken Auge, eins am Wangenknochen und eins am Kinn. Die Frau im Bett daneben sah kaum besser aus. Reyhan presste die Hand vor den Mund und taumelte wie benommen rückwärts zur Tür. Dort stieß sie beinahe mit Mustil

Massuf zusammen, dem Kollegen, dessen Tochter am Hutchinson-Guilford-Syndrom erkrankt war.

»Bei Allah, hast du mich erschreckt!«, sagte er.

»Du mich aber auch«, murmelte Reyhan, noch immer wie in einer Schreckenstrance. »Was … was ist mit diesen Menschen los?«

Mustil berührte sie vorsichtig an den Schultern. »Doktor Goldmann hat dich offenbar immer noch nicht über alles aufgeklärt, was wir hier tun?«

Sie schüttelte den Kopf.

»Na ja, irgendwann musst du es ja erfahren, warum also nicht jetzt«, sagte Mustil. Er wirkte bedrückt. »An diesen Leuten wurde die zweite Phase der Therapie getestet. Erfolglos, wie du siehst. Die Entstellungen sind Tumore. Unheilbar. Vor allem die ersten Versuchsreihen waren eine Katastrophe. Das Epstein-Barr-Virus hat seine Arbeit zwar getan, doch bei der anschließenden Frequenzbehandlung gab es Probleme. *Das* sind die Folgen.« Er ließ den Blick durch den Saal schweifen. »Wir haben diese Leute in ein künstliches Koma versetzt und erhalten sie maschinell am Leben. Ohne die Herz-Lungen-Geräte würden sie sterben. Selbst *mit* den Geräten kommt es immer wieder zu Todesfällen – fünf waren es allein letzte Woche. Wegen der hohen Sterberate hat Goldmann den Zeitplan kurzfristig vorverlegt.«

Reyhan zitterte. »Wenn es für diese Menschen keine Heilung gibt, warum werden sie dann am Leben erhalten?«, fragte sie.

»Ich weiß, es klingt schrecklich, aber sie dienen als Wirtsorganismen. Tatsache ist, dass unser modifiziertes Epstein-Barr-Virus bislang nicht in Nährlösungen, sondern ausschließlich im menschlichen Körper gezüchtet werden kann. Aus dem Blut dieser Menschen wird in der Virologie das Präparat für Phase 2 hergestellt. Sozusagen das Lebenselixier. Die Präparate für die morgige Behandlung wurden heute Mittag vorbereitet.«

Reyhan murmelte einen Dank und beeilte sich, den Saal zu verlassen, weil sie das Gefühl hatte, sich übergeben zu müssen. Über Phase 2 des Projekts hatte sie vor einigen Tagen eine von Doktor Goldmann verfasste Abhandlung gelesen, in dem er alles als ganz harmlosen und einfachen Vorgang geschildert hatte, als wäre es das reinste Kinderspiel. Jetzt ärgerte Reyhan sich über ihre Leichtgläubigkeit. Wissenschaftliche Erfolge basierten stets auf einer Vielzahl von Fehlversuchen.

Schockiert von ihrer Entdeckung kehrte sie an ihren Arbeitsplatz zurück. Auf dem Weg dorthin kam sie an der Virologie vorbei und begann gegen ihren Willen zu zittern. Epstein-Barr. Krebs. Wie vielen Menschen hatte Doktor Goldmann dieses schreckliche Schicksal angetan? Um wenigstens halbwegs verlässliche Forschungsergebnisse zu bekommen, hätte er hunderte unfreiwilliger Patienten benötigt. Wo waren sie?

Vermutlich im Hochofen verbrannt, sagte Reyhan sich schaudernd. So, wie sie es früher mit den Tierkadavern gemacht hatten.

Eine einsame Träne lief Reyhan übers Gesicht.

Dann übermannten sie Wut und Verzweiflung. Der Gedanke, dass Goldmann und seine Helfer so viel Leid verbreitet hatten und dafür noch mit einem übermäßig langen Leben belohnt werden sollten, erschien Reyhan unerträglich. Diese Größenwahnsinnigen, diese Verbrecher mussten bestraft werden. Aber wie, wenn das Gesetz keinen Weg hinter die Mauern dieses Palasts fand?

Das Schild an der Tür stach Reyhan ins Auge. *Virologie.* Ihr kam eine Idee.

Möge Allah mir verzeihen, dachte sie. Oder möge er mich dafür segnen.

Sie vergewisserte sich, dass niemand im Gang war, und schlüpfte unauffällig ins Zimmer.

Um halb eins war Reyhan längst wieder mit ihren Kollegen im Frischzellen-OP. Mit jedem Herzschlag wuchs ihre Aufregung. In einer halben Stunde würde die Befreiungsaktion anlaufen.

Inzwischen wusste sie von Mustil Massuf, wo Anthony Nangala und die Sudanesen untergebracht waren. Mustil war nicht nur gut unterrichtet, sondern auch überaus hilfsbereit, wenn man ihn ein wenig umgarnte. Reyhan hatte ihn in ein Gespräch verwickelt und alles erfahren, was sie wissen musste.

Noch zwanzig Minuten lang arbeitete sie im OP weiter, mehr oder weniger unkonzentriert. Dann wurde es Zeit, zu handeln. Sie verließ ihre Kollegen ohne Begründung, sagte nur, dass sie gleich zurück sei. Aber sie hatte nicht die Absicht, jemals wiederzukommen. Sie würde diesen Palast für immer verlassen – und nicht allein.

Sie huschte durch die Gänge zur Garderobe und holte eine Plastiktüte aus ihrem Spind. Damit eilte sie in Anthony Nangalas Zimmer. Er wandte ihr nicht einmal den Kopf zu, sondern starrte unbeirrt an die Decke.

»Ich bin hier, um Sie zu befreien«, sagte sie. »Was ist mit Ihnen? Freuen Sie sich gar nicht?«

Nangala schnaubte, und seine Augen glänzten feucht. »Ich habe heute eine Infusion bekommen. Epstein-Irgendwas. Ein Virus, das Krebs hervorruft. Nur eine Bestrahlung mit bestimmten Magnetwellen kann mich davon heilen. Das heißt: Wenn ich diesen Palast verlasse, werde ich sterben.«

Damit hatte Reyhan nicht gerechnet. Verzweifelt ergriff sie Nangalas Hand. »Wenn Sie mir nicht helfen, schaffe ich es nicht. Dann werden noch viel mehr Menschen sterben. Schon heute Nacht!«

Nangala biss die Zähne zusammen. Reyhan sah, wie seine Wangenmuskeln arbeiteten. Sie wünschte sich, ihm irgendetwas Tröstliches sagen zu können, aber ihr fiel nichts ein.

»Ich werde ebenfalls bald sterben«, murmelte sie und hielt noch immer seine Hand. »Ich habe Aids. Auch meine letzte Hoffnung ist diese Therapie, auch wenn diese Hoffnung verschwindend gering ist. Aber ich habe gesehen, was Doktor

Goldmann getan hat, um an sein Ziel zu gelangen. Er geht über Leichen, im wahrsten Sinne des Wortes. Wir müssen die entführten Menschen aus dem Sudan retten!«

Nangala starrte immer noch mit leerem Blick an die Zimmerdecke.

Reyhan sah auf ihre Uhr. »Helfen Sie mir, oder helfen Sie mir nicht? Sie müssen sich entscheiden, Anthony. Wir haben nicht mehr viel Zeit. In ein paar Minuten müssen wir abmarschbereit sein.«

Sie spürte, dass sich in dem Mann etwas regte. Dass sie seine Seele berührt, ihn wachgerüttelt hatte. »*Bitte* ... helfen Sie mir!«, beschwor sie ihn noch einmal.

Endlose Sekunden verstrichen. Dann drehte Anthony Nangala ihr sein Gesicht zu und blickte ihr in die Augen. »Worauf warten Sie noch?«, sagte er. »Nehmen Sie mir endlich die verdammten Fesseln ab.«

Das Herabsetzen der Körpertemperatur und die künstlich herbeigeführte akute Vireninfektion machten Anthony Nangala mehr zu schaffen, als er es im Liegen gemerkt hatte. Jetzt, da er zum ersten Mal seit Tagen wieder auf eigenen Beinen stand, spürte er die Mattheit und Schwäche in jedem Knochen. Doch er wusste, dass er sich im Moment keine Schwäche erlauben konnte. Also biss er die Zähne zusammen.

Du warst einmal Schwergewichtschamp!, schrie eine innere Stimme ihm zu. Du warst der »schwarze Tornado«! Zeig den Mistkerlen, dass du es noch immer draufhast! Und wenn du dich noch so schlapp fühlst – du musst durchhalten! Du schaffst es, du darfst nur nicht aufgeben!

»Wie geht's jetzt weiter?«, fragte er, während er sich die Handgelenke rieb.

»Als Erstes sollten Sie sich etwas anderes anziehen«, entgegnete Reyhan und hielt ihm die Plastiktüte hin. »Die Sachen sind von meinem Mann. Ich hoffe, sie passen Ihnen.«

Rasch schlüpfte Nangala in Jeans und T-Shirt. Beides passte erstaunlich gut. Sogar die Schuhe saßen wie angegossen.

»Als Erstes müssen wir in den Schlüsselraum«, sagte Reyhan und öffnete die Tür. Vorsichtig lugte sie in den Flur. »Die Luft ist rein. Kommen Sie!«

Nangala folgte ihr durch das unterirdische Labyrinth. Er hatte längst die Orientierung verloren, als Reyhan in eine Kammer schlüpfte, die an eine Wachstube erinnerte: zwei Überwachungsmonitore, ein Telefon, ein vergitterter Waffenschrank. Am Tisch saß ein Gorilla von einem Mann mit einem Pistolenhalfter am Gürtel. Er zwinkerte Reyhan vieldeutig zu. Als er Nangala erkannte, zwinkerte er nicht mehr.

»Reyhan … was machst du mit dem Gefangenen …?«

Weiter kam er nicht, denn in diesem Moment jagte die Frau ihm eine Spritze in die Schulter. Noch bevor er sich aus seinem Stuhl erheben konnte, sank er schlaff in sich zusammen.

»Der ist vorerst außer Gefecht«, murmelte sie.

Der Schlüsselkasten war nichts weiter als eine Blechbox an der Wand. Anthony Nangala hatte keine Schwierigkeiten, ihn aufzubrechen. Offenbar rechnete man in diesem Forschungslabor nur mit drohender Gefahr von außen, nicht aber mit Feinden in den eigenen Reihen.

»U12 und U33!«, sagte Reyhan. »Das sind die Schlüssel, die wir brauchen. In U12 sind die Sudanesen untergebracht. In U33 wird mein Sohn festgehalten.«

Sie wollte schon wieder zum Flur eilen, als Nangala sie zurückhielt. Mit Blick auf den Waffenschrank fragte er: »Und welcher Schlüssel passt *dafür*?«

Als sie die Wachstube verließen, zeigte die Wanduhr drei Minuten vor eins.

55.

Emmet lag flach auf dem Dach eines dreistöckigen Hauses, versteckt hinter einem aufragenden Schornstein. Durch sein Nachtsichtgerät beobachtete er das Geschehen auf der anderen Straßenseite. Dort befand sich das Palastgelände. Leider war die Mauer so hoch, dass Emmet nur einen Teil der ausgedehnten Gartenanlage erkennen konnte, doch weit und breit gab es keinen besseren Aussichtspunkt. Immerhin konnte er von hier aus den Hinterausgang des Palasts sehen. Hier sollte Reyhan Abdallah jeden Moment mit den Gefangenen erscheinen, um sich mit ihnen quer durch den Garten zur Ostmauer durchzuschlagen. Um die Aufmerksamkeit der Wachen von Reyhan und den anderen abzulenken, würden Emmet und Lara im Westteil, in unmittelbarer Nähe des eigentlichen Palastgebäudes, ein wohl kalkuliertes Chaos anrichten. Die Zeit seit Einbruch der Nacht hatten die beiden damit zugebracht, die Außenkameras auszutricksen und Sprengladungen an strategisch günstigen Stellen anzubringen. Wenn man bedachte, dass sie nur wenige Stunden zur Verfügung gehabt hatten, war Emmet mit sich und seinem Plan überaus zufrieden.

Sorgen bereitete ihm nur, dass der Countdown fast schon abgelaufen war und Reyhan Abdallah noch immer nirgends zu sehen war.

»Beeilung!«, keuchte Reyhan. »Dort vorn ist es!«

Nangala hielt nur mühsam mit ihr Schritt. Das Gewehr in

seinen Händen fühlte sich so schwer an, als wäre es aus Blei. Seine Beine waren steif und ungelenk. Er fühlte sich wie nach einem Zwölf-Runden-Boxkampf.

Sie erreichten eine Tür mit der Aufschrift »U12«. Hastig steckte Reyhan den Schlüssel ins Schloss. Doch noch bevor sie ihn umdrehen konnte, stieß eine herrische Stimme hinter ihnen einen scharfen Befehl aus. Nangala verstand nicht, bemerkte aber, dass Reyhan mitten in der Bewegung erstarrte. Er selbst wagte ebenfalls nicht mehr, sich zu rühren.

Wieder befahl die Stimme etwas.

»Wir sollen uns umdrehen«, raunte Reyhan. *»Langsam!«*

Sie gehorchten. Vor ihnen stand ein junger Araber, höchstens achtzehn oder zwanzig Jahre alt, das Gewehr im Anschlag. Schon erteilte er den nächsten Befehl.

Reyhan übersetzte. »Legen Sie die Waffe weg. Und machen Sie um Himmels willen keine falsche Bewegung.«

Nangala gehorchte. Wie in Zeitlupe ging er in die Knie und setzte sein Gewehr auf dem Boden ab. Als er wieder stand, sah er, dass Reyhan die Hände erhoben hatte. Er folgte ihrem Beispiel.

»Und was jetzt?«, flüsterte er.

Eine Minute nach eins, und noch immer war niemand im Palastgarten zu sehen. Emmets Nervosität war kaum mehr zu ertragen. Er konnte per Fernbedienung das schönste Feuerwerk inszenieren, das diese Stadt je gesehen hatte, doch er zögerte. Solange Reyhan, Anthony und die Sudanesen den Garten noch nicht erreicht hatten, war es zu gefährlich, die Explosionen auszulösen, denn selbst ein erfahrener Mann wie Emmet konnte nicht genau vorhersagen, welchen Schaden sie anrichten würden.

»Kannst du sie sehen?«, raunte er ins Mikrofon seines Headsets.

»Leider nein.« Laras Stimme kam klar und deutlich über die

Mini-Ohrhörer. Sie hatte auf der gegenüberliegenden Seite des Palasts Stellung bezogen, unweit der Nordmauer, weil sie von dort einen anderen Teil des Palastgeländes überblicken konnte.

»Irgendwas ist schief gelaufen«, sagte Emmet.

»Das glaube ich auch.«

»Ich werde reingehen.«

Kurze Pause. »Okay.«

»Gib mir noch zwei Minuten. Dann jag den Wagen in die Luft.« Damit meinte er einen Kleintransporter, der gut fünfzig Meter vom Palast entfernt am Straßenrand parkte. Emmet hatte unter dem Benzintank nur eine kleine Sprengladung angebracht. Der Transporter sollte keinen Schaden anrichten, sondern nur Aufmerksamkeit auf sich ziehen.

»Zwei Minuten – ab jetzt«, sagte Lara.

Emmet schulterte seinen Rucksack und griff nach der Armbrust. Dann kletterte er so schnell er konnte vom Dach des Hauses und huschte zur anderen Straßenseite hinüber. Ein Blick auf die Uhr. Noch eine halbe Minute. Genügend Zeit. Er atmete tief durch und spürte, dass sein Herz wieder zu stechen begann.

Alles, nur das nicht!, dachte er. Ich kann mir jetzt keinen Anfall erlauben.

Er ignorierte das Ziehen im Oberkörper und kramte aus seinem Rucksack ein Seil, an dessen Ende ein Kletterhaken befestigt war. Er legte den Haken in die Armbrust ein, spannte die Sehne und zielte über die Zinne der Palastmauer. Genau eine Sekunde, bevor Lara die Explosion auslöste, drückte Emmet den Abzug. Das Seil surrte über die Mauer, der Haken schlug gegen Stein und verkeilte sich. Doch das scheppernde Geräusch wurde vom Dröhnen der Detonation übertönt.

Der junge Wachmann war vom Knall und der plötzlichen Erschütterung so überrascht, dass er einen Moment lang unaufmerksam wurde und sich verdutzt umsah. Anthony Nangala ergriff seine Chance und warf sich ohne zu zögern auf ihn. Wäre er besser in Form gewesen, hätte er den schmächtigen Bengel mit nur einem Schlag in Tiefschlaf versetzt. So jedoch entspann sich ein Kampf. Die beiden Männer fielen um und wälzten sich am Boden. Harte Schläge trafen Nangala in die Nierengegend. Zu allem Überfluss spürte er den Gewehrlauf am Rippenbogen. Er wusste, dass eine einzige Kugel ihn töten konnte. Mit aller Kraft packte er die Waffe, um sie von sich wegzudrehen. In diesem Augenblick löste sich ein Schuss.

Reyhan Abdallah zuckte zusammen. Eine Sekunde lang schien der Kampf der beiden Männer wie eingefroren, und sie war sicher, dass Anthony Nangala getroffen worden war. Dann aber stellte sie erleichtert fest, dass sie sich irrte. Nangala bekam jetzt sogar die Oberhand. Es gelang ihm, den Wachmann zu entwaffnen und ihm einen wuchtigen Fausthieb gegen die Schläfe zu versetzen, sodass der Bursche zu Boden geschleudert wurde und reglos liegen blieb.

Schwer atmend griff Nangala nach seinem Gewehr und rappelte sich auf. Reyhan sah ihm an, dass er eine Verschnaufpause benötigte; sie wusste aber auch, dass dafür keine Zeit blieb. Der Schuss war bestimmt nicht unbemerkt geblieben.

Rasch öffnete sie die Tür. Tatsächlich war U12 die Gefangenenzelle. Knapp zwei Dutzend Menschen waren hier auf engstem Raum zusammengepfercht – Kinder, schwangere Frauen, Greise. Aus tiefschwarzen Gesichtern blickten sie Reyhan ängstlich und verzweifelt an.

»Haben Sie keine Angst«, sagte sie mit sanfter Stimme. »Kommen Sie.« Da Reyhan wusste, dass die Leute sie nicht verstehen konnten, winkte sie sie mit einer Handbewegung herbei. »Kommen Sie! Schnell!«

Ein alter Mann erhob sich und sprach zu ihr.

»Was sagt er?«, fragte Nangala.

»Keine Ahnung.« Wieder forderte sie die Leute mit einer Handbewegung auf, ihre Zelle zu verlassen. Diesmal begriffen sie.

Im Gang standen mittlerweile mehrere Labormitarbeiter und sprachen aufgeregt miteinander. Außerdem hörte Reyhan das dumpfe Getrampel von Stiefeln. Das Geräusch näherte sich rasch.

»Wachmänner!«, stellte Reyhan fest und bemerkte, dass sie vor Aufregung zitterte. Sie hatte Anthony Nangala und die Sudanesen befreit, doch ihr Sohn fehlte noch. Ohne ihn würde sie diesen Palast nicht verlassen. »In diese Richtung!«, rief sie und zeigte den Gang entlang. »Mir nach! Beeilung!« Sie rannte voraus, die anderen folgten ihr.

Hinter ihnen fielen Schüsse. Labormitarbeiter kreischten und warfen sich zu Boden oder flüchteten in irgendwelche Zimmer. Reyhan riskierte einen Blick über die Schulter. Sie sah einen fünfköpfigen Wachtrupp am anderen Ende des Flurs. Wieder krachten Schüsse. Einen Meter neben ihr spritzte Putz von der Wand.

Sie werden uns alle umbringen!, schoss es ihr entsetzt durch den Kopf.

Doch ein weiterer Blick nach hinten ließ sie neue Hoffnung schöpfen. Anthony Nangala gab ihnen Rückendeckung. Er hatte sich flach auf den Boden geworfen und eröffnete nun ebenfalls das Feuer. Zwei Wachmänner stürzten zusammengekrümmt zur Seite, die drei anderen zogen sich hinter die nächste Ecke zurück.

Das verschaffte den Fliehenden ein paar Sekunden Vorsprung. Reyhan stieß eine Glastür auf und rannte in den nächsten Labortrakt. Hier befand sich die Kammer, in der ihr Sohn eingesperrt war. Sie betete zu Allah, dass Goldmann ihn nicht in ein anderes Zimmer hatte verlegen lassen.

Lautlos huschte Emmet durch den Palastgarten. Im Schatten der Bäume und der übermannshohen Ziersträucher verschmolz er mit der Nacht. Das Ablenkungsmanöver – die Sprengung des Kleinlasters – hatte funktioniert. Bislang war Emmets Vorstoß unbemerkt geblieben.

Mittlerweile aber konzentrierte sich die Aufmerksamkeit der Wachposten nicht mehr auf das brennende Auto vor dem Palast, sondern auf das, was *im* Gebäude vor sich ging. Kein gutes Zeichen.

»Wir brauchen noch mehr Knalleffekte«, raunte Emmet in sein Mikro.

»Verstanden«, sagte Lara. Beinahe im selben Augenblick erschütterten weitere Detonationen die Erde. Emmet sah, wie mehrere Feuerpilze in den sternenklaren Himmel stoben.

»Das reicht fürs Erste«, sagte er. »Ich melde mich später wieder.«

Die Rückseite des Palasts war jetzt völlig verwaist. Die wenigen Männer, die den Garten überwacht hatten, waren auf die Finte hereingefallen und zu den Explosionsherden geeilt. Emmet fragte sich, wie lange es dauern würde, bis sie den Braten rochen.

Vorsichtig schlich er über die Terrasse. Hinter der breiten Fensterfront brannte kein Licht. Emmet wusste, dass die Terrassentür zu einer Art Festsaal führte. Er hatte die Architektenpläne so lange studiert, dass er sich im Palast blind auskannte, ohne jemals darin gewesen zu sein.

»Noch ein Kanonenschlag, bitte«, flüsterte er. »Auf drei. Eins … zwei …« Bei drei krachte die nächste Explosion durch die Nacht. Gleichzeitig schlug Emmet die Panoramascheibe ein. Ein Scherbenregen prasselte zu Boden. Danach konnte er mühelos ins Gebäude einsteigen.

Er durchquerte den dunklen Festsaal und lauschte an der Tür. Er wusste, dass sich dahinter die Eingangshalle befand. Aufgeregte Stimmen deuteten darauf hin, dass es dort sehr lebhaft zuging. Also wählte Emmet einen anderen Weg. Er schlich durch zwei geräumige, schmuckvoll eingerichtete Nebenzimmer und erreichte schließlich einen Salon. Dort lauschte er wieder an der Tür. Da die Stimmen jetzt nur noch leise zu hören waren, öffnete er. Die Luft war rein. Er konnte zwar die Wachen im Eingangsbereich sehen, aber sie waren viel zu beschäftigt, als dass sie Notiz von ihm genommen hätten.

Emmet schob sich aus der Tür und stand wie erwartet dem Treppenhaus gegenüber. Auf leisen Sohlen stieg er in den Keller hinunter. Es kam ihm vor, als würde er sich auf den Weg in die Unterwelt machen.

»Mama?«

»Ali! Mein Junge! Wir holen dich da raus, ich versprech es!« Reyhan Abdallahs Stimme überschlug sich vor Aufregung. Sie steckte den Schlüssel mit dem Anhänger U33 ins Schloss, drehte ihn herum und stieß die Tür auf. Nie zuvor war sie glücklicher gewesen, ihren Sohn in die Arme zu schließen.

Wieder krachten Schüsse. Die Sudanesen kauerten wimmernd auf dem Boden, Anthony Nangala presste sich gegen eine Tür und zielte mit dem Gewehr den Gang entlang. Dort hatten sich mindestens drei oder vier bewaffnete Posten verschanzt.

Und genau dort müssen wir vorbei, wenn wir nach oben wollen, dachte Reyhan verzweifelt. Wie sollen wir das schaffen?

Am Flurende bewegte sich etwas. Nangala wollte schießen, doch das Gewehr gab nur ein metallisches Klicken von sich. »Das Magazin ist leer«, raunte er heiser.

Ohnmächtige Verzweiflung überkam Reyhan. Waren sie so weit gekommen, nur um jetzt zu kapitulieren? Die Vorstellung, Goldmann und Assad unter die Augen zu treten, jagte ihr einen eiskalten Schauder über den Rücken.

Während sie da stand, ihren Sohn an sich drückte und wartete, erschienen am Ende des Gangs die Wachen. Imposante

Gestalten in Armeehosen und khakifarbenen T-Shirts, jeder von ihnen bewaffnet. Noch schienen sie dem Frieden nicht zu trauen, denn sie näherten sich den Entflohenen mit Vorsicht.

Plötzlich krachte hinter ihnen etwas auf den Boden und kullerte zwischen ihren Füßen hindurch. Der Gegenstand sah aus wie ein großes dunkles Ei. Eine Granate. Augenblicklich brach Panik unter den Männern aus. Überstürzt rannten sie zurück, um sich im Quergang in Sicherheit zu bringen.

Das schwarze Ei verwandelte sich in einen qualmenden Lichtblitz, doch das Geräusch der Detonation blieb aus.

»Eine Rauchgranate«, rief Anthony Nangala Reyhan zu.

Vom Ende des Gangs hörte sie die tumultartigen Geräusche eines Kampfes, doch die graue Wolke war bereits so dicht, dass sie dahinter nichts mehr erkennen konnte. Eine Minute hielt der Kampf an. Dann Schüsse, Schreie und rasche Schritte.

»Was ist da los?«, fragte sie leise.

»Ich glaube, die Verstärkung ist eingetroffen«, erwiderte Nangala grinsend.

Tatsächlich erschien inmitten der Rauchwolke eine wohl bekannte Gestalt – Emmet Walsh. Er hielt sich schützend einen Arm vor den Mund. Als er Nangala und Reyhan erkannte, hellte seine ernste Miene sich auf.

»Der Weg ist frei«, sagte er.

Sie traten eilig den Rückweg an. Reyhan, ihren Sohn auf dem Arm, rannte an der Spitze der Gruppe. Anthony Nangala, der einem der bewusstlosen Wachmänner eine Uzi abgenommen hatte, flankierte die beiden und gab ihnen Deckung, ebenso wie den Sudanesen, die dicht hinter ihnen blieben. Emmet bildete die Nachhut. Er räucherte mit seinen Granaten das gesamte Labor ein und erschwerte den Verfolgern die Orientierung.

Sie passierten das Aquarium und erreichten den Palastkeller ohne nennenswerte Zwischenfälle. Auch der Aufstieg übers

Treppenhaus verlief reibungslos. Erst im Erdgeschoss kam es zu einem kurzfristigen Zwangsstopp, weil das rege Treiben in der Eingangshalle inzwischen auch auf die Seitenflügel übergegriffen hatte. Bewaffnete Wachleute rannten umher und brüllten einander Befehle zu. Andere versuchten, Steintrümmer aus dem Weg zu räumen oder Brandherde zu löschen. Es war das reine Chaos.

Emmet, am unteren Ende der Treppe, überholte die Sudanesen, um sich mit Anthony Nangala zu beraten.

»Ich schleiche mich bis ans Ende der Treppe und zünde meine letzten beiden Rauchgranaten«, sagte er. »Dann gebe ich dir Rückendeckung, und du sicherst den Salon. Wenn die Luft dort rein ist, schicke ich die anderen hinterher.« Emmet blickte Reyhan an. »Können Sie Ihren Sohn noch tragen?«

»Es geht schon.«

»Sagen Sie ihm, dass er in ein paar Minuten alles überstanden hat.«

Die Frau raunte ihm etwas auf Arabisch zu. Der Junge nickte tapfer.

Emmet ging in die Hocke und schlich nach oben. Vier Söldner stürmten über den Flur, achteten aber nicht auf Emmet. Wachsam blickte er den Männern hinterher. Sie verschwanden in einem Quergang des Nordflügels. Jetzt war die Luft rein, zumindest in dieser Richtung. Rasch warf Emmet auch noch einen Blick in die andere Richtung. In der Eingangshalle ging es immer noch hoch her, doch die Aufmerksamkeit der Palastwache konzentrierte sich auf den vermeintlichen Angriff von außen. Emmet nutzte die Gelegenheit und warf seine Granaten in den Gang, eine nach links, die andere nach rechts. Sie zündeten beinahe gleichzeitig und bildeten binnen weniger Sekunden einen undurchsichtigen Vorhang aus Qualm. Die perfekte Sichtschneise.

Emmet richtete seine Waffe abwechselnd auf beide Rauchwolken aus und gab Nangala, der hinter ihm stand, ein Zeichen. Daraufhin stürzte der große Schwarze über den Flur in den gegenüberliegenden Salon und verschwand im Dunkel des Zimmers. Gleich darauf kam er zur Tür zurück und bedeutete mit erhobenen Daumen, dass alles in Ordnung sei.

»Reyhan – jetzt Sie!«, zischte Emmet.

Den Jungen auf dem Arm, huschte sie über den Flur. Die Sudanesen eilten ihr hinterher. Endlich hatte auch der Letzte von ihnen den Salon erreicht.

Emmet atmete auf und wollte gerade folgen, als er im Keller Schreie hörte. Im selben Augenblick schlug eine Salve ohrenbetäubender Schüsse um ihn herum ein. Er presste sich flach auf den Boden. Am unteren Treppenrand erkannte er einen Söldnertrupp – Verfolger aus dem Labor. Wenn Emmet jetzt in den Salon rannte, würde er die Männer geradewegs zu den Flüchtlingen führen und die ganze Befreiungsaktion gefährden.

Er traf eine Entscheidung und machte Nangala mit einer knappen Kopfbewegung klar: *Verschwindet von hier – ohne mich.* Nangala nickte und schloss die Salontür. Auf seinem Gesicht lag ein Ausdruck des Bedauerns.

Emmet feuerte in rascher Folge ein paar Kugeln in den Keller, um sich Vorsprung zu verschaffen. Dann rannte er so schnell er konnte die Treppen hinauf in den ersten Stock.

»Hast du noch was in petto?«, rief er ins Mikro.

»Klar«, hörte er Lara am anderen Ende der Leitung.

»Dann los! Die anderen sind unterwegs in den Garten.«

»Was ist mit dir?«

»Ich komme nach, sobald ich kann.«

Weitere Explosionen ließen die Palastfassade erbeben. Der Boden unter Emmets Füßen zitterte, Fenster zersprangen. Unmittelbar vor ihm fiel ein Kronleuchter von der Decke.

Hinter sich hörte Emmet erneut Schüsse. Sehr gut, dachte er, sie verfolgen mich und nicht die anderen. Zugleich wusste er, dass seine eigenen Fluchtchancen schwanden, je länger er in diesem Gebäude blieb.

Mats Leclerc brüllte Befehle, um des Chaos Herr zu werden, doch es war vergeblich. Über sein Walkie-Talkie gingen ständig neue Schreckensmeldungen ein. Explosionen, brennende Gebäudeteile, Stromausfall, verletzte Männer. Angesichts der Lage grenzte es an ein Wunder, dass es bislang nur drei Tote gegeben hatte.

Um sich einen besseren Überblick zu verschaffen, eilte er über die Wendeltreppe in den Nordturm. Auf der Aussichtsplattform entdeckte er zwei Wachposten – der eine bewusstlos, der andere mit blutendem Bein. Daneben lagen Schutt und Trümmer, die aus dem Zwiebeldach heruntergestürzt waren. Leclerc riss dem Bewusstlosen ein Nachtsicht-Fernglas aus der Hand und suchte damit die Gegend ab.

Seine Männer hatten sich hinter Baumstämmen und parkenden Autos verschanzt und sicherten den Platz vor dem Palast. Niemand wagte sich aus den umliegenden Häusern. Auch an den Fenstern war niemand zu sehen. Dennoch mussten die Angreifer irgendwo sein.

Plötzlich kam Leclerc eine Idee. Sämtliche Explosionen konzentrierten sich auf die Palastfassade. Wollte der Angreifer die Aufmerksamkeit der Wachen bewusst nach vorn lenken, weil er selbst sich im Hintergrund aufhielt …?

Mit dem Nachtsicht-Fernglas vor Augen suchte Leclerc jetzt den Wohnblock an der Nordflanke des Palastgeländes ab. Sein Blick streifte über Hauseingänge, Fenster und schließlich über die Dächer. Hinter einem Schornstein erkannte er eine liegende Gestalt. Er stellte die Schärfe nach und bemühte sich, das Fernglas ruhig zu halten. Das Bild hatte einen Grünstich und war grobkörnig. Dennoch gab es keinen Zweifel: Die Gestalt war Jennifer Watson.

Im zweiten Stock gelang es Emmet, seine Verfolger abzuschütteln, weil hier der Strom vollständig ausgefallen war und das spärliche Licht, das von draußen in die Gänge fiel, lediglich

Schatten erkennen ließ. Er wartete, bis er sich in Sicherheit wähnte, dann trat er den Rückzug an.

Im ersten Stock versperrte ihm ein Feuer den Durchgang nach unten, sodass er gezwungen war, die Treppe im Nordturm zu nehmen. Doch auf halbem Weg dorthin stand er plötzlich einer ihm wohl bekannten Gestalt gegenüber, die wie aus dem Nichts aus einem der Zimmer auftauchte: Donna Greenwood.

Als die Frau Emmet erkannte, schien sie mindestens ebenso überrascht zu sein wie er. Beide verharrten mitten in der Bewegung und starrten einander fassungslos an. Einen Moment schien die Erde still zu stehen. Es gab keine Explosionen mehr, keine Schüsse, keine brüllenden, umhereilenden Wachleute.

Emmet konnte sein Glück kaum fassen. Die Frau, die er so viele Jahre heimlich geliebt und durch den Angriff in Schottland verloren geglaubt hatte, lebte. Er verspürte das unwiderstehliche Verlangen, sie in seine Arme zu schließen. Doch irgendetwas in ihrem Blick ließ ihn zögern.

»Ich dachte, du wärst tot«, raunte er. »Begraben unter den Trümmern von Leighley Castle.«

Donna schüttelte den Kopf. »Dasselbe dachte ich von dir. Was tust du hier?«

»Das erkläre ich dir später. Lass uns erst einmal von hier verschwinden.«

Er ergriff Donnas Hand, doch sie riss sich von ihm los und wich vor ihm zurück. Entsetzt erkannte Emmet, dass sie eine Pistole auf ihn richtete.

»Tut mir Leid, wenn ich dich enttäuschen muss«, sagte sie. »Aber wir stehen schon lange nicht mehr auf derselben Seite.«

Emmets Herz weigerte sich zu glauben, was sein Verstand ihm sagte – dass Donna eine Verräterin war. »Warum?«, fragte er. Mehr brachte er nicht über die Lippen.

»Weil der Heilige Gral Wirklichkeit geworden ist!«, entgegnete sie. »Nicht der Kelch mit dem Blut Jesu bringt uns das ewige Leben, sondern die moderne Wissenschaft. Eine solche Gelegenheit darf man nicht ungenutzt lassen! Ich will noch nicht sterben, Emmet.«

»Dann weißt du, was hier geschehen ist?«

»Mehr noch, ich habe es mitverantwortet.«

»Was ist mit dem Angriff in Schottland? Warst du auch daran beteiligt?«

»Ich hatte keine andere Wahl.«

Emmet spürte, wie in seinem Innern eine Veränderung vor sich ging. Er hatte das Gefühl, sein Herz würde versteinern. Beinahe sehnte er sich nach dem Tod, nur um die Enttäuschung nicht länger ertragen zu müssen. Donna hatte ihm alles genommen, was ihm auf dieser Welt wichtig gewesen war. Leighley Castle, seine Brüder und Schwestern, die Ideale der Ordensgemeinschaft. Sogar den Glauben an die Liebe.

Lara Mosehni lag auf einem Hausdach, unweit der Nordmauer des Palasts. Vor ihr befand sich ein schwarzes Plastikgehäuse mit vielen Knöpfen. Lara spielte darauf wie auf einem Klavier, nur dass die Knöpfe immer denselben Laut von sich gaben – ohrenbetäubendes Krachen.

Von Lara aus gesehen, ereigneten sich die meisten Explosionen auf der rechten Seite, dort, wo sich das Palastgebäude befand. Lichtblitze zuckten durch die nächtliche Dunkelheit, Feuerzungen stoben in den sternenklaren Himmel, Rauchschwaden zogen über die Stadt, getragen von einer kühlen Brise.

Laras Blick schweifte den Palastgarten entlang. Da es dort zu dunkel war, um mit bloßem Auge etwas zu erkennen, klappte sie ihr Nachtsichtgerät herunter. Sofort sah sie die Flüchtlingsgruppe. An der Spitze Reyhan Abdallah, die ihren Sohn trug, dann die Sudanesen und zuletzt Anthony Nangala, mit einer Uzi bewaffnet. Im Schatten der Bäume huschten sie quer durch den Garten in Richtung Ostmauer, immer weiter weg von der Feuersbrunst.

Um Assads Söldner beschäftigt zu halten und sie weiterhin von der Flüchtlingsgruppe abzulenken, wollte Lara nun auch noch die letzten vier Explosionen am Palast auslösen. Doch bevor sie die Knöpfe drücken konnte, hörte sie plötzlich ein metallisches Klicken dicht neben ihrem Ohr. Eine Stimme raunte: »Eine falsche Bewegung, und Sie sind tot, Miss Watson!«

Langsam zog Lara die Hand vom Plastikgehäuse zurück.

»Umdrehen!«, befahl die Stimme barsch.

Lara gehorchte und betrachtete den Mann mit der Waffe. Er war blond, muskulös, Anfang vierzig. Markantes Gesicht. Der Kerl, der sie und Reyhan bereits in Jeddah beobachtet hatte.

Emmet fühlte sich unendlich leer. Die Neuigkeiten, mit denen Donna ihn konfrontiert hatte, waren wie Messerstiche, die ihm blutende Wunden beigebracht hatten. Er kam sich vor wie der zu Boden gegangene Stier, den Rodrigo Escobar in seinem Film beim Halbjahrestreffen auf Leighley Castle gezeigt hatte. Verletzt, kraftlos, ohne Hoffnung. Er wartete nur noch auf den Gnadenstoß.

»Ich weiß, was du für mich empfindest«, sagte Donna plötzlich, die Pistole noch immer auf ihn gerichtet.

Emmet blickte sie schweigend an. Was spielte das jetzt noch für eine Rolle?

»Mir geht es wie dir«, fuhr Donna fort. »Hörst du, Emmet? Ich liebe dich.«

»Du wolltest mich in Schottland umbringen. Eine merkwürdige Art von Liebe.«

»Ich musste den Orden vernichten, sonst hätte er *mich* vernichtet. Er hätte Anthonys Spur verfolgt, wäre früher oder später auf dieses Projekt gestoßen und hätte versucht, es zu stoppen.«

»So wie ich es getan habe.«

»Noch ist es nicht zu spät, Emmet. Du bist nicht der Orden. Du bist ein Mensch. Du kannst dich noch immer entscheiden. Denk an dein schwaches Herz. Goldmanns Frischzellentherapie könnte dir helfen. Wir könnten gemeinsam noch viele hundert Jahre verbringen. Gib uns eine Chance. Lass uns die verlorene Zeit nachholen!« Sie sah ihn mit beinahe flehendem Blick an. Leise fügte sie hinzu: »Ich will dich nicht töten.«

Wie gern hätte er Donna geglaubt. Wie gern hätte er sie in die Arme geschlossen, sie an sich gedrückt und geküsst. Doch was sie getan hatte, wog schwerer als seine Zuneigung.

»Tut mir Leid«, sagte Emmet und blickte auf ihre Pistole, »aber du wirst abdrücken müssen.«

Der Blonde hatte Lara Mosehni gefesselt und auf die Knie gezerrt. Eine Hand krallte sich in ihr Haar und riss ihr den Kopf in den Nacken. Die andere Hand drückte ihr die Mündung einer Pistole an die Schläfe.

»Wie viele Komplizen haben Sie?«, zischte der Blonde. »Und wo sind sie?«

Lara schwieg.

»Reden Sie, verdammt, sonst …« Anstatt den Satz zu beenden, drückte er den Lauf seiner Waffe jetzt gegen Laras Knie. »Ich habe nicht die ganze Nacht Zeit!«, fauchte er. »Entweder, Sie verraten mir, was Sie wissen, oder ich mache Ernst. Und wenn Sie nach dem ersten Knie noch nicht plaudern, mache ich mit dem zweiten weiter.«

Lara biss die Zähne zusammen. Anthony, Reyhan und die Sudanesen waren im Palastgarten auf dem Weg zur Ostmauer. Emmet befand sich noch im Gebäude. Sie *musste* schweigen, sonst war alles umsonst gewesen. Gleichzeitig hatte sie schreckliche Angst.

»Wie Sie wollen«, presste der Blonde hervor. »Wenn Sie auf Schmerzen stehen …« Sein Finger krümmte sich um den Abzug seiner Waffe. Lara biss die Zähne zusammen.

Jemand schrie: »Keine Bewegung!«

Noch bevor Lara begriff, was los war, ließ der Blonde von ihr ab und wirbelte mit erhobener Pistole herum. Ein Schuss peitschte durch die Nacht. Der Blonde sackte haltlos in sich zusammen. In seiner Brust klaffte ein kleines, blutendes Loch.

Tom Tanaka kletterte aus der Dachluke und kam auf Lara zu. Ein dünner Rauchfaden strömte aus dem Lauf seiner Waffe.

»Die Polizei, dein Freund und Helfer«, stieß Lara erleichtert hervor. »Ich danke Ihnen. Aber was tun Sie hier?«

»Ich wollte mit den Behörden von al-Quz die geplante Razzia vorbereiten. Aber was tun *Sie* hier? Ich dachte, wir waren uns einig, dass Interpol die Entführten befreit! In spätestens achtundvierzig Stunden hätte ein perfekt organisiertes Einsatzkommando dieses Nest nach allen Regeln der Polizeikunst ausgehoben!«

»In achtundvierzig Stunden wären die Entführten bereits tot gewesen.« Lara erklärte es ihm.

»Sie hätten mir wenigstens Bescheid geben müssen!«, hielt Tanaka dagegen. »Sehen Sie sich diese Stadt an! Sie haben ein Inferno entfesselt!«

»Das Inferno steht erst noch bevor, wenn Sie mir nicht helfen. Dann nämlich werden noch in dieser Nacht viele unschuldige Menschen sterben. Und jetzt schneiden Sie mir die Fesseln durch!«

Der Japaner zögerte. »Das kann ich nicht tun. Sie werden sich dafür verantworten müssen, was Sie hier angerichtet haben.«

»In diesem Palast wurden Menschen für grausame medizinische Experimente missbraucht und getötet! Die wenigen, die bislang verschont blieben, wollten wir befreien, bevor es zu spät ist. Bei Allah – wenn Sie darauf bestehen, werde ich mich für meine Taten verantworten, Tom. Aber helfen Sie mir, diese Leute zu retten!« Sie sah ihn mit flehendem Blick an, spürte aber, dass er sich noch immer nicht entscheiden konnte. »Haben Sie ein Interpol-Team dabei?«, fragte sie. »Wenn ja, machen wir es auf Ihre Art. Nur beeilen Sie sich! Wenn Sie nicht sofort handeln, wird es zu spät sein!«

Tanaka kämpfte mit sich. In seinen Augen erkannte Lara, dass es gar kein Interpol-Team gab, das ihnen helfen konnte. Tanaka musste sich entscheiden zwischen Recht und Gerechtigkeit. Beides zugleich war unmöglich.

Er kniete sich zu Lara und schnitt ihr die Fesseln durch. »Das kostet mich meine Karriere«, murmelte er.

»Von mir wird es niemand erfahren«, erwiderte Lara.

Sie robbte zu der schwarzen Plastikbox. Tanaka folgte ihr. »Und was jetzt?«

»Was wohl?« Lara grinste ihn an. »Der Showdown.«

Emmet betrachtete die Pistole in Donna Greenwoods zitternden Händen. »Ich habe nicht gewollt, dass es auf diese Weise endet«, wisperte sie.

In diesem Moment erschütterte eine Welle von Explosionen das Gebäude. Irgendwo hinter Donna fegte eine Feuerwolke quer durch den Gang. Gleichzeitig brach über ihnen die Decke ein.

»Weg hier!«, brüllte Emmet. Aber er ahnte, dass es zu spät war.

Lara Mosehni hatte die Unterhaltung über ihr Headset mitbekommen. Jetzt war die Funkverbindung plötzlich abgerissen. Sie wusste, was das zu bedeuten hatte, und fühlte sich wie unter Schock.

»Wohin wollen die?«, fragte Tanaka, der neben ihr auf dem Dach lag und durch ein Nachtsichtgerät die Flüchtenden im Palastgarten beobachtete.

Lara verdrängte ihren Schmerz. Sie musste sich konzentrieren, damit wenigstens Reyhan, Anthony und die anderen eine Chance hatten. »Sie laufen zur Ostmauer«, sagte sie.

»Da ist nirgends ein Ausgang!«

»Noch nicht. Aber bald.« Lara deutete auf das schwarze Plastikgehäuse vor sich. »Das hier ist der letzte Knopf. Wenn ich den drücke, wird in die Mauer da hinten ein hübsches kleines Loch gesprengt.«

»Worauf warten Sie noch?«

»Ich will nicht, dass die Palastwachen zu früh erkennen, was hier eigentlich gespielt wird. Kommen Sie mit!«

»Wohin?«

»Zum Auto.«

Lara schlüpfte durch die Dachluke und rannte das Treppenhaus hinunter. In einer Querstraße hatte sie einen geklauten Lkw geparkt. Sie stieg ein, ließ den Motor aufheulen und fuhr los, kaum dass Tanaka auf dem Beifahrersitz Platz genommen hatte. Die Scheinwerfer schaltete Lara nicht an. An der Ecke riss sie das Steuer nach links. Ächzend und polternd ging der Laster in die Kurve. Lara trat das Gaspedal bis zum Anschlag durch und folgte jetzt der Straße entlang der Nordmauer des Palasts. Sie ließ die letzten Häuser von al-Quz links hinter sich. In einiger Entfernung erkannte sie einen Flugzeughangar. Dahinter erhoben sich die vom Mond beschienenen Tihamat-as-Sam-Berge – das Ziel ihrer Flucht.

Wenn wir es bis dorthin schafften, sind wir in Sicherheit, dachte Lara. »Sprengen Sie die Mauer in die Luft!«, rief sie, um den Motorenlärm zu übertönen. »Wir sind gleich da!«

Tanaka, die Fernbedienung auf dem Schoß, drückte den Knopf.

Nichts geschah.

Anthony Nangala kauerte mit den anderen hinter einer Gruppe von Ziersträuchern. Die Sudanesen unterhielten sich flüsternd. Einige von ihnen weinten leise, vor allem die Kinder. Ali Abdallah hielt sich genauso wacker wie seine Mutter.

»Warum dauert das so lange?«, raunte Nangala nervös.

»Keine Ahnung«, sagte Reyhan. »Der Plan sah vor, dass diese Mauer in die Luft gejagt wird, wenn wir hier sind.«

»Die Sträucher bieten zwar Sichtschutz, aber Kugeln können sie nicht abhalten. Wenn die Wachen uns entdecken, sehen wir alt aus.«

»Deshalb müssen wir uns unauffällig verhalten und beten.«

Nangala wollte etwas erwidern, hielt jedoch inne, als er vom Palast her Geräusche vernahm. Vorsichtig lugte er zwischen zwei Sträuchern hindurch. Eine Gruppe von sechs oder sieben Wachen näherte sich im Laufschritt.

»Beten ist eine ausgezeichnete Idee«, zischte er. »Denn wenn Allah oder der christliche Gott oder wer auch immer nicht bald ein Wunder geschehen lässt, werden wir alle sterben.«

Lara riss das Steuer nach rechts, ohne vom Gas zu gehen. Mit kreischenden Reifen umfuhr sie den Nordost-Turm, der wie ein schwarzer Finger in den Himmel ragte – unbemannt, denn die Wachen hatten den Turm schon nach der ersten Explosion verlassen, um zum Palast zu eilen. Das hatte Lara von ihrem Beobachtungsposten aus mitverfolgt.

»Versuchen Sie's noch mal!«, rief sie.

Tanaka drückte erneut den Knopf der Fernbedienung. »Da tut sich nichts! Was jetzt?«

Lara musste nicht lange überlegen. Für den Fall, dass sie auf der Flucht in die Berge Verfolger abschütteln mussten, hatte Emmet bei Gamoudi ein zusätzliches kleines Verteidigungsarsenal bestellt, das sich in einer Holzkiste auf der Laderampe des Lasters befand. Lara trat so fest auf die Bremse, dass die Räder blockierten. Der Wagen rutschte über den Asphalt und kam zum Stehen.

»Setzen Sie sich hinters Steuer, und lassen Sie den Motor laufen!«, rief sie Tanaka zu. »Sie können doch einen Lkw fahren, oder?«

Tanaka nickte. Lara stieg aus, rannte zum Heck, entriegelte

die Klappe und öffnete die Plane. Rasch sprang sie auf die Ladefläche und riss den Deckel von der Waffenkiste. Mit einer Panzerfaust auf der Schulter eilte sie wieder um den Wagen herum, einige Meter aufs offene Gelände hinaus. Sie nahm die Mauer ins Visier, zielte ungefähr in die Mitte und drückte ab. Fauchend raste eine Rauchspur durch die Nacht. Dann, im Moment des Aufpralls, ließ ein gewaltiger Feuerblitz die Mauer bersten.

Gegen die plötzliche Helligkeit hielt Anthony Nangala schützend eine Hand vor die Augen. Als die Feuerwolke verschwunden war und er wieder sehen konnte, klaffte eine große Lücke in der Steinwand.

»Jetzt aber los!«, rief er und erhob sich. »Beeilung! Wir haben keine Zeit zu verlieren!«

Die Sudanesen verstanden seine Worte nicht, doch als Reyhan Abdallah aufsprang und losrannte, folgten sie ihr sofort. Nangala bildete das Schlusslicht, wobei er immer wieder seine Uzi auf die Gruppe der Verfolger richtete und kurze Salven abfeuerte.

Auf halbem Weg wurde ein Greis von der Kugel einer Palastwache getroffen. Nur ein Streifschuss am Bein, der jedoch zur Folge hatte, dass der alte Mann aus eigener Kraft nicht mehr weiter konnte. Anthony Nangala packte ihn unter den Armen, zog ihn hoch und stützte ihn, während sie weiter auf die Schneise in der Mauer zueilten. Hinter ihnen krachten weitere Schüsse durch die Finsternis. Plötzlich war auch vor ihnen heftiges Feuer zu hören. Nangala blieb erschrocken stehen. Inmitten der Steintrümmer erkannte er Lara Mosehni. Ein Gewehr im Anschlag, hielt sie ihnen den Rücken frei.

Reyhan, Ali und ein paar der Sudanesen waren bereits bei ihr. Sie bahnten sich ihren Weg durchs Geröllfeld und gelangten ins Freie. Lara feuerte noch immer. Sie war das moderne Abbild eines mittelalterlichen Rosenschwert-Kämpfers. Mutig, stolz, entschlossen. Eine wahre und würdige Vertreterin des Ordens.

Der verletzte Greis kam nur mit Mühe über die Trümmer, da er sein Bein kaum zu bewegen vermochte. Anthony Nangala musste seine letzten Kräfte aufbieten, um den Alten zu stützen.

Nur noch ein paar Meter, dachte er. Gleich haben wir's geschafft!

Er spürte einen Stoß im Rücken und wurde nach vorn gerissen. Es gelang ihm gerade noch, das Gleichgewicht zu wahren und auf den Beinen zu bleiben. Doch als er an sich hinuntersah und den großen dunklen Fleck auf seinem T-Shirt erkannte, wusste er, dass eine Kugel seinen Körper durchschlagen hatte. Das Atmen fiel ihm schwer, doch er verspürte keinen Schmerz. Beinahe war Anthony Nangala dankbar. Eine Kugel war allemal besser, als langsam und qualvoll vom Krebs zerfressen zu werden.

»Hilf mir!«, stieß er keuchend hervor. »Nimm mir den Mann ab!«

Lara kam die wenigen Schritte zu ihm gerannt und legte sich den Arm des Alten um die Schultern. Nangala ging in die Knie.

»Was ist mit dir?«, rief Lara. Er hörte ihre Stimme nur noch gedämpft, wie durch einen Filter.

»Ich komme nicht mit.«

»Steh auf! Draußen wartet ein Lkw auf uns!«

»Selbst wenn ich es schaffe ... für mich gibt es keine Rettung.«

»Ich lasse dich nicht hier zurück!«

Weitere Schüsse der Verfolger dröhnten durch die Nacht. Für Nangala klang es wie eine Folge dumpfer Paukenschläge.

»Ich bin gleich wieder da!«, rief Lara. Mit dem Greis an der Seite eilte sie davon.

Nangala traf eine Entscheidung. Niemand konnte ihm mehr

helfen. Aber vielleicht konnte er den anderen helfen, indem er ihnen die Verfolger vom Hals hielt. Er griff nach seiner Uzi, rappelte sich auf und feuerte.

Lara drehte sich um – und wollte ihren Augen nicht trauen. Anthony Nangala wankte auf die Wachen im Garten zu und feuerte dabei aus allen Rohren. Die Verfolger gingen zu Boden, aber auch er bekam mehrere Treffer ab. In einer Wolke aus Pulverdampf fiel er der Länge nach um wie ein gefällter Baum.

Lara konnte nichts mehr für ihn tun.

Ihr wurde schwarz vor Augen, doch sie kämpfte die drohende Ohnmacht nieder. Zuerst Emmet, jetzt Anthony. Lara biss sich auf die Unterlippe; Tränen liefen ihr über die Wangen. Am liebsten wäre sie auf die Knie gefallen, um in Schmerz und Trauer zu versinken, doch sie wusste, dass es viele Menschen gab, die auf sie zählten und ihr vertrauten. Sie half dem verletzten Greis auf die Laderampe des Lasters, wo sich bereits die anderen Sudanesen drängten. Auch Reyhan und ihr Sohn waren dort. Lara verriegelte die Klappe und zurrte rasch die Plane zu. Dann riss sie die Tür der Beifahrerseite auf und schwang sich ins Führerhaus.

»Sind wir vollzählig?«, fragte Tanaka.

»Ja«, antwortete Lara. Doch tief im Innern fühlte sie sich einsam und verlassen.

Doktor Goldmann ging unruhig im Salon des Südflügels auf und ab, eines der wenigen Zimmer, die von der Zerstörung verschont geblieben waren. Er warf einen Blick auf Scheich Assad, der an einem kleinen Mahagonitisch Platz genommen hatte; er war nur noch ein Schatten seiner selbst. In den letzten fünfzehn Minuten war er um Jahre gealtert. Neben ihm saß Thomas Briggs mit geschientem Unterschenkel. Vermutlich ein Wadenbeinbruch. Ljuschkin trug einen Kopfverband. Von Donna Greenwood fehlte bislang jede Spur. Und Senator Bloomfield war vor Aufregung einem Herzversagen erlegen. Diese Nacht war ein einziger Albtraum.

Ein Soldat kam herein und salutierte. »Sie wollten einen Statusbericht, Hoheit?«

Assad nickte matt, und der Soldat erstattete Meldung. Wie es schien, hatte die Lage sich wieder beruhigt. Zwar brannte es an unzähligen Stellen, doch es gab keine Explosionen mehr, und sämtliche Eindringlinge waren aus dem Palast verjagt worden. Allerdings fehlten auch die gefangenen Sudanesen.

»Wo steckt Leclerc?«, wollte Goldmann wissen. Er hatte ihn in dem Chaos irgendwann aus den Augen verloren.

»Das weiß ich nicht, Doktor«, antwortete der Soldat. »Niemand weiß es.«

»Sagen Sie ihm, dass er herkommen soll, wenn Sie ihn gefunden haben«, sagte Assad. »Das war's. Sie können gehen.«

Der Soldat salutierte noch einmal und verschwand aus dem Zimmer.

Ein paar Sekunden lang lastete das Schweigen schwer im Raum. Dann sagte Goldmann: »Bei dem Angriff wurde zwar der Palast zerstört, aber nicht das Labor. Dort gab es nur leichte Schäden. Die antiseptischen Bereiche sind in einwandfreiem Zustand.« Er ließ den Blick von einem zum anderen schweifen und spürte, wie sein Glaube an den großen Durchbruch wiederkehrte. »Wir können unser Ziel immer noch erreichen, wenn wir die Koma-Patienten als Frischzellenspender benutzen«, sagte er. »Das wird einige Zeit beanspruchen, weil wir nur ihre gesunden Organe verwenden können, aber es wird funktionieren!«

Assad fuhr von seinem Stuhl hoch. »Sind Sie wahnsinnig?«, herrschte er Goldmann an. »Die Polizei wird jeden Augenblick hier sein, außerdem ein Dutzend Reporter. Irgendwann wird einer unserer Mitarbeiter plaudern, entweder aus Angst vor Strafe oder für Geld. Dann wären wir hier nicht mehr sicher. Mit Leuten wie uns gehen arabische Gerichte nicht gerade zimperlich um. Uns bleibt nichts anderes übrig, als von hier zu verschwinden.« Er ging zur Tür und sprach mit einem dort postierten Wachmann. Dann wandte er sich wieder an die anderen. »In fünf Minuten wird ein Jeep uns am Südtor abholen und zum Hangar bringen«, sagte er. »Wenn wir erst außer Landes sind, überlegen wir, wie es weitergehen soll.«

Doch alles in Goldmann sträubte sich dagegen, diesen Ort zu verlassen. Er hatte jahrelang nur für seine Forschungen gelebt; jetzt wollte er die Früchte seiner Arbeit ernten. Phase 1 seiner Therapie schied aus, das sah er ein. Die Organentnahme bei den Krebsopfern, das Anrühren der Zellbreie und die Extrahierung der Frischzellen-Injektionen würde viel zu lange dauern. Doch Phase 1 war nicht entscheidend wichtig. Die Maßnahmen, die dabei ergriffen wurden, dienten zur Straffung der Haut, sorgten für dichteren Haarwuchs und verjüngten den Organismus. Doch es waren keine unabdingbaren Voraussetzungen für Phase 2. Ein gesunder Körper konnte auch ohne Phase 1 steinalt werden – mithilfe der Epstein-Barr-Präparate. Bereits gestern hatte Goldmann sie vorbereiten lassen.

Er sah Ljuschkin an. »Wie viele Prototypen der Krebs-Frequenzheilgeräte gibt es, Sergej?«, fragte er. »Abgesehen von dem im Keller.«

»Nur noch einen«, antwortete der Russe. »In meinem Lager in Moskau. Als Ersatz, falls dieser hier ausfällt.«

»Wie lange dauert es, das Gerät an einen keimfreien Ort zu schaffen und es zu kalibrieren?«

»Zwei Tage. Vielleicht drei.«

»Ausgezeichnet! Das Epstein-Barr-Virus muss eine Woche lang auf den Organismus einwirken, um Krebs hervorzurufen und die Zellteilungsfähigkeit zu verbessern. Wenn wir es uns jetzt verabreichen, bleibt genügend Zeit, uns in Moskau zu heilen.«

Briggs sah ihn gequält an. »Was, wenn etwas dazwischenkommt? Ich will nicht krepieren wie die armen Teufel, mit denen Sie Ihre ersten Versuche durchgeführt haben. Weshalb nehmen wir das Epstein-Barr-Präparat nicht einfach mit und infizieren uns, sobald wir sicher sind, dass Sergejs Ersatzmaschine tatsächlich funktioniert?«

»Weil unsere Viren-Variante äußerst instabil ist. Sie hält sich maximal zwei Tage lang in einer Nährlösung. Wenn das Virus sich bis dahin nicht in einem Wirtsorganismus einnisten konnte, stirbt es ab.«

»Dann werden wir in Moskau eben ein neues Präparat herstellen.«

»Sie haben ja keine Ahnung, wie kompliziert das ist! Nicht nur die Modifikation der Epstein-Barr-Viren. Wir brauchen auch lebende Menschen als Wirtsorganismen. In einem unterirdischen Labor in Arabien, geschützt von einem ummauerten Palast, kann man sich solch einen Krebs-Koma-Saal einrichten. Aber in Moskau wird das ungleich schwerer!« Goldmanns hypnotischer Blick bohrte sich in Briggs Augen. »Wie lange haben Sie auf diesen Moment gewartet, Thomas?«, fragte er. »Wollen Sie eine solche Gelegenheit wirklich wegwerfen?«

Briggs' Blicke huschten hin und her. Goldmann wusste, dass er den Mann überzeugt hatte.

»Was ist mit Ihnen, Sergej?«, fragte Goldmann.

»Ich bin einverstanden, vorausgesetzt, der Jeep wartet auf uns.«

Goldmann wandte sich an Assad, der noch einen Augenblick lang zögerte.

»Also schön«, sagte der Scheich. »Ich gebe uns zwanzig Minuten. So lange werden meine Wachen die Polizei beschäftigen. Wird das reichen?«

Goldmann nickte. »Absolut.«

Von da an ging alles ganz schnell. Goldmann und Ljuschkin stützten Briggs wegen seines verletzten Beins. Assad gab dem Fahrer des Jeeps neue Anweisungen und schickte ein paar Wachen aus, um den Palast noch einmal nach Donna Greenwood abzusuchen.

Im Labor kümmerte Goldmann sich persönlich um die Verabreichung der Epstein-Barr-Präparate. Auch sich selbst setzte er eine Spritze mit der blutroten Flüssigkeit. Die Prozedur verlief reibungslos und dauerte keine sechzig Sekunden bei jedem Patienten.

Als sie wieder im Palast waren, meldete ein Wachmann, dass Donna Greenwood in der ersten Etage gefunden worden war – tot. Verschüttet von brennenden Trümmern. Assad erteilte den Männern mehrere letzte Befehle. Dann verschwand er mit Goldmann, Ljuschkin und Briggs durch den Hinterausgang in den Garten.

Am Südtor wartete der Jeep, der sie zum Hangar brachte. Fünfzehn Minuten später befanden sie sich in der Luft.

Der Morgen dämmerte über dem Tihamat-as-Sam-Gebirge – ein Silberstreif am östlichen Horizont.

Lara rieb sich die Kälte aus den Fingern und blickte aus ihrem Höhlenversteck ins Tal hinunter. Dort unten, im Schatten der Berge, herrschte noch Dunkelheit. Nur in den Häusern von al-Quz brannten die Lichter. Die Stadt hatte in dieser Nacht keine Ruhe gefunden.

Durch ihren Feldstecher beobachtete Lara das rege Treiben rund um den Palast. Sämtliche Feuer waren inzwischen gelöscht; nur an manchen Stellen glimmte noch Glut. Polizisten und Wachleute wuselten wie Ameisen umher und versuchten, Ordnung in das Chaos zu bringen.

Was noch eine Weile dauern kann, dachte Lara.

Neben ihr, auf dem Felsboden, lag die Waffenkiste. Doch die Fahrt hierher war ohne Zwischenfälle verlaufen, sodass Lara nicht mehr mit Verfolgern rechnete. Der Lkw stand ein gutes Stück abseits, am Fuß des Hanges, an einer Stelle, wo man ihn vom Tal aus nicht sehen konnte.

Tom Tanaka gesellte sich zu Lara. »Tee?« Er hielt ihr einen Becher hin, den sie dankbar annahm. Ein paar Minuten starrten sie beide ins Tal hinunter.

»Er wird nicht mehr kommen«, sagte Tanaka.

Lara nickte, erstaunt darüber, wie gut der Japaner ihre Gedanken lesen konnte. Die ganze Nacht hatte sie darum gebetet, dass Emmet noch auftauchen würde. Diese Höhle war der vereinbarte Fluchtpunkt. Aber wenn er bis jetzt nicht gekommen war, gab es wohl keine Hoffnung mehr.

»Wie geht es dem Verletzten?«, fragte Lara.

»Bloß ein Streifschuss«, sagte Tanaka. »Dennoch sollte die Wunde behandelt werden. Eine Infektion könnte schlimme Folgen haben.«

Lara seufzte. Sie wusste, dass Tanaka Recht hatte. Sie mussten die Sudanesen so schnell wie möglich in ein Krankenhaus bringen. Nicht nur den Angeschossenen, sondern auch die anderen. Sie befanden sich allesamt in schlechter körperlicher Verfassung.

»Lassen Sie uns aufbrechen«, sagte Lara. »Es hat keinen Sinn, hier noch länger zu warten.«

Sie löschten das Feuer in der Höhle und marschierten zurück zum Lkw. Dort angekommen, traute Lara ihren Augen kaum: Im Stauraum lag Emmet. Er war mit Beulen und Schrammen übersät und konnte den linken Arm kaum bewegen. Aber er lebte.

56.

Zwei Wochen später
Moskau

Doktor Amadeus Goldmann musste sich eingestehen, dass er nervös war.

Sergej Ljuschkin hatte es tatsächlich geschafft, in Windeseile ein Labor herzurichten und das zweite Frequenzheilgerät in Betrieb zu nehmen. Vor einer Woche hatten er, Scheich Assad, Briggs und Goldmann sich der elektromagnetischen Bestrahlung ausgesetzt. Es hatte keinerlei Schwierigkeiten gegeben.

Dennoch fühlte Goldmann sich nicht wohl.

Heute Morgen hatte er sich selbst und den anderen Blutproben entnommen. Jetzt war er dabei, sie gemeinsam mit einem Stab russischer Laboranten zu untersuchen. Erst wenn die Tests negativ ausfielen, konnte er aufatmen. Dann war das Epstein-Barr-Virus abgetötet und der Krebs, der sich sieben Tage lang in seinem Körper ausgebreitet hatte, besiegt.

Eine Stunde später lagen sämtliche Ergebnisse vor. Ein Doktorand namens Borsow reichte ihm einen Computerausdruck.

»Ich kann kein Kyrillisch«, sagte Goldmann und gab dem Russen das Papier zurück. »Lesen Sie vor. Oder sagen Sie mir einfach, ob alles in Ordnung ist.«

»In keiner der Blutproben konnte Epstein-Barr in irgendeiner Form nachgewiesen werden«, sagte Borsow in flüssigem Englisch.

»Wie lautet die Krebsdiagnose?«

»Kein Krebs. Weder bei Ihnen noch bei den anderen.«

Vor Erleichterung fiel Goldmann ein Stein vom Herzen. Natürlich hatte er fest mit diesem Befund gerechnet. Dennoch, eine gewisse Restunsicherheit war geblieben. Ein Selbstversuch war etwas ganz anderes als die vielen medizinischen Experimente, die er an Versuchspersonen vorgenommen hatte.

»Danke, Borsow«, sagte Goldmann. »Sind Ljuschkin, Assad und Briggs in meinem Büro?«

»Ja.«

»Dann werde ich ihnen die gute Nachricht überbringen.«

Borsow räusperte sich. »Da ist noch eine Sache ...«

Goldmann spürte, wie sich ihm die Nackenhaare aufstellten. Die Miene des Russen verhieß nichts Gutes. Andererseits – was konnte jetzt noch kommen?

»Ich höre«, sagte Goldmann.

»Es gibt einen übereinstimmenden Befund bei allen Blutproben.«

Das hörte sich ernst an. »Welchen? Nun sagen Sie schon! Um welchen Befund handelt es sich?«

»HIV positiv«, sagte Borsow mit belegter Stimme. »Sie sind alle vier an Aids erkrankt. Tut mir Leid.«

Mit zitternden Knien setzte Goldmann sich auf einen Stuhl. Aids. Es gab nur eine Erklärung dafür: Reyhan Abdallah hatte die Epstein-Barr-Präparate mit ihrem eigenen Blut infiziert.

Er spürte, wie er zu zittern begann.

57.

Layoq, Provence

Der Friedhof neben der kleinen gotischen Kapelle machte einen unscheinbaren, geradezu verwahrlosten Eindruck. Dürre Gräser sprossen aus der trockenen Erde, und am Mauerwerk hatten Wind und Wetter über Jahrhunderte hinweg ihre Spuren hinterlassen. Eine sanfte Brise strich durch die Zweige der Bäume, und feiner Sandstaub huschte über den Boden. Begleitet vom Chor unzähliger Grillen tauchte die warme Abendsonne das Land in prachtvolle Farbtöne. Überall war Leben. Auf gewisse Weise schien an diesem Ort die Zeit stillzustehen.

Die meisten Grabsteine waren alt und verwittert, doch es gab auch einen neuen Stein, auf dem nur ein einziges Wort stand: Anthony. Etliche Grabsteine auf dem Friedhof trugen lediglich den Vornamen der Toten.

»Wie viele von uns sind hier beigesetzt?«, wollte Lara wissen.

»Achtundzwanzig«, sagte Emmet. »Die anderen haben woanders ihre letzte Ruhe gefunden. Ich hielt es für eine gute Idee, Anthony hier zu begraben.« Sein Blick schweifte hinüber zu einer mächtigen Zypresse, in deren Schatten sich das älteste Grab des Friedhofs befand, auf dem *Robert* stand. »Dort liegt der Begründer unseres Ordens«, sagte Emmet. »Robert von Montferrat, der diese Kapelle errichten ließ. Mit ihm nahm alles seinen Anfang. Und hier«, er blickte zu Anthony Nangalas Grab hinunter, »nur zehn Meter neben ihm, liegt der, mit dem alles endete.«

»Heißt das, Ihr Orden existiert nicht mehr?«, fragte Tom Tanaka, der neben Emmet stand.

»Ja. Außer Lara und mir sind alle tot. Abgesehen davon haben wir keinen Cent mehr. Das Hauptkonto des Ordens wurde aufgelöst. Niemand weiß, wo das Geld geblieben ist. Von dem, was wir sonst noch an Vermögen haben, werde ich meine Schulden bei Hassan Gamoudi begleichen müssen. Arabische Waffenschieber reagieren ziemlich gereizt, wenn man sie prellen will.« Nach kurzer Pause fügte er hinzu: »Übrigens … danke, dass Sie für die Überführung des Leichnams gesorgt haben.«

»Keine Ursache.«

Einen Moment lang standen sie schweigend da.

»Ich bin froh, dass Sie Assads Palast gestürmt haben«, sagte Tanaka schließlich. »Was dort geschah, war ein grausames Verbrechen.«

Emmet nickte. »Auf der Suche nach dem ewigen Leben haben Menschen ihr Gewissen verkauft und getötet. Aber das war schon vor tausend Jahren so. Wussten Sie, dass der erste Kreuzzug nur angezettelt wurde, um dieses Ziel zu erreichen?«

»Steht es in den Geschichtsbüchern nicht anders?«

»In Geschichtsbüchern steht nur, was überliefert werden sollte.« Emmet lächelte. »Ich möchte Ihnen etwas geben, Tom. Als Andenken daran, dass Sie uns im entscheidenden Moment geholfen haben. Ohne Sie wären Lara und ich nicht mehr am Leben. Der ganze Fluchtplan wäre ohne Sie gescheitert. Sie wären ein würdiges Mitglied unseres Ordens geworden.« Er reichte Tanaka ein dünnes, in Leder gebundenes Heft, das er bis dahin in der Hand gehalten hatte – das Manuskript, das er aus dem brennenden Leighley Castle gerettet hatte. »Das, mein Freund, ist die *wahre* Geschichte. Und es ist der Ursprung unseres Ordens. Unsere Seele.«

Der Japaner betrachtete das Heft in seiner Hand. Auf dem brüchigen Ledereinband waren ein Schwert und eine Rose aufgemalt. »Danke«, sagte er, sichtlich gerührt. »Ich werde es in Ehren halten.«

Sie blieben noch eine ganze Weile schweigend stehen, jeder mit seinen eigenen Gedanken beschäftigt. Das Lied der Grillen und Zirpen lag in der warmen Abendluft.

Eine plötzliche Bö strich über den Friedhof. Auf den Gräbern bildete sich eine Wolke aus Sand und Staub, die wie ein wallendes Gewand zum Himmel stieg. Beinahe hatte es den Anschein, als würde der Wind die Seelen der Verstorbenen mit sich nehmen, damit sie in einer anderen, jenseitigen Welt bis in alle Zeit weiterleben konnten.

Schlussbemerkungen

Die Handlung dieses Romans ist frei erfunden. Dennoch basieren die von mir beschriebenen Forschungsergebnisse auf tatsächlichen wissenschaftlichen Untersuchungen. Für alle Interessierten sei hier eine Auswahl weiterführender Literatur aufgeführt: Arzt, Volker/Ditfurth, Hoimar von: Reportagen aus der Naturwissenschaft (dtv Sachbuch, 8. Auflage, 1993); Benecke, Mark: Der Traum vom ewigen Leben (Reclam, 2002); Buttlar, Johannes von: Der Menschheits-Traum (Econ Taschenbuch, 1996); Buttlar, Johannes von: Abenteuer Wissenschaft (Heyne Sachbuch, 1991).

Auch der historische Hintergrund beruht größtenteils auf Fakten, nachzulesen in:

Baigent, Michael/Leigh, Richard/Lincoln, Henry: Der Heilige Gral und seine Erben (Bastei Lübbe Taschenbuch, 6. Auflage, 1993); Bauer, Martin: Die Tempelritter (Heyne, 4. Auflage, 1999); Sippel, Hartwig: Die Templer (Amalthea 1996); Runciman, Steven: Geschichte der Kreuzzüge (H. C. Beck, 1995); Zöllner, Walter: Die Geschichte der Kreuzzüge (Panorama, 6. Auflage, 1981)

Ob Gottfried von Bouillon tatsächlich der Enkel des Gralsritters Parzival war, sei dahingestellt. Es gibt zumindest Quellen, die darauf hindeuten. Auch dass er sich als Angehöriger des Merowingergeschlechts dem israelischen Stamm der Benjaminiten angehörig fühlte und darauf seinen Anspruch auf den Thron von Jerusalem begründete, scheint durch gewisse Quellen historisch belegt. Seine (und Peter von Amiens) Zugehörigkeit zur Prieuré de Sion und deren Ziel, den Heiligen Gral in Jerusalem zu suchen, entspringt jedoch meiner Fantasie. Historiker mögen mir verzeihen.

Danksagungen

Für Anregungen, Kritik und tatkräftige Unterstützung bei der Entstehung dieses Romans danke ich meiner Frau Sonja, meinem Agenten Bastian Schlück und meinem Lektor Marco Schneiders.

»Schnell. Hart. Präzise. Patterson.«

BILD AM SONNTAG

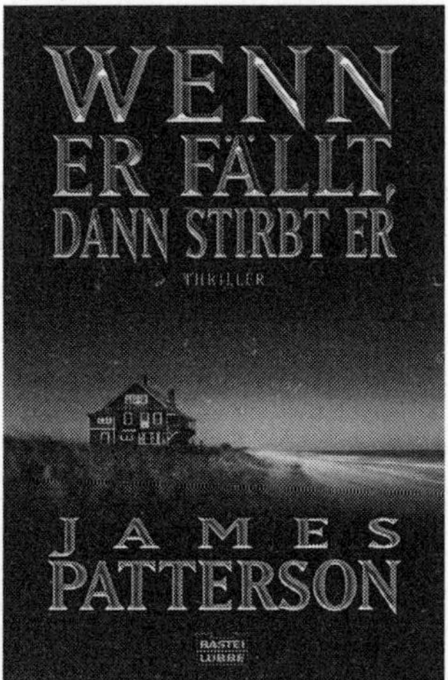

James Patterson
WENN ER FÄLLT,
DANN STIRBT ER
Thriller
304 Seiten
ISBN 3-404-15368-5

Eines Tages ereilt Jack Mullen eine schreckliche Nachricht: Sein jüngerer Bruder Peter ist unter dubiosen Umständen im Meer ertrunken. Allein diese Behauptung weckt Zweifel in Jack. Die Brüder sind am Wasser aufgewachsen, kennen jede Strömung und die Gezeiten genau. Es kann kein Unfall gewesen sein. Jack versucht herauszufinden, was sein Bruder in seinen letzten Tagen getan hat. Dabei stößt er auf eine Mauer aus Anwälten, Polizisten und bezahlten Leibwächtern, die allesamt die Reichen und Mächtigen New Yorks von der Außenwelt abschirmen. Was hatte Peter mit diesen Leuten zu tun? Jack wittert ein Komplott. Doch hatte er unterschätzt, wie weit die Tentakel der Macht reichen können. Ihm bleibt jetzt nur eines: Er muss die Reichen in ihrem eigenen Spiel schlagen, wenn er für seinen Bruder Gerechtigkeit will …

Bastei Lübbe Taschenbuch

»Patricia Lewin spielt mit den Ängsten der Leser wie kaum eine zweite Autorin.«

NEW YORK TIMES

Patricia Lewin
DIE DUNKLE ERINNERUNG
Thriller
352 Seiten
ISBN 3-404-15369-3

Erin Baker, Mitarbeiterin der CIA, wird von ihrer Vergangenheit geplagt. Als Kind musste sie erleben, wie ihre Schwester Claire entführt wurde. Und obwohl Claire die Entführung überlebte, hat dieses Ereignis die beiden Mädchen für immer geprägt. Jahre später sieht sie einen Eisverkäufer, der seine junge Kundschaft mit Zaubertricks unterhält. Sie hat diesen Mann schon einmal gesehen: am Tag, als ihre Schwester verschwand. Da der Kidnapper nie gefasst wurde und eine ganze Reihe von aktuellen Kindesentführungen die Polizei auf Trab hält, schaltet sich Erin in die Ermittlungen ein. Gemeinsam mit einem Kollegen vom FBI versucht sie, die Hintergründe der Verbrechen zu beleuchten – und gerät selbst in tödliche Gefahr.

Bastei Lübbe Taschenbuch

»Knallhart, gleichzeitig mit feinem Humor und voller Poesie. Einfach toll.«

JYLLANDS POSTEN

Dan Turèll
MORD IM HERBST
Kopenhagen-Krimi
272 Seiten
ISBN 3-404-15370-7

Kopenhagen in den achtziger Jahren: In dem heruntergekommenen Kopenhagener Viertel Vesterbro wird ein Mann auf offener Straße erschossen. Zur gleichen Zeit wird ein Mädchen im schwedischen Lyngby vermisst gemeldet. Als unser namenloser Journalist und Polizeiinspektor Ehlers ein Photo des verschwundenen Mädchens in der Wohnung des Ermordeten finden, und ein weiteres Mädchen entführt wird, leiten sie eine für sie ungewöhnlich verbissene Menschenjagd ein – eine Jagd, bei der das Leben zweier junger Mädchen auf dem Spiel steht ...

Bastei Lübbe Taschenbuch

Tatjana Stepanowa – die russische Antwort auf Donna Leon!

Tatjana Stepanowa
DAS LÄCHELN
DER CHIMÄRE
Thriller
352 Seiten
ISBN 3-404-15375-8

Im Spielcasino »Roter Mohn« wird der Toilettenwächter erschossen – gerade an dem Tag, an dem sich die Familie des Casinobesitzers Walerij Salutow zum Totengedächtnis für seinen kürzlich bei einem Autounfall verunglückten Sohn Igor versammelt hat. Nikita Kolosow von der Mordkommission kann am Tatort keine Patronenhülse finden, und auch die Überwachungskamera hat keine brauchbaren Bilder aufgezeichnet. Zunächst wird einer der Casino-Gäste, verhaftet, bei dem man eine Pistole und Heroin gefunden hat, doch Kolosow glaubt nicht an die Theorie des Staatsanwalts, dass auf der Toilette Heroin übergeben werden sollte. Wieder einmal bittet er die Polizeireporterin Katja Petrowskaja um Hilfe, die mit ihrem psychologischen Sachver-stand bald bemerkt, dass mit der Familie Salutow einiges nicht stimmt ...

Bastei Lübbe Taschenbuch